AF553417

भारतीय पुरालिपि

डॉ. राजबली पाण्डेय
एम.ए., डी. लिट्.
भूतपूर्व प्राध्यापक
प्राचीन भारतीय इतिहास, संस्कृति और पुरातत्त्व विभाग
बनारस हिन्दू विश्वविद्यालय, वाराणसी

लोकभारती प्रकाशन

लोकभारती प्रकाशन
पहली मंजिल, दरबारी बिल्डिंग, महात्मा गाँधी मार्ग
प्रयागराज-211 001
वेबसाइट : www.lokbhartiprakashan.com
ईमेल : info@lokbhartiprakashan.com
शाखाएँ : 1-बी, नेताजी सुभाष मार्ग, दरियागंज
नयी दिल्ली-110 002
अशोक राजपथ, साइंस कॉलेज के सामने
पटना-800 006 (बिहार)
1, अनमोल सोराबजी संतुक लेन, मरीन लाइंस
मुम्बई-400002

मूल्य : ₹ 600

प्रथम संस्करण : 1952
वर्तमान संस्करण : 2023

जे.के. आर्ट प्रेस
प्रयागराज द्वारा मुद्रित

BHARTIYA PURALIPI
by Rajbali Pandey

ISBN : 978-81-8031-576-3

पुरालिपि-शास्त्र बड़ा ही हृदयग्राही और शिक्षाप्रद विषय है। यह लेखन-कला का अध्ययनकर्ता है। सभ्यता की प्रगति में लेखन-कला मनुष्य को पशु से अलग करती है। यही मनुष्य को पीढ़ी-दर-पीढ़ी जातीय धरोहर के परिरक्षण, सम्वर्द्धन और सम्प्रेषण का साधन देती है। यह उन महत्त्वपूर्ण आविष्कारों में से है, जिससे मानव नियति का निर्माण हुआ है, क्योंकि संस्कृति के विस्तार और ज्ञान के प्रसार का यही सबसे स्थायी साधन सिद्ध हुई है। ज्ञान की साधना के क्रम में मानवीय प्रयास के सही मूल्यांकन के लिए इस कला की उत्पत्ति और विकास का इतिहास जानना वांछनीय है।

हाल के अनुसंधानों को दृष्टि में रखते हुए भारतीय पुरालिपि पर ऐसी पुस्तक की आवश्यकता बहुत दिनों से थी, इसलिए इसका प्रणयन संभव हुआ। श्री डब्ल्यू०जी० बूहलर (१८९६) और महामहोपाध्याय पं० गौरी शंकर हीराचन्द ओझा (१९१८) के बाद पुरालिपि के क्षेत्र में अनेक महत्त्वपूर्ण आविष्कार हुए हैं। मोहनजोदड़ो और हड़प्पा की खुदाइयाँ इस क्षेत्र में क्रांति लायी हैं। खुदाइयों से प्राप्त सामग्रियों ने भारतीय लेखन-कला की प्राचीनता और उसकी उत्पत्ति के संबंध में बड़ा विवाद खड़ा कर दिया है। कई अन्य आविष्कारों ने भी भारतीय लेखन-कला के संबंध में प्रचलित धारणाओं को प्रभावित किया है। इस अवधि में भारतीय पुरातत्त्व विभाग द्वारा तथा व्यक्तिगत प्रयास से इस संबंध में अनेक सामग्रियाँ इकट्ठी की गयी हैं। इस कारण भारतीय पुरालिपिशास्त्र का पूर्णतया परिशोधन तथा परिपूरण आवश्यक हो गया है। पं० ओझा के बाद भारतीय पुरालिपिशास्त्र पर विशाल ग्रंथ रचना का यथार्थ प्रयास नहीं हुआ। तीस वर्षों का यह व्यवधान कम नहीं है। यह पुस्तक उस व्यवधान को मिटाने का विनम्र प्रयास है और आशा की जाती है कि भविष्य में इस दिशा में और कार्य होगा।

प्राचीन काल से सन् १२०० ई० तक भारतीय लेखन-कला का अविच्छिन्न संक्षिप्त इतिहास प्रस्तुत करना इस पुस्तक का उद्देश्य है। सुविधा की दृष्टि से इसे दो भागों में बाँटा गया है। प्रथम भाग पहले प्रकाशित हुआ। इसमें भारतीय पुरालिपिशास्त्र के विभिन्न विषयों और पक्षों का विवेचन किया गया है। इस शास्त्र के विकास-

क्रम को समझने के लिए यह आवश्यक है । प्रथम भाग में निम्न प्रकरणों का विवेचन किया गया है ।

१. भारतवर्ष में लेखन-कला की प्राचीनता,
२. प्राचीन भारत में प्रयुक्त लिपियों के प्रकार और नाम,
३. भारतीय लिपियों की उत्पत्ति,
४. प्राचीन भारतीय लिपियों को स्पष्टीकरण का इतिहास,
५. लेखन-सामग्री
६. लेखन तथा उत्कीर्णन का व्यवसाय,
७. लेखन-पद्धति,
८. अभिलेखों के प्रकार,
९. पुरालिपीय विधि,
१०. तिथि-अंकन की विधि तथा व्यवहृत सम्वत् ।

अंत में आवश्यक सारणियाँ दी गयी हैं। विषयों का विवेचन करते समय प्रारंभिक ग्रंथकारों के बाद के काल में हुए शोधों से प्राचीन भारत का जो अधिक स्पष्ट चित्र सामने आया है, उसके आधार पर भारतीय लेखन-कला से संबंधित अनेक प्रचलित सिद्धांतों का पुनर्विचार और परिशोधन करना पड़ा है। इसके अतिरिक्त इस विषय के कुछ नये पक्षों की पुनर्रचना का प्रयास किया गया है। दूसरे भाग में भारतीय इतिहास के विभिन्न कालों में प्रचलित वर्णमालाओं के विरचन, विकास और निर्वचन संबंधी सारणियाँ और तालिकाएँ कालानुसार क्षेत्रीय क्रम में दी गयी हैं। अंत में यह भी प्रयास किया गया है कि बिखरी हुई सामग्रियों को सुसम्बद्ध कर विवेचन के नये पक्षों तथा नवीन जानकारियों के द्वारा विषय को अद्यतन बनाया जाय।

पाद-टिप्पणियों में विभिन्न ग्रंथकारों तथा माध्यमों का ऋण स्वीकार किया गया है। विषय संबंधी अनेक मूल्यवान सुझावों के लिए डॉ० आर० सी० मजूमदार, डॉ० ए० एस० अल्तेकर और डॉ० आर० एस० त्रिपाठी का मैं आभारी हूँ। पुस्तक की पांडुलिपि और मुद्रण-काल में प्रूफ के शोधन के लिए प्रो० अवधकिशोर नारायण आंतरिक धन्यवाद के पात्र हैं। इस ग्रंथ के शीघ्र प्रकाशन के लिए मैं प्रकाशक और मुद्रक का विशेष कृतज्ञ हूँ।

काशी हिन्दू विश्वविद्यालय
वसन्त पञ्चमी, संवत् २००८ विक्रमी

—राजबली पाण्डेय

अनुक्रम

१. भारत में लेखन-कला की प्राचीनता : १

१. कतिपय प्राच्य विद्या विशारदों के मत, २. भारतीय अनुश्रुतियाँ, ३. विदेशी अनुश्रुतियाँ, ४. यवन लेखकों का साक्ष्य, ५. बौद्ध साहित्य का साक्ष्य, ६. ब्राह्मण साहित्य का साक्ष्य, ७. ठोस प्रमाण ।

२. प्राचीन भारत में प्रयुक्त लिपियों के प्रकार और नाम : २०

१. अष्टाध्यायी में लिपियों का प्राचीनतम उल्लेख, २. जैन सूत्रों में लिपियों का उल्लेख, ३. ललितविस्तर में लिपियों का उल्लेख, ४. लिपियों का वर्गीकरण ।

३. भारतीय लिपियों की उत्पत्ति : २७

(अ) सिन्धुघाटी की लिपि की उत्पत्ति—१. द्रविड़ उत्पत्ति का सिद्धान्त, २. सुमेरी वा मिस्री उत्पत्ति का सिद्धान्त, ३. स्वदेशी उत्पत्ति का सिद्धान्त, (आ) ब्राह्मी लिपि की उत्पत्ति—१. स्वदेशी उत्पत्ति के पोषक सिद्धान्त, २. विदेशी उत्पत्ति के पोषक सिद्धान्त, (इ) खरोष्ठी वर्णों की उत्पत्ति—१. नाम, २. नाम का मूल, ३. अरेमाई उत्पत्ति का सिद्धान्त, ४. भारतीय मूल ।

४. प्राचीन भारतीय लिपियों के स्पष्टीकरण का इतिहास : ५२

१. परवर्ती ब्राह्मी लिपि का स्पष्टीकरण, २. प्राचीन ब्राह्मी लिपि का स्पष्टीकरण, ३. खरोष्ठी लिपि का स्पष्टीकरण, ४. सिन्धुघाटी की लिपि का स्पष्टीकरण ।

५. लेखन-सामग्री : ६०

१. भूर्जपत्र, २. ताड़पत्र, ३. कागज, ४. सूती कपड़ा, ५. काष्ठपट्ट, ६. चर्म, ७. पत्थर, ८. ईंटें, ९. धातुएँ, १०. स्याही, ११. औज़ार ।

६. लेखन तथा उत्कीर्णन का व्यवसाय : ८१

१. लेखक, २. लिपिकर या लिबिकर, ३. दिविर, ४. कायस्थ, ५. करण, कर्णिक, करणिन्, शासनिन् तथा धर्मलेखिन्, ६. शिल्पिन्, रूपकार, सूत्रधार तथा शिलाकूट, ७. विवरण तैयार करवाने वाले अधिकारी, ८. लिपिकारों तथा लेखकों के लिए निर्देशक ग्रन्थ, ९. अक्षरों के विकास में लेखकों और उत्कीर्णकों का स्थान ।

७. लेखन-पद्धति : ९१

१. चिह्नों और वर्णों का दिग्विन्यास, २. लेखन दिशा, ३. पंक्ति, ४. वर्णों और शब्दों का समुदायीकरण, ५. विरामादि चिह्नों का प्रयोग, ६. पृष्ठांकन, ७. संशोधन, ८. छूट, ९. संक्षेपण १०. मांगलिक चिह्न और अलंकरण, ११. अंक ।

८. अभिलेखों के प्रकार : १११

१. प्रमुख प्रकार, २. धर्मशास्त्रों के अनुसार, ३. अभिलेखों के विषय के अनुसार ।

९. पुरालिपीय विधि : १३६

१. प्रारम्भ, २. आवाहन ३. आशीर्वचन, ४. प्रशंसा, ५. अभिशाप, ६. समाप्ति ।

१०. तिथि-अंकन की विधि तथा व्यवहृत सम्वत् : १६७

१. प्राक्-मौर्य अभिलेख, २. महावीर सम्वत् अथवा वीरनिर्वाण सम्वत्, ३. मौर्य अभिलेख, ४. मौर्यों की तिथि-अंकन-विधि, ५. शुङ्ग अभिलेख, ६. आन्ध्र-सातवाहन अभिलेख, ७. आन्ध्र-सातवाहनों के अन्तर्गत तिथि-अंकन-विधि की विशेषताएँ, ८. खारवेल का हाथीगुम्फा अभिलेख ९. मौर्य सम्वत्, १०. दक्षिण-पश्चिमी भारत के शकों (महाराष्ट्र के क्षहरातों और उज्जयिनी के महाक्षत्रपों) के अभिलेख, ११. तिथि-अंकन की मुख्य विशेषताएँ, १२. प्रयुक्त सम्वत् : शक-सम्वत्, १३. हिन्दी वाह्लीक (इण्डो-बैक्ट्रियन) राजाओं के अभिलेख, १४. सम्वत्—शासनपरक या प्रचलित, १५. उत्तर-पश्चिमी भारत के शक पह्लवों के अभिलेख, १६. शक-पह्लव अभिलेखों में गृहीत तिथि-अंकन की विधि, १७. एक प्राचीन शक सम्वत्

१८. कुषाण अभिलेख (कनिष्क के शासन-काल से), १९. कनिष्क वर्गीय कुषाण अभिलेखों के तिथि-अंकन की प्रमुख विशेषताएँ, २०. कनिष्क सम्वत् की स्थापना और पहचान, २१. गणतन्त्रों एवं अन्य लोगों तथा राजस्थान और अवन्ती आकर (मध्य भारत) के राज्यों के अभिलेख, २२. तिथि-अंकन विधि, २३. कृत, मालव तथा विक्रम सम्वतों की उत्पत्ति तथा पहचान, विक्रम सम्वत् का प्रारंभिक काल में उल्लेख न होने का स्पष्टीकरण, विक्रम सम्वत् का उद्गम विन्दु, २४. गुप्तों, उनके समकालीनों तथा उत्तराधिकारियों का अभिलेख, २५. तिथि अंकन की प्रमुख विशेषताएँ, २६. गुप्त सम्वत् की स्थापना और उसका प्रचलन, २७. वलभी सम्वत्, २८. वाकाटकों तथा दक्षिण तथा सुदूर दक्षिण में उनके समकालीनों के अभिलेख, २९. तिथि-अंकन-विधि की प्रमुख विशेषताएँ, ३०. मौखरी और पुष्यभूति वंश के अभिलेख, ३१. तिथि-अंकन-विधि की प्रमुख विशेषताएँ, ३२. हर्ष सम्वत्, ३३. पूर्व मध्य-कालीन अभिलेख, ३४. तिथि-अंकन-विधि की प्रमुख विशेषताएँ।

सहायक ग्रंथ सूची : २१७

मौलिक आधार--१. ब्राह्मण साहित्य, २. बौद्ध साहित्य, ३. जैन साहित्य, ४. विदेशी विवरण, आधुनिक स्रोत (अ) पुरातत्त्व-सम्बन्धी, (आ) साधारण।

अध्याय पहला

भारतवर्ष में लेखन-कला की प्राचीनता

भारतवर्ष में लेखन-कला का इतिहास भारत के सामान्य इतिहास की ही भाँति अस्थिर है, तथा इस विषय पर विभिन्न तथा विरोधी मत हैं। इसका प्रमुख कारण है इतिहास की अनेक टूटी कड़ियाँ एवं विशुद्ध ऐतिहासिक सामग्री की अल्पता। यहाँ विभिन्न मतों का विवेचन सम्भव नहीं है। आगामी पृष्ठों में इस समस्या पर यथासम्भव संक्षिप्त रीति से विचार किया जायगा।

१. कतिपय प्राच्य विद्याविशारदों के मत

प्रमाणों की न्यूनता, युरोपीय सभ्यता की आपेक्षिक नवीनता एवं ई० पू० द्वितीय सहस्राब्दी में भारत पर आर्यों के आक्रमण के मत से ग्रस्त कतिपय आरम्भिक प्राच्य विद्याविशारदों की धारणा थी कि भारत में लेखन-कला का प्रारम्भ बहुत बाद में हुआ। वे ईसा पूर्व प्रथम सहस्राब्दी से परे जाने को तैयार नहीं थे।

(१) प्रारम्भिक प्राच्य विद्याविशारदों में अन्यतम मैक्स मूलर का कहना है, "मेरा विचार है कि पाणिनि की पारिभाषिक शब्दावली में एक भी शब्द ऐसा नहीं है जो लेखन के अस्तित्व की पूर्व-कल्पना करता हो।" उनके अनुसार पाणिनि का काल ई० पू० चौथी शताब्दी है। इस प्रकार उनके विचार से लेखन-कला का प्रारम्भ ४०० ई० पू० के भी पश्चात् हुआ।[1]

(२) दूसरे प्राच्य विद्याविशारद बर्नेल इस मत के समर्थक हैं कि भारतीय ब्राह्मी लिपि फिनीशियन लिपि से निकली है तथा भारत में इसका प्रवेश ई० पू० चौथी या पाँचवीं शताब्दी के पहले न हुआ होगा।[2]

---

१. हिस्ट्री ऑफ़ ऐंश्येण्ट संस्कृत लिटरेचर, पृ० २६२; विद्वान् लेखक ने इस सत्य की उपेक्षा कर दी है कि प्रौढ़ व्याकरण की रचना स्वयं लेखन की पूर्व-कल्पना करती है। लेखनसूचक शब्दों के लिए देखिए, पृ० १०।

२. साउथ इण्डियन पेलियोग्रॉफी, पृ० ९; भारतीय लिपियों के उद्गम की समस्या पर विचार करते हुए इस मत के खोखलेपन को दिखाया जायगा।

(३) डॉ० बूलर जिनके पास भारतीय लिपि-विज्ञान के इतिहास पर लिखने के लिए पूर्ववर्ती विद्वानों की अपेक्षा अधिक साधन थे, ब्राह्मी लिपि के उद्गम की विवेचना करते हुए निम्नलिखित शब्दों में उसका भारत में प्रवेश काल निश्चित करते है :—

"क्योंकि पहले के अन्वेषणों के परिणामस्वरूप ब्राह्मी का विस्तार ई० पू० ५०० या इससे भी पहले पूर्ण हो चुका था, अतएव ८०० ई० पू० सेमेटिक वर्णों के भारत में प्रवेश की वास्तविक तिथि मानी जा सकती है। यह निरूपण सामयिक है जो भारतवर्ष या सेमेटिक देशों में नवीन शिलालेखों के प्रकाश में आने पर परिवर्तित किया जा सकता है। यदि इस प्रकार का परिवर्तन आवश्यक हो तो नूतन अनुसन्धानों के परिणाम मुझे इस विश्वास के लिए प्रेरित करते हैं कि लेखन-कला का प्रवेश काल पूर्वतर प्रमाणित होगा और उसे ई० पू० १००० या इससे भी पूर्व रखना होगा।"[1]

उपर्युक्त विचार १९वीं शताब्दी या बीसवीं शताब्दी के प्रारम्भ में प्रकट किये गये थे। तत्पश्चात् भारतीय इतिहास पर नवीन सामग्री उपलब्ध हुई है, जिसने इस विषय पर ऐतिहासिकों के विचार को परिवर्तित कर दिया है। संस्कृत भाषा और साहित्य की प्राचीनता एवं इतिहास पर नवीन शोध, सिन्धुघाटी की लिपि की खोज, मध्यपूर्व और भारत से उसके सम्बन्धों एवं आर्यों के मूल निवास पर नवीन प्रकाश ने भारतीय सभ्यता के आदि और उसके साथ ही लेखन-कला के प्रारम्भ को और पहले भेज दिया है।[2]

२. भारतीय अनुश्रुतियाँ

अधिकांश युरोपीय विद्वानों के विरुद्ध भारतीय अनुश्रुतियाँ भारत में लेखन-कला को अत्यन्त प्राचीन सिद्ध करती हैं। उनमें से कुछ का उल्लेख यहाँ किया जा रहा है :—

---

१. इण्डियन पेलियोग्रॉफी (आंग्ल-अनुवाद), पृ० १७।

२. भारतीय लिपि-विज्ञान पर आधुनिकतम युरोपीय लेखक डेविड डिरिंजर (अपनी पुस्तक 'दि अल्फाबेट' पृ० ३३४ में) प्रारम्भिक प्राच्य विद्याविशारदों के अन्वेषणों के आधार पर मानते हैं कि "अन्ततः अनेक साक्ष्यों से 'आर्य भारत में' लेखन के प्रवेश की तिथि ई० पू० आठवीं और छठवीं शताब्दी के मध्य में ज्ञात होती है और इस प्रकार उन (साक्ष्यों) से इस निष्कर्ष की पुष्टि होती है कि ब्राह्मी लिपि सिन्धुघाटी की लिपि की अपेक्षा अत्यन्त परवर्ती है तथा भारतवासियों को लेखन का ज्ञान ई० पू० सातवीं या आठवीं शताब्दी के पश्चात् हुआ।"

(१) नारदस्मृति में, जो लगभग पाँचवीं शताब्दी का विधिविषयक ग्रन्थ है, लेखन-कला के महत्त्व का वर्णन करते हुए कहा गया है :—

"यदि ब्रह्मा उत्तम नेत्रतुल्य लेखन-कला की सृष्टि न करते तो इस लोक की यह शुभ गति न होती।"[१]

इससे प्रकट होता है कि पाँचवीं शताब्दी में भारतीयों का ऐसा विश्वास था कि लेखन-कला की उत्पत्ति साहित्य के आरम्भिक विकास के साथ-साथ हुई तथा संसार की उन्नति के लिए इसे आवश्यक समझा गया।

(२) बृहस्पति कुछ भिन्न शब्दों में इसी अनुश्रुति का उल्लेख करते हैं : "चूंकि छ मास के अनन्तर किसी घटना के विषय में भ्रान्ति उत्पन्न हो जाती है, इसलिए ब्रह्मा ने अति प्राचीन काल में पत्रारूढ़ अक्षरों की सृष्टि की।"[२] इस कथन के अनुसार भारतीय इतिहास में काफी पहले स्मृति की सहायता एवं साहित्य की रक्षा के लिए लेखन-कला का जन्म हो चुका था। इससे यह भी सिद्ध होता है कि प्रचुर परिमाण में उपलब्ध होने वाले पत्र ही भारत की प्राचीनतम और साधारणतम लेखन-उपकरण थे।

(३) संस्कृत कवि कालिदास ने निम्नलिखित शब्दों में लेखन-कला सीखने की उपयोगिता पर अपने विचार व्यक्त किये हैं :—

"लिपि के यथावत् ग्रहण से मनुष्य उसी प्रकार वाङ्मय के विशाल कोश में प्रवेश करता है जिस प्रकार नदी-मुख से समुद्र में।"[३]

युरोपीय विद्वानों के इस अनुमान के विपरीत कि प्राचीन भारतीय साहित्य लेखन की सहायता के बिना ही मौखिक रूप से एक पीढ़ी से दूसरी पीढ़ी तक पहुँचता था, कालिदास साहित्य के यथोचित अध्ययन के लिए लिपि-ज्ञान को अति आवश्यक समझते थे।

---

१. नाकरिष्यद्यदि ब्रह्मा लिखितं चक्षुरुत्तमम्।
तत्रेयमस्य लोकस्य नाभविष्यच्छुभा गतिः॥

—सेक्रेड बुक्स ऑफ् दि ईस्ट सीरीज, २३, पृ० ५८ और क्रमशः देखिए मनु पर बृहस्पति का वार्तिक, वही, पृ० ३०४।

२. षाण्मासिके तु समये भ्रान्तिः सञ्जायते यतः।
धात्राक्षराणि सृष्टानि पत्रारूढाण्यतः पुरा॥

—आह्निक-तत्त्व में उद्धृत।

३. लिपेर्यथावद्ग्रहणेन वाङ्मयं नदीमुखेनेव समुद्रमाविशत्—रघुवंश, ३/२८।

(४) जैन ग्रन्थ समवायाङ्गसूत्र[१] एवं पण्णवनासूत्र[२] तथा बौद्ध ग्रन्थ ललित-विस्तर[३] भी ब्राह्मण-साहित्य की भाँति भारत में लेखन-कला की अति प्राचीनता का प्रतिपादन करते हैं।

(५) देश की कला-परम्परा भी भारत में लेखन-कला की प्राचीनता के विषय में इन साहित्यिक अनुश्रुतियों की पुष्टि करती है। बादामी से प्राप्त एक मूर्ति में ब्रह्मा अपने चार हाथों में से एक में तालपत्रों की पुस्तक लिये हुए हैं।[४] साथ ही सरस्वती की कल्पना 'पुस्तकरञ्जितहस्ता' के रूप में की गई है।[५] इस प्रकार ज्ञान और साहित्य के इन देवताओं का लिखित पुस्तक से घनिष्ठ सम्बन्ध है।

३. विदेशी अनुश्रुतियाँ

विदेशी अनुश्रुतियाँ भारतीय अनुश्रुतियों का समर्थन करती हैं। चीन और पश्चिमी एशिया के विद्वान् लेखन के आविष्कार एवं उसकी प्राचीनता विषयक भारतीय परम्पराओं से सुपरिचित थे। इसकी पुष्टि निम्नांकित उल्लेखों से होती है :—

(१) विद्वान् चीनी यात्री हुएनसांग भारत में लेखन के अति प्राचीन आविष्कार का उल्लेख करता है।[६]

(२) चीनी विश्वकोश 'फा-वान-शु-लिन' का कथन है कि बायें से दायें ओर लिखी जाने वाली ब्राह्मी लिपि का आविष्कार फान (ब्रह्मा) ने किया था तथा यह लिपियों में सर्वोत्तम थी।[७]

(३) अरबी विद्वान् अलबेरूनी भारत में लेखन-कला की प्राचीनता का निर्देश करता हुआ लिखता है—"हिन्दू एक बार लेखन-कला भूल गये थे; जिसका पुनराविष्कार पराशर के पुत्र व्यास ने दैवी प्रेरणा से किया।" उसके अनुसार भारतीय वर्णमाला का इतिहास कलियुग (ई० पू० ३१०१) से प्रारम्भ होता है। इस परम्परा

---

१. वेबर, इण्डिशे स्टडी १६, २८०, ३९९। यह ई० पू० ३०० के लगभग रखा जाता है।
२. वही। इसका समय ई० पू० लगभग १६८ के माना जाता है।
३. दशम अध्याय।
४. इण्डियन एण्टिक्वेटी, भाग ६, ३६६, मूर्ति का समय ५८० ई० है।
५. वीणापुस्तकरञ्जितहस्ते। भगवति भारति देवि नमस्ते॥
६. बील, सि-यु-कि, भाग १, पृ० ७७।
७. बेबीलोनियन एण्ड ओरियण्टल रिकार्ड्स १/५९।

का प्रचार इस कारण हुआ कि व्यास वेदों के संकलनकर्ता तथा महाभारत एवं अष्टादश पुराणों के रचयिता समझे जाते हैं।[1]

४. यवन लेखकों का साक्ष्य

कतिपय यवन लेखकों ने, जो सिकन्दर के भारत अभियान में उसके साथ आये थे अथवा जिन्होंने उसके पश्चात् भारत भ्रमण किया था, ईसा पूर्व तीसरी या चौथी शताब्दी के भारत में लेखन-कला तथा लेखन-सामग्री के सम्बन्ध में अपने अन्वेषणों का उल्लेख इस प्रकार किया है :—

(१) नियार्कस[2] सिकन्दर का एक सेनापति था। वह पंजाब में सिकन्दर के साथ रहा था तथा लौटती हुई सेना का उसने सिन्धु-डेल्टे तक नेतृत्व किया था। इस प्रकार भारतीय जीवन का उसने निरीक्षण किया। वह लिखता है, "यहाँ के निवासी कपास और चिथड़ों से (निस्संदेह लिखने के उद्देश्य से) कागज बनाना जानते हैं।"

(२) मेगस्थनीज़[3] मौर्य राज-सभा में राजदूत था। पाटलिपुत्र में ई० पू० ३०५ से ई० पू० २९९ तक वह रहा था। अपनी 'इण्डिका' नामक पुस्तक में वह लिखता है कि भारतवर्ष में "यात्रियों के उपयोग के लिए, जिनसे साक्षर होने की आशा की जाती थी, विश्रामगृहों की दूरी जानने के लिए दस-दस स्टेडिया की दूरी पर पत्थर गाड़े जाते हैं।" पञ्चाङ्ग के अनुसार वर्षफल के कथन का भी उसने उल्लेख किया है। पञ्चाङ्ग का निर्माण लेखन की सहायता से ही हो सकता है।

उसने लोगों की कुण्डली बनाने एवं (लिखित) स्मृतियों के आधार पर निर्णय सुनाने का भी प्रसंग दिया है। दुर्भाग्यवश मेगस्थनीज़ ने स्मृति के लिए 'मेमोरी' शब्द का प्रयोग किया है। इसमें कुछ विद्वानों को इस बात का आभास मिलता है कि स्मृतियाँ लिखी नहीं, स्मरण की जाती थीं। किन्तु बूलर[4] ने इस बात का खण्डन किया है। उसका विचार है कि 'मेमोरी' शब्द से मेगस्थनीज़ का आशय 'स्मृति-साहित्य' से था, स्मरण से नहीं।

---

१. सखाउ, अलबेरूनीज़ इण्डिया, १/१७१।
२. स्ट्रैबो, १५/७१७।
३. इण्डिका ऑफ् मेगस्थनीज़, ९१, १२५-१२६ सी० मूलर फ्रैगमेण्ट्री हिस्ट्री ऑफ् ग्रीस, २,४२१।
४. इण्डियन पेलियोग्रॉफी, पृ० ६।

(३) एक अन्य ग्रीक लेखक क्विण्टस कर्टियस[1] कुछ पेड़ों की मुलायम छाल का लेखन-सामग्री के रूप में उल्लेख करता है। इससे इस तथ्य की पुष्टि होती है कि भारतवर्ष में लिखने के लिए अति प्राचीन काल में भोजपत्र का प्रयोग होता था।

५. बौद्ध साहित्य का साक्ष्य

बौद्ध साहित्य के प्रथम स्तर की रचना एवं संकलन निस्संदेह सिकन्दर के भारतीय अभियान के पूर्व हो चुका था। यह समकालीन इतिहास के कुछ स्वरूपों का उल्लेख करता है और ई० पू० पाँचवीं एवं छठवीं शताब्दी के पूर्व के इतिहास पर भी प्रकाश डालता है। इस साहित्य में न केवल लेखन के अस्तित्व बल्कि लेखन के व्यवसाय, विषय, पद्धति एवं प्रयुक्त होने वाली सामग्री का निश्चित एवं सुस्पष्ट निर्देश है।

(१) सुत्तान्त में भिक्षुओं के आचरण पर उपदेश देते हुए 'अक्खरिका' नामक एक खेल का उनके लिए निषेध किया गया है।[2] 'अक्खरिका' (अक्षरिका) खेल बालक खेलते थे। इसमें आकाश में या पीठ पर उँगली द्वारा लिखे गये अक्षरों को पढ़ना होता था।[3] पुनः उनको उन नियमों के अंकन से रोका गया है जिनसे मृत्यूपरान्त मनुष्य शारीरिक कष्ट और तपस्या द्वारा स्वर्ग, ऐश्वर्य और प्रसिद्धि की प्राप्ति करता है।[4]

(२) विनयपिटक में संकलित कृतियों में लेखन-कला को भिक्षुओं के लिए निर्दोष एवं सराहनीय बता कर उसकी प्रशंसा की गई है।[5]

गृहस्थों और उनके पुत्रों के लिए लिखने का व्यवसाय जीविका का एक उत्तम साधन समझा जाता था।[6]

(३) निम्नलिखित प्रसंगों में जातक-कथाएँ लेखन-कला का निर्देश करती हैं:

(१) व्यक्तिगत और आधिकारिक पत्र,[7]

---

१. मैक्क्रिण्डल, हिस्ट्री ऑफ् एलेक्ज़ेण्डर्स इन्वेज़न ऑफ् इण्डिया, ८/९।
२. सुत्तान्त १/१।
३. ब्रह्मजाल सुत्त, १४; सामञ्जफलान्य सुत्त, ४९।
४. विनयपिटक, पराजिक भाग (३, ४, ४)।
५. भिक्खुपाचित्तिय, २।२।
६. रिज डेविड्स, बुद्धिस्ट इण्डिया, पृ० १०८।
७. कटाहक जातक; काम जातक।

(२) राजकीय घोषणा,[१]
(३) कौटुम्बिक कार्य,[२]
(४) धार्मिक एवं राजनीतिक सुभाषित,[३]
(५) ब्याज और ऋणपत्र (इणपण्ण)[४],
(६) पाण्डुलिपियाँ (पत्रक)[५]

(४) महावग्ग[६] और जातक[७] में केवल ई० पू० पाँचवीं शती के पूर्व लेखन-कला के अस्तित्व के प्रमाण ही नहीं मिलते हैं, अपितु उन संस्थाओं का भी निर्देश है, जिनमें लेखन-कला की शिक्षा दी जाती थी। पाठ्य-विषय पर लिखित सामग्री तथा लिखने की विधि एवं उपकरणों का भी उल्लेख प्राप्त होता है। महावग्ग लेख (लेख गणना (गणित) और रूप (प्रमुखतः मुद्राशास्त्र विषयक व्यावहारिक गणित) का जो प्राचीन भारतीय प्रारम्भिक पाठशालाओं के पाठ्यक्रम के अंग थे, उल्लेख करता है। जातक में लेखन के उपकरण के रूप में फलक (लेखपट्ट) और वर्णक (काष्ठ-लेखनी) का निर्देश है। परवर्ती ग्रन्थ ललितविस्तर[८] में बुद्ध की लिपिशाला में जाने तथा उनके शिक्षक विश्वामित्र के द्वारा चन्दन-फलक पर स्वर्ण-लेखनी से उनको वर्ण परिचय कराये जाने का वर्णन है।

ये सभी बौद्ध प्रमाण इस बात के परिचायक हैं कि भारत में ईसा पूर्व की चौथी और छठी शताब्दी के मध्यकाल में, लेखन-कला का व्यापक प्रसार था एवं सामान्य जनता इससे सुपरिचित थी। यह नयी वस्तु नहीं थी। इसके विकास में लम्बा समय लगा होगा। बौद्ध साहित्य में लेखन सम्बन्धी, 'छिन्दति', 'लिखति', 'लेख', 'लेखक', 'अक्खर' आदि शब्दों तथा लेखन के समस्त उपकरणों काष्ठ, बाँस पत्र (पण्ण) एवं स्वर्ण पट्ट का उल्लेख मिलता है। बूलर[९] के मतानुसार ये सभी लेखन की प्रारम्भिक अवस्था—अर्थात् कड़े पदार्थों पर खुदाई के द्योतक हैं। किन्तु बूलर का

---

१. रुरु जातक।
२. कण्ह जातक।
३. कुरुधम्म जातक।
४. रुरु जातक।
५. बूलर, इण्डियन स्टडीज़ ३/१२०।
६. १/४९; भिक्खुपाचित्तिय, ६५/१।
७. कटाहक जातक।
८. दशम अध्याय।
९. इण्डियन पेलियोग्रॉफी, पृ० ५।

यह मत ग्राह्य नहीं है। वास्तव में इस शब्दावली में 'छिन्दति' शब्द ही एक ऐसा है जिससे खुदाई का बोध हो सकता है। किन्तु खुदाई प्रायः पत्थर पर स्थायी लेखन के लिए की जाती थी। इसमें कोई संदेह नहीं की ताड़पत्र जैसे कड़े पत्तों पर खुदाई सम्भव थी; किन्तु भूर्जपत्र कागज के समान था जिस पर स्याही से अक्षर लिखे जाते थे। इसके अतिरिक्त ई० पू० चौथी शती के यवन लेखक[1] भारत में कागज बनाने का उल्लेख करते हैं, जिसका प्रयोग स्याही से लिखने में होता था। कड़े पदार्थों पर भी अभ्यासार्थ स्याही या खड़िया के घोल जैसे द्रव पदार्थ से लिखा जाता था। लेखन-कला इस युग में अपनी प्रारम्भिक अवस्था को पार कर चुकी थी, तथा उपयुक्त उपकरणों द्वारा उसका सुगम एवं अबाध प्रयोग होता था।

६. ब्राह्मण-साहित्य का साक्ष्य

वेदोत्तर संस्कृत साहित्य में जिसमें महाकाव्य, काव्य, नाटक, स्मृतियाँ, अर्थशास्त्र, धर्मशास्त्र, आख्यायिका, दर्शन तथा अन्य शास्त्र समाविष्ट हैं, विषय की प्रकृति, शैली, आकार तथा लेखन के प्रर्याप्त प्रमाण भरे पड़े हैं। चूँकि अधिकांश भाग अशोक के शिलालेखों के बाद का है, अतः इसका साक्ष्य लेखन-कला के पूर्वतर अस्तित्व को सिद्ध करने में समर्थ नहीं है। परवर्ती संस्कृत साहित्य के विपरीत पूर्वकालीन संस्कृत साहित्य के प्रमाण अति मूल्यवान् हैं। इस साहित्य का एक अंश बौद्ध साहित्य का समकालीन है, किन्तु अधिकांश बौद्ध धर्म के उदय के पूर्व का है।

प्राक् बौद्धकालीन ब्राह्मण-साहित्य का समय मैक्स मूलर[2] ने स्वेच्छा से ई० पू० ८०० एवं ई० पू० १४०० के मध्य रखा था। किन्तु बूलर[3] और विण्टरनिट्ज़[4] जैसे संस्कृत साहित्य के परवर्ती इतिहासकारों ने भारत के राजनीतिक, सामाजिक, एवं संस्कृतिक विकास को ध्यान में रख कर उस साहित्य की प्राचीनतम सीमा ई० पू० की तीसरी या चौथी सहस्राब्दी माना है। अतः इस पूर्वकालीन ब्राह्मण-साहित्य के साक्ष्य अवश्य ही लेखन-कला की प्राचीनता को पर्याप्त रूप से बढ़ा सकेंगे।

(१) सामान्यतया भारत में रामायण एवं महाभारत का समय चतुर्थ शताब्दी ई० पू० माना जाता है। इनमें उत्तरकालीन युगों के स्थल भी विद्यमान हैं, जिन्हें

---

१. नियार्कस (स्ट्रैबो १५।७१७): क्विण्टस कर्टियस (मैक् क्रिण्डल, हिस्ट्री ऑफ् एलेक्जैण्डर्स इन्वेज़न ऑफ् इण्डिया, ८/९।

२. हिस्ट्री ऑफ् ऐंश्येंट संस्कृत लिटरेचर।

३. विण्टरनिट्ज़ द्वारा 'ए हिस्ट्री ऑफ् इण्डियन लिटरेचर', भाग २ में उद्धृत।

४. ए हिस्ट्री ऑफ् इण्डियन लिटरेचर, भाग १।

मूल ग्रन्थों का अंग नहीं माना जा सकता है।[1] इनमें लेखन सम्बन्धी 'लिख', 'लेख', 'लेखन', 'लेखक' आदि अनेक शब्द भरे पड़े हैं। इस पर बूलर[2] का कथन है, "यद्यपि महाकाव्यों के प्रमाण केवल उचित सतर्कता से स्वीकार किये जा सकते हैं, फिर भी इसका निराकरण नहीं किया जा सकता कि उनके लेखन और लेखक सम्बन्धी शब्द अति प्राचीन हैं।" महाभारत की भूमिका में कहा गया है कि महाभारत के रचयिता व्यास ने गणेश (जो स्पष्टतः लेखन में निपुण मानव ही थे) को अपना लेखक बनाया था।[3]

(२) कौटिल्य[4] का अर्थशास्त्र ब्राह्मण-साहित्य का दूसरा महत्त्वपूर्ण ग्रन्थ है। अर्थशास्त्र का समय अशोक के शिलालेखों के पूर्व ई० पू० चतुर्थ शतक है। इसमें लेखन के विशिष्ट और प्रत्यक्ष संकेत हैं जिनमें से कुछ नीचे उद्धृत किये जाते हैं।

(क) वृत्तचौलकर्मा लिपिं संख्यानं चोपयुञ्जीत।१/५/२।

(चूडाकर्म के उपरान्त लेखन और गणना सीखनी चाहिये)।

(ख) पञ्चमे मन्त्रिपरिषदा पत्रसम्प्रेषणेन मन्त्रयेत।१/१९/६।

(पाँचवें प्रहर में राजा को पत्र-सम्प्रेषण द्वारा मन्त्रिपरिषद् से मन्त्रणा करनी चाहिये)।

(ग) संज्ञालिपिभिश्चारसञ्चारं कुर्युः।१/१२/८।

(संज्ञा और लिपि के साथ अपने गुप्तचरों को भेजना चाहिये)।

(घ) अमात्यसम्पदोपेतः सर्वसमयविदाशुग्रन्थश्चार्वक्षरो लेखवाचनसमर्थो लेखकः स्यात्।२/९/२८।

(लेखक.......लिखने और पढ़ने में समर्थ तथा रचनाकुशल होना चाहिये)।

(३) सूत्र-साहित्य[5]—श्रौत, गृह्य और धर्म सूत्रों—का समय ईसा पूर्व की दूसरी और आठवीं शताब्दियों के बीच रखा गया है। सूत्र-साहित्य भी लेखन के व्यापक प्रचार के प्रमाण उपस्थित करता है। उदाहरणार्थ वसिष्ठ धर्मसूत्र[6] में व्यावहारिक प्रमाण के रूप में लिखित पत्रकों का उल्लेख है। साथ ही साक्ष्य के प्रकरण में एक सूत्र किसी प्राचीनतर ग्रन्थ या प्राचीन परम्परा से उद्धृत किया गया है।

---

१. वही, भाग १।
२. इण्डियन पेलियोग्रॉफी, पृ० ४।
३. आदि पर्व, १/११२।
४. कौटिल्य ई० पू० चौथी शती में चन्द्रगुप्त मौर्य का प्रधान मंत्री था।
५. विण्टरनिट्ज़, ए हिस्ट्री ऑफ् इण्डियन लिटरेचर, भाग १।
६. १६।१०।१४-१५।

(४) संस्कृत व्याकरण के आरम्भिक ग्रन्थ, जो वेदांग साहित्य के अन्तर्गत आते हैं, सूत्रकाल के प्रारम्भ में रखे जा सकते हैं। बिना लेखन[1] की सहायता के व्याकरण, स्वर-शास्त्र तथा भाषा-विज्ञान का विकास नहीं हो सकता है; अतएव ये लेखन की पूर्व-कल्पना ही नहीं करते अपितु प्रयुक्त पदों द्वारा उस काल में लेखन के अस्तित्व को भी प्रकट करते हैं।

(अ) पाणिनि की अष्टाध्यायी[2] में प्रयुक्त, निम्नलिखित पद लेखन-कला के अस्तित्व के सूचक हैं[3] :—

(क) लिपि[4] और लिबि

(ख) लिपिकर[5]

(ग) यवनानी[6]

(घ) ग्रन्थ[7]

---

१. संसार की कोई भी भाषा बिना लिपि-ज्ञान के नियमित व्याकरण रखते हुए नहीं सुनी गयी।

२. मैक्स मूलर (हिस्ट्री ऑफ़् ऐंश्येण्ट संस्कृत लिटरेचर) और बूलर के अनुसार पाणिनि का प्रादुर्भाव ई० पू० चौथी शती में हुआ था। गोल्डस्टूकर ने विस्तृत अन्वेषणों के आधार पर, पाणिनि का समय ई० पू० आठवीं शती माना है, जो अधिक तर्कसंगत है।

३. सचमुच मैक्स मूलर की यह धारणा कि पाणिनि की पारिभाषिक शब्दावली में लेखनसूचक एक भी शब्द नहीं है, आश्चर्यजनक है। देखिये—पूर्व पृ० १।

४. लिपिलिबि वलि १३।२।२१। बूलर के मत में "दिपि और लिपि शब्द सम्भवतः प्राचीन फारसी 'दिपि' शब्द से निकले हैं, जो दारा के पंजाब विजय (ल० ५०० ई० पू०) के पहले भारत नहीं पहुँच सका होगा, यही बाद को 'लिपि' हो गया।" (इण्डियन पेलियोग्रॉफी पृ० ५; बूलर, इण्डियन स्टडीज, ३।२१ डी)। यह मत पाणिनि के अनुकरण की पूर्व-कल्पना करके पाणिनि को ईसा पूर्व चौथी शती में खींच लाता है। गोल्डस्टूकर द्वारा निश्चित पाणिनि के काल की दृष्टि से बूलर के मत में औचित्य नहीं प्रतीत होता। जहाँ तक 'लिपि' शब्द की व्युत्पत्ति का सम्बन्ध है भानुजि दीक्षित अमरकोश के 'लिपिलिविरुभे स्त्रियौ' (२।८।१६) अंश की टीका करते हुए लिखते हैं : लिप्यते। लिपि उपदेहे। इक् कृष्यादिभ्य (वा० ३।३।१०८) इगुपधात् कित् (उ० ४।१२० इतीनवा)। लिबिः सौत्रौ धातुः इति मुकुटः। लिपि तथा लिवि दोनों ही संस्कृत व्युत्पत्ति बतलाते हैं।

५. वही।

६. ४।१।४९, कात्यायन इसकी 'यवनलिप्याम्' व्याख्या करते हैं। पतंजलि 'यवनलिप्यामिति वक्तव्यम्, यवनानी लिपिः' ऐसी व्याख्या करते हैं।

७. समुदाङ्भ्यो यमोऽग्रन्थे (१।३।७५); अधिकृत्यकृते ग्रन्थे ३।८७; ४।३। ११६।

(ङ) स्वरित[1]

इसके अतिरिक्त पाणिनि पाँच और आठ के अंकों एवं स्वस्तिक 卐 जैसे धार्मिक चिह्नों द्वारा पशुओं के कानों को अंकित करने का उल्लेख करते हैं।[2] अष्टाध्यायी में ग्रन्थ रूप[3] में महाभारत तथा आपिशलि[4], कश्यप[5], गालवें[6], गार्ग्य[7], चक्रवर्मन्[8], भारद्वाज,[9] यास्क[10], शाकल्य[11], शाकटायन[12], सेनक[13], स्फोटायन[14] आदि पूर्व वैयाकरणों[15] के नामों का भी उल्लेख मिलता है। इससे प्रतीत होता है कि पाणिनि के पूर्व ही व्याकरण-साहित्य का निर्माण प्रारम्भ हो चुका था जिसके लिए लिपि की नितान्त आवश्यकता थी।

(आ) यास्क[16] ने जिनका समय पाणिनि से पूर्व का है, शब्दों की व्युत्पत्ति पर निरुक्त की रचना की है। निरुक्त में निम्नलिखित पूर्ववर्तियों का उल्लेख हुआ है :—

औदुम्बरायण, अग्रायण, अरुणाभ, औपमन्यव, गार्ग्य, गालव, काट्ठक्य, कौत्स, चर्मशिरस्, तँतिकि, मौद्गल्य, वार्ष्यायणि, शाकल्य, शतबलाक्ष, शाकटायन, शाकपुणि तथा स्थौलास्थिविन्।

यह नामावली भाषाशास्त्र की कृतियों की तिथि और उसके साथ ही लेखन की प्राचीनता को प्रर्याप्त पीछे खिसका देती है।

(५) वेदांग[17] (शिक्षा, कल्प, निरुक्त, व्याकरण, छन्दस् तथा ज्योतिष) अर्थात् विशिष्ट ज्ञान की सभी शाखाएँ जो वर्गीकरण, व्यवस्थापन, अर्न्तानिर्देश, पुनरावृत्ति तथा गुणन एवं विभाजन युक्त गणना को सूचित करते हैं, निस्संदेह लेखन की पूर्व-कल्पना करती हैं।

---

१. स्वरितेनाधिकारः (१।३।११)।

२. कर्णे लक्षणस्याविष्टाष्टपञ्चमणिभिन्नछिन्नछिद्रस्त्रुवस्वस्तिकस्य।६।३।११५।

३. ६।२।३८।
४. ६।१।९२।
५. १।२।२५।
६. ६।३।६१।
७. ८।३।२०।
८. ६।१।१३०।
९. ७।२।६३।
१०. २।४।६३।
११. ८।३।१९।
१२. ३।४।१११।
१३. ५।४।११२।
१४. ६।१।१२३।
१५. ६।१।९२।

१६. यास्ककृत निरुक्त।

१७. ये भारत के प्राचीनतम शास्त्रीय साहित्य का निर्माण करते हैं।

(६) उपनिषद् जो ब्राह्मण-साहित्य के अपेक्षाकृत प्राचीनतर रचनाएँ हैं, अक्षरों का निर्देश करते हैं। इन अक्षरों का उल्लेख उच्चरित ही नहीं लिखित रूप में भी हुआ है क्योंकि उन्हें कार (बनाये जाने वाली कोई वस्तु) और वर्ण (रंगी जाने वाली कोई वस्तु) से संयुक्त किया गया है।

(७) कतिपय आरण्यकों में ऊष्म, स्पर्श, स्वर तथा अन्तःस्थ; व्यंजन और घोष, मूर्धन्य और दन्त्य के बीच सूक्ष्म विभेद प्राप्त होता है। संधि की भी उनमें व्याख्या है तथा ॐ की व्युत्पत्ति अ+उ+म् के योग से बतायी गई है।

(८) उपनिषद्, आरण्यक एवं ब्राह्मणों के अधिकांश भाग गद्य में हैं और वे दार्शनिक एवं यज्ञपरक बृहत् साहित्य को रूप देते हैं। यह विश्वास करना कि यह विशाल साहित्य, जिसका अधिकांश गद्य में है, बिना लेखन की सहायता के ही एक पीढ़ी से दूसरी पीढ़ी को प्राप्त होता गया, विवेकशून्यता का परिचायक है। यह सम्भव है कि इसका कुछ अंश कण्ठस्थ कर लिया जाता हो। फिर शिक्षण और स्मरण के लिए लिखित पुस्तक की आवश्यकता होती थी। इसके अतिरिक्त इस साहित्य में व्याकरण, निरुक्त एवं छन्दःशास्त्र सम्बन्धी अनेक पारिभाषिक पद भरे पड़े हैं, जिनका प्रयोग निरक्षर लोगों द्वारा नहीं हो सकता था।

(९) जब हम ब्राह्मण साहित्य के प्राचीनतम स्तर के द्योतक वेद की ओर दृष्टि-पात करते हैं तो उसमें भी कतिपय साक्ष्य इस बात को सूचित करते हैं कि वैदिक ऋषि लेखन-कला से भली भाँति परिचित थे। ऋग्वेद[1] में गायत्री, अनुष्टुभ, बृहती विराज, त्रिष्टुभ, जगती इत्यादि छन्दों के भी अन्तःसाक्ष्य मिलते हैं। वाजसनेय संहिता[2] में कुछ अन्य—छन्दों-पंक्ति—द्विपद, त्रिपद, चतुष्पद, षट्पद—का उल्लेख मिलता है। अथर्ववेद[3] में छन्दों की संख्या ग्यारह दी गई है। छन्दों के नाम तथा उनके रचना सम्बन्धी पारिभाषिक शब्दों का विकास निरक्षर लोगों द्वारा सम्भव नहीं था। आज भी आदिम जातियाँ तथा साक्षर समाज का निम्नवर्ग, गीतों की रचना करता तथा प्रसन्नचित्त से उनको गाता है; किन्तु छन्दों का नामकरण वे नहीं कर सकते। छन्दःशास्त्र का विशिष्ट ज्ञान उनके सामर्थ्य से परे है। साक्षर समाज का केवल वह वर्ग, जिसे विशालकाय जातीय साहित्य का ज्ञान है तथा जिसमें अन्वेषण एवं विश्लेषण का सामर्थ्य है, छन्दशास्त्र का विकास कर सकता है।

---

१. १०।१४।१६; १०।१३२।३-४
२. यजुर्वेद, वाज० संहिता ११।८; १४।१९; २३।३३; २८।१४।
३. ८।९।१९।

वैदिक साहित्य में बड़ी-बड़ी संख्याओं का भी निर्देश है, जो लिखित गणना की सूचक हैं। ऋग्वेद[1] के अनुसार राजा सावर्णि ने एक सहस्र गायें दान में दी थीं जिनके कानों पर आठ का अंक खुदा हुआ था। यजुर्वेद की वाजसनेय संहिता[2] में पुरुषमेध के लिए परिगणित लोगों की सूची में गणक का भी समावेश है। जहाँ तक संख्याओं का सम्बन्ध है निम्नलिखित संख्याएँ चढ़ते क्रम से प्राप्त होती हैं; दश (१०), शत (१००), सहस्र (१०००), अयुत (१०,०००), नियुत (१.००.०००), प्रयुत (१०,००,०००), अर्बुद (१,००,००,०००), न्यर्बुद (१०,००,००,०००), समुद्र (१,००,००,००,०००), मध्य (१०,००,००,००,०००), अन्त (१,००,००,००, ००,०००) तथा प्रार्ध (१०,००,००,००,००,०००)।[3] ब्राह्मण साहित्य में बड़ी संख्याओं के अनेक उदाहरण मिलते हैं।[4] शतपथ ब्राह्मण[5] दिन और रात का सूक्ष्म विभाजन प्रस्तुत करता है। इसके अनुसार दिन-रात में ३० मुहूर्त होते हैं। एक मुहूर्त में १५ क्षिप्र, एक क्षिप्र में १५ एतर्हि, एक एतर्हि में १५ इदानीम् तथा एक इदानीम् में १५ प्राण होते हैं। इस प्रकार एक दिन-रात में (३० × १५ × १५ × १५ × १५) = १५,१८,७५० प्राण होते हैं तथा एक प्राण $\frac{१}{१७}$ सेकण्ड के बराबर होता है। निरक्षर समाज या जनता इतनी बड़ी संख्याओं को गिनने तथा दिन के इस सूक्ष्मतम विभाग को समझने में समर्थ नहीं हो सकती। साधारणतया वे ४, ५, १६, २० आदि तक तथा इनसे पूरी-पूरी कट जाने वाली संख्याओं से गणना करते हैं। कठिनाई से वे १०० तक गिन सकते हैं। वैदिक और ब्राह्मण साहित्य में प्रयुक्त अंक निश्चित रूप से लेखन के अस्तित्व के द्योतक हैं।

सम्प्रति यह प्रश्न उपस्थित हो सकता है कि यदि लेखन-कला इतने प्राचीन काल में वर्तमान थी तो ई० पू० पंचम शतक से पहले भारत में एक भी ऐसा उदाहरण क्यों नहीं उपलब्ध होता ? इसका यही उत्तर है कि केवल पत्थर या धातु पर खुदे लेख ही अनेक शताब्दियों तक रह सकते हैं।

भारत में पाये गये प्राचीन लेखन के सभी अवशेष पत्थर पर हैं। प्राचीन ब्राह्मण साहित्य और ग्रन्थ पत्रों, छाल, तथा बाद को हाथ से बनाये गये कागज पर लिखे जाते थे। इस प्रकार के अस्थिर और नश्वर पदार्थों की रक्षा सुदीर्घ काल तक नहीं की जा

१. सहस्रं मे ददतो अष्टकर्ण्यः ।१०।६२।७।
२. ग्रामण्यं गणकमभिक्रोशकं तान्महसे ।३०।२०।
३. तैत्तिरीय संहिता ४।४०।११।४; ७।२।२१।१।
४. पञ्चविंश ब्राह्मण १८।३; शतपथ ब्रा० १०।४।२।२२-२५।
५. शतपथ १२।३।२।१।

सकती। पुरानी हस्तलिखित प्रतियाँ कुछ समय बाद नष्ट हो जाती थीं और नई पीढ़ी के लिए उनकी प्रतिलिपि कर ली जाती थी। इस प्रकार लिपि भी समयानुसार बदलती रहती थी।

भारतीय शिक्षा-पद्धति में निस्संदेह गुरुमुख[1] से ही शिक्षा ग्रहण करने और पाठ को कण्ठस्थ करने पर विशेष महत्त्व दिया जाता था। परन्तु यह सिद्ध करने के लिए कि ब्राह्मण-साहित्य के रचना-काल में लेखन-कला अज्ञात थी, इस प्रणाली को गलत दृष्टिकोण से देखा गया है। प्राचीन हिन्दुओं का धर्म तथा विश्वास इस बात के पक्ष में था कि वेदों का शुद्ध उच्चारण किया जाय, अशुद्ध उच्चरित शब्द यजमान[2] के लिए घातक होता है। शुद्ध उच्चारण का ज्ञान गुरुमुख से ही सम्भव था जो वेदों का शुद्ध उच्चारण कर सकता था। लिपिबद्ध प्रति से यह सर्वदा असम्भव था किन्तु इससे यह नहीं सिद्ध होता कि शिक्षक अपनी सहायता के लिए अपने पास वेदों की लिखित प्रति नहीं रखता था। कुछ शिक्षक और उद्गाता शिक्षण और गायन के समय लिखित प्रतियों का उपयोग करते थे। किन्तु यह श्रद्धा की दृष्टि से नहीं देखा जाता था।[3] इसमें संदेह नहीं कि लौकिक साहित्य के ग्रन्थों को भी कण्ठस्थ करने पर बड़ा जोर दिया जाता था,[4] क्योंकि उनके विचार से किसी विषय पर अधिकार के लिए यह आवश्यक है कि उस विषय के पण्डित को उपस्थित निर्देश के लिए लिखित पुस्तक का अवलम्बी न होना पड़े। ग्रन्थ के रचनाकाल में लेख का प्रयोग होता था। ग्रन्थ तैयार हो जाने पर रचयिता अपने प्रयोग तथा विद्यार्थियों के शिक्षण के लिए पूर्ण सरलता एवं स्वतन्त्रता के साथ उनको कण्ठस्थ कर सकता था।

प्राचीन ब्राह्मण साहित्य के कुछ विशिष्ट विद्वानों के मतों को यहाँ उद्धृत करना असंगत न होगा। बोथलिंग, गोलडस्टूकर द्वारा तैयार किये गये मानव कल्पसूत्र[5] के संस्करण की अँग्रेजी भूमिका में लिखते हैं कि उनके विचार में, साहित्य के प्रचार या आगे बढ़ने के लिए यद्यपि लेखन का प्रयोग नहीं होता था (यह मौखिक रूप से होता

---

१. यदेषामन्यो अन्यस्य वाचं शक्तस्येव वदति शिक्षमाणः। ऋग्वेद ७।१०३।५

२. दुष्टः शब्दः स्वरतो वर्णतो वा मिथ्या प्रयुक्तो न तमर्थमाह।
स वाग्वज्रो यजमानं हिनस्ति यथेन्द्रशत्रुः स्वरतोऽपराधात्॥
—पातंञ्जल महाभाष्य।

३. गीती शीघ्री शिरःकम्पी तथा लिखितपाठकः।
अनर्थज्ञोऽल्पकण्ठश्च षडेते पाठकाधमाः॥—याज्ञवल्क्य शिक्षा।

४. पुस्तकस्था च या विद्या परहस्तगतं धनम्।
कार्यकाले तु सम्प्राप्ते न सा विद्या न तद्धनम्॥—चाणक्यनीति।

५. पृ० ६९।

था) किन्तु नवीन कृतियों के रचनाकाल में इसका प्रयोग किया जाता था। रॉथ[1] का निश्चित मत था कि भारत में अति प्राचीनकाल में लेखन-कला अवश्य ही वर्तमान थी क्योंकि वेदों की प्रातिशाख्य जैसी कृतियों का निर्माण विना इसकी सहायता के नहीं हो सकता था। बूलर[2] लिखता है, "...... ऐसा कोई प्रमाण नहीं है जिसके आधार पर बार-बार उठाये गये इस अनुमान का विरोध किया जा सके कि वैदिक काल में भी शिक्षण एवं अन्य अवसरों पर लिखित प्रतियों का सहायक के रूप में प्रयोग होता था। इस अनुमान के समर्थन में अब एक तर्क जो सर्वमान्य है, रखा जा सकता है कि ब्राह्मी वर्णों की रचना वैयाकरणों या ध्वनिशास्त्रियों द्वारा वैज्ञानिक प्रयोग के लिए हुई थी।"

७. ठोस प्रमाण

उपर्युक्त पारम्परिक, साहित्यिक, सामयिक एवं निर्देशात्मक सभी प्रकार के साक्ष्यों से निष्पन्न निष्कर्ष की पुष्टि, पत्थर, धातु, हाथी दाँत, मृत्तिकापट्ट तथा घिया पत्थर (स्टेलाइट) जैसे स्थायी पदार्थों पर खुदे उन लेखों से होती है, जो लेखन-काल और आज के बीच लम्बी शताब्दियों को पार कर आये हैं; जबकि पत्तों, छाल, कपड़े और कागज जैसे नाशवान् पदार्थों पर लिखी गयी समकालीन कृतियाँ नष्ट हो गयी हैं।

(१) **मौर्य अभिलेख**[3]—लेखन के उदाहरण, जिनके समय के विषय में मत-भेद नहीं हो सकता है, अशोक के शिलालेखों में पाये जाते हैं। अशोक का समय ई० पू० की तीसरी शती है। ये शिलालेख, चट्टानों, प्रस्तर-स्तम्भों तथा गुहाभित्तियों पर, देश की दो मुख्य लिपियों—ब्राह्मी और खरोष्ठी—में हैं। ये उत्तर में हिमालय से दक्षिण में मैसूर राज्य; पश्चिम में काठियावाड़ में गिरनार से दक्षिण-पूर्व में धौली और जौगड़ तक—एक विस्तृत क्षेत्र में फैले हैं। इन लेखों की लिपि में निम्नलिखित विशेषताएँ हैं।

(अ) वर्णों के रूपों में व्यापक भेद—अधिकांश वर्णों के रूप विभिन्न हैं जिनका विकास विभिन्न काल और विभिन्न स्थानों में तथा समय के प्रवाह में विभिन्न व्यक्तियों द्वारा हुआ होगा। उदाहरणार्थ 'अ' के दस रूप हैं।

(आ) स्थानीय भेद; मुख्यतया उत्तरी और दक्षिणी दो रूप थे किन्तु अन्य स्थानीय उपभेद भी प्राप्त होते हैं।

---

१. ओझा द्वारा उद्धृत, भारतीय प्राचीन लिपिमाला, पृ० १५।
२. इण्डियन पेलियोग्रॉफी, पृ० ४।
३. हुलश, अशोकन इन्स्क्रिप्शन्स, सी० आई० आई०, भाग १।

(इ) वर्णों के विकसित एवं घसीट रूप, एक ही वर्ण का सुन्दर (प्रायः कोणवाला, सावधानी और सौन्दर्य पर विशेष ध्यान के साथ खोदा गया) रूप तथा साथ ही घसीट (वक्र रेखाओं की ओर अग्रसर तथा प्रतिदिन की लिखावट में शीघ्रता से लिखा जैसा) रूप प्राप्त होता है। वर्णों का यह रूपान्तर सुदीर्घ प्रयोगजनित सर्व-व्यापी परिचय की अवस्था में ही, जिसमें विभिन्न रूपों के पहचानने में भ्रम नहीं होता, सम्भव है। इसके अतिरिक्त वर्णों के विकसित रूप भी प्राप्त होते हैं, जो इस बात के सूचक हैं कि वर्णों के मूल रूप विकास में सहायक कारणों से परिवर्तित हो रहे थे।

उक्त विशेषताओं के आधार पर बूलर[1] ने निम्नलिखित निष्कर्ष निकाला है, "इतने स्थानीय भेदों तथा अनेक घसीट रूपों का अस्तित्व, किसी भी दशा में इस बात को सिद्ध करता है कि अशोक के समय में लेखन का एक लम्बा इतिहास था तथा उस समय अक्षर परिवर्तन की अवस्था में थे।" यह सर्वमान्य है कि अशोक के समय में प्रयोग की जाने वाली लिपियों के विकास में अनेक शताब्दियाँ लगी होंगी। अशोक के लेखों के आन्तरिक प्रमाणों से भी इस बात की पुष्टि होती है कि लेखन का प्रयोग केवल स्मारक रूप में नहीं प्रत्युत विस्तृत पुस्तकों को लिखने के लिए सुलभ एवं कोमल पदार्थों पर भी होता था। इसके लिए लेखन के सुदीर्घ अभ्यास की आवश्यकता थी। अशोक अपने लेखों के लिए पत्थर के माध्यम की व्याख्या करता हुआ कहता है, "जिससे यह चिरस्थायी हो"।[2] इससे प्रतीत होता है कि नाशवान् पदार्थों पर भी लिखने का कार्य होता था। अशोक ने भिक्षुओं और उपासकों के दैनिक अध्ययन एवं पाठ के लिए कुछ धार्मिक ग्रन्थों का भी उल्लेख किया है।[3] ये कृतियाँ निश्चय ही पत्थर पर नहीं खुदी होंगी प्रत्युत पत्र, छाल और कागज जैसे साधारण पदार्थों पर लिखी होंगी।

(२) **प्राङ्मौर्य अभिलेख**—अशोक काल के पूर्व के भी अभिलेख और विरुद हैं जो लेखन-तिथि को मौर्यकाल के भी पूर्व खींच ले जाते हैं। उनका उल्लेख इस प्रकार किया जा सकता है :—

---

१. इण्डियन पेलियोग्रॉफी पृ० ७।

२. इयं धम्मलिपि लेखिता चिलठितीका होतु। शिलालेख २ (काल्सी)।

३. इमानि भंते धम्मपलियानानि विनयसमुकसे अलियवसानि अनागतभयानि मुनिगाथा मोनेयसूते उपतिसपसिने ये चा लाघुलोवादे मुसावादे ...। अशोक का भब्रू शिलालेख।

(अ) **एरण मुद्रा विरुद**[1]—विरुद दाहिने से बायीं ओर लिखा गया है। इसी के आधार पर बूलर का विश्वास था कि यह उस काल का है जब ब्राह्मी दोनों तरफ से—दायें से बायें और बायें से दायें—लिखी जाती थी। बूलर[2] के अनुसार वह काल अवश्य ही ई० पू० ४०० से पूर्व होगा। यद्यपि यत्र-तत्र विकीर्ण इन खण्डित लेखों के आधार पर एक ऐसे युग की कल्पना करना, जिसमें ब्राह्मी लिपि दाहिनी ओर से बायीं ओर को लिखी जाती थी, उचित नहीं है तथापि लेख में प्रयुक्त वर्णों की प्राचीनता (ष, म, स) तथा मुद्राशास्त्र के अनुसार उसका समय अवश्य ही अशोक के लेखों से पूर्व का है।

(आ) **भट्टिप्रोलु[3] अवशेष मंजूशा द्राविडी अभिलेख**—ये लेख (१) कुछ वर्णों (द, ध, भ) की परिवर्तनशील विशेषता (२) कुछ वर्णों (च, ज, ष) की प्राचीन प्रकृति तथा (३) ल और ळ के चिह्नों के स्वतन्त्र रूप के आधार पर अशोक के शिलालेखों के समय से पूर्व रखे जा सकते हैं।

(इ) **तक्षशिलाः मुद्रा ब्राह्मी विरुद**[4]—लिपिशास्त्र और मुद्राशास्त्र के आधार पर ये ईसा पूर्व चौथी शताब्दी में रखे जाते हैं।

(ई) **महास्थान प्रस्तर अभिलेख**[5]—यह अभिलेख पूर्वी बंगाल के बोगरा जिले (सम्प्रति बंगलादेश) में पाया गया है, जिसमें पंचवर्गीय बौद्ध भिक्षुओं के लिए दान का अंकन है।

(उ) **सोहगौरा ताम्रपट्ट अभिलेख**[6]—यह उत्तर प्रदेश के गोरखपुर जिले में पाया गया था। इसमें अकाल के समय अन्न एवं चारे के प्रबन्ध का उल्लेख है।

(ऊ) **पिप्रह्वा बौद्धकलश अभिलेख**[7]—यह उत्तर प्रदेश के बस्ती जिले में मिला था। बुद्ध के अवशेषों का एक अंश शाक्यों को भी प्राप्त हुआ था। इन्हीं अवशेषों से युक्त अस्थिमंजूषा के समर्पण का इसमें उल्लेख है। इसका समय ल० ४८३ ई० पू० है जो बुद्ध का निर्वाण काल माना जाता है।

---

१. कनिंघम : क्वाइन्स ऑफ् ऐंश्येण्ट इण्डिया, पृ० १०१।
२. इण्डियन पेलियोग्रॉफी, पृ० ८।
३. बूलर : इण्डिशे पेलियोग्रॉफी, फलक २, भाग १३-१४।
४. कनिंघम : क्वाइन्स ऑफ् ऐंश्येण्ट इण्डिया।
५. एपि० इण्डिका, भा० २१, पृ० ८५, इण्डि० हिस्टॉ०, क्वा०, १९३४, पृ० ५७ और आगे।
६. एपि० इण्डिका, २२, पृ० २, इण्डि०, हिस्टॉ०, क्वा०, १०, पृ० ५४ और आगे।
७. ज० रा० ए० सो०, १८९८, पृ० ३८७ और आगे।

(ए) बडली अभिलेख[1]—अजमेर जिले के एक गाँव से यह प्राप्त हुआ था। इसमें 'वीराय भगवते चतुसिते वसे' [भगवान् (महा) वीर को उनके ८४वें साल में समर्पित] लेख अंकित है। गणना से (५२७-८४) ४८३ ई० पू० इस अभिलेख का समय प्राप्त होता है।

उपर्युक्त स्थिर प्रमाणों के आधार पर लेखन-कला का समय ईसा पूर्व की पाँचवी शती तक पहुँच जाता है। साथ ही लिपियों के विकास में सुदीर्घ काल लगा होगा। ये अभिलेख प्रायः प्राचीन बौद्ध साहित्य के समकालीन हैं।

(३) सिन्धुघाटी की लिपि[2]—१९२१ में सिन्धुघाटी की लिपि के प्रकाश में आने के पूर्व लिपिशास्त्री प्राङ्मौर्यकालीन अभिलेखों तक आकर रुक जाते और इससे पूर्व नहीं जा सकते थे। किन्तु उपर्युक्त महत्त्वपूर्ण प्रकाशन से भारतीय तिथि-क्रम को, जिसका प्रारम्भ ईसा पूर्व की दूसरी सहस्राब्दी से माना जाता था, बड़ा धक्का लगा। स्तरों के अध्ययन तथा सुमेरियन और सिन्धुघाटी की सभ्यता की तुलना के आधार पर सिन्धु-सभ्यता और उसके साथ ही सिन्धु-लिपि का काल ई० पू० की चौथी सहस्राब्दी रखा गया है। इसके और भी पीछे जाने की सम्भावना है। यह लिपि स्वदेशी थी या बाहर से आयी इसके विवेचन की यहाँ आवश्यकता नहीं है।[3] भारतीय लिपियों की उत्पत्ति के प्रकरण में इस पर विचार होगा। किन्तु इतना यहाँ कहा जा सकता है कि ई० पू० की छठी शताब्दी और सिन्धु-सभ्यता के समय के बीच में लिखित उदाहरणों का अभाव यह नहीं सिद्ध करता कि इस काल में भारत में लिपि अज्ञात थी।[4] प्राचीनतम वैदिक साहित्य (जो लेखन-सम्बन्धी साक्ष्यों से युक्त

---

१. ओझा, भारतीय प्राचीन लिपिमाला, पृ० २। यह राजपूताना संग्रहालय अजमेर में सुरक्षित है।

२. सर जॉन मार्शल, मोहनजोदरो एण्ड इण्डस सिविलीज़ेशन, भाग २। मैके, दि इण्डस सिविलीज़ेशन।

३. यह सिद्ध करने के लिए कि यह लिपि बाहर से आयी कोई युक्तिसंगत प्रमाण नहीं है। सुमेर, जो सिन्धुघाटी की लिपि का उद्गम माना जाता है, की अनुश्रुति स्वयं मानती है कि कृषिकला और धातुकला के साथ लेखन-कला वहाँ समुद्र के मार्ग से पहुँची थी (वुली, सी० एल०, सुमेरियन्स पृ० १८९)। इस विषय के कुछ विशिष्ट विद्वानों ने, सिन्धुघाटी की लिपि से ब्राह्मी की उत्पत्ति की सम्भावना बताई है। (दि स्क्रिप्ट ऑफ् हरप्पा एण्ड मोहनजोदरो ऐण्ड इट्स कनेक्शन विद अदर स्क्रिप्ट्स, केगन पॉल, लन्दन, १९३४, पृ० ४९)।

४. उत्तरी भारत के अनेक टीले, जो देश की सभ्यता को छिपाये हुए हैं अब तक नहीं खोदे गये हैं। जब तक यह कार्य नहीं हो जाता तब तक नकरात्मक उक्तियों पर अनावश्यक जोर देना उचित नहीं प्रतीत होता।

है) का प्रारम्भ और सिन्धु-सभ्यता का उदय समसामयिक थे। दोनों प्रमाण मिलकर ईसा पूर्व की चौथी सहस्राब्दी में भारत में असंदिग्ध रूप से लेखन के अस्तित्व को सूचित करते हैं।

इस प्रकार देश की परम्पराएँ, विदेशी लेखकों का साक्ष्य, साहित्यिक प्रमाण तथा अवशिष्ट लेख सभी भारत में लेखन की अति प्राचीनता को सिद्ध करते हैं। यह प्राचीनता ईसा पूर्व की चौथी सहस्राब्दी तक जाती है। प्राचीनतम भारतीय लेखन के उदाहरण, सुमेर, मिस्र और एलाम के उदाहरणों के समकालीन ठहरते हैं।

अध्याय दूसरा

प्राचीन भारत में प्रयुक्त लिपियों के प्रकार और नाम

१. अष्टाध्यायी में लिपियों का प्राचीनतम उल्लेख

लेखन के लिए (लिपि या लिबि) शब्द का प्राचीनतम निर्देश ८०० ई० पू० के पाणिनि प्रणीत व्याकरण ग्रन्थ अष्टाध्यायी में हुआ है।[1] किन्तु देश में कितने प्रकार की लिपियाँ प्रचलित थीं तथा उनके क्या नाम थे, इन प्रश्नों के उत्तर के लिए अष्टाध्यायी में कुछ भी नहीं है। पाणिनि केवल एक यवनानी लिपि का निर्देश करते हैं; जिसका अस्तित्व उन्हें विदित था। अपेक्षाकृत अधिक प्रचलित भारतीय लिपियों के निर्देश का उन्हें अवसर ही नहीं प्राप्त हुआ। कौटिल्य के अर्थशास्त्र में[2] भी राजकुमारों को पढ़ाये जाने वाले एक विषय के रूप में लिपि का निर्देश है; किन्तु इससे अधिक का ज्ञान वहाँ उपलब्ध नहीं होता। अशोक के अभिलेखों[3] में 'लिपि', 'लिबि' और 'दिपि' शब्द आये हैं और सभी का अभिप्राय लेखन से है। अशोक के समय में कम से कम दो लिपियाँ—ब्राह्मी और खरोष्ठी—प्रचलित थीं, किन्तु अशोक के अभिलेखों में कहीं भी उनके नाम का निर्देश नहीं है।

२. जैन सूत्रों में लिपियों का उल्लेख

जैन सूत्रों—पन्नवणासूत्र, समवायाङ्गसूत्र तथा भगवतीसूत्र—में आकर हमें विभिन्न लिपियों के नाम उपलब्ध होते हैं। पहले दो में अठारह लिपियों की सूची है तथा अन्तिम में केवल एक ब्राह्मी का निर्देश है।[4]

अठारह लिपियों की सूची इस प्रकार है :—

१. बंभी (ब्राह्मी),

---

१. ३।२।२१।
२. २।१।२।
३. ये सूत्र ब्राह्मण सूत्रों की अपेक्षा परवर्ती हैं।
४. नमो बंभीये लिबिये (ब्राह्मी लिपि को नमस्कार)।

२. जवनालि या जवणालिय (ग्रीक लिपि),
३. दोसपुरिय (या दोसपुरिस),
४. खरोत्थि (खरोष्ठी),
५. पुक्खरसरिया,
६. भोगवैगा,
७. पहाराइय (या पहरैया),
८. उय-अंतरिक्खिया (उयमितर करिय),
९. अक्खरपिट्ठिया (अक्खरपुंट्ठिया),
१०. तेवनैया (या वेणैया),
११. गि (नि १) ण्हैया (या ण्हिणत्तिया),
१२. अंकलिवि (या अंकलिक्ख),
१३. गनितलिवि (या गनियलिवि),
१४. गंधव्व-लिवि;
१५. आदंसलिवि (या आयस-लिवि),
१६. माहेसरि (या महास्सरि),
१७. दामिलि (=द्राविड़) तथा
१८. पोलिम्दि (पौलिन्दि, पुलिन्दों की)।

३. ललितविस्तर में लिपियों का उल्लेख

बौद्धग्रंथ ललितविस्तर[1] में, जैन सूत्रों की सूची से भी बड़ी एक सूची सुरक्षित है। ललितविस्तर में निर्दिष्ट लिपियों के नाम नीचे दिये जाते हैं :—

१. ब्राह्मी,
२. खरोष्ठी,
३. पुष्करसारि,
४. अंगलिपि,
५. वंगलिपि,
६. मगध लिपि,
७. मङ्गल्य लिपि,
८. मनुष्य लिपि,
९. अंगुलिय लिपि,
१०. शकारि लिपि,
११. ब्रह्मवल्लि लिपि,
१२. द्रविड लिपि,

---

१. यह ग्रंथ संस्कृत में लिखा गया है; जिसमें भगवान् बुद्ध का जीवन-चरित वर्णित है। इसकी ठीक तिथि निश्चित करना सम्भव नहीं है। किन्तु ३०८ ई० में इसका चीनी भाषा में अनुवाद किया गया था, अतः इसका समय अवश्य ही इससे एक या दो शताब्दी पूर्व होना चाहिए।

१३.	कनारि लिपि,	३९.	उपर गौड लिपि,
१४.	दक्षिण लिपि,	४०.	पूर्व विदेह लिपि,
१५.	उग्र लिपि,	४१.	उत्क्षेप लिपि,
१६.	संख्या लिपि,	४२.	निक्षेप लिपि,
१७.	अनुलोम लिपि,	४३.	विक्षेप लिपि,
१८.	ऊर्ध्वधनुर्लिपि,	४४.	प्रक्षेप लिपि,
१९.	दरद लिपि,	४५.	सागर लिपि,
२०.	खस्य लिपि,	४६.	वज्र लिपि,
२१.	चीन लिपि,	४७.	लेख प्रति लेख लिपि,
२२.	हूण लिपि,	४८.	अनुद्रुत लिपि,
२३.	मध्यक्षर विस्तार लिपि,	४९.	शास्त्रावर्त लिपि,
२४.	पुष्प लिपि,	५०.	गणावर्त लिपि,
२५.	देव लिपि,	५१.	उत्क्षेपावर्त लिपि,
२६.	नाग लिपि,	५२.	विक्षेपावर्त लिपि,
२७.	यक्ष लिपि,	५३.	पाद लिखित लिपि,
२८.	गन्धर्व लिपि,	५४.	द्विरुत्तरपद-सन्धि लिखित लिपि,
२९.	किन्नर लिपि,	५५.	दशोत्तर पद-सन्धि लिखित लिपि,
३०.	महोरग लिपि,	५६.	अध्याहारिणि लिपि,
३१.	असुर लिपि,	५७.	सर्वरुत्संग्रहणि लिपि,
३२.	गरुड लिपि,	५८.	विद्यानुलोम लिपि,
३३.	मृगचक्र लिपि,	५९.	विमिश्रित लिपि,
३४.	चक्र लिपि,	६०.	ऋषितपस्तोत लिपि,
३५.	वायुमरु लिपि,	६१.	धरणि प्रेक्षण लिपि,
३६.	भौमदेव लिपि,	६२.	सर्वौंसध-निष्यन्द लिपि,
३७.	अन्तरिक्ष लिपि,	६३.	सर्वसार संग्रहणि लिपि, तथा
३८.	उत्तर कुरु द्वीप लिपि,	६४.	सर्वभुतरुद्ग्रहणि लिपि ।

ऊपरकी सूचियों में भारतीय और अभारतीय लिपियों के, जो सूचियों के संग्रह-काल में भारतीयों को विदित थीं, या जिनकी वे कल्पना कर सकते थे, नाम सम्मिलित हैं। इस सम्पूर्ण समुदाय में से अस्ति-प्रमाण के आधार पर केवल दो लिपियों की पहचान हो सकती है। ये दो ब्राह्मी और खरोष्ठी हैं। इस सम्बन्ध में चीनी विश्वकोष फा-वान-सु-लिन (रचनाकाल ६१८ ई०) हमारी सहायता करता है।

इसके अनुसार लेखन का आविष्कार तीन दैवी शक्तियों द्वारा हुआ। इनमें से प्रथम फान (ब्रह्मा) था जिसने बायें से दायें को लिखी जाने वाली ब्राह्मी लिपि का आविष्कार किया; दूसरी दैवी शक्ति क्या-लु (खरोष्ठ) था जिसने दायें से बायें को चलने वाली खरोष्ठी लिपि का आविष्कार किया और तीसरी सबसे कम महत्त्व का त्सम्-कि था जिसके द्वारा आविष्कृत लिपि ऊपर से नीचे को चलती है। विश्वकोष से पुनः विदित होता है कि पहली दो दैवी शक्तियों का जन्म भारत में तथा तीसरी का चीन में हुआ था। प्रथम दो प्रकार के लेखन के उदाहरण अशोक के अभिलेखों में समान काल में उपलब्ध हैं। मानसेरा और शाहबाजगढ़ी से प्राप्त होने वाले उसके दो अभिलेख, जो दायें से बायें को लिखे गये हैं, निश्चित ही खरोष्ठी लिपि में हैं।[1] अशोक के शेष अभिलेख बायें से दायें को लिखे जाने वाले ब्राह्मी में हैं जो देश की सर्वप्रचलित लिपि थी।[2] भारत में अपने व्यापक प्रचलन के कारण ब्राह्मी और खरोष्ठी को सूचियों में विशिष्ट स्थान दिया गया है।

४. लिपियों का वर्गीकरण

सूक्ष्म निरीक्षण से अधिकांश लिपियों को निम्नलिखित वर्गों में विभाजित किया जा सकता है, यद्यपि उनमें से कुछ का ज्ञान और पहचान अब भी नहीं हो सकी है :

(१) भारत की सर्वप्रचलित लिपि : ब्राह्मी। यह अक्षर सम्बन्धी लेखन-प्रणाली थी।

(२) भारत के उत्तर-पश्चिम में सीमित लिपि : खरोष्ठी। इसमें ब्राह्मी के वर्णों का ही प्रयोग होता था किन्तु उनका रूप भिन्न था।

(३) भारत में ज्ञात विदेशी लिपियाँ—

१. यवनालि (यवनानि) = ग्रीक। व्यापार के माध्यम से भारतीय इससे परिचित थे। इण्डो-बैक्ट्रियन और कुषाण सिक्कों पर के विरुदों में भी इसका प्रयोग होता था।

२. दरदलिपि (दरद लोगों की लिपि),

३. खस्य लिपि (खसों-यानेशकों की लिपि),

---

१. हुलश, इन्स्क्रिप्शनम् इण्डिकेरम्, खण्ड १।

२. वही।

४. चीनी लिपि (चीन देश की लिपि),

५. हूण लिपि (हूणों की लिपि),

६. असुर लिपि (पश्चिमी एशिया के आर्यों के बन्धु असुरों की लिपि),

७. उत्तर कुरुद्वीप लिपि (हिमालय के परे उत्तर कुरु लोगों की लिपि),

८. सागर लिपि (सागर सम्बन्धी लिपियाँ)।

(४) भारत की प्रान्तीय लिपियाँ—भारतवर्ष की आधुनिक प्रान्तीय भाषाओं के समान ब्राह्मी के साथ-साथ, इसी के विभिन्न रूप या इससे निकली हुई या ब्राह्मी के पूर्व रूप या किसी स्वतन्त्र लिपि से निकली हुई अन्य प्रान्तीय लिपियाँ निश्चित ही प्रचलित रही होंगी। ब्राह्मी के प्रकारों के अतिरिक्त अन्य सभी समय के प्रवाह में नष्ट हो गयीं। फिर भी निम्नांकित नामों में उनमें से कुछ शेष हैं :

(अ) पुखरसारिय (पुष्कर सारिय) बहुत सम्भव है यह लिपि पश्चिमी गन्धार जिसकी राजधानी पुष्करावती थी, में प्रचलित थी।

(आ) पहारैय (उत्तरी पर्वतीय प्रदेशों की लिपि),

(इ) अंग लिपि (अंग—उत्तरी-पूर्वी बिहार की लिपि),

(ई) वंग लिपि (बंगाल में प्रचलित लिपि),

(उ) मगध लिपि (मगध में प्रचलित लिपि),

(ऊ) द्रविड़ लिपि (दामिलि) (द्रविड़ प्रदेश की लिपि),

(ए) कनारि लिपि (कन्नाड़ी लिपि),

(ऐ) दक्षिण लिपि (दक्षिण की लिपि),

(ओ) अपर-गौड़ी-लिपि (पश्चिमी गौड़ की लिपि) तथा,

(औ) पूर्व विदेह लिपि (पूर्वी विदेह की लिपि)।

(५) जातीय लिपियाँ—

(अ) गन्धर्व लिपि (हिमालय की गन्धर्व जाति की लिपि),

(आ) पोलिन्दि (विन्ध्याचलीय पुलिन्द जाति की लिपि)

(इ) उग्रलिपि (उग्रजाति की लिपि)

(ई) नागलिपि (नाग जाति की लिपि)

(उ) यक्ष-लिपि (हिमालय प्रदेशीय यक्ष जाति की लिपि)

(ऊ) किन्नर-लिपि (हिमालय प्रदेशीय किन्नरों की लिपि)

(ए) गरुड़-लिपि (गरुड़ों की लिपि)।

(६) साम्प्रदायिक लिपियाँ—

(अ) महेसरी (माहेस्सरि = महेश्वरी, शैव लोगों में प्रचलित लिपि)

(आ) भौमदेव लिपि (भूमि पर के देवताओं-ब्राह्मणों की लिपि)

(७) चित्रात्मक लिपियाँ या चित्र लिपियाँ—

(अ) मङ्गल्य लिपि (एक मांगलिक लिपि)

(आ) मनुष्य लिपि (मानवाकृतियों का प्रदर्शन करने वाली लिपि)

(इ) अङ्गुलीय लिपि (अंगुलियों की समानता करने वाली लिपि)

(ई) ऊर्ध्वधनुर्लिपि (संहित धनुष की समानता वाली लिपि)

(उ) पुष्पलिपि [फूलदार (सजावटी ?) लिपि]

(ऊ) मृगचक्रलिपि (पशुओं के वृत्त बनाने वाली लिपि)

(ए) चक्रलिपि (वृत्ताकार लिपि)

(ऐ) वज्रलिपि (वज्र के रूप वाली लिपि)

(८) सांकेतिक लिपियाँ—

(अ) आंकलिपि (या संख्या लिपि) (वर्गों के स्थान पर अंकों का प्रयोग करने वाली लिपि)

(आ) गणित लिपि—(गणित सम्बन्धी कोई विशिष्ट लिपि)

(९) उत्कीर्ण अथवा छिन्न लिपि—

(अ) आदंश या आयसलिपि—(लौह उपकरण से खोदी, काटी या छेदी गयी लिपि)

(१०) शैली-लिपियाँ—

(अ) उत्क्षेप लिपि (ऊपर की ओर फेंकान वाली लिपि),

(आ) निक्षेप लिपि (नीचे की ओर फेंकान वाली लिपि),

(इ) विक्षेप लिपि (चारों ओर फेंकान वाली लिपि),

(ई) प्रक्षेप लिपि (एक विशेष ओर प्रकृष्ट लिपि)

(उ) मध्यक्षर-विस्तार-लिपि (ऐसी लिपि जिसके अक्षरों का मध्य भाग सौन्दर्य की दृष्टि से विस्तृत कर दिया गया है)

(११) यौगान्तरिक लिपियाँ—

(१) विमिश्रित लिपि (रूप, संयोग और वर्णों का मिश्रण रूप लिपि)

(१२) शार्टहैण्ड या अनुलेखन—

(१) अनुद्रुत लिपि (द्रुत या शार्टहैण्ड लेखन)

(१३) पुस्तकों की विशिष्ट शैली—

(१) शास्त्रावर्त (विशिष्ट ग्रन्थ। के लेखन में प्रयुक्त होने वाली औद्दे।गक लिपि)

(१४) गणना की विशिष्ट लिपि—

(१) गणावर्त (गणित सम्बन्धी कोई विशिष्ट लिपि)

(१५) काल्पनिक या अतिकृत लिपि—

(अ) देवलिपि (देवताओं की लिपि)

(आ) महोरग लिपि (सर्पों की लिपि)

(इ) वायुमरुलिपि (मरुद्गणों की लिपि)

(ई) अन्तरिक्षदेव लिपि (आकाश के देवताओं की लिपि)

पारलौकिक या काल्पनिक लिपियों को छोड़ कर लिपियों की शेष शैलियों अथवा प्रकारों के प्रतिनिधि, प्रान्तीय वर्णों तथा दूसरी रूपात्मक एवं आलंकारिक लेखन-शैलियों के रूप में, भारतवर्ष तथा पड़ोस के दूसरे देशों में विद्यमान हैं।

हड़प्पा और मोहेनजोदरो के पुरातात्त्विक उत्खनन से ४००० ई० पू० में भारत में प्रचलित एक लेखन-प्रणाली प्रकाश में आयी है। ठोस प्रमाणों के आधार पर भारत में प्रचलित रहने वाली यह प्राचीनतम लेखन-प्रणाली है। यह प्रारम्भिक लेखन-युग और ध्वन्यात्मक-लेखन-युग के संक्रान्ति काल की विमिश्रित लिपि है। इसमें रूप (पिक्टोग्रैफ), भावचित्र (आइडियोग्रैफ) और संयोग (सिलेबस) (उपरि-निर्दिष्ट सूची में दिये गये विभिन्न नामों के सदृश) सम्मिलित हैं।

अध्याय तीसरा

भारतीय लिपियों की उत्पत्ति

भारतीय और चीनी दोनों ही अनुश्रुतियाँ इस विषय में एकमत हैं कि भारतवर्ष की दो प्रमुख लिपियों—ब्राह्मी और खरोष्ठी—का आविष्कार भारतवर्ष में हुआ। किन्तु सिन्धुघाटी की लिपि के प्रकाश में आने के पूर्व भारत में ई० पू० चतुर्थ सहस्राब्दी और पंचम शताब्दी (ई० पू०) के मध्यवर्ती काल के किसी अभिलेख के उपलब्ध न होने तथा पश्चिमी एशिया में लेखन के प्रत्यक्ष प्रमाण मिलने से अनेक विद्वानों ने लेखन के 'एक मूल' में विश्वास करते हुए भारतीय लिपियों की उत्पत्ति पश्चिमी एशिया के किसी देश या यूनान से मानी थी। कतिपय विद्वानों की धारणा थी और कुछ की अब भी है कि कम से कम ब्राह्मी लिपि की उत्पत्ति स्वदेश में ही हुई। खरोष्ठी के विषय में यह धारणा सर्वभान्य सी है कि उसकी उत्पत्ति भारतेतर देश में हुई और पश्चिमी एशिया से भारत में उसका प्रवेश हुआ। सिन्धुघाटी की लिपि की उत्पत्ति के सम्बन्ध में विद्वानों में मतभेद है और इस सम्बन्ध में अनेक मतों का प्रतिपादन किया गया है। इस अध्याय में लेखन की इन तीनों पद्धतियों की उत्पत्ति का पृथक्-पृथक् विवेचन किया जायगा।

अ सिन्धुघाटी की लिपि की उत्पत्ति

सिन्धुघाटी में हरप्पा और मोहेनजोदरो से प्राप्त होने वाली लिपि भारतवर्ष की प्राचीनतम ज्ञात लिपि है।[1] दुर्भाग्यवश अब तक संतोषजनक रीति से इसे पढ़ा नहीं जा सका। इससे सिन्धुघाटी की लिपि की समस्या और भी दुस्साध्य बन गयी है। वे विद्वान् जो सिन्धुघाटी की सभ्यता को द्रविड़ सभ्यता मानते हैं सिन्धुघाटी की लिपि को भी द्रविड़मूल वाली बताते हैं। किन्तु इस विचार को स्वीकार करने में प्रमुख आपत्ति यह है कि सिन्धुघाटी की लिपि के परवर्ती लेखन के उदाहरण उत्तर भारत में प्राप्त हुए हैं दक्षिण भारत में नहीं, जहाँ अधिकांश द्रविड जाति निवास करती है। सिन्धुघाटी की लिपि तथा सुमेर और एलाम की लिपियों के साम्य के आधार

---

१. सर जॉन मार्शल : मोहेनजोदड़ो एंण्ड दि इण्डस सिविलीज़ेशन, खण्ड १ तथा २; देखिये फलक सं० १।

पर अनेक विद्वानों की यह धारणा है कि सिन्धुघाटी की लिपि पश्चिमी एशिया से भारत में लायी गयी थी। दुर्भाग्य से सिन्धुघाटी की लिपि की भाषा अब भी एक पहेली है और निश्चयपूर्वक यह निर्णय नहीं किया जा सकता कि इनमें से कौन अनुकरण करने वाला था।

१. द्रविड़ उत्पत्ति का सिद्धान्त

कुछ विद्वान् जिनका विश्वास है कि सिन्धुघाटी की सभ्यता आर्यों के पहले की एवं आर्येतर लोगों की थी, इस धारणा के है कि प्रागैतिहासिक सिन्धुघाटी के लोग, भाषा और लिपि द्रविड़ थे। एच०हेरास एस०आई०[1] इस मत के प्रबल पोषक हैं। यद्यपि सर जॉन मार्शल एवं उनके सहकारियों की भी न्यूनाधिक रूप में वैसी ही धारणा है। हेरास मोहेनजोदरो के लेखों को बायीं ओर से पढ़ते हैं तथा तामिल भाषा में उन्हें रूपान्तरित (ट्रान्सलिटरेट) कर देते हैं।[2] इस मत को स्वीकार करने में हमारे सामने सबसे बड़ी कठिनाई यह है कि चतुर्थ सहस्राब्दी ई० पू० में बोली या लिखी जाने वाली तामिल भाषा का हमें किंचित् भी ज्ञान नहीं है। अतः हेरास द्वारा प्रस्तावित पाठ को प्रामाणिक नहीं माना जा सकता। आधुनिक तामिल भाषा का सिन्धुघाटी की विचाराधीन भाषा से समानता ठहराना उचित नहीं है। जहाँ तक सिन्धुघाटी की लिपि में प्रयुक्त कथाओं का सम्बन्ध है ये किसी भी भाषा में गढ़ी जा सकती हैं क्योंकि लिपि अंशतः चित्रात्मक है।

२. सुमेरी वा मिस्री उत्पत्ति का सिद्धान्त

एल० ए० वैडेल ने अपनी पुस्तक "दि इण्डो-सुमेरियन सील्स डिसाइफर्ड"[3] में यह धारणा व्यक्त की है कि चतुर्थ सहस्राब्दी ई० पू० में सुमेर के लोग सिन्धुघाटी में आकर बस गये और उन्हीं नें अपनी भाषा और लिपि का वहाँ प्रसार किया। इस पुस्तक में उन्होंने भारतीथ आर्यों के सौमेर मूल को सिद्ध करने का प्रयास किया है। मुद्राओं पर उन्होंने भारतीय आर्यों के प्राचीन साहित्य में निर्दिष्ट राजाओं और राजधानियों के नामों को भी पढ़ा है। वेडेल का यह विचार था कि सिन्धुघाटी की लिपि सुमेर की लिपि से निकली है।

---

१. मोहेनजोदरो, दि पीपुल एण्ड दि लैण्ड, इण्डियन कल्चर, खंड ३, १९३७ प्रोटो इण्डियन स्क्रिप्ट एण्ड सिविलीज़ेशन।

२. मोहेनज़ोदरो एण्ड दि इण्डस सिविलीज़ेशन, खण्ड १, २।

३. लन्दन, लुजाक एण्ड कं० ४६ ग्रेट रसेल स्ट्रीट, डब्ल्यू० सी०, १९२५।

भारतीय विद्वानों में डा० प्राणनाथ[1] वैडेल के मत का समर्थन करते हैं और सिन्धुघाटी की लिपि के मूल का अनुसंधान सुमेर में करते हैं। इसमें संदेह नहीं कि भारत, पश्चिमी एशिया, मिस्र तथा क्रीट की प्राचीनतम लिपियों में उनकी चित्रात्मकता तथा सामुद्रिक व्यापार द्वारा उन देशों में पारस्परिक सम्बन्ध के कारण, कुछ समानता है; किन्तु हमारे ज्ञान की वर्तमान अवस्था में इस बात का निर्णय कौन कर सकता है कि इन देशों में किसने लेखन-कला का आविष्कार किया और किसने अनुकरण किया। मेसोपोटामिया की ऐतिहासिक अनुश्रुतियों के अनुसार सौमेर सभ्यता के जन्मदाता बाहर से आये थे तथा अपने साथ वे कृषि, धातुकर्म एवं लेखन-कला को लाये थे। सुमेर में लेखन-कला के प्रसार के लिए उत्तरदायी देवताओं और महापुरुषों के नाम सेमेटिक की अपेक्षा भारतीय हैं। ऐसी परिस्थिति में वैडेल का मत काल्पनिक प्रतीत होता है, अतएव वह किसी भी प्रकार मान्य नहीं हो सकता।[2]

३. स्वदेशी उत्पत्ति का सिद्धान्त

कुछ लोगों का ऐसा विश्वास है कि सिन्धुघाटी के लोग या तो आर्य थे या असुर, जो जाति और संस्कृति की दृष्टि से आर्यों से सम्बन्धित थे किन्तु बाद में मेसोपोटामिया और पश्चिमी एशिया की ओर चले गये। उनके मतानुसार सिन्धुघाटी की लिपि का प्रादुर्भाव इसी देश में हुआ था। पूर्व-एलाम-सुमेर तथा मिस्र की लिपियों से इनकी समानता यह नहीं सिद्ध करती कि सिन्धुघाटी की लिपि इनमें से किसी एक से निकली है। सिन्धुघाटी की लिपि ही सम्भवतः मौलिक थी जो असुरों और पणियों के द्वारा दूसरे देशों में फैली।[3]

इस सम्बन्ध में जी० आर० हन्टर के मत का निर्देश उपयोगी होगा, "अनेक चिह्नों में प्राचीन मिस्र की लिपि से विशिष्ट समानता है। मानव-शरीरात्मक चिह्नों के समस्त समुदाय के अनुरूप चिह्न (समूह) मिस्र की लिपि में भी उपलब्ध हैं जो वस्तुतः वैसे ही हैं।

---

१. दि स्क्रिप्ट ऑन दि इण्डस वैली सील्स, इ० हि० क्वा० १९३१; सुमेरो-इजिप्शियन ओरिजिन ऑफ दि आर्यन्स एण्ड दि ऋग्वेद, जर्नल ऑफ दि बनारस हिन्दू यूनीवर्सिटी खण्ड १ अं० २, १९३७।

२. वूली, सी० एल० : दि सुमेरियन्स, पृ० १८९।

३. के० एन० दीक्षित: प्रीहिस्टॉरिक सिविलीज़ेशन ऑफ दि इण्डस वैली, पृ० ४६।

"इस सम्बन्ध में यह स्मरणीय है कि इन मानवाकृति चिह्नों में से एक का भी प्राचीन समानान्तर सुमेर या पूर्व-एलाम (प्रोटो-एलमाइट) की लिपियों में नहीं है। इसके विपरीत हमारे अनेक चिह्नों के ठीक समानरूप पूर्व-एलम और जेम्देत-नस्र की ताबीजों में उपलब्ध होते हैं। ये ऐसे हैं कि जिनके जीवरूपात्मक (मोरफोग्राफिक) प्रतिरूप मिस्र की लिपि में नहीं हैं। कोई भी विवश होकर इसी निष्कर्ष पर पहुँचेगा कि हमारी लिपि अंशतः मिस्र और अंशतः मेसोपोटामिया से ली गयी है। यह सत्य है कि इन चिह्नों का अधिक अंश समानरूप से तीनों लिपियों में पाया जाता है; जैसे वृक्ष, मछली, चिड़िया इत्यादि के लिए प्रयुक्त चिह्न। किन्तु यह आकस्मिक समता-मात्र है और वास्तव में चित्रलिपि की अवस्था में अपरिहार्य है। कारणपरक सम्बन्ध का केवल उस समय निराकरण होता है जब अपेक्षाकृत अधिक रूढ़ और कम स्पष्ट विचार-चित्रों में (आइडियोग्राम---किसी आशय या कल्पना के लिए विशेष संकेत), विशेषतः उन विचार-चित्रों में, जो इतने रूढ़ हो गये हों कि उनके चित्रात्मक (पिक्टोग्राफिक) मूल का पता ही न चले, विशिष्ट सम्बन्ध लक्षित हो तथा अंशतः जहाँ आसानी से पहचाने जाने योग्य चित्र इसी प्रकार की विविधता प्रकट करते हैं, वहाँ दूसरा प्रकार हमारी लिपि तथा पूर्व-एलेमाइट लिपि के बीच बहुत ही स्पष्ट रूप से लक्षित है। तुलनात्मक फलकों से यह बात स्पष्ट हो जायगी। निश्चय ही यह सम्भव है कि तीनों का मूल एक ही रहा हो और हमारी लिपि में केवल मिस्र तत्त्व लियेगये। यह भी सम्भव है कि चारों लिपियों का समान मूल हो। किन्तु यह एक गवेषणा का विषय है जिससे यहाँ हमारा सम्बन्ध नहीं है। मानवशास्त्रीय (एन्थ्रोपोलॉजिकल) प्रमाणों के बिना रूप लिपि की अवस्था में इस मत का समाधान बड़ा कठिन है कि प्रागैतिहासिक काल में नील, फरात तथा सिन्धु की घाटी के निवासियों में जातीय समानता थी या नहीं।"[१]

सिन्धुघाटी की लिपि के मूल पर विचार करते हुए डेविड डिरिञ्जर लिखते हैं: "इस सम्बन्ध में दो अन्य समस्याओं का निर्देश भी आवश्यक है, लिपि का मूल (जन्म) तथा अन्य लिपियों के आविष्कार पर इसका प्रभाव। यह स्पष्ट प्रतीत होता है कि सिन्धुघाटी की लिपि जो प्राप्त लेखों में अपेक्षाकृत अधिक योजनाबद्ध और पंक्तिबद्ध है, प्रारम्भ में चित्र-लिपि-परक थी, किन्तु यह निर्णय करना असम्भव है कि वास्तव में यह स्वदेशी थी या विदेशी। कीलाक्षर (क्यूनीफॉर्म) लेखन एवं प्राचीन एलाम

---

१. दि स्क्रिप्ट ऑफ हरप्पा एण्ड मोहोनजोदरो एण्ड इट्स् कनेक्शन विद अदर स्क्रिप्ट्स, पृ० ४५-४७।

के पूर्व रूप में इस लिपि का सम्बन्ध सम्भव है। किन्तु यह निश्चय करना सम्भव नहीं है कि उस सम्बन्ध का क्या स्वरूप था। कुछ समाधान जो निर्णायक नहीं समझे जा सकते, प्रस्तुत किये जाते हैं :—

(१) सम्भवतः सिन्धुघाटी की लिपि एक प्राचीन लिपि से निकली है जो अभी ज्ञात नहीं है तथा जो कीलाक्षर (क्यूनीफॉर्म) एवं प्राचीन एलाम लिपि का भी उद्गम रही होगी।

(२) तीनों स्थानीय सृष्टि हो सकती है। कीलाक्षर (क्यूनीफॉर्म) या प्राचीन एलाम लिपि का पूर्व रूप सम्भवतः एक मौलिक आविष्कार था तथा अन्य दोनों लेखनों के अस्तित्व के ज्ञान से प्रेरित उपज।"[1]

अपने ज्ञान की वर्तमान अवस्था में किसी मत विशेष पर विश्वास कर लेना निरापद नहीं, हम केवल सम्भावनाओं की बात कर सकते हैं। इसमें किंचित् संदेह नहीं कि प्रागैतिहासिक काल में अरब और भूमध्य सागर के तटवर्ती देशों में पारस्परिक सम्बन्ध था तथा उन्होंने एक दूसरे को प्रभावित भी किया होगा। जहाँ तक एक के द्वारा दूसरे का अनुकरण करने की बात है, निम्नलिखित ऐतिहासिक परम्पराएँ हमारी सहायता करेंगी :—

(१) प्राचीन मिस्र की सभ्यता को जन्म देने वाले लोग पश्चिमी एशिया से मिस्र गये थे।[2]

(२) ग्रीक लेखकों के अनुसार प्राचीनकाल के महान् सामुद्रिक तथा संस्कृति प्रसारक फोनिसियन लोग पश्चिमी एशिया के विशाल बन्दरगाह टायर के उपनिवेशी थे।[3]

(३) स्वयं सुमेरी लोग समुद्रमार्ग से आये।[4]

(४) पुराणों और महाकाव्यों (रामायण और महाभारत) में सुरक्षित ऐतिहासिक परम्पराओं के अनुसार आर्य जन दक्षिणी-पश्चिमी भारत से उत्तर तथा पश्चिम की ओर गये।[5]

---

१. दि अल्फावेट, पृ० ८५।

२ मैस्प्योर : दि डान ऑफ सिविलीज़ेशन : एजिप्ट एण्ड चाल्डिया, पृ० ४५; पासिंग ऑफ दि इम्पायर, ८; स्मिथ : एन्शियेन्ट एजिप्शियन्स्, पृ० २४।

३. हेरोडोटस्, पृ० ११, १४।

४. वूली, सी० एल० : दि सुमेरियन्स, पृ० १८९।

५. एफ० ई० पार्जिटर : एन्शियेन्ट इंडियन हिस्टॉरिकल ट्रेडिशन्स, पृ० २५।

इन परिस्थितयों में यह असम्भव नहीं कि आर्यों ने या उनके बन्धु असुरों ने सिन्धुघाटी की लिपि का आविष्कार किया तथा वे उसे पश्चिमी एशिया तथा मिस्र ले गये और इस प्रकार विश्व के उन भागों में लिपि के विकास को प्रेरित किया।

आ ब्राह्मी लिपि की उत्पत्ति

जैसा कि इसके नाम से प्रतीत होता है, ब्राह्मी लिपि[1] का आविष्कार भारतीय आर्यों द्वारा या वेद की सुरक्षा के लिए हुआ था। मुख्यतः ब्राह्मण इसका प्रयोग करते थे जिनका काम था प्रतिलिपि करके और अध्यापन द्वारा वैदिक साहित्य को स्थायी बनाना तथा अगली पीढ़ी को हस्तान्तरित कर देना।[2] बाद की शताब्दियों के जैन और बौद्ध लेखकों ने इस सत्य को स्वीकार किया। वैदिक साहित्य और ब्राह्मणों के कटु आलोचक होने के कारण उन्हें पक्षपात का दोषी नहीं ठहराया जा सकता। आधुनिक लेखक भी, जो किसी सेमेटिक स्रोत से ब्राह्मी लिपि का उद्गम बताते हैं, इस बात को स्वीकार करते हैं कि प्राचीन भारतीय ब्राह्मणों ने इस लिपि को पश्चिमी एशिया से व्यापार के माध्यम से स्वीकार किया तथा ऐसी पूर्णता प्रदान की कि इसको पहचाना भी नहीं जा सकता। इस सम्बन्ध में यह प्रस्तावित किया जा सकता है कि भारत में लेखन के आविष्कार की मौलिक प्रेरणा सुमेर और बेबीलोन की भाँति व्यापारिक नहीं, अपितु धार्मिक थी और यह नितान्त असम्भव है कि आर्य संस्कृति की क्रीड़ा-भूमि उत्तरी भारत के ब्राह्मणों ने अपनी पवित्र ब्राह्मी लिपि के सूत्र को सिन्धु और सुराष्ट्र के बन्दरगाहों से ग्रहण किया हो। ब्राह्मी लिपि के मूल की समस्या के समाधान के मार्ग में आधुनिक विद्वानों के सामने सबसे बड़ी कठिनाई ई० पू० की पाँचवीं शताब्दी से पहले के ब्राह्मी लेख का अभाव है, फलतः ब्राह्मी लिपि के मूल के लिए अनेक मतों की स्थापना की गयी है। मुख्यतः इन मतों को दो भागों में विभाजित किया जा सकता है। प्रथम वे मत जो ब्राह्मी लिपि के मूल को स्वदेशी मानते हैं तथा दूसरे वे जो ब्राह्मी का मूल विदेशी स्रोत में खोजते हैं। अधोलिखित पंक्तियों

---

१. देखिये, फलक २।

२. अध्यापन में मौखिक उच्चारण का विशेष महत्त्व था। इससे अनेक विद्वानों को यह भ्रान्ति हो गयी है कि शिक्षण के समय लिखित पाठों का अस्तित्व नहीं था। ये विद्वान् भूल जाते हैं कि आज भी जब कि उच्चकोटि के मुद्रण का आविष्कार हो गया है, कट्टर हिन्दू मौखिक शिक्षा पर ही जोर देते हैं तथा उनके अनुसार एक योग्य शिक्षक को अध्यापन के समय पुस्तक का आश्रय नहीं लेना चाहिये।

में संक्षेप में इन मतों को उपस्थित करने तथा उनके विवेचन करने का प्रयास किया गया है।

१. स्वदेशी उत्पत्ति के पोषक सिद्धान्त

(१) **द्रविड़ मूल:** एडवर्ड टामस[1] तथा उनके मत के अन्य विद्वानों की ऐसी मान्यता थी कि ब्राह्मी वर्णों के आविष्कार का श्रेय द्रविड़ लोगों को है जिनका अनुकरण आर्यों ने किया। इस मत का आधार यह अनुमान मालूम पड़ता है कि आर्यों के तथाकथित भारतीय आक्रमण के पूर्व द्रविड़ों का सम्पूर्ण भूमि पर अधिकार था और सांस्कृतिक दृष्टि से अधिक उन्नत होने के कारण उन्होंने लेखन-कला का आविष्कार किया। यह कल्पना मूलतः असत्य है, क्योंकि द्रविड़ लोगों की मूलभूमि दक्षिण में थी तथा आर्यों का मूल अभिजन उत्तरी भारत था।

इस सिद्धान्त के विरुद्ध यह तर्क उपस्थित किया जा सकता है कि लेखन के प्राचीनतम उदाहरण आर्यों के मूल देश उत्तरी भारत में पाये गये हैं, द्रविड़ों की निवास-भूमि दक्षिण में नहीं। इसके अतिरिक्त द्रविड़ भाषाओं की विशुद्धतम वर्तमान प्रतिनिधि तमिल में वर्ग के केवल प्रथम और पंचम वर्ण पाये जाते हैं जब कि ब्राह्मी में वर्ग के पाँचों वर्ण हैं। ध्वनि की दृष्टि से तमिल के अल्पसंख्यक वर्ण सम्पन्न ब्राह्मी वर्णों से गृहीत प्रतीत होते हैं।

(२) **आर्य या वैदिक मूल :** जनरल कनिंघम[2], डाउसन[3], लेसेन[4] प्रभृति विद्वानों की मान्यता थी कि आर्य पुरोहितों ने देश्य भारतीय चित्रलिपि से ही ब्राह्मी अक्षरों का विकास किया। बूलर[5] निम्नलिखित शब्दों में कनिंघम की आलोचना करते हैं, "कनिंघम का विचार, जिसका समर्थन पहले कुछ विद्वानों ने किया था, भारतीय चित्रलिपि की पूर्व-कल्पना करता है, किन्तु इसका अभी तक कुछ भी पता नहीं लगा है।" सिन्धुघाटी की लिपि[6] के प्रकाश में आने से, जो चित्रात्मक है, बूलर

---

१. न्यू० क्रा०, १८८३, सं० ३।
२. क्वाइन्स ऑफ ऐंश्येिण्ट इण्डिया, खण्ड १, पृ० ५२।
३. जे० आर० ए० एस०, १८८१, पृ० १०२, इण्डियन एण्टिक्वेरी, खण्ड ३५, २५३।
४. इंडिशे अल्टर्थमस्कुंडे, द्वितीय संस्करण, १, पृ० १००६ (१८६७)।
५. इण्डियन पेलियोग्रैफी, पृ० ९।
६. मार्शल : मोहेनजोदरो ऐण्ड इण्डस वैली सिविलीजेशन, खण्ड २।

द्वारा प्रस्तुत आपत्ति को नितान्त निर्बल बना दिया है।[1] जब तक सिन्धुघाटी की लिपि का ध्वनिशास्त्रीय मूल्यांकन नहीं होता तब तक ब्राह्मी अक्षरों पर इसके प्रभाव के विषय में कुछ भी नहीं कहा जा सकता। किन्तु यह सम्भव है कि सिन्धुघाटी की लिपि के कुछ चिह्न ब्राह्मी के कुछ वर्णों से निकले हों।[2]

र० शामशास्त्री[3] द्वारा प्रतिपादित मत के अनुसार ब्राह्मी वर्ण देवों को व्यक्त करने वाले चिह्नों और प्रतीकों से, जिनकी संज्ञा देवनगर थी, निकले हैं। इस सिद्धान्त की सबसे बड़ी निर्बलता इस बात में है कि शामशास्त्री द्वारा उपस्थित किये गये सभी प्रमाण परवर्ती तान्त्रिक ग्रन्थों के हैं। तथापि पूर्ण रूप से इस मत को अमान्य नहीं ठहराया जा सकता और यह ब्राह्मी वर्णों के चित्रलिपिपरक मूल के अति समीप है। लिपि का 'ब्राह्मी' नाम भी कुछ अंशों में इस मत की पुष्टि करता है।

डॉ० डेविड डिरिंजर[4] ने ब्राह्मी लिपि के स्वदेशी मूल के समर्थकों को निम्नलिखित तथ्यों के विषय में चेतावनी दी है :—

(१) किसी देश में दो आक्रमिक लिपियों का अस्तित्व यह नहीं सिद्ध करता कि दूसरी पहली पर आधारित है; उदाहरण के लिए, क्रीट में प्रयुक्त होने वाले प्राचीन ग्रीक वर्ण प्राचीन क्रीटन या मिनोअन लिपि से नहीं निकले हैं।

(२) यदि सिन्धुघाटी के चिह्नों तथा ब्राह्मी वर्णों में आकार-साम्य सिद्ध भी हो जाय तो भी ब्राह्मी लिपि के सिन्धुघाटी की लिपि से निकलने का उस समय तक कोई प्रमाण नहीं है जब तक यह न सिद्ध हो जाय कि दोनों लिपियों के समान चिह्नों द्वारा व्यक्त ध्वनि भी समान है।

(३) सिन्धुघाटी की लिपि सम्भवतः सांक्रांतिक पद्धति या मिश्रित अक्षर-भावपरक (सिलेबिक-आइडिओग्राफिक) लिपि थी जब कि ब्राह्मी अर्धाक्षरी थी। जहाँ तक हमें ज्ञात है, कोई भी अक्षर-भावपरक लिपि किसी वर्णात्मक लिपि के प्रभाव के बिना स्वयं वर्णात्मक नहीं बनी है। कभी किसी गम्भीर विद्वान् ने यह प्रदर्शित

१. इण्डियन पेलियोग्रैफी, पृ० ९।
२. मार्शल : मोहेनजोदरो ऐण्ड इण्डस वैली सिविलीजेशन, खण्ड २।
३. इ० ए०, खण्ड ३५, पृ० २५३-६७; २७०-९०; ३११-२४।
४. दि अल्फ़ाबेट, पृ० ३२८-३३४।

करने का प्रयास नहीं किया है कि सिन्धुघाटी की भावपरक लिगि ब्राह्मी की अर्धवर्णात्मक लिखावट में कैसे विकसित हो सकी ।

(४) बृहत् वैदिक वाङ्मय में प्राचीन आर्यावर्त में लिखावट के अस्तित्व का कोई निर्देश नहीं है......... इसका कहीं भी प्रसंग नहीं आता। प्राचीन भारतीय देवताओं में 'लिपि' का कोई देवता नहीं था यद्यपि ज्ञान, विद्या और वाक् की देवी सरस्वती अवश्य थी ।

(५) केवल बौद्ध साहित्य प्राचीन समय में लिखावट का स्पष्ट निर्देश करता है ।

(६) ....केवल अभिलेखों के आधार पर यह माना जाता है कि छठी शती ई० पू० में ब्राह्मी लिपि विद्यमान थी ।

(७) विषय के महान् पण्डितों के अनुसार........८००-६०० ई० पू० का काल भारत में व्यापारिक जीवन में विशिष्ट उन्नति प्रदर्शित करता है ।..........इसी काल में भारत के दक्षिण-पश्चिमी तट से....... बेबीलोन के साथ नौ-व्यापार का विकास हुआ है । प्रायः यह तर्क प्रस्तुत किया जाता है कि व्यापारिक विकास ने लेखन के ज्ञान के प्रसार में सहायता की ।

(८) भारत के प्राचीन आर्य इतिहास के विषय में अत्यल्प ज्ञान प्राप्त है । श्री तिलक वैदिक साहित्य की प्राचीनतम ऋचाओं का समय लगभग ७००० ई० पू० ठहराते हैं तथा श्री शंकर बालकृष्ण दीक्षित, कुछ ब्राह्मणों को ३८०० ई० पू० का बताते हैं; इस प्रकार के निराधार काल्पनिक मतों को गम्भीरतापूर्वक स्वीकार नहीं किया जा सकता। भारत में आर्यों का प्रवेश अब ईसापूर्व की दूसरी सहस्राब्दी के उत्तरार्ध में ठहराया जाता है तथा वही काल सम्पूर्ण वैदिक साहित्य की रचना का काल माना जाता है जो ईसा पूर्व प्रथम सहस्राब्दी के प्रारम्भिक भाग तक जारी रहता है ।

(९) ईसापूर्व छठी शताब्दी में उत्तरी भारत में एक विशेष धार्मिक क्रान्ति हुई, जिसने भारतीय इतिहास की गतिविधि को काफी प्रभावित किया । इसमें संदेह नहीं कि जहाँ लिपि के ज्ञान ने जैन और बौद्ध धर्मों के प्रसार में सहायता की वहाँ इन दोनों धर्मों ने विशेषकर बौद्धधर्म ने लिपि के ज्ञान के प्रसार में भी महान् योग दिया ।

(१०) संक्षेपतः, प्रमाण के विभिन्न सूत्र आर्य भारत में लिपि के प्रवेश के लिए ई० पू० आठवीं और छठी शताब्दियों के बीच का काल सूचित करते हैं।

डॉ० डेविड डिरिंजर के तर्कों के सम्यक् परीक्षण की आवश्यकता है। इनमें से प्रथम दो नितान्त असंगत हैं। किसी देश में दो आक्रमिक लिपियों की विद्यमानता तब तक परवर्ती लिपि के पूर्ववर्ती लिपि से निकलने की पुष्टि करेगी जब तक इसके विरुद्ध सिद्ध न कर दिया जाय। जहाँ तक तृतीय युक्ति का सम्बन्ध है, अभी यह सिद्ध करना शेष है कि सिन्धुघाटी की लिपि में ध्वनि-तत्त्व का अभाव है। चतुर्थ धारणा पूर्णतया मिथ्या है तथा वैदिक साहित्य के अपूर्ण ज्ञान पर आधारित है। यह कथन कि "वैदिक देवमण्डल में लिपि का देवता नहीं है किन्तु ज्ञान, विद्या तथा वाक् की देवी सरस्वती है" ठीक नहीं है। हिन्दू देवमण्डल में स्वयं सरस्वती तथा ब्रह्मा दोनों ही अपने एक हाथ में पुस्तक लिये हुए प्रदर्शित किये गये हैं। पाँचवीं युक्ति के अन्यथात्व की सिद्धि के लिए बौद्ध साहित्य की पृष्ठभूमि के अनुशीलन तथा वेदांगों और वैदिक साहित्य का अध्ययन आवश्यक है। छठी युक्ति केवल स्मारक अवशेषों का निर्देश करती है जिससे नाशवान् सामग्री पर लेखन का खंडन नहीं हो जाता। भारत तथा पश्चिम के बीच व्यापारिक सम्बन्ध विषयक सातवीं युक्ति से भारत का ऋणी होना सिद्ध नहीं होता; वस्तुस्थिति इसके विपरीत भी हो सकती है। आठवीं युक्ति में यह प्रदर्शित करने की चेष्टा की गई है कि पश्चिमी एशिया की सभ्यता की अपेक्षा भारत की सभ्यता कम पुरानी है। श्री तिलक तथा श्री शंकर के वैदिक वाङ्मय के काल-विषयक सिद्धान्त पश्चिमी विद्वानों को कोरी कल्पना प्रतीत हो सकते हैं, किन्तु बूलर और विण्टरनित्स जैसे गम्भीर पाश्चात्य विद्वानों ने यह दिखा दिया है कि भारत में आर्य सभ्यता का प्रारम्भ ईसा पूर्व चतुर्थ सहस्राब्दी में रखा जा सकता है। जहाँ तक नवम युक्ति का सम्बन्ध है इसमें किंचित् संदेह नहीं है कि जैन और बौद्ध धर्मों ने प्राकृतों को तथा उनके साथ लेखन को लोकप्रिय बनाया किन्तु दोनों ही धर्म वैदिक या संस्कृत भाषा के लिए लेखन की पूर्व-कल्पना करते हैं। वास्तव में बुद्ध ने अपने शिष्यों को छन्दों (वैदिक या लौकिक संस्कृत भाषा) में अपने संवाद लिखने का निषेध किया था। दशम युक्ति बुद्धिसंगत नहीं प्रतीत होती क्योंकि यह इस कल्पना पर आधारित है कि लेखन का मूल आर्येतर है आर्य भारत में बाहर से आये थे। अब तक कोई ऐसी तथ्यात्मक बात नहीं कही गयी जो पहले से विद्यमान किसी देश्य लेखन-पद्धति से ब्राह्मी के निकलने की सम्भावना का निषेध कर सके।

२. विदेशी उत्पत्ति के पोषक सिद्धान्त

ब्राह्मी लिपि के विदेशी मूल के समर्थक मतों को दो उपभागों में विभाजित किया जा सकता है—(क) कतिपय मत यह प्रतिपादित करते हैं कि ब्राह्मी यूनानी वर्णों से निकली है तथा (ख) अधिकांश की ऐसी मान्यता है कि ब्राह्मी का उद्गम किसी दो या अधिक सेमेटिक वर्णमालाओं के समन्वय से हुआ है।

(१) **यूनानी उत्पत्ति** : पूर्ववर्ती यूरोपीय विद्वान् भारत की किसी श्रेष्ठ तथा महान् वस्तु का उद्भव यूनान से बताने के आदी थे। ओटफ्रीड म्वेलर[1], जेम्स प्रिन्सेप[2], रावेल डी रोशे[3], स्माइल सेनार्ट[4], गोब्लेत डि-अल्वील्ल[5], जोज़ेफ हालवीं[6], विल्सन[7] इत्यादि का यह मत था कि ब्राह्मी यूनानी वर्णों से निकली है। बूलर के शब्दों में "इस पूर्व-कल्पित असम्भव मत का सहज ही निराकरण किया जा सकता है, क्योंकि ऊपर विवेचित साहित्यिक और लिपिशास्त्रीय साक्ष्यों से मेल नहीं खाता। इन प्रमाणों से यह, सम्भव ही नहीं, सत्य प्रतीत होता है कि मौर्यकाल के अनेक शताब्दी पूर्व ब्राह्मी का प्रयोग होता था तथा प्राचीनतम उपलब्ध भारतीय अभिलेखों के समय तक इसका एक लम्बा इतिहास रहा है।" यूनानी और ब्राह्मी वर्णों का सम्बन्ध इससे उलटा प्रतीत होता है। इसमें संदेह नहीं कि यूनानी वर्णमाला फोनिशियन वर्णमाला की ऋणी है। यह पहले ही सुझाया जा चुका है कि फोनिशियन (=वैदिक पणि) मूलतः भारतीय थे, जो अपने साथ भारत से लेखन-कला को ले गये थे तथा जिन्होंने पश्चिमी एशिया और यूनान में इसका प्रसार किया।

(२) **सेमेटिक मूल** : इस मत के अनेक समर्थक हैं; किन्तु सेमेटिक वर्णों की किस शाखा से ब्राह्मी वर्ण निकले या प्रभावित हुए इस प्रश्न पर उनमें मतभेद है। सुविधार्थ उन्हें निम्नांकित वर्गों में विभाजित किया जा सकता है।

(अ) **फोनिशियन मूल** : वेबर, बेन्फे, जेन्सन, बूलर प्रभृति विद्वान्[8] ब्राह्मी वर्णों के फोनिशियन मूल के पोषक थे। इस मत के समर्थन में प्रमुख तर्क यह था कि

---

१. अपनी पुस्तक अल्फ़ाबेट में पृ० ३३५ पर डेविड डिरिंजर द्वारा उद्धृत।
२. वही।
३. वही।
४. इण्डि० एण्टि०, खण्ड ३५, पृ० २५३।
५. अल्फ़ाबेट, पृ० ३३५।
६. जर्नल एशियाटिक, पृ० २६८।
७. इण्डि० एण्टि० खण्ड ३५, पृ० २५३।
८. डेविड डिरिंजर : अल्फ़ाबेट, पृ० ३३५; बूलर, इण्डियन पेलियोग्रैफ़ी, पृ० ९-११।

'लगभग एक-तिहाई फोनिशियन वर्ण अपने अनुरूप ब्राह्मी चिह्नों के प्राचीनतम रूप के समान थे तथा एक-तिहाई अन्य वर्ण कुछ-कुछ मिलते-जुलते थे, शेष में न्यूनाधिक समता प्रदर्शित की जा सकती है।' इस मत को स्वीकार करने में एक बड़ी आपत्ति यह है कि ब्राह्मी लिपि के प्रादुर्भाव के समय भारत और फोनिशिया के बीच कोई सीधा सम्बन्ध नहीं था तथा फोनिशिया का प्रभाव पश्चिमी एशिया की पड़ोसी लिपियों पर प्रायः नगण्य समझा जाता था। मैं नहीं समझता कि भारत तथा भूमध्यसागर के पूर्वी तट के मध्य १५०० तथा ४०० ई० पू० के बीच कभी सीधे सम्बन्ध का अभाव रहा है। साथ ही, फोनिशियन तथा ब्राह्मी वर्णों में साम्य भी स्पष्ट है। अब प्रश्न यह कि दोनों में से कौन किसका ऋणी है? यह प्रश्न भी फोनिशियन लोगों के मूल से सम्बन्धित है। टायर के विद्वान् सदैव यह मानते थे, तथा यूनानी इतिहासज्ञ भी इसे स्वीकार करते थे कि फोनिशियन लोग भूमध्यसागर के पूर्वी तट पर समुद्रमार्ग के द्वारा पूर्व से आये थे।[1] ऋग्वैदिक[2] प्रमाणों से फोनिशियन लोगों का भारतीय मूल लक्षित होता है। फोनिशियन तथा पश्चिमी एशिया के सेमेटिक वर्णों में साम्य के अभाव से भी यह सूचित होता है कि फोनिशियन लोग वहाँ बाहर से आये थे। इस प्रकार यह नितान्त सम्भव प्रतीत होता है कि फोनिशियन वर्णमाला भूमध्यसागर के तट पर भारत से ले जायी गयी थी।

(आ) दक्षिणी सेमेटिक मूल : टेलर, डीक तथा केनन की यह धारणा थी कि ब्राह्मी वर्ण दक्षिणी सेमेटिक वर्णों से निकले हैं।[3] इस मत की पुष्टि करना दुस्साध्य है। यद्यपि भारत और अरब के बीच सम्बन्ध सम्भव था, क्योंकि अरब, भारत और भूमध्यसागर के बीच में स्थित है, परन्तु भारत पर इस्लामी आक्रमण के पूर्व भारतीय संस्कृति पर अरब के प्रभाव का पता नहीं चलता। इसके अतिरिक्त ब्राह्मी वर्णों तथा दक्षिणी सेमेटिक वर्णों में साम्य इतना नगण्य है कि दोनों के बीच कोई सम्बन्ध बताना हास्यास्पद है।

(इ) उत्तरी सेमेटिक मूल : इस मत के प्रमुख पोषक डॉ० बूलर हैं।[4] दक्षिणी सेमेटिक वर्णों से ब्राह्मी वर्णों के निकलने की कठिनाइयों का निर्देश करते हुए बूलर ने लिखा है, "सीधे प्राचीन उत्तरी सेमेटिक वर्णों से जिनका फोनिशिया से लेकर मेसोपोटामिया तक समान रूप दिखाई पड़ता है, ब्राह्मी वर्णों का उद्भव मानने पर

---

१. हेरोडोटस, २, ४४।
२. ६।५१, १४, ६१, १; ७।६, ३, ६।३९, २।
३. डेविड डिरिंजर : अल्फ़ाबेट, पृ० ३३५।
४. इण्डियन पेलियोग्रैफी, पृ० ९-११।

ये कठिनाइयाँ दूर हो जाती हैं। वेबर द्वारा प्रस्तुत कतिपय मान्य समताओं का हाल ही में प्रकाश में आये हुए रूपों की सहायता से बड़ी आसानी से निराकरण किया जा सकता है, और उन सिद्धान्तों को मान्यता देना कठिन नहीं है जिनके अनुसार सेमेटिक चिह्न भारतीय चिह्नों में परिवर्तित हो गये हैं।"

उत्तरी सेमेटिक वर्णों से ब्राह्मी को व्युत्पन्न करने का प्रयास करते हुए डॉ० बूलर ने प्राचीन भारतीय वर्णों की निम्नलिखित विशेषताओं का उल्लेख किया है :—

(१) वर्ण यथासम्भव सीधे रखे जाते हैं तथा ट, ठ और ब चिह्नों के विरल अपवादों को छोड़ कर उनकी ऊँचाई समान रखी जाती है।

(२) अधिकांश वर्ण खड़ी रेखाओं से बने हैं। इनमें जो योग हैं वे प्रायः नीचे बगल में, विरल रूप से बिल्कुल ऊपर या बिल्कुल नीचे तथा शायद ही कभी मध्य भाग में हैं; किन्तु किसी भी उदाहरण में केवल शीर्ष भाग पर योग नहीं हैं।

(३) वर्णों के शिरोभाग पर अधिकतर खड़ी रेखा का सिरा पाया जाता है, उससे कम छोटी आड़ी पाई, और इससे भी विरल रूप में अधोमुखी कोणों के शीर्षभाग पर वक्ररेखा, और अपवाद-स्वरूप म (ᵕ) में और भ (P) के एक रूप में दो ऊपर जाने वाली रेखाएँ। किसी भी उदाहरण में, लटकती हुई रेखा के साथ त्रिभुज या वृत्त के ऊपर लटकती हुई खड़ी या तिरछी रेखा की सहायता से अगल-बगल रखे गये अनेक कोणों से युक्त शीर्षभाग नहीं मिलता।

बूलर ने उपरिनिर्दिष्ट विशेषताओं की व्याख्या की तथा उत्तरी सेमेटिक वर्णों से ब्राह्मी के निकलने के सिद्धान्त का प्रतिपादन हिन्दुओं की निम्नलिखित प्रवृत्तियों के आधार पर किया—

(१) एक विशिष्ट पण्डिताऊ रूढ़िवादिता।

(२) ऐसे चिह्नों के बनाने की इच्छा जो यथाक्रम पंक्तियाँ बनाने में सहायक हों।

(३) शीर्ष गुरु वर्णों के प्रति अरुचि। उनके मत से, "यह विशेषता संभवतः आंशिक रूप में इस परिस्थिति के कारण है कि प्राचीन काल से ही भारतवासी अपने वर्णों के एक कल्पित या वास्तव में खींची गयी रेखा से लटकाते थे तथा अंशतः स्वर-मात्राओं के कारण है जो अधिकतर व्यंजनों के शीर्ष भाग पर आड़ी लगाई जाती हैं। वास्तव में रेखान्त शीर्ष वाले चिह्न इस प्रकार की लिपि के लिए सर्वोपयुक्त थे। हिन्दुओं की इन्हीं प्रवृत्तियों और अरुचियों के कारण चिह्नों को उलट कर या

पार्श्वाश्रित कर के, या कोण खोल कर, अथवा अन्य विधियों द्वारा अनेक सेमेटिक वर्णों के भारी शिरोभाग से छुटकारा मिल गया। अन्त में लेखन की दिशा में परिवर्तन के कारण एक और परिवर्तन की आवश्यकता हुई, अर्थात् ग्रीक (लिपि) के समान चिह्नों को दायें से बायें घुमा देना पड़ा।"

उपर्युक्त विवेचन के आधार पर बूलर की यह मान्यता थी कि ब्राह्मी वर्णमाला के २२ वर्ण उत्तरी सेमेटिक वर्णमाला से, और कुछ एक प्राचीन फोनिशियन वर्णमाला से, थोड़े से मेसा के प्रस्तर अभिलेख से तथा पाँच वर्ण असीरिया के बाटों वाली लिपि से निकले हैं। ब्राह्मी के शेष चिह्न भी गृहीत चिह्नों में कतिपय परिवर्तन करके बना लिये गये हैं। तुलनात्मक फलक (सं० ३) में बूलर द्वारा प्रस्तावित व्युत्पत्ति-पद्धति को प्रदर्शित किया गया है।

उत्तरी सेमेटिक मूल के दूसरे प्रबल समर्थक डॉ० डेविड डिरिंजर हैं।[1] वे लिखते हैं, "सभी ऐतिहासिक और सांस्कृतिक प्रमाण प्राचीन अरेमिक वर्णमाला को ब्राह्मी लिपि का पूर्व रूप मानने वाले सिद्धान्त के पोषक हैं। ब्राह्मी चिह्नों का फोनिशियन वर्णों से स्वीकृत साम्य प्राचीन अरेमिक वर्णों पर भी लागू होता है, जब कि मेरे विचार में किंचित् संदेह नहीं हो सकता कि सारी सेमेटिक जातियों में अरेमिक व्यापारी प्रथम थे जो भारतीय आर्य व्यापारियों के सम्पर्क में आए।" वे आगे पुनः लिखते हैं, "साठ वर्षों से अधिक हुए कि रॉयल एशियाटिक सोसाइटी के तत्कालीन सम्मानित मंत्री, आर० एन० कस्ट ने उस सोसाइटी के जर्नल में एक लेख प्रकाशित किया था (भारतीय वर्णमाला के मूल के सम्बन्ध में जे० आर० ए० एस० नव सं० १६, १८८४ पृ० ३२५ ३५९)। तब से अनेक नये अन्वेषण हुए हैं तथा सैकड़ों पुस्तकों और लेखों में इस समस्या का विवेचन हुआ है, फिर भी मैं ब्राह्मी लिपि के मूल के सम्बन्ध में आज भी उसके प्रथम दो निष्कर्षों से बहुत-कुछ सहमत हूँ :—

(१) भारतीय वर्णमाला किसी भी दशा में भारतीय लोगों का स्वतन्त्र आविष्कार नहीं हैं, तथापि दूसरों से गृहीत ऋण को उन्होंने आश्चर्य-जनक मात्रा में विकसित किया।

(२) इसमें कोई तर्कपूर्ण संन्देह नहीं कि स्वर और व्यंजन ध्वनियों को विशुद्ध वर्णपरक चिह्नों द्वारा व्यक्त करने का विचार पश्चिमी एशिया से लिया गया था। (तब भी भारतीय वर्णमाला अर्धवर्णिक है, विशुद्ध वर्णिक नहीं)।

---

१. दि अल्फ़ाबेट, पृ० ३३६, ३३७।

अपने मत के समर्थन में तर्क के रूप में उन्होंने इस प्रकार लिखा है :

(१) "हमें ऐसा नहीं समझना चाहिए कि ब्राह्मी अरेमिक वर्णों की सीधी सादी उत्पत्ति है। सम्भवतः वर्णात्मक लेखन का विचार ही था जिसे स्वीकार किया गया था, यद्यपि अनेक ब्राह्मी चिह्नों के आकार सेमेटिक प्रभाव सूचित करते हैं तथा ब्राह्मी वर्णों की दायें से बायें लिखने की मूल विशेषता भी सामी थी।"

(२) कुछ विद्वानों की ऐसी धारणा है कि भारतीय लिपि देखने में अक्षरात्मक है। अतएव यह किसी भी वर्णमाला से नहीं निकली होगी, क्योंकि वर्णात्मक लिपि अक्षरात्मक लिपि की अपेक्षा स्पष्टतः अधिक उन्नत होती है। ये विद्वान यह सत्य भूल जाते हैं कि सामी वर्णमाला में स्वर नहीं थे और आवश्यकतावश सामी भाषाएँ स्वर चिह्नों के बिना भी काम चला सकती थीं, जब कि भारोपीय भाषाएँ ऐसा नहीं कर सकती थीं। यूनानियों ने इस समस्या का संतोषप्रद समाधान निकाला था किन्तु भारतीय लोग कम सफल रहे। यह सम्भव है कि ब्राह्मी का आविष्कारक वर्णात्मक लेखन-पद्धति के तत्त्व को न समझ पाया हो। यह नितांत सम्भव है कि सामी लिपि उसे अर्धाक्षरात्मक प्रतीत हुई हो, जैसी कि किसी भी भारतीय आर्यभाषा के बोलने वाले को प्रतीत हो सकती थी।"

ब्राह्मी वर्णों के उत्तरी सेमेटिक मूल वाले सिद्धान्त के विवेचन के पूर्व सेमेटिक और ब्राह्मी वर्णों के तुलनात्मक फलक का सूक्ष्म अध्ययन आवश्यक है[1] :

ब्राह्मी लिपि के उत्तरी सेमेटिक मूल के पक्ष में निम्नलिखित तर्क हैं :—

(१) सेमेटिक और ब्राह्मी वर्णों में साम्य है :

(२) प्राचीन भारतीय लिपि चित्रपरक थी; कोई भी वर्णात्मक लिपि चित्रवर्णों से नहीं निकल सकती।

(३) ब्राह्मी मूलतः दायें से बायें लिखी जाती होगी।

(४) भारत में ईसापूर्व पाँचवीं शताब्दी से पूर्व लिपि के उदाहरणों का अभाव है।

इन तर्कों का क्रमशः विवेचन करना आवश्यक है। इसमें संदेह नहीं कि उत्तरी-पश्चिमी एशिया के फोनिशियन तथा अरेमिक वर्णों और भारत की ब्राह्मी लिपि में थोड़ी-सी समानता तो है। किन्तु बूलर तथा उसके विचार-सम्प्रदाय के अन्य विद्वानों का यह मत कि ब्राह्मी उत्तर-पश्चिमी एशिया की अरेमिक वर्णमाला से निकली है,

---

१. देखिए, फलक सं० ३।

प्रमाणित नहीं किया जा सकता। बूलर द्वारा प्रस्तावित व्युत्पत्ति-पद्धति विशेष रूप से तर्कहीन है और यदि उसे ठीक मान लिया जाय तो ब्राह्मी वर्ण फोनिशियन और अरेमिक से ही नहीं अपितु संसार के किसी भी ज्ञात वर्णों से निकाले जा सकते हैं। अस्वाभाविक व्युत्पत्ति के कुछ उदाहरण फलक सं० ४ में दिये गये हैं।

दोनों वर्णमालाओं में साम्य का कारण यह था कि, जैसा कि इस ग्रन्थ के प्रथम अध्याय में प्रतिपादित किया गया है, फोनिशियन मूलतः भारत के ही थे।[1] फोनिशियन लोग अपने साथ भारतीय वर्णमाला को सुदूर उत्तरी-पश्चिमी एशिया में ले गये। किन्तु वे सेमेटिक लोगों से घिरे हुए थे इसलिए उनके वर्णों में एक बड़ा परिवर्तन हुआ, यद्यपि उन्होंने अरेमिक कहे जाने वाले उत्तरी सेमेटिक वर्णों को भी, जिन्होंने दक्षिणी सेमेटिक और मिस्र के वर्णों को प्रेरणा प्रदान की थी, प्रभावित किया। इस प्रकार यदि आकार या प्रेरणा में किसी प्रकार का अनुकरण हुआ तो फोनिशियन या अरेमिक वर्णों ने ही ब्राह्मी के पूर्व रूप से कुछ तत्त्वों को ग्रहण किया; इसका उलटा नहीं हुआ।

जहाँ तक दूसरे तर्क का सम्बन्ध है इसका यह आधार ही भ्रमपूर्ण है कि कोई वर्णात्मक लिपि किसी चित्रात्मक लिपि से नहीं निकल सकती। इसमें किंचित् संदेह नहीं कि सभी प्राचीन लिपियाँ स्वभावतः चित्रात्मक थीं।[2] "मनुष्य ने चित्र-लेखन से लिखना आरम्भ किया जैसा कि एक बालक करना पसन्द करता है।" निश्चय ही यह एक भिन्न विषय है कि चित्र-वर्णों के आविष्कारकों में किन-किन चित्र-वर्णों से विशुद्ध वर्णों का विकास कितनी पूर्णता के साथ कर सके। दूसरे, भारत में सिन्धुघाटी के लेखों से प्राप्त होने वाले लेखन के प्राचीनतम उदाहरण पूर्ण चित्रात्मक नहीं हैं; अधिकांश ध्वनिपरक और अक्षरात्मक हैं तथा उनका झुकाव वर्णात्मकता की ओर है।[3] इसके अतिरिक्त अनेक चिह्न जिन्हें भ्रमवश चित्र-वर्ण माना जाता है, वास्तव में ध्वनिव्यंजक चिह्नों के योग मात्र हैं। इसलिए सिन्धुघाटी की लिपि से ब्राह्मी की निष्पत्ति का किसी भी अवस्था में निराकरण नहीं किया जा सकता।

तीसरा तर्क, कि ब्राह्मी आरम्भ में दायें से बायें को लिखी जाती थी तथा यह सत्य ब्राह्मी के सेमेटिक मूल का निदर्शक है, निर्बल तथा संदिग्ध सामग्री पर आधृत है। जिस समय बूलर ने अपनी 'इण्डियन स्टडीज़' में लिखा और 'इण्डियन पेलियोग्रैफी'

---

१. द्रष्टव्य, ऋग्वेद ६ तथा ७।
२. डेविड डिरिंजर: अल्फ़ाबेट, २१।
३. द्रष्टव्य, मार्शल : मोहेनजोदरो एण्ड दि इण्डस वैली सिविलीज़ेशन, खण्ड २।

प्रकाशित की, उस समय दायें मे बायें को लिखी गयी ब्राह्मी के निम्नलिखित उदाहरण उपलब्ध थे :

(१) अशोक के अभिलेखों के कतिपय वर्ण,

(२) मध्य प्रदेश के जबलपुर जिले के एरण से कनिंघम द्वारा प्राप्त सिक्कों पर के अभिलेख।

इसके अतिरिक्त मद्रास प्रेसीडेंसी के कर्नूल जिले से प्राप्त अशोक के लघु शिलालेख का यर्रगुड़ी संस्करण[1] भी उल्लेखनीय है। बूलर ऊपर के दो उदाहरणों को उन तर्कों की श्रृंखला की खोई हुई कड़ी समझते हैं जिनसे दायें से बायें को लिखे जाने वाले सेमेटिक वर्णों से ब्राह्मी की उत्पत्ति सिद्ध होती है। किन्तु बूलर द्वारा प्राप्त यह कड़ी अत्यन्त निर्बल प्रतीत होती है। प्रथम, सभी उदाहरण बिखरे हुए तथा समकालीन बायें से दायें को लिखे गये अभिलेखों की बहुत बड़ी संख्या की तुलना में अत्यल्प हैं। वर्णों के कुछ अनियमित रूप, जो आगे चल कर स्थिर हो गये, वर्णों की अस्थिर दशा के बोधक हैं, किसी विदेशी स्रोत से उनके उद्गम के नहीं। दूसरे, सिक्कों पर के अभिलेख कभी-कभी साँचा बनाने वाले की गलती से भी उलट जाते हैं जो साँचे पर भूल से सीधे वर्ण खोद देता है, अंतः जब तक अधिकांश उदाहरणों के साथ उनकी समानता नहीं सिद्ध होती वे लेखन की दिशा के निश्चित परिचायक नहीं हैं। यही कारण है कि हुल्श और फ्लीट बूलर के निष्कर्षों से सहमत नहीं है। जहाँ तक अशोक के लघु शिलालेख के यर्रगुडी संस्करण का प्रश्न है, यह एक विलक्षण उदाहरण है। ऐसा प्रतीत होता है कि खोदने वाला बायें से दायें को लिखी जाने वाली ब्राह्मी पद्धति से अभ्यस्त होने पर भी एक नया प्रयोग कर रहा था। उसने प्रथम पंक्ति बायें से दायें को और दूसरी दायें से बायें को लिखी है तथा इसी प्रकार एक छोड़ कर दूसरी पंक्ति की दिशा बदलते हुए लेखन जारी रखा है। इस प्रकार यह स्पष्ट है कि वह किसी नियमित या स्थिर पद्धति का अनुसरण नहीं कर रहा था, अपितु एक नये प्रयोग का प्रयास कर रहा था। इसके अतिरिक्त दायीं ओर से बायीं ओर को लिखी गयी पंक्तियों में केवल वर्णों का स्थान बदल दिया गया था उनका रूप नहीं, जिससे प्रतीत होता है कि यह एक बलात् और कृत्रिम लेखन था एवं ब्राह्मी वर्णमाला के मूल से इसका कोई सम्बन्ध नहीं है।

चौथा तर्क पाँचवीं शताब्दी ई० पू० तथा चौथी सहस्राब्दी ई० पू० जो सिन्धु-घाटी की लिपि का समय है, के बीच लेखन के उदाहरणों की अनुपस्थिति से संबंधित है। वास्तव में सभी पुरातात्त्विक प्राप्तियाँ सांयोगिक हैं; और जब तक उत्तरी

---

१. डी० सी० सरकार : इण्डि० हिस्टा० क्वा०, खण्ड ७, पृ० ८१७ और आगे।

भारत के सभी प्राचीन नगरों की खुदाई नहीं होती, कोई भी यह दावा नहीं कर सकता कि इस सुदीर्घ काल में लेखन-कला विद्यमान नहीं थी। भारतीय इतिहास के सहस्रों वर्षों तक जाने वाले प्राग्बौद्धकाल में लेखन की विद्यमानता के सूचक साहित्यिक प्रमाण कम नहीं हैं। बूलर ने भी इसकी सबलता को निम्नलिखित शब्दों में स्वीकार किया है—"यह अनुमान कि कोई वैदिक ग्रन्थ जिसमें लेखन का निर्देश नहीं है अवश्य ही उस समय रचा गया होगा जब कि लेखन भारत में अज्ञात था, त्याग देना चाहिये।" व्यक्तियों, श्रेणियों तथा देवताओं के नामों से युक्त लेखन-सामग्री कठोर होने के कारण बचे हुए सिन्धु-घाटी के छिटपुट अभिलेख यह सिद्ध करते हैं कि भारत में प्राप्त कोमल नाशवान् पदार्थों पर भी लेखन अवश्य होता था। ऐसी परिस्थितियों में ब्राह्मी का पूर्व रूप खोजने के लिए किसी को भारत से बाहर जाने की आवश्यकता नहीं प्रतीत होती।

३. निष्कर्ष : किसी ज्ञात वर्णमाला से, ब्राह्मी का उद्गम खोजने के पूर्व ब्राह्मी की निम्नलिखित विशेषताओं का ध्यान रखना आवश्यक है :—

(१) प्रायः सभी उच्चरित ध्वनियों के लिए ब्राह्मी में स्वतन्त्र और असंदिग्ध चिह्न विद्यमान हैं।

(२) उच्चरित अक्षर और लिखित वर्ण में अभिन्नता।

(३) स्वरों तथा व्यंजनों के लिए सबसे अधिक चिह्न, जो ६४ हैं।

(४) ह्रस्व और दीर्घ स्वरों के लिए भिन्न-भिन्न चिह्न।

(५) अनुस्वार (ं), अनुनासिक (ँ) तथा विसर्ग (:) के लिए चिह्न।

(६) उच्चारण के स्थान के अनुसार वर्णमाला का ध्वन्यात्मक वर्गीकरण।

(७) मात्राओं की सहायता से व्यंजनों के साथ स्वरों का योग।

उपरिनिर्दिष्ट विशेषताओं से युक्त ब्राह्मी वर्णमाला की उत्पत्ति किसी भी सेमेटिक वर्णमाला से, जहाँ इन विशेषताओं का पूर्णतया अभाव है, नहीं सिद्ध की जा सकती। उत्तरी सेमेटिक वर्णमाला में १८ ध्वनियों के लिए २२ चिह्न हैं। उसमें उच्चरित अक्षरों तथा लिखित वर्णों में साम्य नहीं है। एक ध्वनि के लिए उसमें अनेक चिह्न हैं। उसमें ह्रस्व और दीर्घ स्वर में कोई भेद नहीं है तथा अनुस्वार और विसर्ग के लिए कोई चिह्न भी नहीं हैं। सेमेटिक वर्णमाला में स्वरों और व्यंजनों का मेल नहीं हो सकता, प्रायः स्वर व्यंजन के बाद लिखे जाते हैं। ध्वन्यात्मक दृष्टि से सेमेटिक वर्णमाला एक पद्धति न होकर बस घोलमेल है, उदाहरण के लिए अ (अलिफ) के, जिसका कण्ठ स्थान है, तुरन्त पश्चात् ब (बे) आता है जिसका स्थान ओष्ठ है। सेमेटिक वर्णमाला के समान दरिद्र और दोषपूर्ण वर्णमाला से ब्राह्मी वर्णमाला का

उद्गम नहीं हो सकता। ब्राह्मी के आविष्कारकों को सेमेटिक की ओर देखने तथा ब्राह्मी को सेमेटिक से व्युत्पन्न सिद्ध करने के लिए बूलर द्वारा प्रस्तावित बीहड़ उपायों को ग्रहण करने की आवश्यकता ही क्या थी ?

बूलर ने ब्राह्मी वर्णमाला की ध्वनि एवं व्याकरण सम्बन्धी उच्च अवस्था को पहचान कर यह स्वीकार किया कि इसके प्राचीनतम रूप का विकास भारतीयों ने किया : "तथापि निस्संदेह ब्राह्मी का प्राचीनतम ज्ञात रूप संस्कृत लिखने के लिए विद्वान् ब्राह्मणों द्वारा गढ़ी गयी लिपि थी। इस कथन की पुष्टि अशोक के प्रस्तर लेखों के वर्णों के अवशेषों से जिनमें संस्कृत 'ऐ' और 'औ' स्वरों के चिह्न विद्यमान हैं तथा जो ध्वन्यात्मक सिद्धान्तों के अनुसार क्रमबद्ध किये गये हैं, से ही नहीं अपितु ध्वनि-शास्त्र और व्याकरण के प्रभाव से भी, जो व्युत्पन्न चिह्नों के निर्माण में लक्षित होता है, होती है। निम्नांकित सूत्रों से ध्वनिशास्त्री तथा वैयाकरण का प्रभाव समझा जा सकता है :

(१) पाँच नासिका स्थानीय वर्णों तथा अनुनासिक चिह्न का तथा साथ ही साथ दीर्घ स्वरों के लिए चिह्नों के एक अलग समुदाय का विकास।

(२) उच्चारण की दृष्टि से नितान्त भिन्न किन्तु व्याकरण की दृष्टि से सजातीय स और ष के चिह्नों की उत्पत्ति।

(३) 'उ' का अर्ध व (व्) के रूप में उल्लेख, जो सम्प्रसारण द्वारा बहुधा स्वर (उ) में परिणत हो जाता है।

(४) उ से एक दण्ड के योग से ओ की उत्पत्ति।

(५) वैयाकरणों की शिक्षा के अनुसार, जो प्रत्येक व्यंजन में ह्रस्व 'अ' को विद्यमान मानते है, ह्रस्व 'अ' की मात्रा का लोप।

यह सब देखने में इतना विद्वत्तापूर्ण किन्तु कृत्रिम है कि इसका आविष्कार केवल पण्डितों द्वारा हो सकता था, व्यापारियों और लिपिकों द्वारा नहीं।"

उस जाति को जो वैज्ञानिक शिक्षा और व्याकरण के विकास की विलक्षण प्रतिभा से सम्पन्न हो तथा जो अपने आधे से अधिक वर्णों को जन्म देने में समर्थ हो, दरिद्र और दोषपूर्ण सेमेटिक वर्णों की ओर ऋण के लिए देखने की आवश्यकता नहीं हो सकती। यह विशेषतः विस्मयजनक प्रतीत होता है कि इन तथ्यों के होते हुए बूलर यह मानते थे कि भारतीयों ने अपने वर्णों को सेमेटिक वर्णों से ग्रहण किया।

किसी वर्णमाला के विकास के विभिन्न सूत्रों के अध्ययन से स्पष्ट हो जाता है कि ब्राह्मी वर्ण, भाषाशास्त्र की दृष्टि से अन्य देशों के वर्णों की तुलना में अधिक उन्नत तथा लेखन के परिसूचक बृहत् वैदिक साहित्य के स्रष्टा भारतीय लोगों की

प्रतिभा की उपज हैं। ब्राह्मी चित्रलेखों (पिक्टोग्राफ) भावलेखों (ईडियोग्राफ) तथा ध्वन्यात्मक चिह्नों (फोनेटिक साइन) से, जिनके प्राचीनतम उदाहरण सिन्धु-घाटी के अभिलेखों में प्राप्त होते हैं, प्रादुर्भूत हुई। सिन्धुघाटी की लिपि से ब्राह्मी की उत्पत्ति को स्पष्ट करने में तुलनात्मक फलक (सं० ५) सहायक होगा।

इ. खरोष्ठी वर्णों को उत्पत्ति

१. नाम

खरोष्ठी लिपि[1] विभिन्न नामों से जानी जाती है। पहले यह बैक्ट्रियन, इण्डो-बैक्ट्रियन, आर्यन्, बैक्ट्रो-पाली, उत्तर पश्चिमी भारतीय, काबुली, खरोष्ठी इत्यादि नामों से अभिहित की जाती थीं। फिर भी इसका सर्वाधिक प्रचलित नाम खरोष्ठी है, जो चीनी साहित्य के आधार पर, जिसमें यह नाम सातवीं शदाब्दी ई०[2] तक प्रचलित रहा, स्वीकार किया गया था।

२. नाम का मूल

साधारण रूप से इस नाम की निम्नलिखित व्याख्याएँ प्राप्त होती हैं :-

(१) इस लिपि का आविष्कारक खरोष्ठ नाम का व्यक्ति था (खर+ ओष्ठ[3] = गधे के ओंठ वाला)

(२) इसका यह नाम इस कारण है कि यह खरोष्ठों द्वारा प्रयुक्त होती थी जो भारत की उत्तर पश्चिमी सीमा के असंस्कृत लोग थे; जैसे यवन (ग्रीक), शक, तुषार (कुषाण) तथा मध्य एशिया के अन्य लोग।

(३) खरोष्ठ मध्य एशिया के काशगर प्रान्त का संस्कृत रूप है। इस लिपि का यह सबसे परवर्ती केन्द्र था।[4] स्टेन कोनो ने इस सुझाव पर

---

१. देखिये, फलक सं० ६।

२. फा-वान-शु-लिन; बेबीलोनियन एण्ड ओरियण्टल रिकार्ड, १. ५९।

३. किया-लु-से-त = क्-लु-से-तो = ख्-रो-स्-त = खरोष्ठ, देखियें फा-वान-शु-लिन।

४. प्रोफेसर सिल्वाँ लेवी का विचार था कि इस लिपि का शुद्ध नाम खरोष्ट्र था जिसकी व्युत्पत्ति काशगर प्रान्त के लिए प्रयुक्त चीनी शब्द क्या-लु-शु-त (न्)-ले, से हुई है (बुलेटिन द लेकोल फ्रांसे द 'एक्सट्रीम ओरियण्ट, २, १९०२, पृ०२४६ तथा आगे (सर्वश्री ओ० फ्राँके तथा पिशेल ने चीनी शब्द की खरोष्ट्र से उत्पत्ति के

निम्नलिखित शब्दों में अपना विचार व्यक्त किया है, "यह सत्य है कि अनेक खरोष्ठी अभिलेख चीनी तुर्किस्तान में, विशेष रूप से पूर्वी ओसेस में मरुस्थान के दक्षिण तक, पाये गये हैं तथा एकमात्र ज्ञात खरोष्ठी हस्तलिखित प्रति खोतान देश में प्राप्त हुई है, तथापि प्रत्येक स्थान में भारतीय भाषा के लिखने के लिए इस वर्णमाला का प्रयोग होता था और पहले से ही हमें यह सोच लेना चाहिये कि तुर्किस्तान में यह भारतीय लोगों द्वारा लायी गयी। इसके अतिरिक्त हस्तलिखित प्रति तथा लेख अपेक्षाकृत परवर्ती काल के हैं। उनमें से कोई भी स्पष्ट रूप से दूसरी शती ई० से पूर्व का नहीं है। इसके अतिरिक्त भारत में खरोष्ठी का प्रयोग ईसा पूर्व की तीसरी शताब्दी तक जाता है (कार्पस इन्स्क्रिप्शनम् इण्डिकेर्म, खण्ड २ पृ० १४)।

(४) यह शब्द ईरानी शब्द खरोष्ठ या खरपोस्त, जिसका अर्थ गधे की खाल है, का भारतीय रूप है। बहुत सम्भव है कि गधे की खाल के ऊपर लिखने के लिए इस लिपि का प्रयोग होता रहा हो।

(५) इस लिपि के लिए एक अरेमिक शब्द खरोट्ठ था जो कालान्तर में, शब्द-निष्पत्ति की प्रचलित पद्धति से, संस्कृत रूप खरोष्ठ में परिणत हो गया, (तु० लुडविग, गुरुपिय, कौमुदी पृ० ६८ तथा आगे) नाम के विषय में प्राचीनतम परम्परा का उल्लेख फा-वान-शु-लिन में मिलता है। यह ६६८ ई० का एक चीनी ग्रन्थ है जिसके अनुसार लिपि का यह नाम इसलिए है कि इसके आविष्कारक का नाम खरोष्ठ था। यह कहना कठिन है कि यह अनुश्रुति नाम पर आधारित कल्पना मात्र है या सत्य पर आधारित है। जहाँ तक अन्य व्याख्याओं का प्रश्न है वे कल्पना मात्र हैं जिनकी पुष्टि में कोई प्रमाण नहीं है। स्पष्टतः खरोष्ठ नाम संस्कृत खरौष्ठ का प्राकृत रूप है। लिपि का यह नाम इस कारण भी हो सकता है कि अधिकांश खरोष्ठी वर्ण अनियमित रूप से बढ़ाये हुए एवं वक्र है तथा वे हिलते हुए गधे के ओठों की भांति प्रतीत होते हैं। मूलतः यह उपनाम रहा होगा जो कालान्तर में प्रचलित हो गया।

विरुद्ध आपत्ति की। उनकी मान्यता थी कि खरोष्ट्र शब्द का प्रयोग कभी भारतवर्ष में नहीं हुआ तथा ज्ञात और शुद्ध रूप केवल खरोष्ठ था।

३. अरेमाई उत्पत्ति का सिद्धांत

खरोष्ठी लिपि के मूल के विषय में सर्वाधिक प्रचलित धारणा यह है कि यह अरेमाई वर्णमाला से निकली है।[१] इस मत के पक्ष में निम्नांकित तर्क उपस्थित किये जा सकते है :–

(१) खरोष्ठी तथा अरेमाई वर्णों की समानता––"अन्ततः उनकी पुष्टि इस बात से हो जाती है कि अधिकांश खरोष्ठी वर्ण ४८२ और ५०० ईसापूर्व के सक्करह तथा तीमा अभिलेखों में प्रकट होने वाले अरेमाई रूपों से बड़ी सरलता से निकाले जा सकते हैं, जब कि कुछ वर्ण असीरिया के बटखरों एवं बेबीलोनिया की तावीज़ों और रत्नों पर के अपेक्षाकृत प्राचीन रूपों से मेल खाते हैं तथा दो या तीन वर्णों का लघु तीमा अभिलेख, स्टेलेवेतिकाना और सेरापोम से प्राप्त लिबेशनलेबल के उत्तरकालीन रूपों से घनिष्ठ सम्बन्ध है। लम्बे खींचे गये तथा लम्बी पूँछ वाले वर्णों वाली खरोष्ठी की सम्पूर्ण रूपरेखा 'मेसोपोटेमिया' बटखरों, मुद्राओं से प्राप्त तथा पत्थर पर उभड़ी हुई नक्काशियों के समान है। ऐसी ही लिपि सक्कर, तीमा तथा सेरापोम के अभिलेखों में मिलती है।"[२]

(२) खरोष्ठी लिपि की दायें से बायें की ओर लिखाई।

(३) खरोष्ठी में कुछ ऐसी विशिष्टताएँ हैं जो सेमेटिक लिपियों में पायी जाती है; जैसे दीर्घ स्वरों का अभाव।

(४) खरोष्ठी का भारत के केवल उन भागों में प्रयोग जो छठी शती ई० पू० के उत्तरार्ध से चौथी शती ई० पू० तक ईरानियों के अधिकार में रहे।

(५) उत्तर-पश्चिमी भारत में मानसेरा तथा शाहबाजगढ़ी से प्राप्त होने वाले अशोक के अभिलेखों में लेखन या अध्यादेश के लिए स्पष्ट रूप से प्राचीन फारसी से गृहीत 'दिपि' शब्द का प्रयोग।

(६) खरोष्ठी का ईरानी आक्रमण के पश्चात् भारत में आविर्भाव।

(७) पश्चिमी एशिया तथा मिश्र में अरेमिक वर्णमाला का विस्तृत प्रयोग तथा ईरानी सम्राटों द्वारा इसका प्रशासकीय कार्यों में प्रयोग जिससे वह भारत में आ गयी।

(८) अरेमिक वर्णमाला, कुछ परिवर्तनों और योगों के समावेश से, भारतीय भाषाओं के अनुरूप बना ली गयी।

---

१. इस मत का सब से बड़ा पोषक बूलर था (इण्डियन पेलियोग्रैफी, पृ० १९-२०) तथा अधिकांश विद्वानों ने इसे स्वीकार किया है।

२. बूलर : इण्डियन पेलियोग्रैफी, पृ० २०।

(९) उस अरबी लिपि का उत्तरकालीन दृष्टान्त जो कुछ परिवर्तनों के साथ मध्यकाल में भारत में प्रविष्ट हुई तथा जिसका भारतीय भाषाओं को लिखने में प्रयोग होता था।

इस प्रसंग में खरोष्ठी के अरेमिक मूल के पक्ष में दिये गये तर्कों का एक-एक करके परीक्षण करना उपादेय होगा :—

(१) जहाँ तक उनकी रचना-पद्धति घसीट शैली तथा दायें से बायें को लिखने का प्रश्न है, खरोष्ठी और अरेमिक वर्णों के साधारण बाह्य रूप में साम्य तो है, किन्तु यह साम्य इससे परे नहीं जा सकता। बूलर की अरेमिक वर्णों से खरोष्ठी वर्णों की व्युत्पत्ति आयास-साध्य है तथा उनके द्वारा प्रस्तावित व्युत्पत्ति विषयक सिद्धान्त व्यायाम के सिद्धान्तों के समान लगते हैं। वास्तव में सभी वर्ण ऋजु, वर्तुल, कोणात्मक, ग्रंथिल तथा वृत्ताकार रेखाओं के योग से बनते हैं तथा इन अंगों के स्थान-परिवर्तन से कोई भी वर्ण दूसरे वर्ण से बनाया जा सकता है। बूलर की धारणा की निरर्थकता तब प्रकट हो जाती है जब हमारा ध्यान इस बात पर जाता है कि वे आठवीं-दसवीं शताब्दी ई० पू० की अरेमिक से खरोष्ठी वर्णों की व्युत्पत्ति मानते हैं। तुलनात्मक सारणी के समुचित अध्ययन से यह स्पष्ट हो जायगा कि खरोष्ठी और अरेमिक में साम्य अत्यन्त साधारण है। इससे अरेमिक से खरोष्ठी की उत्पत्ति का समर्थन नहीं होता।

(२) खरोष्ठी का दायें से बायें लिखा जाना इस बात का प्रमाण नहीं है कि यह सेमेटिक मूल से निस्सृत है; लेखन की बायीं ओर की गति सेमेटिक लोगों का एकाधिकार नहीं समझा जा सकता। भारत जैसे विस्तृत देश में बायें से दायें तथा दायें से बायें को चलने वाली दो लिपियों का विकास असम्भव नहीं है।

(३) खरोष्ठी में दीर्घ स्वरों का अभाव इस कारण है कि इसका प्रयोग प्राकृत लिखने में होता था, जिसमें दीर्घ स्वरों, समासों तथा कठिन संधियों का परिहार किया जाता था। इस प्रकार खरोष्ठी के तथाकथित समान धर्म जन-प्रयोग के कारण थे, किसी सेमेटिक प्रभाव के कारण नहीं।

(४) यह सम्भव है कि भारत का उत्तर-पश्चिमी भाग ई० पू० की छठी शती से चौथी शती तक फारसी साम्राज्य के अन्तर्गत रहा हो। किन्तु भारत के उस भाग में फारस के सम्राटों का एक भी राजकीय लेख खरोष्ठी में नहीं पाया गया और न कोई फारसी लेख अरेमिक में, जिसका भारतवासी अनुकरण कर सकते। बहुत सम्भव है कि फार-सियों ने सीधे भारत पर शासन नहीं किया तथा भारत में उनके उपनिवेश या अड्डे नहीं थे। इस प्रकार भारत पर उनका प्रभाव इतना गहरा नहीं था कि वह किसी

नवीन लेखन-पद्धति को अपना लेता । जब कभी भी विदेशी वर्णों को भारत में ग्रहण किया गया है, प्रायः सीधे और संपूण रूप में उनका ग्रहण हुआ है । उदाहरण के लिए मध्यकाल में अरबी तथा आधुनिक काल में अंग्रेजी (रोमन) वर्ण ।

(५) बूलर कोई कारण नहीं बताता कि 'दिपि' शब्द को केवल फारसी या संस्कृतेतर ही क्यों माना जाय । साधारण रूप से इस शब्द की व्युत्पत्ति संस्कृत धातु दिप्, जिसका अर्थ 'प्रकाशित होना' है, से की जा सकती है । वर्ण आलंकारिक रूप से देदीप्यमान, प्रकाशमान तथा व्यंजक माने जाते थे ।

(६) खरोष्ठी अक्षरों से फारसी सिग्लोइयों का अंकित करना भारत के उत्तर-पश्चिमी भाग पर फारसी अधिकार के पूर्व ही खरोष्ठी की विकसित रूप में विद्यमानता की कल्पना करता है ।

(७) इसमें सन्देह नहीं कि पश्चिमी एशिया में अरेमिक वर्णों का व्यापक प्रचार था किन्तु भारत में इनका प्रचलन नहीं था । प्रथम यही अति संदिग्ध है कि क्या भारत कभी शासन की दृष्टि से फारसी राज्य में था ?[१] दूसरे, जैसा कि ऊपर निर्देश किया गया है कि फारस के सम्राटों का अरेमिक में लिखा हुआ कोई भी लेख भारत में नहीं पाया जाता । ऐसी परिस्थितियों में भारतीय लोगों द्वारा अरेमिक वर्णों के अनुकरण या ग्रहण करने की कोई गुंजाइश या आवश्यकता नहीं प्रतीत होती ।

(८) दोनों लिपियों में समानता इतनी दूरवर्ती है तथा भारत और फारस के बीच सम्बन्ध इतना औपचारिक था कि ग्रहण का प्रश्न ही नहीं उठता ।

(९) मध्यकाल में भारत में अरबी या तथाकथित फारसी लिपि के प्रवेश का दृष्टान्त उचित नहीं है । अरबी वर्ण केवल अरब और तुर्क आक्रान्ताओं द्वारा ही प्रयुक्त होते थे । जब वे शासक के रूप में भारत में जम गये तब उन्होंने अरबी और फारसी भाषाओं को राजभाषा के रूप में प्रयुक्त किया । यहाँ ऋण का प्रश्न नहीं था, अपितु अरबी और फारसी भाषाओं के साथ अरबी लिपि का समग्र प्रवेश हुआ ।

४. भारतीय मूल

खरोष्ठी वर्णमाला के मूल की समस्या का समाधान करते समय उसके उद्गम-स्थान और उत्तरवर्त्ती काल में प्रसार के क्षेत्र को ध्यान में रखना आवश्यक है । अब तक का ज्ञात प्राचीनतम खरोष्ठी अभिलेख उत्तर-पश्चिमी भारत में प्राप्त हुआ है ।

---

१. डॉ० आर० सी० मजुमदार : इं० हि० क्वा, खण्ड २५, सं० ३, सितम्बर १९४९ ।

पश्चिमी एशिया के किसी भी देश में कोई लेख या लेखन का उदाहरण खरोष्ठी में अब तक नहीं पाया गया है। फारसी सम्राटों ने भी, जो खरोष्ठी वर्णमाला के विकास में कारणभूत माने जाते हैं, अरेमिक या इससे उद्‌भूत मानी जाने वाली खरोष्ठी का प्रयोग आधिकारिक कार्यों के लिए, नहीं किया। अशोक का प्राचीनतम ज्ञात खरोष्ठी अभिलेख तीसरी शती ई० पू० का है। बलूचिस्तान, अफगानिस्तान तथा मध्य एशिया से प्राप्त खरोष्ठी अभिलेख बाद की तिथि के हैं तथा स्पष्ट रूप से सूचित करते हैं कि वे वहाँ भारतीय प्रवासियों तथा धर्मोपदेशकों द्वारा ले जाये गये थे। खरोष्ठी के मूल के प्रसंग में दूसरा स्मरणीय तथ्य यह है कि इसके वर्ण भारतीय हैं, तथा भारत से बाहर के देशों में भी इसका प्रयोग भारतीय भाषाओं के लिखने के लिए ही हुआ है। दायें से बायें को इसकी दिशा के बावजूद इसकी रचना-पद्धति, विशेष रूप से वर्णों के अनुसार चिह्न और स्वरमात्राएँ लगाने तथा सन्धि करने का ढंग भारतीय है।

सभी परिस्थितियों को ध्यान में रखते हुए निरापद रूप से माना जा सकता है कि खरोष्ठी लिपि का भारत के उत्तर-पश्चिमी भाग में प्रादुर्भाव हुआ, जैसा कि चीनी परम्पराओं में सुरक्षित है कि इसका आविष्कार एक भारतीय मनीषी द्वारा हुआ था जिसका उपनाम खरोष्ठ था क्योंकि उसके वर्ण खर के ओष्ठ के समान थे। देश के उस भाग पर फारसी अधिकार के समय खरोष्ठी जनलिपि के रूप में स्वीकृत थी और यही कारण है कि फारसी सिग्लोई खरोष्ठी स्वरों से अंकित हैं। जब मध्य भारत के मौर्यों ने उस भाग को अधिकृत किया तो उन्हें भी उस भाग के लिए खरोष्ठी लिपि को ग्रहण कहना पड़ा। तत्पश्चात् यवनों, पह्लवों, शकों तथा कुषाणों ने ग्रीक के साथ ही साथ भारतीय भाषाओं के लिए इस लिपि का प्रयोग किया। कुषाणों के राज्यकाल में बौद्ध धर्म के प्रसार के साथ खरोष्ठी पश्चिमी और उत्तरी प्रदेशों में पहुँच गयी तथा चतुर्थ शती ईसवी तक प्रचलित रही। भारत में, विदेशी शक्तियों द्वारा अधिकृत प्रदेशों में खरोष्ठी के साथ उनके सुदीर्घ सम्पर्क ने शेष भारत में इसके प्रति घृणा उत्पन्न कर दी। गुप्त राजाओं की शक्ति के उदय के साथ तथा देश के एकीकरण की माँग एवं राष्ट्रीयता के साथ, खरोष्ठी विदेशी राजकीय सहायता के न रहने से समाप्त हो गयी एवं भारत की सर्वव्यापक ब्राह्मी लिपि ने भारत के उत्तर-पश्चिमी भाग में भी खरोष्ठी का स्थान ग्रहण किया।[1] किन्तु वास्तव में खरोष्ठी में कुछ भी विदेशी नहीं था। इसका मूल भारत में था, और इसका उदय और ह्रास भी भारत में हुआ।

---

१. पश्चिम तथा उत्तर में इसका स्थान अरबी ने ग्रहण किया जिसका इस्लाम के साथ वहाँ प्रसार हुआ।

अध्याय चौथा

प्राचीन भारतीय लिपियों के स्पष्टीकरण का इतिहास

भारतवासी अपने देश की पुरानी लिपियों का पढ़ना पहले ही भूल चुके थे। संस्कृत और प्राकृत के कुछ विद्वान् बड़े प्रयास के बाद ईसा की सातवीं और आठवीं शती की हस्तलिखित प्रतियों को पढ़ पाये थे, इससे पूर्व की नहीं। गुप्त और ब्राह्मी लिपि भारतीयों के लिए दुर्बोध थी। यह अवस्था बहुत पहले चौदहवीं शताब्दी में हो गयी थी। जब फिरोजशाह तुगलक ने टोपरा और मेरठ के अशोक स्तम्भों दिल्ली[1] मँगवाया, तब उसने अनेक संस्कृत विद्वानों को उन स्तम्भों पर उत्कीर्ण लेख पढ़ने के लिए आमन्त्रित किया तो वे उन अभिलेखों की लिपि को स्पष्ट न कर सके। महान् मुगल सम्राट अकबर को भी इन स्तम्भों पर के लेख के विषय में जिज्ञासा तो थी किन्तु सोलहवीं शताब्दी में भी इस पुरानी लिपि को पढ़ने का गम्भीर प्रयास नहीं किया गया।[2] लोग इस काल्पनिक कथा से ही संतुष्ट थे कि ये स्तम्भ भीम (पाँच पाण्डवों में एक) के दण्ड हैं तथा श्री कृष्ण द्वारा पैशाची भाषा में पाण्डवों को दिये गये उपदेश इस लिपि में अंकित हैं। भारतीय इतिहास और पुरातत्त्व के विषय में यह अज्ञान बारहवीं शताब्दी की अन्तिम दशाब्दी से देश में फैली हुई अव्यवस्था और उसके परिणाम स्वरूप राजनीतिक एवं बौद्धिक जीवन के विश्रृंखलित हो जाने के कारण था। १५ जनवरी १७८४ ई० से जब बंगाल की एशियाटिक सोसाइटी की नींव पड़ी, भारत ने अपनी बौद्धिक जिज्ञासा एवं स्थिरता का पुनर्लाभ आरम्भ किया। इससे विद्वानों को भारत के अतीत के सर्वांगीण अध्ययन में अपने को लगा देने की प्रेरणा मिली। लिपिविज्ञान और अभिलेख-विद्या ने भारतीय विज्ञान (इण्डोलॉजी) के विशेषज्ञों का ध्यान आकृष्ट किया।

१. परवर्ती ब्राह्मी लिपि का स्पष्टीकरण

बंगाल की रॉयल एशियाटिक सोसाइटी की स्थापना के शीघ्र बाद ब्राह्मी अभिलेखों की खोज और पढ़ाई प्रारम्भ हुई। १७८५ ई० में चार्ल्स विलकिन्स ने बंगाल

---

१. शम्स-इ-सिराज : इलियट, हिस्ट्री इण्डिया, ३।३५०।
२. अकबरनामा।

के दीनाजपुर जिले से प्राप्त पाल राजा नारायण पाल के बोदल स्तम्भ-अभिलेख को पढ़ा।[1] ब्राह्मी लिपि के पढ़ने का दूसरा प्रयास भी उसी वर्ष किया गया। पण्डित राधाकान्त शर्मा ने चाहमान राजा वीसलदेव (विग्रहराज चतुर्थ) के तोपरा-दिल्ली स्तम्भ-अभिलेख को पढ़ा जिसकी तिथि वि० सं० १२२० है।[2] इन अभिलेखों को सरलता से पढ़ा जा सकता था, क्योंकि वे अतिसमीप की तिथियों के थे। उसी वर्ष जे० एच० हॅरिंग्टन ने मौखरी राजा अनन्तवर्मन् के नागार्जुनी और बराबर गुहा अभिलेखों का पता लगाया। इन अभिलेखों की लिपि पाल और चौहान लिपियों से अधिक प्राचीन होने के कारण पढ़ने में कठिन प्रतीत हुई और हॅरिंग्टन उन्हें स्पष्ट नहीं कर सके। किन्तु चार्ल्स विल्किन्स ने १७८५ और १७८९ ई० के बीच इन अभिलेखों पर काम किया और इन अभिलेखों की सहायता से वे गुप्त लिपि के प्रायः आधे अक्षरों को पढ़ने में समर्थ हो गये। महान् ऐतिहासिक कर्नल जेम्स टॉड ने १८१८ और १८२३ ई० के बीच राजस्थान, मध्य भारत तथा गुजरात से प्राप्त अभिलेखों को संगृहीत किया तथा यति ज्ञानचन्द्र की सहायता से इनमें से कुछ अभिलेखों को पढ़ने में आंशिक सफलता प्राप्त की। ये अभिलेख ईसा की सातवीं और पन्द्रहवीं शताब्दी के बीच के थे।

परवर्ती ब्राह्मी लिपि के स्पष्टीकरण का दूसरा सीमाचिह्न तब बना जब १८२८ ई० में बैबिंग्टन ने मामल्लपुरम् से प्राप्त संस्कृत और तमिल अभिलेखों के आधार पर वर्णों की एक तालिका तैयार की।

गुप्त लिपि का ठीक स्पष्टीकरण १८३४ ई० में प्रारम्भ हुआ जब कप्तान ट्रायर ने समुद्रगुप्त की प्रयाग प्रशस्ति का एक अंश पढ़ा। डॉ० मिल प्रयाग स्तम्भ-अभिलेख को पढ़ने में और अधिक सफल हुए[4] तथा उन्होंने १८३७[6] में स्कन्दगुप्त के भितरी स्तम्भ-अभिलेख को पूर्णतः पढ़ डाला। लगभग उसी समय डब्ल्यू० एच० बॉथन ने

---

१. एशियाटिक रिसर्चेज़, भा० २, पृ० १६७; जर्नल ऑफ एशियाटिक सोसाइटी ऑफ बंगाल, भा० ६, पृ० ६७४, पट्ट ३६, सं० १५, १६, १७; इण्डियन एण्टिक्वेरी, भा० १३, पृ० ४२८।

२. वही।

३. टॉड, एनल्स ऑन् राजस्थान।

४. ट्रान्जैक्शन्स ऑफ रॉयल एशियाटिक सोसाइटी, भा० २, पृ० २६४-२६९ पट्ट १५, १६, १७ तथा १८।

५. जर्नल ऑफ दि एशियाटिक सोसाइटी ऑफ बंगाल, भाग ३, पृ० ३३९।

६. वही, खण्ड ६, पृ० १।

गुजरात से प्राप्त अनेक ताम्रपत्रों को जिनका सम्बन्ध वलभीवंश[1] के राजाओं से था, पढ़ा। जेम्स प्रिंसेप का पठन अधिक तात्त्विक और सफल रहा। उन्होंने गुप्तकाल के दिल्ली, कहौम, एरण, साँची, अमरावती तथा गिरनार अभिलेखों को स्पष्ट किया।[2] इससे गुप्त-लिपि के पठन का कार्य पूर्ण हुआ और गुप्त अक्षरों की एक पूरी सूची तैयार कर ली गयी।[3]

२. प्राचीन ब्राह्मी लिपि का स्पष्टीकरण

एलोरा गुहा के ब्राह्मी अभिलेखों ने पहले पहल विद्वानों का ध्यान आकृष्ट किया। १७९५ में सर चार्ल्स मेलेट ने इन अभिलेखों के प्रतिचित्रण (स्टैम्पेज) तैयार किये और विलियम जोन्स के पास स्पष्टीकरण के लिए भेजे। उन्होंने उन्हें पढ़ने के लिए विलफोर्ड के पास भेज दिया। विलफोर्ड उनके प्रति कोई न्याय नहीं कर सके। एक संस्कृत पण्डित के मिथ्या पथ-प्रदर्शन में उन्होंने इन अभिलेखों को अशुद्ध पढ़ा और अपने अशुद्ध पाठ के साथ उन्हें सर विलियम जोन्स के पास वापस भेज दिया। कुछ वर्ष वे सर विलियम के पास पड़े रहे और बाद में पाया गया कि पाठ काल्पनिक है।

प्रारम्भिक ब्राह्मी के इस पढ़ने के प्रथम निष्फल प्रयास के बाद चार्ल्स लैसेन ने एक और प्रयास किया। उन्होंने १८२६ में हिन्द-बैक्ट्रियन राजा अगाथोक्लीज़ की मुद्राओं पर की ब्राह्मी प्रशस्ति पढ़ी। किन्तु प्रशस्ति छोटी होने के कारण थोड़े ब्राह्मी अक्षर ही स्पष्ट हुए। ब्राह्मी लिपि के पूर्णतर स्पष्टीकरण का श्रेय जेम्स प्रिन्सेप को प्राप्त हुआ। १८३४-३५ ई० में उन्हें प्रयाग के रधिया और मथिया स्तम्भ-अभिलेखों के प्रति-चित्रण (स्टैम्पेज) प्राप्त हुए और उनको उन्होंने दिल्ली स्तम्भ अभिलेख से मिलाया। उन्हें मालूम हुआ कि चारों अभिलेख एक ही हैं। यह उनके लिए अति-संतोषप्रद था। इस परिणाम से प्रोत्साहित होकर उन्होंने इन अभिलेखों के वर्णों का विश्लेषण किया। उन्हें विदित हुआ कि मात्राओं के लगाने के वही सिद्धान्त प्रारम्भिक ब्राह्मी में विद्यमान थे, जो गुप्त अभिलेखों में थे।[4] इन अभिलेखों के अनवरत अध्ययन ने प्रारम्भिक ब्राह्मी और गुप्तलिपियों की एकता और अविच्छिन्नता की स्थापना कर

---

१. वही, खण्ड ४, पृ० ४७७।
२. वही, खण्ड ६, पृ० २१८; खण्ड ७ पृ० २६, ३३७, ६२९, ६३३।
३. कनिंघम : आर्क्यालॉजिकल सर्वे रिपोर्ट्स, खण्ड १।
४. जर्नल ऑफ दि एशियाटिक सोसाइटी ऑफ बंगाल, खण्ड ३, पृ० ७। पट्ट ५।

दी। पहले कुछ विद्वानों को प्रारम्भिक ब्राह्मी लिपि में ग्रीक वर्णमाला के किसी रूप का भ्रम हुआ था; प्रिंसेप के प्रयासों ने इस भ्रम का निराकरण किया। प्रिंसेप ने प्रथम स्वरों और अन्तःस्थ चिह्नों को अलग किया और फिर व्यंजनों को। उन्होंने गुप्त वर्णों से उनका मिलान किया और उनके ध्वनिमानों का निश्चय करके उनका वर्गीकरण किया। इस प्रकार वे प्रारम्भिक ब्राह्मी अक्षरों में अधिकतर को स्पष्ट करने में समर्थ हुए। उनके द्वारा बनाई गई चिह्नों की सूची, 'उ' और 'ओ' के चिह्नों को छोड़कर, बाद में बिलकुल शुद्ध पाई गई। प्रायः उसी समय फ़ादर जेम्स स्टीवेन्सन ने ब्राह्मी वर्णों के स्पष्टीकरण के कार्य में अपने को लगाया। उन्होंने 'क', 'ज', 'प' और 'ब' वर्णों को पहचाना।[1] इन अक्षरों की सहायता से उन्होंने अभिलेखों को पढ़ने का प्रयास किया। किन्तु उनके मार्ग में दो रोड़े थे। प्रथम उनका ब्राह्मी वर्णमाला का ज्ञान अधूरा था; दूसरे उन्हें विश्वास था कि अभिलेखों की भाषा संस्कृत है। इसलिए वे इस कार्य में आगे न बढ़ सके।

१८३७ ई० में जेम्स प्रिंसेप ने प्रारम्भिक ब्राह्मी को पढ़ने का दूसरा प्रयास किया। उन्होंने साँची के वेदिका एवं द्वार स्तम्भों के छोटे-छोटे लेखों के प्रतिचित्रणों (स्टैम्पेज़) को एकत्र कर उनका मिलान किया। सभी लेखों के अन्त के दो वर्णों को उन्होंने समान पाया। अन्त के उन दो समान वर्णों से पहले 'स' था (जो संस्कृत 'स्य' का प्राकृत रूप है, अर्थ 'का')। आसानी से वे कल्पना कर सकते थे कि 'स' के पहले का शब्द व्यक्तिनाम होगा तथा इसके बाद का शब्द 'दान' या 'समर्पण' का समानार्थी होगा। अन्तिम दो वर्णों में से प्रथम में 'आ' की मात्रा थी और दूसरे में अनुस्वार का चिह्न था। अब शब्द को आसानी से 'दानम्' पढ़ा जा सकता था। इस प्रकार दो ब्राह्मी वर्ण स्पष्ट रूप से पहचान में आ गये। उसी समय यह भी स्थापित हो गया कि लेख की भाषा प्राकृत है, संस्कृत नहीं। इसके बाद वर्णमाला के छह अज्ञात चिह्न प्राप्त किये गये, जिनमें इ, उ, श, स और ळ बूलर के द्वितीय पट्ट में प्रकाशित किये गये।[2] ग्रियर्सन को गया में 'ण' वर्ण प्राप्त हुआ जो बूलर की 'इण्डियन स्टडीज'[3] में आया है। ईसा पूर्व की तीसरी शती में 'औ' के चिह्न की विद्यमानता अशोक[4] के तक्षकों की गया वर्णमाला से सिद्ध हो जाती है। 'ऊ' और 'श' की पहचान[5] पहले

---

१. वही खण्ड ३, पृ० ४८५।
२. इण्डियन पेलियोग्रैफी।
३. भा० ३, पृ० ३१, ७६।
४. बूलर : इण्डियन स्टडीज़, भाग ३, पृ० ३१।
५. कनिंघम : इंस्क्रिप्शन्स ऑफ अशोक, (सी० २, १, पट्ट २७)।

कनिंघम ने की। 'ष' का एक रूप सेनार्ट[1] द्वारा पढ़ा गया तथा दूसरा हार्नले द्वारा।[2] बूलर ने साँची के दान-अभिलेखों में 'ळ' का पता लगाया।[3] ब्राह्मी वर्णों की पूर्ण एवं वैज्ञानिक सूची बनाने का श्रेय निश्चय ही बूलर को प्राप्त है।

३. खरोष्ठी लिपि का स्पष्टीकरण

यदि खरोष्ठी अभिलेखों की भाषा के विषय में भ्रम न होता तो खरोष्ठी लिपि का पढ़ा जाना ब्राह्मी लिपि के पढ़े जाने की अपेक्षा सरल होना चाहिए था क्योंकि उत्तर-पश्चिमी भारत में ग्रीक (यवन) और खरोष्ठी लिपियों में अनेक द्विभाषी अभिलेख पाये गये हैं।

ब्राह्मी के पठन में एक और सुविधा थी। यह निश्चित था कि इसमें प्रयुक्त भाषा भारतीय है और इसके अक्षर संस्कृत के हैं जो भली भाँति जाने हुए हैं।

कर्नल टॉड ने यवन, शक, पह्लव और कुषाण सिक्कों का एक बड़ा ढेर संगृहीत किया जिनका समय ईसा पूर्व १७५ से २०० था। उनमें दो भाषाएँ थीं। एक ओर ग्रीक में विरुद था और दूसरी ओर खरोष्ठी में, जिसे तब तक न पढ़ा गया था। १८२४ ई० में कुछ विचार के बाद टॉड ने घोषित किया कि सिक्कों के दूसरी तरफ प्रयुक्त लिपि एवं भाषा ससानियन है—सम्भवतः इस विचार से कि विदेशी, जिनके सिक्कों का उन्होंने संग्रह किया था, ससानियन लोगों से निकट का सम्बन्ध रखते थे। १८३० ई० में जनरल वेन्तुरा ने मानिक्याला स्तूप की खुदाई की जिससे बहुत-से सिक्के तथा दो खरोष्ठी अभिलेख प्राप्त हुए। किन्तु वे उन्हें पढ़ने में समर्थ नहीं थे।[4] सर अलेकज़ैण्डर बर्न्स ने भी ग्रीक और खरोष्ठी विरुदधारी अनेक सिक्कों का संग्रह किया। ग्रीक विरुद तो वे पढ़ पाये किन्तु खरोष्ठी विरुद के पढ़ने का कोई सूत्र वे न खोज सके।

१८८३ ई० में प्रिंसेप ने अनुमान किया कि अपॉलोडोटस के सिक्के के एक ओर की लिपि पह्लीवी[5] है तथा मानिक्याला अभिलेख की लिपि पाली (ब्राह्मी) है।[6] अपने अनुमान के उत्तर भाग के समर्थन में उनकी धारणा थी कि खरोष्ठी लिपिकों

---

१. सेनार्ट, इंस्क्रिप्शन्स डी पियदसि।
२. जर्नल ऑफ दि एशियाटिक सोसायटी ऑफ बंगाल, ५६, ७४।
३. एपिग्राफ़िया इण्डिका, २, पृ० ३६८।
४. ओझा : प्राचीन लिपि माला, पृ० ४०।
५. जर्नल ऑफ दि एशियाटिक सोसाइटी ऑफ बंगाल, खण्ड २, पृ० ३१३।
६. वही, खंड ३, पृ० ३१८।

और व्यापारियों द्वारा प्रयुक्त पाली (ब्राह्मी) का ही घसीट रूप है।[1] आगे चलकर लिपि के अध्ययन ने उन्हें विचार-परिवर्तन के लिए विवश किया।

चा० मैसन ने, जब वे अफगानिस्तान में पुरातत्त्व सम्बन्धी शोध में व्यस्त थे, देखा कि सिक्कों के एक ओर ग्रीक विरुद तथा सिक्कों के दूसरी ओर के खरोष्ठी विरुद में अभिन्नता है। यह कार्य आगे बढ़ने के लिए महत्त्वपूर्ण कदम था और इसने खरोष्ठी लिपि के स्पष्टीकरण के कार्य को सरलतर बना दिया। अनुमान द्वारा और अन्ततः ग्रीक पदों के प्राकृत समानार्थी पद निश्चित करके उन्होंने खरोष्ठी विरुदों को पढ़ा तथा मेनाण्डर, अपॉलोडोटस तथा हरमियस के सिक्कों पर के खरोष्ठी चिह्नों को पहचाना। अपनी खोज के परिणामों को उन्होंने प्रिंसेप के पास भेज दिया।[2]

प्रिन्सेप ने मैसन की खोजों का अनुसरण किया। वे खरोष्ठी लिपि में यवन राजाओं के बारह नामों तथा छह उपाधियों को पढ़ने में समर्थ हुए। उन्होंने लिपि की दिशा दायें से बायें को निश्चित की। वे खरोष्ठी को सेमेटिक उद्गम वाली मानते थे। किन्तु उन्होंने खरोष्ठी लिपि की भाषा के सम्बन्ध में एक भूल की। उसने सोचा कि इसकी भाषा पह्लीवी थी। इस भूल ने स्पष्टीकरण की गति को अवरुद्ध कर दिया।[3] १८३८ ई० में उन्हें लग गया कि भाषा पाली (प्राकृत) थी। भाषा के निर्धारण ने अब स्पष्टीकरण के कार्य को सुगम बना दिया। वे अब सोलह खरोष्ठी वर्ण पढ़ सकते थे।[4] अन्य छह चिह्न ई० नॉरिस द्वारा पढ़े गये, तथा शेष कनिंघम द्वारा। इस प्रकार सिक्कों पर खरोष्ठी वर्णमाला का पढ़ना पूरा हुआ।[5] जहाँ तक खरोष्ठी के स्वतन्त्र और बृहत्तर अभिलेखों के पढ़ने का सम्बन्ध है, सिक्कों पर के विरुदों की पढ़ाई द्वारा अर्जित ज्ञान की सहायता से अशोक के शाहबाजगढ़ी स्तम्भ-अभिलेख एंव काँगड़ा के द्विभाषी (ब्राह्मी और खरोष्ठी दोनों के) अभिलेख, थोड़े से संयुक्ताक्षरों को छोड़ कर, संतोषप्रद ढंग से पढ़े गये। शक अभिलेख और अधिक सरलता से पढ़े गये। इसी प्रकार खोतान से प्राप्त धम्मपद की हस्तलिखित प्रति भी। जैसा कि पहले ही निर्देश किया जा चुका है, कुछ छिटपुट खरोष्ठी वर्णों के अति घसीट रूप तथा थोड़े से संयुक्ताक्षर

---

१. जर्नल ऑफ दि एशियाटिक सोसाइटी ऑफ बंगाल, पृ० ३१९।
२. प्रिन्सेप : इण्डियन एण्टिक्विटीज़, २, १७८-१८५,१२८-१४३।
३. जे० ए० एस० बी० : खण्ड २, पृ० ३१३।
४. प्रिन्सेप : इण्डियन एण्टिक्विटीज़, खण्ड २, पृ० १२५-१४२;
५. वही, खंड १, पृ० १७५-१८५; खंड २, पृ० १२५-१४२; एच० एच० विल्सन : आरियाना एण्टिक्वा, २४२; पाद०; जे० ए० एस० २३, ७१४। कनिंघमः ए० एस० आर० आई०, ८।

तथा अनेक पह्लव और कुषाण अभिलेख अभी तक निश्चय के साथ नहीं पढ़े जा सकते थे। खरोष्ठी वर्णमाला की तुलनात्मक तालिका बनाने का श्रेय पुनः बूलर को प्राप्त हुआ है।

४. सिन्धु घाटी की लिपि का स्पष्टीकरण

किसी द्विभाषी अभिलेख के अभाव में जिसका एक पाठ सिन्धु घाटी की लिपि में तथा दूसरा पहले से स्पष्ट की गई लिपि में हो, सिन्धु घाटी की लिपि पहेली बनी हुई है और तब तक बनी रहेगी जब तक कि इसके स्पष्टीकरण का कोई प्रभावकारी सूत्र प्राप्त नहीं हो जाता। ऐसी परिस्थिति में सिन्धु घाटी की लिपि का स्पष्टीकरण आनुमानिक प्रयासों की अवस्था में है। नीचे इस दिशा में किये गये कुछ अति महत्त्वपूर्ण प्रयासों का संक्षेप में निर्देश किया जा रहा है :

(१) मेरिगी ने सोचा कि सिन्धु घाटी की लिपि भाव-चिह्नों (आइडियोग्राम) से बनी है। वह प्रत्येक स्वतन्त्र चिह्न को एक भाव-चिह्न समझते थे।[1]

(२) हण्टर[2] तथा लैंग्डन[3] ने सिन्धु घाटी की लिपि को ब्राह्मी का पूर्व-रूप माना है। हण्टर ने प्रत्येक चिह्न की प्रत्येक विद्यमानता को सूचीबद्ध करने की वैज्ञानिक पद्धति का अनुसरण किया।[4] उनका दावा था कि इस मार्ग द्वारा उन्होंने कतिपय चिह्नों की व्याख्या प्राप्त कर ली है; उदाहरणार्थ, क्रमसूचक प्रत्यय, अपादान एवं सम्प्रदान विभक्तियों के अंत्य अंक-चिह्न तथा 'दास' और 'पुत्र' शब्दों के निर्धारक । दोनों लिपियों की समानता केवल बाह्य है। जब तक ब्राह्मी वर्णों से समता रखने वाले सिन्धु घाटी के चिह्नों के ध्वनिमान असंदिग्ध रूप से निश्चित नहीं हो जाते, इस मत के लिए दृढ़ निश्चय का दावा नहीं किया जा सकता।

(३) जर्मन विद्वान् ह्रोज़नी, जिसने एशिया माइनर की घसीट लिपि में लिखे हुए हत्ती (हिट्टाइट) अभिलेखों को पढ़ा, की मान्यता थी कि हिट्टाइट और सिन्धु घाटी की लिपियाँ समान थीं तथा सिन्धु घाटी की लिपि हिट्टाइट लिपि की ही भाँति पढ़ी जा सकती है। ह्रोज़नी दूरगामी निर्णयों तक पहुँचा किन्तु वे निर्णय अनेक काल्पनिक कथनों के कारण प्रायः निर्बल पड़ जाते हैं। चयन-अवचयन के द्वारा

१. पी० मेरिगी : ज़ूर इन्दस्श्रिफ़्त।

२. जी० आर० हण्टर : दि स्क्रिप्ट ऑफ हरप्पा एण्ड मोहनजोदरो एण्ड इट्स कनेक्शन विद अदर स्क्रिप्टस्, १९३४।

३. मोहनजोदरो एण्ड दि इण्डस सिविलीज़ेशन, खण्ड २, पृ० ४२३-२४।

४. डैविड डिरिंजर : अल्फ़ाबेट, पृ० ८५, ८६।

उसने एक सौ दस चिह्नों को सबसे अधिक महत्त्वपूर्ण चिह्नों के रूप में पहचाना—जो किसी भी ध्वन्यात्मक या वर्णमालात्मक लिपि के लिए काफ़ी बड़ी संख्या है । पुनः स्थानान्तरण द्वारा उसने निश्चय किया कि इन चिह्नों में से छियासी केवल छः ध्वनियों के लिए, पैंतालीस 'सि', 'से', 'स' और 'स्' चार ध्वनियों के लिए अभिप्रेत हैं। आलब्राइट ने ह्रोज़नी के कार्य पर इस प्रकार अपना मत प्रकट किया है, "लिपि के स्पष्ट करने में ह्रोज़नी के कौशल को स्वीकार करते हुए, यह अनुभव अवश्य होता है कि उसने अति दुस्साध्य कार्य में हाथ लगाया है ।"

अध्याय पाँचवाँ
लेखन-सामग्री

लेखन के लिए सामग्री का चुनाव दो बातों पर निर्भर था—(१) देश के विभिन्न भागों में उपयुक्त सामग्री की सुलभता, यद्यपि जब एक सामग्री देश के एक भाग में प्रचलित हो जाती है तो वह दूसरे भागों में भी पहुँच ही जाती है, तथा (२) अभिलेखों की प्रकृति, उदाहरणार्थ लंबी-लंबी पुस्तकें तथा साधारण पत्र लचीले कोमल तथा शीघ्र नष्ट होने वाली सामग्री पर तथा धार्मिक अनुशासन, राजाओं की प्रशस्तियाँ, व्यावहारिक लेख इत्यादि पत्थर, ताँबा, लोहा, चाँदी जैसी चिरस्थायी वस्तुओं पर उत्कीर्ण किये जाते थे। ये सामग्रियाँ उपयुक्त विवरण के साथ नीचे निर्दिष्ट की गयी हैं।

१. भूर्जपत्र

पुस्तकें एवं लंबे-लंबे अभिलेखों के लिखने के लिए भूर्जपत्र प्राचीन भारत का एक सर्वसाधारण पदार्थ था। भूर्ज वृक्ष की यह भीतरी छाल होती थी। हिमालय प्रदेश में इसकी उत्पत्ति बहुतायत से होती थी। प्रारम्भ में उत्तर-पश्चिमी भारत[1] में इसका प्रयोग होता था किन्तु बाद में भारत के अन्य भागों तथा मध्य एशिया में इसका प्रसार हुआ, यद्यपि दक्षिण में ताड़ पत्रों के आधिक्य के कारण यह कभी अधिक प्रचलित नहीं हो सका।

लेखनोपकरण के रूप में भूर्जपत्र का सर्वप्रथम उल्लेख ग्रीक लेखक क्विन्टस कर्टियस[2] के विवरण में मिलता है। वह लिखता है कि सिकन्दर के भारत आक्रमण के समय भारतीय छाल पर लिखते थे, यद्यपि यह स्मरण रहना चाहिए कि अन्य ग्रीक लेखक केवल सूती वस्त्र या कागज का ही निर्देश करते हैं। अमरकोश[3] में भूर्ज का उल्लेख वनौषधिवर्ग में हुआ है। कालिदास के 'कुमारसम्भव' में लेखन के उपकरण के रूप में इसका निर्देश है तथा निम्नांकित शब्दों में इसका वर्णन किया गया है :

---

१. तुलना करें, राजेन्द्र लाल मित्र : गौघस पेपर्स, १७; काश्मीर रिपोर्ट, २९, नोट २।

२. ८।९।

३. भूर्जे चर्मि मृदुत्वचौ।२।४।४६।

"जहाँ (हिमालय पर) धातुरस (गैरिकादि) के द्वारा अक्षरों के लिखने से हाथी के (शरीर पर विशेष अवस्था सूचक रक्तवर्ण के बिन्दुओं के समान अंकित भाग में) लाल हो जाने वाले भूर्जपत्र विद्याधर-सुन्दरियों के प्रेम-पत्रों की लेखन-क्रिया द्वारा उपयोग में आते हैं।"[१] उत्तरी बौद्ध कृतियों में लेखन के उपकरण के रूप में भूर्जपत्र का प्रायः उल्लेख मिलता है।[२] इसके प्रयोग का सबसे विस्तृत वर्णन अल्बेरूनी के 'भारत' में मिलता है।[३] "मध्य और उत्तरी भारत में लोग 'तुज़' वृक्ष की छाल का प्रयोग करते हैं, जिसका एक प्रकार धनुष के खोल के रूप में प्रयुक्त होता है। यह भूर्ज कहलाता है। वे एक गज लम्बा तथा इतना चौड़ा जितनी हाथ की फैली हुई उँगलियाँ हैं या इससे कुछ कम एक टुकड़ा ले लेते हैं और इसे अनेक प्रकार से तैयार करते हैं। उसे कड़ा और चिकना करने के लिए उस पर तेल और पालिश लगाते हैं और तब वे उस पर लिखते हैं। प्रत्येक पत्र का उचित क्रम संख्या द्वारा निर्दिष्ट होता है। पूरी पुस्तक वस्त्र के एक टुकड़े में लपेट दी जाती है तथा उसी प्रकार की दो पट्टियों के बीच बाँध दी जाती है। इस प्रकार की किताब पुथी (पुस्त, पुस्तक) कहलाती हैं। अपने पत्र तथा जो कुछ भी उन्हें लिखना होता है वे 'तुज़' वृक्ष की छाल पर लिखते हैं।"

भूर्जपत्र विभिन्न परिमाण के पाये जाते थे। वे लेखकों की आवश्यकता एवं रुचि के अनुसार विभिन्न आकार के टुकड़ों में काट लिये जाते थे। अल्बेरूनी के अनुसार ये टुकड़े प्रायः सवा गज लम्बे तथा नौ इंच चौड़े होते थे। घोंट कर तथा तेल रगड़ कर उन्हें लिखने के योग्य बनाया जाता था। छाल पर, नरकुल की कलम द्वारा एवं एक विशिष्ट प्रकार की स्याही से लिखा जाता था। पत्रों का मध्यभाग बिना लिखा ही छोड़ दिया जाता था तथा छेद दिया जाता था ताकि उनमें से डोरा निकल सके। वे दो समान आकार की, बीच में छिदी हुई, तख्तियों में बाँध दिये जाते थे।

मुगल शासन-काल में भारत में सस्ते और सुन्दर कागज के प्रवेश के बाद छाल का लेखन के उपकरण के रूप में प्रयोग कम हो गया, यद्यपि अपनी पवित्रता के कारण धार्मिक पुस्तकों तथा जंत्रों के लिखने के लिए बहुत बाद तक इसका प्रयोग होता ही रहा। आज भी जंत्र भोजपत्र पर लिखे जाते हैं।

---

१. न्यस्ताक्षरा धातुरसेन यत्र भूर्जत्वचः कुञ्जरविन्दुशोणाः।
व्रजन्ति विद्याधरसुन्दरीणामनङ्गलेखक्रिययोपयोगम् ॥१।७॥

२. बाथलिक: संस्कृत वोरटरबुख इन कुर्ज़रर फ़ास्सुंग।

३. इण्डिया (सख़ऊ) १।१७१।

४. इण्डिया (सख़ऊ) १।१७१।

छाल पर सबसे पुरानी हस्तलिखित प्रति खोतान से प्राप्त खरोष्ठी धम्मपद की है जिसका काल ईसा के बाद दूसरी या तीसरी शताब्दी है।[१] संयुक्तागम की हस्तलिखित प्रति ईसा की चौथी शताब्दी की है।[२] कालक्रमानुसार इसके बाद डोरे से बँधे हुए अभिलेख वे 'मोड़' हैं जो मैसन के द्वारा अफगानिस्तान के स्तूपों से प्राप्त किये गये थे।[३] बोवर तथा गाडफ़्रे संग्रह के हस्तलेख लगभग ईसा की छठी शताब्दी के हैं तथा बख़शाली अंकगणित के हस्तलेख आठवीं शताब्दी के हैं।[४] ये पुराने हस्तलेख केवल इसलिए बच सके कि वे बालू एवं पत्थर के नीचे गड़े रहे, जब-कि उनके समकालीन अन्य लेख नष्ट हो गये। भूर्जपत्र पर की सबसे बाद की, पंद्रहवीं और उसके बाद की, शताब्दियों की हस्तलिखित प्रतियाँ काश्मीर से प्राप्त हुई हैं तथा पूना, लन्दन, ऑक्सफोर्ड, बर्लिन और वियना के पुस्तकालयों में प्राप्य हैं। अब भी काश्मीर, उड़ीसा तथा भारत के अन्य भागों में बहुसंख्यक हस्तलिखित प्रतियाँ पायी जाती हैं।

२. ताड़पत्र

एक और लेखन-उपकरण जो प्राचीन भारत में अति प्रचलित था, वह था ताड़पत्र। बौद्ध जातक लेखन-सामग्री के रूप में पर्ण (पण्ण) का निर्देश करते हैं, जो अतिसम्भवतः ताड़पत्र ही थे।[५] हुइली द्वारा लिखित हुएन्त्सांग के जीवन-चरित में एक अनुश्रुति है जिसके अनुसार भगवान् बुद्ध की मृत्यु के शीघ्र बाद हुई प्रथम बौद्ध संगीति में त्रिपिटक ताड़पत्र पर लिखे गये थे।[६] ताड़ मूलतः दक्षिण भारत का ही देशज वृक्ष था, अतः हम अनुमान कर सकते हैं कि लिखने के लिए इसका उपयोग दक्षिण में प्रचलित हुआ और तब क्रमशः भारत के दूसरे भागों में फैला, यद्यपि काश्मीर, पंजाब के एक भाग एवं राजपूताना में इसका प्रयोग नगण्य था। भारत के कुछ भागों में लेखन के लिए ताड़पत्रों का प्रयोग भूर्जपत्र के प्रयोग की अपेक्षा प्राचीनतर था। यह इस बात से सिद्ध होता है कि भूर्जपत्र आकार और परिमाण में ताड़पत्र के बराबर टुकड़ों में काटा जाता

---

१. ओझा : भारतीय प्राचीन लिपिमाला, पृ० १४४।
२. वही।
३ एच० एच० विल्सन : एरियाना एण्टिक्वा, पट्ट ३, पृ० ५४ पर, सं० ११।
४. जे० ए० एस० बी० : इत्यादि ६५, २२५ इत्यादि।
५. कटाहक जातक; महासुतसोम जातक; काम जातक; चुल्लकालिंग जातक; रुरु जातक इत्यादि।
६. सि-यु-कि (बील द्वारा अनूदित) पृ० १६६-१७७।

था। तक्षशिला ताम्रपट्ट[1] जिसका सम्बन्ध ईसा की प्रथम सहस्राब्दी है, भी ताड़पत्र के अनुरूप बनाया गया है।

ताड़पत्र पर लिखा हुआ सबसे पुराना हस्तलेख एक नाटक के खण्ड का है जो मोटे तौर पर ईसा की दूसरी शताब्दी का है।[2] मैकार्टना द्वारा काश्गर से प्राप्त हस्तलेख ईसा की चौथी शताब्दी में रखे जा सकते हैं।[3] 'प्रज्ञापारमिता-हृदयसूत्र' और 'उष्णीषविजयधारणी' के हस्तलेख, जो मूलतः मध्य भारत में तैयार किये गये थे, जापान पहुँचे तथा अब होरीउज़ी विहार में सुरक्षित हैं, वे ईसा की छठी शताब्दी के हैं।[4] स्कन्दपुराण का हस्तलेख जो अब काठमाण्डू के दरबार पुस्तकालय में रखा है ईसा की छठवीं शती का है।[5] 'परमेश्वरतन्त्र' की कैम्ब्रिज हस्तलिखित प्रति हर्ष सं० २५२ (ईसा ८५८) की है।[6] बौद्ध कृति 'लंकावतार' की हस्तलिखित प्रति में अंकित तिथि नेवार सं० २८ (=९०६-७ ई०) है।[7] यहाँ यह द्रष्टव्य है कि ताड़पत्र वाली पुरानी हस्तलिखित प्रतियाँ अधिकतर ठण्डे व शुष्क देशों तथा भारत के विभिन्न भागों में पायी गयी हैं। ईसा की पन्द्रहवीं शताब्दी से पूर्व की कोई हस्तलिखित प्रति दक्षिण भारत में उस प्रदेश की गर्म एवं आर्द्र जलवायु के कारण नहीं पायी गयी।

ताड़पत्र लिखने के लिए एक विशेष प्रकार से बनाया जाता था। पुस्तकें एवं स्थायी लेख लिखने के लिए ताड़पत्र पहले सुखाये जाते थे, तब पानी में उबाले या भिगोये जाते थे और अन्त में चिकने पत्थर या शंख से घोटे जाते थे तथा उपयुक्त टुकड़ों में काटे जाते थे। अपने प्राकृतिक रूप में ताड़पत्र साधारण और दैनिक उपयोग के लिए प्रयुक्त होते थे। तैयार किये हुए पत्र का आकार लम्बाई में एक से तीन फुट तथा चौड़ाई में एक से चार इंच तक होता था। उत्तरी भारत में ताड़पत्रों पर लिखने लिए स्याही का प्रयोग होता था। दक्षिण में पत्रों पर लौह लेखनी से अक्षर खोद दिये जाते थे और तब काजल या कोयले के चूर्ण से पोत दिये जाते थे। कम लम्बाई के पत्र

---

१. जे० आर० ए० एस० : १८६३, २२२, पट्ट ३।

२. डॉ० लूडर्स द्वारा प्रकाशित (क्लीमेर संस्कृत टेक्स्ट्स, भाग १)।

३. जे० ए० एस० बी० : ६६, पृ० २१८, पट्ट ७।

४. अनेक्डोटा आक्सोनियन्सिया (आर्यन् सीरीज़), पृ० १-४।

५. कैटेलॉग ऑफ पामलीफ़ एण्ड सिलेक्टेड पेपर मैन्युस्क्रिप्ट्स बिलांगिंग टु दि दरबार लाइब्रेरी, नेपाल; हरप्रसाद शास्त्री द्वारा सम्पादित, इंगलिश प्रस्तावना, पृ० ५२।

६. वही।

७. ओझा : प्राचीन लिपिमाला, पृ० १४३।

बीच में एक ही ओर तथा पर्याप्त लम्बाई वाले बीच में दोनों ओर छेद दिये जाते थे। छिद्रों में से, पत्रों को साथ रखने के लिए, डोरी डाल दी जाती थी। भारत के सभी भागों में ताड़पत्र अधिकता से पाये जाते थे, इससे सिद्ध होता है कि देश में इनका व्यापक प्रचार था। किन्तु सस्ते कागज के प्रवेश से ताड़पत्रों का प्रयोग कम हो गया। प्रारम्भिक पाठशालाओं, मन्दिरों तथा देहाती दूकानों में अपनी पवित्रता तथा सुलभता के कारण, ताड़पत्र अब भी प्रयुक्त होते हैं।[1]

३. कागज

यह एक सामान्य मत रहा है कि भारत में कागज का प्रथम प्रवेश मुसलमानों के द्वारा हुआ तथा सर्वप्रथम १०५ ई० में चीनियों ने इसका निर्माण किया।[2] इस मत के विरुद्ध ग्रीक लेखक निआर्कस्, जो ईसा पूर्व ३२७ में सिकन्दर के भारतीय अभियान में उसके साथ आया था, लिखता है कि 'भारतीय लोग कपास को कूट कर लिखने का कागज बनाते रहे थे'।[3] धारा-नरेश भोज (११वीं शती ईसवी) के 'पत्रलेखन' आदि छिट-पुट संदर्भों से सिद्ध होता है कि कागज का प्रयोग पत्र लिखने के लिए[4] होता था।

कागज पर लिखे सबसे पुराने हस्तलेख मध्य एशिया में काश्गर और कुगीर में प्राप्त हुए थे जो ईसा की पाँचवीं शताब्दी की गुप्त लिपि में लिखे हैं।[5] कुछ विद्वानों ने संदेह किया था कि इन हस्तलेखों में प्रयुक्त कागज भारतीय मूल का है या नहीं। ईसा पूर्व की चौथी शताब्दी से ही भारत में कागज के प्रयोग के ग्रीक प्रमाण के रहते यह संशय न्याय्य नहीं है।

भारत की जलवायु सम्बन्धी परिस्थितियों में कागज टिकाऊ नहीं हो सकता। इसीलिए गुजरात और राजपूताने से प्राप्त कागज की हस्तलिखित प्रतियाँ ईसा की चौदहवीं शताब्दी से पहले की नहीं हैं। यह सत्य है कि ताड़पत्र एवं भूर्जपत्र की अल्पमूल्यता एवं सुलभता के कारण कागज का प्रयोग अल्प मात्रा में होता था, साथ ही उन पत्तों में भोंड़े प्रकार से निर्मित कागज की अपेक्षा अधिक शक्ति होती थी।

---

१. तुलना, ओझा : प्राचीन लिपिमाला, पृ० १४३।

२. बार्नेट : एण्टिक्विटीज़ ऑफ़ इण्डिया, पृ० २२१।

३. स्ट्राबो, १५, ७१७, बूलर को कर्पास-कागज में कर्पास-वस्त्र की भ्रान्ति हुई। (इण्डियन पेलियोग्रैफी, पृ० ९८)।

४. गोउस पेपर्स, १६।

५. जे० ए० एस० बी० ६६, २१५ इत्यादि, २५८ इत्यादि।

फिर भी प्राचीन काल से ही, मुसलमानों एवं योरोपीय लोगों के प्रवेश के बहुत पहले से ही, भारत में कागज के स्वदेशी कारखाने रहे हैं, और देश के किन्हीं भागों में वे अब भी बने हैं।[1] कागज के तावों पर चावल या गेहूँ की लेई का पतला लेप कर दिया जाता था और तब शंख या पत्थर के बेलन से उन्हें घोंटते थे। यह प्रक्रिया आवश्यक थी जिससे स्याही भोंड़े प्रकार से बनाये गये कागज को पार न कर सके। कागज सुविधाजनक आकार के खण्डों में काट लिया जाता था। कागज पर का लेखन ताड़पत्र पर के लेखन के ही अनुसार था। लिखने योग्य कागज के टुकड़ों के मध्य में छेद किया जाता था और छेदों में डोरी डाल कर उन्हें इकट्ठा बाँध दिया जाता था।[2]

४. सूती कपड़ा

सूती कपड़ा भी लेखनोपकरण के रूप में प्रयुक्त होता था और अब भी विशिष्ट कार्यों के लिए इसका प्रयोग किया जाता है। इसके लिए प्रयुक्त विशिष्ट शब्द 'पट' 'पटिका' या 'कार्पासिक पट' थे।[3] पट के प्राचीनतम निर्देश आन्ध्रकालीन नासिक-अभिलेखों में प्राप्त होते हैं।[4] उत्तरकालीन कुछ छन्दोमय स्मृतियाँ भी कपड़े पर लिखने का निर्देश करती हैं। कपड़ा भी कागज की तरह अधिक टिकाऊ नहीं होता क्योंकि नमी से यह कमज़ोर होता है तथा कीड़े भी इसे बहुत पसन्द करते हैं। इसीलिए कार्पासिक पटीय अभिलेखों के अवशेष अधिक प्राचीन नहीं हैं। श्रृंगेरी मठ में पट पर लिखित विवरण दो या तीन सौ वर्ष पुराने हैं।[5]

जैसलमेर के 'बृहज्ज्ञान कोश' में स्याही से लिखे हुए जैन सूत्रों की सूची से युक्त एक रेशमी पट बूलर ने प्राप्त किया था।[6] अनहिलवाड़ पटन में पीटर्सन को श्री प्रभसूरि के जैन ग्रन्थ 'धर्मविधि' की वि० स० १४१८ (१३६१-६२ ई०) की एक हस्तलिखित प्रति प्राप्त हुई है।[7] हस्तलिपि में १३ इंच चौड़े तिरानबे पत्र हैं। अब भी जैन मन्दिरों में अनेक कागज पाये जाते हैं जिनमें मन्दिर के अभिषेक के अवसर पर

१. तुलना, ओझा : प्राचीन लिपिमाला, पृ० १४४।

२. अजमेर में सेठ कल्यानमल्ल धद्ध के वंशजों के यहाँ प्राचीन जैन हस्त-लेखों के संग्रह में नमूने देखे जा सकते हैं।

३. जे० जॉली : रेखतुन्द सिटे, ग्रुंडरिस, २,८,११४।

४. नासिक अभिलेख सं० ११ ए० बी० जो बी० एस० एस० आर० डब्ल्यू० आई० ४, १०४ इत्यादि में उल्लिखित है।

५. जे० जॉली : रेखतुन्द सिटे, ग्रुंडरिस, २,८,११४।

६. इण्डियन पेलियोग्राफी, पृ० ९३।

७. वही।

बनाये गये मण्डल और आकृतियाँ होती हैं। ब्राह्मणों के विद्यासम्पन्न कुटुम्बोंमें भी 'सर्वतोभद्र' 'लिङ्गतोभद्र' इत्यादि मण्डलों तथा 'मातृकास्थापन' एवं 'गृहस्थापन' इत्यादि की रूपरेखाओं से युक्त पट प्राप्त हैं। राजस्थान में एक वर्ग के लोग वस्त्र के लम्बे-लम्बे टुकड़ों पर पंचांग बनाते हैं।[१] दक्षिण में दूकानदार या व्यापारी स्थायी लेखा-जोखा रखने के लिए वस्त्र का प्रयोग करते हैं।[२]

कागज की तरह कपड़े को भी चिकना और रंध्रविहीन बनाने के लिए गेहूँ या चावल की लेई का पतला लेप कर दिया जाता था। सूखने पर शंख या पत्थर से इसे घोंटते थे। इस प्रकार काली स्याही से अक्षर लिखे जाते थे। मैसूर में इमली के चींये की लेई से या पिसे हुए कोयले से कपड़ा काला कर लिया जाता है। इस प्रकार के वस्त्र के सूखे खण्डों पर खड़िया या घिया पत्थर (स्टीलाइट) से अक्षर लिखे जाते हैं। मण्डल और आकृतियाँ कपड़े पर आटे या रंग से बनायी जाती हैं।

५. काष्ठपट्ट

काष्ठपट्टों तथा बाँस की शलाकाओं का, लेखनोपकरण के रूप में, प्राचीनतम उल्लेख धार्मिक आत्म-हत्या-विषयक सिद्धान्तों के निषेध के प्रसंग में 'विनय पिटक' में मिलता है।[३] फिर जातकों में उनका निर्देश है। जातकों में लेखन-पट्ट को 'फलक' कहा गया है, जो वर्णमाला सीखने के लिए प्रयुक्त होता था।[४] कुछ चिह्नों या अक्षरों से युक्त बाँस की शलाकाएं बौद्ध भिक्षुओं के लिए यात्रार्थ आज्ञापत्रों (पासपोर्ट) का काम देती थीं।[५]

'ललितविस्तर' के अनुसार पाठशालाओं में चन्दन फलक स्लेटों की तरह प्रयुक्त होते थे।[६] महाराष्ट्र के शकों के अभिलेखिक विवरण भी श्रेणी-भवनों में ऋण सम्बन्धी स्वीकृति लिखने के लिए काष्ठ-फलकों का निर्देश करते हैं।[७] कात्यायन-स्मृति, जिसका विषय व्यवहार विधि है, खड़िया से फलक पर अभियोग लिखकर (पाण्डुलेख) उपस्थित करने का विधान करती है।[८] संस्कृत गल्प 'दशकुमार चरित' में अपहार-

---

१. ओझा : प्राचीन लिपिमाला पृ० १४६

२. वही।

३. रिज़ डेविड्स : बुद्धिस्ट इण्डिया, पृ० १०८-९।

४. जातक सं० १२५ (कटाहक जातक)।

५. बर्नोफ : प्रस्तावना, अ लिस्तोरी दु बुद्धिज्म, २५९ नोट।

६. ललितविस्तर, १० (अंग्रेजी अनु० पृ० १८१-८५)।

७. नासिक अभिलेख सं० ७, १-४, बी० ए० एस० आर० डब्ल्यू० आई० ४, १०२ में।

८. बर्नेल : एलीमेण्ट्स् ऑफ साउथ इण्डियन पेलियोग्राफी, ८७ नोट २।

वर्मन् ने अपनी प्रेयसी को सम्बोधित कर अपना निर्णय घुटे काष्ठ पर लिखा था ।[१] बर्मा में हस्तलिपियाँ सोने या चाँदी के पानी से अलंकृत काष्ठ की पट्टियों पर लिखी जाती थीं । अक्षर काले होते थे ।[२] इन हस्तलिपियों के नमूने ब्रिटिश म्यूजियम तथा योरोप के इसी प्रकार के अन्य पुस्तकालयों में प्राप्त हैं ।[३] यद्यपि इस प्रकार की हस्तलिपियों के नमूने भारत में अब नहीं पाये जाते किन्तु इस बात के लक्षण विद्यमान हैं कि भारतीय भी साहित्यिक कार्यों के लिए काष्ठ-फलकों का प्रयोग करते थे ।[४] विण्टरनित्स से विदित होता है कि बोडलेन लाइब्रेरी के अधिकार में आसाम से प्राप्त एक हस्तलिपि है जो काष्ठ-फलकों पर लिखी गयी है ।[५] उत्तरी भारत में ऐसे उदाहरण पाये जाते हैं जहाँ निर्धन लोग खड़िया से धार्मिक ग्रन्थों की प्रतिलिपि काष्ठ-फलकों पर करते हैं । आज भी कक्षाओं में विद्यार्थी, ज्योतिर्विद्या तथा देहाती दूकानदार काष्ठ-फलकों पर खड़िया से लिखते हैं ।

६. चर्म

पत्र, छाल तथा काष्ठ के रूप में प्राकृतिक लेखनोपकरणों के सौलभ्य के कारण चमड़े ने लेखनोपकरण के रूप में प्राचीन भारतीयों का ध्यान आकर्षित नहीं किया ।

इसके अतिरिक्त तपस्वियों द्वारा पयुक्त मृगचर्म तथा व्याघ्रचर्म के सिवाय चमड़े को हिन्दू अपवित्र मानते थे तथा लेखन-कला के लिए भारत में जिसका उद्भव धार्मिक प्रयोजनों के लिए हुआ था, उसका व्यवहार नहीं करते थे । पश्चिमी एशिया, मिस्र तथा योरोप में जहाँ सहज-सुलभ लेखन उपकरणों का अभाव था और लोगों को पशु-सामग्री का प्रयोग करने में घृणा नहीं होती थी साधारणतः चमड़ा लिखने के लिए प्रयोग में आता था ।

फिर भी भारतीय साहित्य में चमड़े के प्रयोग के कुछ प्रकीर्ण निर्देश मिल जाते हैं । डि आल्विस लिखता है कि कुछ बौद्ध कृतियों में लेखन के उपकरणों में चमड़ा सम्मिलित है ।[६] संस्कृत-ग्रन्थ सुबन्धुकृत 'वासवदत्ता' के एक अंश से यह अनुमान

---

१. उच्छ्वास २ ।
२. बर्नेल : एलिमेन्ट्स ऑफ़ साउथ इण्डियन पेलियोग्राफी, पृ० ८७ ।
३. वही ।
४. बूलर : इण्डियन पेलियोग्राफी पृ० ९३ ।
५. वही ।
६. कच्चायन की प्रस्तावना, पृ० २७; बूलर : इण्डियन पेलियो ग्राफ़ी, पृ० ९५ ।

किया जाता है कि सुबन्धु के समय में लिखने के लिए चमड़े का प्रयोग होता था।[1] यहाँ यह संकेत कर देना चाहिए कि भारतवर्ष में अब तक कोई चमड़े की हस्तलिपि नहीं प्राप्त हुई। पीटर्सबर्ग के संग्रह में काशगर से प्राप्त भारतीय वर्णों से खुदे हुए कुछ चमड़े के टुकड़े हैं किन्तु यह नहीं कहा जा सकता कि ये टुकड़े मध्य एशिया में भारत से पहुँचे, क्योंकि भारतीय वर्णों का वहाँ प्रसार हो गया था और स्थानीय लोग उनका प्रयोग करते थे। चमड़े का केवल एक नमूना—लिखने के लिए तैयार किये गये चमड़े का कोरा खण्ड—जैसलमेर के जैन पुस्तकालय में उपलब्ध 'बृहज्ज्ञान कोश' की हस्तलिखित प्रतियों में पड़ा पाया गया था।[2]

७. पत्थर

जब से मनुष्य ने गुहा की दीवार पर पहली खरोंच मारी, वह अपनी कला की स्थिरता से प्रभावित हुआ। 'प्रस्तर-लेखन' टिकाऊपन का सूचक बन गया। जब लेखनकला व्यापक हुई, वे सभी आदेश जो महत्त्वपूर्ण और स्थायी समझे गये, पत्थर पर खोदे गये। बौद्ध सम्राट् अशोक (ई० पू० की तीसरी शताब्दी में) विशेषरूप से निर्देश करते हैं कि उन्होंने अपने आदेशों को पत्थर पर इसलिए खुदाया कि वे बहुत समय तक बने रह सकें।[3] कोमल लेखन के अन्य और लचीले उपकरणों के प्रचार के बावजूद स्थायी विवरणों के लेखन के लिए पत्थर का प्रयोग वर्तमान काल तक जारी रहा है। लेखन के माध्यम के रूप में पत्थर निम्नांकित रूपों में प्रयुक्त हुआ है :

१. चिकनी की गयीं या कभी-कभी खुरदरी चट्टानें।[4]
२. स्तम्भ।[5]
३. पट्टिका।[6]
४. मूर्ति का आसन[7] या पृष्ठभाग।[8]

---

१. 'विश्वे गणयतो विधातुः शशिकठिनीखण्डेन तमो मसिश्यामेऽजिन इव नयसि संसारस्यातिशून्यत्वाच्छून्यविन्दव इव; वासवदत्ता (हाल का संस्करण), पृ० १८२।

२. बूलर : इण्डियन पेलियोग्राफी, पृ० ९५।

३. चिलंथितिका च होतूतीति। अशोक शिलालेख द्वितीय (टोपरा संस्करण)।

४. अशोक शि० ले०, हुल्श : इन्स्क्रिप्शनम् इण्डिकेरम्, भाग १।

५. अशोक स्त० ले०, वही बेसनगर गरुड़स्तम्भ अभिलेख, लूडर्स की लिस्ट ६६९।

६. अयोध्या प्रस्तर अभिलेख एपि० इण्डिका० २०, पृ० ५७।

७. पटना मूर्ति अभि०, लूडर्स लिस्ट नं० ९५७-५८।

८. वही।

५. पिटक या बर्तन की कोरें तथा ढक्कन ।[1]

६. स्फटिक ।[2]

७. मन्दिर की दीवारें ।[3] फर्श (तल) ।[4] तथा स्तम्भ ।[5]

८. गुहाएँ ।[6]

जहाँ तक प्रस्तर-लेखन के विषय का सम्बन्ध है, उसमें निम्नांकित प्रकार सम्मिलित हैं :

(१) राजों के आदेश या घोषणायें ।[7]
(२) राजप्रशस्ति ।[8]
(३) राजाओं के बीच की सन्धियाँ ।[9]
(४) स्वीकृतियाँ (समझौते) ।[10]
(५) दान ।[11]
(६) स्मृतियाँ ।[12]
(७) समर्पण ।[13]
(८) भूमि-दान ।[14]
(९) काव्य-स्राव ।[15]

---

१. पिप्रहवा बौद्ध माण्ड अभि०, लूडर्स लिस्ट नं० ९३१ ।
२. भट्टि प्रोलू स्तूप का एक अभि०, एपि० इ०, खण्ड २, पृ० ३२८ ।
३. लूडर्स लिस्ट, सं० १४, २१, ६३, ६८, ७७, इत्यादि ।
४. वही ।
५. वही ।
६. भण्डारकर की लिस्ट सं० १७१२, १७१३ इत्यादि ।
७. अशोकन इन्स्क्रिप्शन्स, हुलशः कार्पस इन्स्क्रिप्शनम् इण्डिकेरम्, खण्ड १ ।
८. खारवेल का हाथी गुम्फा अभि०, एपि० इण्डिका, २०, पृ० ७२ और आगे । समुद्रगुप्त का प्रयाग स्तम्भ अभिलेख, फ्लीट : सी० आई० आई०, खण्ड ३, सं० १ ।
९. बूलर : इण्डियन पेलियोग्राफी, पृ० ९६ ।
१०. वही ।
११. इण्डि० एण्टि० ३६, पृ० ११७ और आगे, ऑर्कि० सर० इण्डि० ए० आर० १९०८-०९, पृ० १२६ ।
१२. फ्लीट ९ सी० आई० आई०, खण्ड ३, पृ० ९२ इत्यादि ।
१३. एपि० इण्डिका, खण्ड ४, पृ० ५५ इत्यादि; एपि० इण्डि०, खण्ड ३१, पृ० ६० इत्यादि ।
१४. फ्लीट : सी० आई० आई०, खण्ड ३, पृ० १२६ इत्यादि ।
१५. लूडर्स लिस्ट, सं० ९९२, ९९७, ९९८, १०००, ११००, ११२५, ११२६, ११२४, ११४६ इत्यादि ।

(१०) साहित्यिक कृतियाँ।[1]

(११) कभी-कभी बृहत् धार्मिक ग्रन्थ।[2]

वर्णों के खोदने या अंकित करने के पहले एक विशेष शिला, प्रस्तर का पट्ट या खण्ड चुना जाता था, उसे छील कर चिकना कर लिया जाता था और तब घिस कर चिकना किया जाता था। ऐसे अपवाद भी प्राप्त हुए हैं कि लिखने के लिए खुरदरे पत्थर का प्रयोग किया गया है। पहले पत्थर पर सीधी रेखाएँ खींची जाती थीं, फिर सुलेखक उन पर स्याही या रंग से लिखता था और अन्त में खोदने वाला वर्णों को खोदकर अंकित कर देता था। कलात्मक प्रतीति होने के लिए पार्श्व, शीर्ष एवं अधोभाग में स्थान रिक्त छोड़ दिया जाता था। कभी-कभी लेखन-क्षेत्र चारों ओर के किनारों से नीचा कर दिया जाता था। यदि खोदने के समय कोई टुकड़ा उखड़ जाता तो इस प्रकार के खोखले को किसी रूप्य वस्तु (प्लास्टिक) से भर दिया जाता था और तब उस पर अक्षर लिखे जाते थे। खुदे हुए विषय के प्रारम्भ तथा अन्त में प्रायः कोई मांगलिक या धार्मिक चिह्न भी खोद देते थे।

८. ईंटें

यद्यपि मेसोपोटामिया तथा पश्चिमी एशिया के अन्य देशों में लिखने के लिए लोग ईंट का सामान्य उपयोग करते थे किन्तु भारत में लिखने के लिए ईंट का प्रयोग अत्यल्प हुआ है। कनिंघम[3],फूरर तथा अन्य पुरातत्त्वविदों ने अकेले या कुछ अक्षरों से युक्त कुछ ईंटें मूलतः मन्दिर की दीवारों या रथिका या मूर्ति-पीठ में जड़ी हुई भारत के विभिन्न भागों से प्राप्त की थीं। कभी-कभी धार्मिक पाठ भी ईंटों पर खोद दिये जाते थे। इस प्रकार के अभिलेख का एक नमूना हो (Hoe) ने उत्तर प्रदेश (तब उत्तर पश्चिमी प्रान्त) में प्राप्त किया था जिसमें बौद्ध सूत्र खुदे हुए थे।[4] ईंटों पर के कतिपय अभिलेख पुरातत्त्व संग्रहालय मथुरा में सुरक्षित हैं, जो लिपिशास्त्र के आधार पर ईसा पूर्व की प्रथम शताब्दी में रखे जा सकते हैं। ईंटों के

---

१. चाहमान राजा विग्रह चतुर्थ का 'हरिकेलि नाटक' तथा उसके राजकवि सोमदेव का 'विग्रहराजनाटक', इण्डि० एण्टि० २०, २०१ इत्यादि।

२. उन्नतिसिख पुराण—वि० सं० १२२६ की एक जैन कृति, मेवाड़ में बिजोलिया के समीप एक शिला पर खुदा है (ओझा: भारतीय लिपिमाला, पृ० १५०, नोट ६।)

३. सी० ए० एस० आर० १, ९७, ५, १०२।

४. प्रोसी० ए० एस० बी० १८९६, पृ० ९९ इत्यादि।

अतिरिक्त मृत्पात्र[1] तथा मृत्तिका की मुद्राएँ[2] भी लेखनोपकरण के रूप में प्रयुक्त होती थीं। ईंटों, मृत्तिका पात्रों तथा मृत्तिका मुद्राओं पर खुदाई का ढंग यह था कि सुखाने या पकाने के पहले ही गीली मिट्टी पर वर्ण खुरच दिये जाते थे।

६. धातुएँ

पत्थर पर या ईंटों पर खोदे गये अभिलेखों की तरह के लेखों के लिखने के लिए पत्थर और ईंट से अधिक स्थायी एवं सुविधाजनक सामग्री धातु थी। यहाँ यह ध्यान में रखना चाहिए कि पत्थर और ईंट का प्रयोग अति प्राचीन काल से आज तक प्रायः समान रूप से हुआ है, जब कि धातु प्राचीन काल में अल्पता से प्रयुक्त हुई और बाद के काल में अधिकता से इसका प्रयोग हुआ। लेखन के लिए प्रयुक्त धातुओं में सोना, चाँदी, ताँबा, जस्ता, पीतल, लोहा तथा राँगा सम्मिलित किये जा सकते हैं।

(अ) सोना—बहुमूल्य होने के कारण इस धातु का प्रयोग बहुत ही कम होता था। तथापि बौद्ध जातकों में सोने पर धनी दूकानदारों के महत्त्वपूर्ण कौटुम्बिक लेखों, राजादेशों, काव्यछन्दों तथा नीति-सम्बन्धी सूक्तियों का प्रायः निर्देश मिलता है।[3] किन्तु आसानी से माना जा सकता है कि जातक ग्रंथों में समाज का आदर्श चित्र प्रस्तुत किया जाता था और उसमें काल्पनिक तत्त्वों का विशिष्ट स्थान है। बर्नेल का कथन है कि राजपत्रों तथा भूमिदान के लिए भी सोना प्रयुक्त होता था।[4] कनिंघम ने खरोष्ठी में दान-अभिलेख वाला एक स्वर्णपट्ट तक्षशिला के समीप गंगु स्तूप से प्राप्त किया था।[5] बरमा में ह्मज़्वा ग्राम में दो स्वर्णपत्र पायेगये हैं जिन पर बौद्ध सूत्र 'ये धम्मा हेतुप्रभवा' इत्यादि तथा इसके बाद पालि छन्द लिखा था। लिपिशास्त्रानुसार उनका सम्बन्ध ईसा की चौथी या पाँचवीं शती से है।[6]

(आ) चाँदी—यद्यपि सोने से काफी सस्ती है किन्तु लेखनोपकरण के रूप में इसका प्रयोग उससे भी कम हुआ है। अब तक चाँदी पर बहुत कम अभिलेख प्राप्त हुए हैं। चाँदी पर लिखे हुए छोटे हस्तलेखों तथा राजकीय लेखों के नमूने अब भी

---

१. इण्डि० एण्टि०, खण्ड० १४, पृ० ७५।
२. ए० एस० आर० आई०, १९०३-४, पट्ट ६०-६२।
३. रुरु जातक; कुरुधम्म जातक; तेसकुन जातक।
४. बी० : एलीमेण्ट्स ऑफ साउथ इण्डियन पेलियोग्राफी, ९०-९३।
५. सी० ए० एस० आर०, द्वितीय १२९, पट्ट ५९।
६. एपि० इण्डि०, खण्ड ५, पृ० १२१।

सुरक्षित हैं। एक नमूना प्राचीन स्तूप भट्टिप्रोलू से प्राप्त हुआ है।[१] दूसरा तक्षशिला से प्राप्त हुआ था।[२] आज भी कुछ जैन मन्दिरों में चाँदी के फलक विद्यमान हैं जिन पर 'नमोकार मन्त्र' जैसे पवित्र श्लोक तथा 'ऋषिमण्डल यन्त्र' जैसे तान्त्रिक सूत्र खुदे हैं।[३]

(इ) ताँबा—लिखने के लिए सब से अधिक प्रयोग में आने वाली धातु ताँबा है। अति प्राचीन काल से यह प्रयोग में आ रहा है। अभिलिखित ताँबे का पत्र या टुकड़ा अभिलेख के विषय के अनुसार ताम्रपट्ट, ताम्रपत्र, ताम्रशासन, शासनपत्र या दानपत्र कहलाता था। भूमिदान पत्रों को छोड़कर, जो स्थायी रूप से ताँबे पर ही खोदे जाते थे और संस्कारपूर्वक प्रतिगृहीता को दिये जाते थे, ताँबे पर लिखे जाने वाले विषय प्रायः वही होते थे जो पत्थर पर।[४]

जहाँ तक लिखने के लिए ताँबे के प्रयोग का सम्बन्ध है फाहियान लिखता है कि अपने यात्राकाल (४०० ई०) में उसने तमाम बौद्ध विहारों के अधिकार में ताँबे पर अभिलिखित दानपत्रों को पाया जिनमें से कुछ का सम्बन्ध बुद्धकाल से है।[५] निश्चित प्रमाण के अभाव में इस विषय में कुछ असंदिग्ध रूप से नहीं कहा जा सकता। किन्तु यहाँ यह निर्देश कर देना चाहिए कि लिपिशास्त्र के अनुसार मौर्यकालीन सोहगौरा ताम्रपत्र की खोज[६] फाहियान के कथन को सम्भाव्य बना देती है। अन्य बौद्ध यात्री हुएन्त्सांग जो ईसा की सातवीं शती में भारत में आया, लिखता है कि पार्श्व की प्रेरणा से कनिष्क ने एक बौद्ध संगीति बुलाई थी जिसने तीन टीकाएँ तैयार कीं: (१) सुत्त पिटक पर उपदेशशास्त्र, (२) विनय पिटक पर विनयविभाषाशास्त्र और (३) अभिधम्म पिटक पर अभिधम्मविभाषाशास्त्र जो ताम्रपत्रों पर लिखे गये थे तथा जो पत्थर की पिटारियों में रखे गये थे। पिटारियाँ उनके ऊपर बने स्तूपों में रखी गयी थीं।[७] उत्खनन में ये अभी तक प्राप्त नहीं हो सकीं। सायण के वैदिक भाष्य के ताँबे पर खुदे होने की एक ऐसी ही कथा है।[८] पर्याप्त प्रमाणों के अभाव में बर्नेल इस

---

१. बूलर : इण्डियन पेलियोग्राफी, पृ० ९५।
२. जे० आर० ए० एस०, १९१४, ९७५-६; १९१५, पृ० १९२।
३. ओझा : प्राचीन लिपिमाला, पृ० १५२, फुटनोट ५।
४. तुलना, बूलर इण्डियन पेलियोग्राफी, पृ० ९५।
५. सि यु-कि (बील) प्रथम, ३८।
६. प्रोसी० ए० एस० बी०, १८९४, पृ० १।
७. तुलनार्थ, बर्नेल : एलीमेन्ट्स ऑफ साउथ इण्डियन पेलियोग्राफी, पृ० ८६।
८. मैक्समूलर : आर० आई, २९

कथा को अविश्वसनीय मानते हैं।[1] त्रिपट्टी में साहित्यिक कृतियों के ताम्र हस्तलेखों की विद्यमानता से धार्मिक और साहित्यिक कृतियों के ताँबे पर खोदे जाने की सम्भावना अधिक दृढ़ हो जाती हैं, यद्यपि ये अपेक्षाकृत बाद के काल के हैं।[2] बरमा और सिंहल से प्राप्त ताँबे पर खुदी हुई पुस्तकों के कुछ नमूने ब्रिटिश संग्रहालय में सुरक्षित हैं।[3] भारत में निकले हुए ताम्र-अभिलेखों के अन्य प्रकारों की सूची बहुत बड़ी है। यह ध्यान में रखना चाहिए कि ईसा की छठी शताब्दी तक लिखने के लिए ताँबे का प्रयोग बहुत अधिक नहीं था। बाद की बारहवीं शताब्दी तक यह बहुत व्यापक बन गया और भारत में मुसलमानों के आक्रमण के बाद पुनः इसका प्रयोग कम पड़ गया।

ताम्रपत्र अनेक ढंग से तैयार किये जाते थे। सोहगौरा ताम्रपत्र का एकमात्र उदाहरण ऐसा है जो बालू के साँचे में ढाला गया था, जिसमें प्रतीकों समेत वर्ण पहले ही लौह लेखनी से या नुकीली लकड़ी से खोद दिये गये थे। इस पत्र पर वर्ण औरप्र तीक दोनों ही उभरे हुए प्रतीत होते हैं।[4] अधिकांश ताम्रपत्र हथौड़ों से विभिन्न आकार और माप के बना लिये जाते थे। यह बात, स्पष्ट चोट के निशानों से, प्रमाणित हो जाती है। विभिन्न माप और मोटाई के ताम्रपत्र तैयार किये जाते थे। उनमें से कुछ इतने पतले होते थे कि वे दोहरे झुका दिये जा सकते थे तथा उनका भार कठिनाई से कुछ-एक छटांक होता था, यद्यपि उनमें से कुछ बहुत मोटे और भारी होते थे और उनकी तौल लगभग नौ पौण्ड या इससे भी अधिक थी।[5] उनका आकार दो बातों पर निर्भर करता था—(१) उस जिले में जहाँ ताम्रपत्र प्रदान किया जाता था, लिखे जाने वाले उपकरणों का आकर (२) लेख्य विषय अर्थात् लिपिक द्वारा तैयार किये गये लेख का आकार।

यदि धातुकार के सम्मुख ताड़पत्रों का आदर्श होता तो ताम्रप्रत्र उसकी लम्बाई एवं संकीर्णता के अनुसार बनाया जाता; यदि भूर्जपत्र आदर्श होता तो ताम्रपत्र की चौड़ाई बढ़ जाती थी और वे लगभग वर्गाकार बन जाते थे। सामान्यतः दक्षिण में ताम्रपत्र ताड़पत्र के अनुसार और उत्तर में भूर्जपत्र के अनुसार बनते थे। (ताड़पत्र के

१. साउथ इण्डियन पेलियोग्राफी।

२. बूलर: इडियन पेलियोग्राफी, पृ० ९५।

३. जर्नल पाली टेक्स्ट सोसाइटी, १८८३, पृ० १३६ इत्यादि।

४. फ़्लीट: जे० आर० ए० एस०, १९०७, पृ० ५१० इत्यादि।

५. तक्षशिला ताम्रपत्र, जो तौल में ३.३-४ औंस है दुहरा मुड़ा हुआ पाया गया था। बलभी के शिलादित्य चतुर्थ के अलिन ताम्रपत्र भी कुल मिलाकर १७ पौण्ड ३.३।४ औंस हैं, फ़्लीट: सी० आई० आई० ३, पृ० १७२।

आधार पर बना हुआ तक्षशिला का ताम्रपत्र इसका अपवाद है ।) गुजरात और उत्तरी भारत के ताम्रपत्रों से स्पष्ट है कि प्रशस्तियों के बढ़ते हुए आकार के अनुसार ताम्रपत्रों का आकार भी बढ़ जाता था ।[1]

एक ताम्रशासन में पट्टों की संख्या लेख के आकार पर निर्भर थी । यदि एक लेख्य (डाकूमेन्ट) के लिए एक से अधिक पट्ट प्रयुक्त किये जाते तो उनमें छेदकर उन्हें ताँबे के छल्लों से बाँध दिया जाता था। यदि एक ही छल्ला होता तो छेद प्रायः पट्ट के बाईं ओर किया जाता था; जब दो छल्ले होते तो छेद पहले पट्ट के निम्नभाग में से और दूसरे पट्ट के ऊपरी भाग में से होता था । इसी प्रकार एक के बाद दूसरा छेद किया जाता था । छल्ले डोरे का काम देते थे और विभिन्न ताड़पत्रों को एक साथ नत्थी रखते थे तथा ताम्रपत्रों को पुस्तक जैसा बना देते थे जिसे आसानी से खोला जा सकता था ।[2]

ताम्रपत्र पर पर्याप्त हाशिया छोड़ दिया जाता था । रेखाएँ प्रायः पत्र के अधिक चौड़े पार्श्व के समानान्तर चलती थीं । सर्वप्रथम एक कुशल लेखक विशिष्ट अधिकारियों द्वारा तैयार किये गये विवरण को ताम्रपत्र पर स्याही से सुन्दर स्पष्ट अक्षरों में लिखता था । इसके बाद लोहार या सोनार छेनी से और यदा-कदा नक्काशी करने के औजार से उस पर अक्षर खोदता था । कभी-कभी रेखाओं के बदले बिन्दुओं से वर्ण बनाये जाते थे ।[3] दक्षिण के अनेक ताम्रपत्रों पर के सूक्ष्म वर्णों से यह अनुमान होता है कि पहले ताम्रपत्रों को खड़िया से रगड़ा जाता था, तब लेखक उस पर नुकीले लोहे के टुकड़े से अक्षर खींच देता था और अन्त में सुनार या लोहार उत्तम यंत्र से उन पर खुदाई कर देता था । विवरण की सुरक्षा के लिए पट्टों की कोरें उठी हुई और मोटी बना दी जाती थीं, इसी उद्देश्य से पहले पट्ट का पहला पृष्ठ और अन्तिम पट्ट का दूसरा पृष्ठ खाली छोड़ दिया जाता था ।[4]

राजकीय शासनों में पट्टों पर विभिन्न रीतियों से राजकीय मुद्रा लगा दी जाती थी । कभी-कभी यह मुद्रा पट्टों को एक साथ रखने वाले छल्लों के जोड़ों को ढकने वाले धातुखण्ड पर लगा दी जाती थी ।[1] प्रायः राजकीय मुद्रा अलग से ढाल ली जाती थी

१. तुलनार्थ बलभी के राजाओं के अभिलेख, कतिपय गुप्त नरेशों के अभिलेख तथा मध्ययुगीन राजवंशों के अभिलेख ।

२. एपि० इण्डि०, भाग १, पृ० १ (आठवीं शताब्दी के कसकुंडी दानपत्र ११ पट्टों पर तथा चतुर्थ शताब्दी के हीराहदगल्ली दानपत्र आठ पट्टों पर उत्कीर्ण हैं ।

३. एपि० इण्डि०, भा० ४, पृ० ५६ ।

४. तुलनार्थ, फ़्लीट : सी० आई० आई० ई०, पृ० ६८, पादटिप्पणी ६ ।

तथा अभिलेख और अंक विपरीत दबी हुई सतह पर उभार दिये जाते थे ।[२] किन्हीं अवसरों पर यह ताम्रपत्र पर ही खोद दी जाती थी।[३] साधारण रूप से ताम्रपत्रों के साथ लगी हुई मुद्राएँ ताँबे की होती थीं । विरल परिस्थितियों में अन्य उद्देश्यों के लिए यह सोने की बनी होती थी, जैसा कि वाण के कथन से स्पष्ट है, हर्षवर्धन सोने की मुद्रा का प्रयोग करते थे ।[४]

(ई) पीतल—स्वतन्त्र अभिलेखों के लिए लेखनोपकरण के रूप में पीतल का प्रयोग शायद ही कभी हुआ है। पीतल की बड़ी मूर्तियों के पादपीठ या छोटी पीतल की मूर्तियों की पीठ पर बहुत छोटे अभिलेख प्राप्त हुए हैं। ऐसी मूर्तियों की प्राचीनतम तिथि ईसा की सातवीं शती है और प्रायः वे सब जैन धर्म से सम्बन्धित हैं । कुछ जैन मन्दिरों में पीतल के पत्र प्राप्त होते हैं जिन पर धार्मिक सिद्धान्त अंकित हैं ।[५]

(उ) काँसा—जहाँ तक इस धातु का सम्बन्ध है केवल काँसे की घंटियों पर दाताओं के नाम तथा दानतिथि खुदी पायी जाती है।[६] स्वतन्त्र लेखन के लिए पीतल की तरह इसका प्रयोग विरल था ।

(ऊ) लोहा—यद्यपि उपकरणों, शस्त्रों तथा अन्य मानवीय आवश्यकताओं के लिए लोहे का प्रयोग सामान्य रूप से होता था, लिखने के लिए इसका प्रयोग यदा-कदा ही होता था । दिल्ली में कुतुबमीनार के समीप स्थित मेहरौली का लौह स्तम्भ-अभिलेख एकमात्र उदाहरण है जहाँ लोहे के ऊपर बहुत बड़ी प्रशस्ति खुदी हुई है । शिव-त्रिशूल तथा लोहे की बनी हुई तोपों पर छोटे-छोटे अभिलेखों के कुछ उदाहरण पाये जाते हैं ।[८] लिखने के लिए लोहे का विरल प्रयोग सम्भवतः इस कारण था कि इसमें साधारण रूप से मोरचा लग जाता है और बरबाद हो जाता है; मेहरौली का लौह स्तम्भ एक विरल अपवाद है जहाँ मोरचा न लगने वाला लोहा बनाया गया था ।

---

१. तुलनार्थ, परमारों, चालुक्यों तथा सेनों के अभिलेख ।

२. प्रतीहार वंश के भोज, महेन्द्रपाल तथा विनायकपाल के अभिलेख (इण्डि० एण्टि०, भाग १५, पृ० ११२, १४०) ।

३. मालवा के परमारों के अभिलेख ।

४. हर्षचरित (निर्णयसागर प्रेस), पृ० २२७ ।

५. पीतल पर उत्कीर्ण अभिलेख के उदाहरण आबू पहाड़ पर जैन मन्दिरों की मूर्तियों पर पाये जाते हैं ।

६. केवल बहुत बाद के कांस्य अभिलेख के उदाहरण प्राप्य हैं ।

७. फ़्लीट : सी० आई० ई०, खण्ड ३, पृ० १३९ ।

८. ऐसे उदाहरण ईसा की पन्द्रहवीं एवं उसके बाद की शताब्दियों के हैं ।

(ए) राँगा—भारत में इस धातु की कमी के कारण इसका लिखने के लिए प्रयोग अल्प था। राँगे पर लेखन का केवल एक उदाहरण है; राँगे पर खुदी हुई एक बौद्ध हस्तलिपि का नमूना ब्रिटिश म्यूजियम के अधिकार में है।[१]

१०. स्याही

पत्थर, ईंट, धातु इत्यादि कड़े पदार्थों पर लिखने के लिए जहाँ खुदाई या अंकन आवश्यक था वहाँ स्याही या किसी प्रकार के रंग की आवश्यकता नहीं थी। ऐसी परिस्थिति में छेनी या बरमे से काम चल जाता था, यद्यपि बाद को कहीं-कहीं रंग का प्रयोग भी होता था। किन्तु भूर्जपत्र, ताड़पत्र, कागज, कपड़ा, चमड़ा इत्यादि कोमल पदार्थों पर लिखने के लिए किसी न किसी प्रकार की स्याही या रंग का प्रयोग होता ही था।

भारत में स्याही के लिए प्रयुक्त शब्द 'मसि' या 'मसी' था। ये शब्द गृह्यसूत्रों में, जो निश्चय ही ईसवी सन् के पूर्व लिखे गये थे, बहुलता से मिलते हैं। जहाँ तक 'मसि' या 'मसी' शब्द की व्युत्पत्ति का सम्बन्ध है, यह संस्कृत धातु 'मस्' (हिंसायाम्) (कुचलना या कूटना) से निकला है।[२] स्याही को तैयार करने में इसके घटक कूटें और मिलाये जाते थे, इसलिए इसके लिए 'मसी' शब्द का प्रयोग होता था। हिन्दी के 'मसलना' शब्द में इस शब्द का मूल अर्थ अब भी सुरक्षित है। भारतवर्ष के किन्हीं भागों में स्याही के लिए प्रयुक्त होने वाला शब्द 'मेला' है। इस व्यवहार के आधार पर बेनफी, हिन्क्स तथा वेबर ने ग्रीक शब्द मेलस (melas) से 'मेला' पद को निकालने का प्रयास किया है।[३] बूलर ने प्रस्ताव किया कि 'मेला' शब्द देशी भाषा के 'मैला' (गन्दा या काला) शब्द से व्युत्पन्न है और इसका अन्यदेशीय मूल खोजना अनावश्यक है। किन्तु 'मेला' शब्द की अधिक सम्भव व्युत्पत्ति संस्कृत 'मेल' (मिलाना) धातु से है। 'मेला' शब्द का स्पष्ट अर्थ मिलाने की अवस्था है, जो स्याही की तैयारी में अनेक घटकों के मिश्रण का सूचक है। स्याही के अर्थ में 'मेला' शब्द का प्रयोग संस्कृत लेखकों द्वारा भी हुआ है। उदाहरणार्थ सुबन्धु ने 'मेलनन्दयते' पद का प्रयोग किया है।[४] संस्कृत कोशों में मसीपात्र के लिए प्रयुक्त शब्द 'मेलनन्द', 'मेलन्धु', 'मेलन्धुक'

---

१. जर्नल पालि टेक्स्ट्स सोसाइटी, १८८३, पृ० १३४ इत्यादि।
२. बोर्थलिक तथा राथ : संस्कृत वोर्टरबुख, देखिए अक्षर 'मसि'।
३. जेखरे, नेखिख्टीन गौट, गेस, विस, १८९३, पृ० २३५ इत्यादि।
४. बोर्थलिक तथा राथ : संस्कृत वोर्टरबुख।

हैं। इससे भी स्पष्ट हो जाता है कि संस्कृत लेखक 'मेला' शब्द से भली भाँति परिचित थे।[1] तथापि मसी शब्द का प्रयोग अतिबहुल था तथा स्याही के बर्तन के लिए प्रायः 'मसिपात्र', 'मसिभांड' और 'मसिकुपिका' शब्द प्रयुक्त होते थे।

ईसा पूर्व की चौथी शताब्दी में भारतीयों द्वारा स्याही का प्रयोग ग्रीक लेखक निआर्कस तथा कर्टियस[2] द्वारा प्रमाणित हो जाता है। वे अपने विवरण में लिखते हैं कि भारतीय लोग कागज तथा सूती कपड़े पर लिखते हैं। यह लेखकों द्वारा स्याही के प्रयोग का स्पष्ट संकेत है। अशोक के कतिपय शासनों पर किन्हीं अक्षरों को बनाने में घुमाव के स्थान पर बिन्दु रखे गये हैं जिससे प्रतीत होता है कि शासनों की खुदाई के समय स्याही का प्रयोग होता था।[3] स्याही से लिखने का सबसे प्राचीन उदाहरण अन्धेर स्तूप की अस्थि-मंजूषा में मिलता है, जो किसी भी दशा में ईसा पूर्व की दूसरी शती के बाद का नहीं है।[4] स्याही का अधिक व्यापक प्रयोग खोतान से प्राप्त खरोष्ठी हस्तलिपियों में प्राप्त होता है; जिनका तिथि-अंकन ईसा की प्रथम शती से होता है। अफगानिस्तान में भी उसी शताब्दी के भूर्जपत्र की कुण्डलियों तथा मृत्तिका-भाण्डों पर मसिलेखन के उदाहरण उपलब्ध हुए हैं। कुछ ही बाद के भूर्जपत्र और ताड़-पत्रों पर स्याही से ब्राह्मी अक्षरों में लिखी हस्तलिपियाँ भी प्राप्त होती हैं।[5] अजन्ता की गुफाओं में रंग से लिखे गये कुछ अभिलेखों के उदाहरण हैं।[6]

अनेक प्रकार की स्याही का प्रयोग होता था जिनमें काली स्याही सबसे अधिक व्यापक थी। यह दो प्रकार की होती थी : साधारण या मिट जाने वाली, सामान्य प्रयोजन के लिए तथा स्थायी या न मिटनेवाली, स्थिर रखने योग्य हस्तलिपियों एवं विवरण लिखने के लिए। पहली किस्म बारीक पिसे हुए कोयले को पानी, गोंद, चीनी, या अन्य किसी चिपकने वाले पदार्थ के साथ मिलाकर बनाते थे। स्थायी किस्म (प्रकार) लाख को पानी, सोहागा, लोध्र (सफेद फूलों वाला एक वृक्ष) तथा तिल के तेल के काजल के साथ मिलाकर खौला कर गाढ़ा घोल बना लेते थे। इस प्रकार की मसि न मिटने वाली होती थी तथा पानी या नमी का इस पर प्रभाव नहीं पड़ता था।[7] काश्मीर

---

१. मेला मसीजलं पत्राञ्जनं च स्यान्मसिर्द्वयोः इति त्रिकाण्डशेषः; अमरकोष ३।५।१० पर उद्धृत।

२. स्ट्राबो : १५।७१७ हिस्ट० अले० ८।६।

३. बूलर : इण्डियन स्टडीज़, ३, पृ० ६ इत्यादि, ६९।

४. बूलर : इण्डियन पेलियोग्राफी. पृ० ९८।

५. वही।

६. बी : ए० एस० आर० डब्ल्यू० आई०, पृ० ४, पट्ट ५९।

७. ओझा : प्राचीन लिपिमाला, पृ० १५५।

में भूर्जपत्रों पर लिखने की स्याही बादाम के कोयले को गाय के मूत्र में खौलाकर बनाते थे ।[1] जब हस्तलिपियाँ समय-समय पर जल-प्रणालियों में धोयी जाती थीं तो इस प्रकार से तैयार की गयी स्याही क्षति से सर्वदा मुक्त रहती थी । दक्षिण में स्याही का प्रवेश कुछ बाद को हुआ ।

रंगीन किस्मों में लाल सबसे अधिक प्रचलित थी तथा पीली का भी कभी-कभी प्रयोग होता था । रंगीन स्याही से लिखी हुई हस्तलिखित प्रतियों के दान का पुराणों में उल्लेख है ।[2] उत्तरी भारत के जैन लेखक भी प्रायः रंगीन स्याही का प्रयोग करते थे ।[3] लाल स्याही या तो अलक्तक (लाल रंग) या हिंगुल से बनायी जाती थी । ये पदार्थ पानी में गोंद या अन्य किसी लसदार वस्तु के साथ घोल लिये जाते थे । हस्तलिपियों में लाल स्याही अधिकांशतः मात्राएँ तथा मूल के दाहिनी एवं बायीं ओर हाशिया खींचने में प्रयुक्त होती थी । कभी-कभी अध्यायों के अन्त, विराम तथा 'इति अमुकः' जैसे वाक्यांश भी लाल स्याही से लिखे जाते थे । हरी और पीली स्याही कुछ जैन लेखकों (आचार्यों) की रुचि के अनुकूल थी जो अध्यायों के अन्तिम अंश इससे लिखते थे ।[4] कथासरित्सागर के रचयिता सोमदेव रक्त से लिखने का निर्देश करते हैं,[5] जिसे बर्नेल लेखक की कोरी-मनगढ़ंत बात मानते हैं । यह ध्यान रहे कि सोमदेव जंगल में स्याही के अभाव में खून से लिखने का निर्देश करता है । कभी-कभी विशिष्ट लोग अपने उद्देश्य की पवित्रता एवं दृढ़ निश्चय दिखाने के लिए अपनी प्रतिज्ञाओं को रक्त से लिखते थे । किन्तु ऐसे उदाहरण अति विरल हैं ।

चित्रों पर कलात्मक अभिलेखन के लिए या धार्मिक ग्रन्थों या धनी संरक्षकों के प्रयोग में आने वाली साहित्यिक कृतियों की भी हस्तलिखित प्रतियाँ तैयार करने में स्वर्ण या रजत मसि का प्रयोग होता था ।[6] साहित्यिक साक्ष्य से प्राचीन काल में इन स्याहियों के प्रयोग का निर्देश मिलता है यद्यपि उपलब्ध उदाहरण बहुत बाद के हैं ।

---

१. बर्नेल : साउथ इण्डियन पेलियोग्राफी, पृ० ९३ ।

२. हेमाद्रि, दानखण्ड, ४५९ इत्यादि ।

३. तुलनार्थ, फेसिमिलीज इन राजेन्द्र लाल मित्र'स नोटिसेज ऑफ़ संस्कृत मैनुस्क्रप्ट्स् ३, पट्ट १ ।

४. ओझा : प्राचीन लिपिमाला, पृ० १५६ ।

५. तां कथामात्मशोणितैः अटव्यां मष्यभावाच्च लिलेख स माकविः ।१।८।३

६. तुलनार्थ, अजमेर के सेठ कल्यानमल का संग्रह (ओझा : प्राचीन लिपिमाला, पृ० १५६) ।

११. औज़ार

लिखने के औज़ार साधारण रूप से 'लेखनी' कहे जाते थे। यह शब्द भारत के बड़े-बड़े महाकाव्यों में आता है।[1] यह एक व्यापक शब्द है और कलम, लौह लेखनी, पेन्सिल, नरकुल, लकड़ी, लोहा, रेशों या बालों से बने ब्रुश (तूलिका) के अर्थ में अनेक प्रकार से प्रयुक्त हुआ है। इस शब्द के व्यापक प्रचार के पीछे यह तर्क है कि लेखन से खुदाई और रँगाई या लेखन-सामग्री दोनों का बोध होता था।

लिखने के औज़ारों के सूचक दूसरे शब्द इस प्रकार हैं :

(१) वर्णक—इस पद का शाब्दिक अर्थ 'वर्ण को बनाने वाला' है। यह कलम के अर्थ में प्रयुक्त होता था। 'ललितविस्तर' में एक बिना चिरी हुई छोटी वर्निका या बत्ती का निर्देश है जो पाठशाला के विद्यार्थियों द्वारा लिखने की पट्टी पर वर्ण खींचने में प्रयुक्त होती थी।[2]

(२) वर्णिका—संस्कृत कोशों में पाया जाने वाला यह शब्द 'वर्णक' का ही दूसरा रूप है।[3]

(३) वर्णवर्तिका—यह रँगी हुई बत्ती थी। 'दशकुमार चरित' में इसका निर्देश है।[4]

(४) तूलि या तूलिका—साधारणतया ब्रुश के अर्थ में इसका प्रयोग होता था।[5]

(५) शलाका—इसका अर्थ था लौह-लेखनी या खोदनी।[6]

लेखन-कला से संबंधित अन्य साधन परकार और रूल थे। परकार केवल ज्योतिर्विदों द्वारा वृत्तों और एक दूसरे को काटते हुए वृतों से युक्त कुण्डलियाँ बनाने में और कभी-कभी ग्रन्थ के अध्यायों के अन्त में कुछ लेखकों द्वारा कलात्मक आकृतियाँ बनाने के लिए प्रयुक्त होता था। इन कार्यों में प्रयुक्त होने वाले परकार विशिष्ट

---

१. तुलनार्थ, बी० आर० डब्ल्यू० और बी० डब्ल्यू० में देखिए यही शब्द।
२. ललितविस्तर, अ० १०, पृ० १८१-१८५ (अंग्रेज़ी अनु० से)।
३. अमरकोश, ३।५।३८। मेदिनी, वर्णक के अन्तर्गत।
४. द्वितीय उच्छ्वास।
५. अमरकोश ३।१०।३२।
६. अयस्कान्तमणि शलाका........मालती माधव, १।२।

रूप से परिशुद्ध होते थे। सीधी और समानान्तर रेखाओं के खींचने के लिए रूल का भी प्रयोग होता था। यह लकड़ी का एक टुकड़ा था जिस पर बराबर दूरी पर डोरियाँ लगी रहती थीं। इसे 'रेखापटि' या 'समासपटि' कहते थे।[1]

---

१. ओझा : प्राचीन लिपिमाला, पृ० १५७।

अध्याय छठवाँ

लेखन तथा उत्कीर्णन का व्यवसाय

भारतवर्ष में वर्णमाला का आविष्कार साहित्यिकों, अध्यापकों तथा पुरोहितों द्वारा, साहित्यिक एवं धार्मिक उद्देश्यों के लिए हुआ था। इसमें संदेह नहीं कि वर्णमाला के आविष्कार के लिए भाषाज्ञान तथा स्वरज्ञान की आवश्यकता थी; अतः यह कार्य केवल कुशल, शिक्षित एवं संस्कृत जनों द्वारा ही अपनाया जा सकता था। यही कारण है कि बहुत समय तक लेखनकला, ब्राह्मणवर्गीय साहित्य और पौरोहित्य विशारदों की विशिष्ट थाती बनी रही। जब तक साक्षरता का प्रसार और प्रयोग सीमित था, व्यावसायिक लेखकों की अर्थात् ऐसे लेखकों की जो अपने जीविकोपार्जन के लिए लेखनकार्य करते थे, कोई आवश्यकता नहीं थी। समाज के विकास एवं प्रसार तथा व्यवसायों के विभाजन के साथ-साथ लेखन का भी एक व्यवसाय के रूप में विकास हुआ। भारतवर्ष के प्राचीन साहित्य में इस बात के प्रचुर निर्देश हैं कि प्राचीन काल में व्यावसायिक लेखकों का एक वर्ग या जाति वर्तमान थी।[1] विभिन्न—कालक्रमिक, कलात्मक एवं राजकीय—कारणों से उनके भिन्न-भिन्न अभिधान थे। संक्षेप में उनका विवरण इस प्रकार है :

१. लेखक

साधारणतया लिखने वालों के लिए प्रयुक्त होने वाला प्राचीनतम शब्द 'लेखक' था। यह शब्द तथा इसके समानार्थी पद[2] भारत के महाकाव्यों—रामायण और महाभारत—में पाये जाते हैं।[3] महाकाव्यों में इन शब्दों का प्रयोग यह सिद्ध करता है कि इन काव्यों की रचना के समय लिखने की कला तथा व्यवसाय दोनों विद्यमान थे। लेखन-व्यवसाय के सम्बन्ध में प्राचीन पालि साहित्य प्रचुर साक्ष्य उपस्थित

---

१. देखिए, 'मुद्राराक्षस', अंक १।

२. लिख, लेख, लेखन इत्यादि।

३. लेखन सम्बन्धी अति महत्त्वपूर्ण अंशों के लिए, पृष्ठ १३४ पर पादटिप्पणी २ में निर्दिष्ट शब्दों के अन्तर्गत सेण्ट पीटर्सबुर्ग डिक्शनरी देखिए। जे० दहलमन कृत डास महाभारत, पृ० १८५ इत्यादि।

करता है। उदाहरणार्थ 'विनय पिटक' में लेखन की विशिष्ट कला के रूप में प्रशंसा की गयी है;[१] संघ की भिक्षुणियों को मनोविनोद के रूप में नहीं किन्तु धार्मिक ग्रंथों की प्रतिलिपि करने के लाभप्रद व्यवसाय के रूप में लेखन-कला सीखने की आज्ञा थी;[२] बालक को कौन सी जीवनवृत्ति अपनानी चाहिये इस विषय की चर्चा में उसके माता-पिता अपना मत प्रकट करते हैं कि यदि वह लेखन-वृत्ति को ग्रहण करे तो वह सुख और शान्ति से रहेगा यद्यपि उसकी उँगलियाँ अवश्य पीड़ा करेंगी।[३] महावग्ग[४] और जातक[५] प्रायः राजकीय पत्रों का उल्लेख करते हैं जिनके लिए विशिष्ट व्यावसायिक लेखन-ज्ञान की आवश्यकता थी। हस्तलिखित प्रतियों (पोथक) का भी दो बार उल्लेख हुआ है,[६] जिसको तैयार करने के लिए व्यावसायिक लेखकों की अपेक्षा थी। रिज़ डेविड्स का यह विचार[७] कि प्राचीन बौद्ध साहित्य के निर्माण-काल में लेखन व्यवसाय अज्ञात था, अति निर्बल तथ्य पर आधारित है और कसौटी पर नहीं ठहर सकता। परवर्ती भारतीय साहित्य में 'लेखक' शब्द का प्रयोग दोनों अर्थों में अर्थात् साधारण लिखने वाले के अर्थ में तथा विशिष्ट व्यावसायिक लिखने वाले के अर्थ में हुआ है।

लेखन-व्यवसाय तथा लेखक शब्द के प्रयोग के सम्बन्ध में जहाँ तक अभिलेखात्मक प्रमाण का प्रश्न है साँची के एक अभिलेख में इसका प्राचीन निर्देश है।[८] लेखक शब्द स्पष्ट रूप से यहाँ दानदाता के व्यवसाय का बोध कराने के लिए प्रयुक्त हुआ है। बूलर ने इसका अनुवाद 'हस्तलिखित प्रतियों की प्रतिलिपि करने वाला, लिखने वाला, लिपिक' किया था यद्यपि उसे अपने अनुवाद में संदेह था।[९] बाद के तमाम अभिलेखों में 'लेखक' शब्द का प्रयोग उस व्यक्ति का निर्देश करने के लिए हुआ है जो धातु या प्रस्तर पर खोदने के लिए विवरण तैयार करता था।[१०] इससे भी बाद के काल में लेखक शब्द का प्रयोग हस्तलिखित ग्रन्थों की प्रतिलिपि करने वाले व्यक्ति के लिए

१. ४।७।
२. ४।३०५।
३. वही, १।७७; ४।१२८।
४. १।४३।
५. बूलर : इण्डियन स्टडीज़ ३, ८ इत्यादि, १२०।
६. वही।
७. बुधिस्ट इण्डिया, पृ० १०९-१११।
८. स्तूप १, नं० १४३ (एपि० इण्डिका २, पृ० ३६९-३७२)।
९. इण्डियन पेलियोग्राफी, पृ० १००।
१०. इपि० इ० १, १ स; फ्लीट: गुप्त इन्सक्रिप्शन्स (सी० आई० आई० ३) सं० १८ और ८०।

होता था। प्रायः श्रद्धालु एवं धर्मनिष्ठ ब्राह्मण तथा कभी-कभी निर्धन जीर्ण कायस्थ इस कार्य में लगाये जाते थे। मन्दिर या पुस्तकालय में ऐसे लोगों को लगाते थे: अभिलेखों के विवरण से पता चलता है कि अनेक जैन हस्तलिखित प्रतियों को जैन भिक्षुणियों और भिक्षुओं ने लिखा था जो धार्मिक ग्रन्थों की प्रतिलिपियाँ तैयार करने में अपना समय व्यतीत करते थे। नेपाल में भी ऐसे उदाहरण पाये जाते हैं, जहाँ भिक्षुणियाँ, भिक्षु तथा[1] व्रजाचार्य बौद्ध ग्रन्थों की प्रतिलिपि करते थे।

२. लिपिकर या लिब्रिकर

'लेखक' के अतिरिक्त दूसरा शब्द जो लिखने वाले के अर्थ में ईसा पूर्व की चौथी शताब्दी में प्रयुक्त होता था, वह 'लिपिकर', 'लिबिकर' या 'दिपिकर' था; अशोक के शासनों में यह कई बार आता है।[1] संस्कृत कोषकार 'लिपिकर' शब्द को लेखक का पर्याय समझते हैं।[2] किन्तु ऐसा प्रतीत होता है कि अशोक के अभिलेखों में इस शब्द का प्रयोग दोनों अर्थों अर्थात् लिखनेवाले तथा खोदनेवाले, प्रायः द्वितीय अर्थ में, हुआ है। संस्कृत कथा वासवदत्ता[3] में 'लिपिकर' शब्द का अर्थ लेखक है। राजा के लिखनेवालों (राज-लेखकों) को कभी-कभी राजलिपिकर कहा जाता था। उदाहरणार्थ साँची के एक अभिलेख[4] में सुबहित गोतिपुत को 'राजलिपिकर' कहा गया है। संस्कृत साहित्य तथा अभिलेखात्मक विवरणों के अध्ययन से यह स्पष्ट हो जायगा कि 'लिपिकर' शब्द 'लेखक' शब्द की अपेक्षा कम प्रयुक्त होता था और इसका प्रयोग 'लेखक' के अर्थ की अपेक्षा 'प्रतिलिपिकार' और 'खोदनेवाले' के अर्थ में अधिक हुआ है।

३. दिविर

लिखनेवाले के अर्थ में प्रयुक्त होने वाला 'दिविर' एक दूसरा शब्द है। पहले पहल यह ५२१-२२ के एक मध्यभारतीय अभिलेख में मिलता है।[5] ईसा की सातवीं और आठवीं शताब्दी के अनेक वलभी अभिलेखों में 'युद्ध और सन्धि का मंत्री' (सांधि-

---

१. पडेन लिखितं लिपिकरेण। ब्रह्मगिरि लघु शि० ले० सं० २।
लिपिकरापराधेन (शि० ले० सं० १४ गिरनार संस्करण)
दिपिकर (शि० ले० सं० १४ शाहबाजगढ़ी संस्करण)
२. लिपिकरोऽक्षरचणोऽक्षरचुंचुश्च लेखके। अमर० २।८।१५
३. हाल का संस्करण, पृ० २३९।
४. स्तूप १, सं० ४९ (एपि० इण्डि०, खण्ड २, पृ० १०२)
५. फ़्लीट : गुप्त इंस्क्रिप्शन्स।

विग्रहिक) जो विवरणों के लेख तैयार करने का उत्तरदायी था, 'दिविरपति' या 'दिवीरपति' बताया गया है। 'दिविरपति' शब्द स्पष्ट रूप से इस बात का निर्देश करता है कि सांधिविग्रहिक के अन्तर्गत विवरण तैयार करनेवाले अनेक दिविर होते थे। 'दिविर' शब्द के मूल के सम्बन्ध में बूलर लिखते हैं: 'दिविर' या 'दिवीर' फारसी 'देबीर' (='लेखक') है जो सम्भवतः सासानियों के समय में, जब भारत और फारस के बीच व्यापार और आवागमन बहुत वृद्धि पर था, ग्रहण किया गया था।[१] इस सम्बन्ध में यह ध्यान रखना चाहिए कि ईसा की सातवीं और आठवीं शताब्दियों में भारत में न तो शकों या सासानों का शासन था और इन्हीं शताब्दियों में फारस पर अरब अधिकार हो जाने के कारण भारत और फारस के बीच न किसी प्रकार का व्यापारिक या सांस्कृतिक सम्बन्ध ही था। मध्य भारत में शक शासन ईसा की चतुर्थ शताब्दी के अन्त में समाप्तप्राय था। अब तक ईसा की प्रथम चार शताब्दियों में 'देबीर' शब्द का प्रयोग या ग्रहण प्रमाणित नहीं हुआ है। 'दिविर' शब्द का मूल अशोक के अनुशासनों में प्रयुक्त 'दिपिकर' शब्द में प्रतीत होता है।[२] 'दिपिकर' शब्द साधारणतया दिविकर > दिविअर > दिविर प्राकृत रूप हो सकता था। यह सम्भव है कि 'दिपिकर' और 'दिविर' का उद्गम समान मूल से हो क्योंकि संस्कृत और फारसी सम्बन्धित भाषाएं थीं। 'दिविर' शब्द का प्रयोग ईसा की ग्यारहवीं और बारहवीं शताब्दियों तक जारी रहा। यह शब्द 'राजतरंगिणी' और इस काल के अन्य ग्रन्थों में आया है। उदाहरण के लिए क्षेमेन्द्र का 'लोकप्रकाश' दिविरों के अनेक वर्गों का निर्देश करता है, जैसे गंज दिविर (बाजार के लिपिकार), नगर दिविर (नगर के लिपिकार) इत्यादि।[३] 'दिविर' शब्द का प्रचार अधिकतर भारत के उत्तरी-पश्चिमी भागों में ही सीमित रहा।

४. कायस्थ

व्यवसायी लेखकों के एक निश्चित वर्ग या जाति का निर्देश करने वाला प्रमुखतम शब्द 'कायस्थ' था। सबसे प्रथम विष्णुधर्मसूत्र[४] में और फिर याज्ञवाल्क्य स्मृति में (बहुत अच्छे संदर्भ में नहीं) यह शब्द आता है[५]: राजा को चाट,

१. इण्डियन पेलियोग्राफी, पृ० १०१।
२. शि० ले० सं० १४ (शाहबाजगढ़ी संस्करण)।
३. इण्डियन एण्टिक्वैरी, ६।१०।
४ ७।३।
५. चाटतस्करदुर्वृत्तमहासाहसकादिभिः।
पीड्यमानाः प्रजाः रक्षेत् कायस्थैश्च विशेषतः ॥१।३३६।

तस्कर, दुराचारी तथा डाकू जनों से तथा कायस्थों के हाथों विशेष रूप से पीड़ित प्रजा की रक्षा करनी चाहिए ।" विज्ञानेश्वर 'कायस्थ' शब्द की निम्नलिखित शब्दों में व्याख्या करते हैं :

"कायस्थ अर्थात् लेखक और गणक—इनसे पीड़ित प्रजा की विशेष रूप से रक्षा करनी चाहिए, क्योंकि राजाओं के प्रिय एवं मायावी स्वभाव वाले होने से उनका निवारण कठिन होता है।"[1] स्पष्टतया कार्यालयों (अधिकरणों) में भ्रष्टाचार कायस्थों के प्रति इस धारणा के लिए उत्तरदायी है। इसके बाद 'कायस्थ' शब्द बुद्धगुप्त (लगभग ४७६-४९५ ई०) के समय के दामोदरपुर ताम्रपत्र में आता है जहाँ कायस्थ वर्ग का प्रमुख कोटिवर्ष (बंगाल का दीनाजपुर जिला) की विषय-सभा का एक सदस्य था ।[2] यह शब्द राजस्थान से प्राप्त ७३८-३९ ई० के कणस्वा अभिलेख में भी पाया जाता है[3] और बाद को गुजरात[4] और कलिंग[5] से प्राप्त अभिलेखों में कायस्थों का प्रायः निर्देश हुआ है । कल्हण की 'राजतरंगिणी' तथा क्षेमेन्द्र के 'लोक प्रकाश' में कायस्थों का बहुलता से उल्लेख हुआ है, जिससे सिद्ध होता है कि काश्मीर में ईसा की तेरहवीं शताब्दी तक कायस्थों का स्थान प्रमुख था ।

'कायस्थ' शब्द की अनेक प्रकार से व्याख्या सम्भव है । प्रस्तुत संदर्भ में, राज्य की काया में स्थित व्यक्ति कायस्थ कहलाता था। पौराणिक दृष्टि से काय—ईश्वर की लेखा और पहचान करने वाली शक्ति को व्यक्त करने वाले देवता के शरीर—में अवस्थित प्रथम कायस्थ था, जिससे कायस्थ जाति उत्पन्न हुई । इसकी एक दार्शनिक व्याख्या भी है जिसके अनुसार कायस्थ वह कहलाता है जिसके सभी आदर्श और उद्देश्य उसके काय (शरीर) में ही केन्द्रित हों और जो इसके बाहर किसी वस्तु की चिन्ता नहीं करता है । प्रारम्भ में कायस्थ एक जाति या वर्ग नहीं था । यह विभिन्न वर्णों एवं जातियों से आये हुए उन लोगों की एक श्रेणी या समुदाय था, जो राज्य के मन्त्रियों से सम्बन्ध रखने वाली नौकरी में प्रवेश करना पसन्द करते थे । समय के प्रवाह में इस प्रकार के लोग एक समुदाय और फिर एक जाति में विकसित हुए यद्यपि उनके आगम के विभिन्न मूल इस प्रथा के रूप में बने रहे कि कायस्थ, बहुत बाद तक, अपनी ही उपजाति में विवाह करते थे । एक जाति के रूप में

---

१. कायस्था लेखका गणकाश्च तैः पीडयमाना विशेषतो रक्षेत् । तेषां राजवल्लभतयातिमायावित्वाच्च दुर्निवारत्वात् । वही

२. प्रथमकायस्थ विप्रपाल । एपि० इण्डि० १५, पृ० १३८ ।

३. इण्डि०, एण्टि०, १९. १५ ।

४. वही, ६. १९२ ।

५. एपी० इण्डि० ३, पृ० २२४ ।

कायस्थों की सामाजिक स्थिति का जहाँ प्रश्न है, हिन्दुओं में उन्हें महत्त्वपूर्ण एवं प्रभावशाली स्थान प्राप्त था, यद्यपि कट्टर हिन्दू उन्हें शूद्रों से मिला हुआ समझते थे जिसका कारण उनमें शूद्रत्व का कुछ मिश्रण, उनकी कार्यालयों में कुख्याति तथा बाद को मुसलमानों के साथ घनिष्ठ सम्बन्ध था।

५. करण, कर्णिक, करणिन्, शासनिन् तथा धर्मलेखिन्

लेखकों को भारत के विभिन्न भागों में कायस्थ के अतिरिक्त अनेक नामोंसे जाना जाता था। ये नाम इस प्रकार थे : करण, कर्णिक, करणिन्, शासनिन् तथा धर्मलेखिन्। सम्भवतः किसी अधिकरण से सम्बन्ध होने के कारण लिपिकार करण कहलाता था। यह पद कायस्थ का पर्याय प्रतीत होता है, क्योंकि कायस्थ की ही तरह करण भी स्मृतिकारों द्वारा अच्छी दृष्टि से नहीं देखा गया और इसका वर्गीकरण वर्णसंकरों के साथ हुआ है। मनुस्मृति[1] के अनुसार करण व्रात्य क्षत्रिय द्वारा सवर्णी स्त्री से उत्पन्न होने वाली संतान है। याज्ञवल्क्य[2] करण की परिभाषा भिन्न प्रकार से करते हैं: "करण वैश्य पुरुष और शूद्रा स्त्री से उत्पन्न हुआ है।" करण की सामाजिक स्थिति भी उन्हीं कारणों से ग्रसित रही जिनसे कायस्थ की। कर्णिक की व्याख्या कीलहार्न ने इस प्रकार की है : "व्यावहारिक (कानूनी) विवरणों (करणों) का लिखनेवाला"।[3] जिस सन्दर्भ में कर्णिक शब्द प्रयुक्त हुआ है उससे पता चलता है कि यह एक जाति के अर्थ में नहीं किन्तु लिखनेवालों के आधिकरणिक वर्ग के अर्थ में प्रयुक्त होता था। करणिन्[4], शासनिन्[5] तथा धर्मलेखिन्[6] शब्द क्रमशः 'अधिकरण का लिपिकर', 'किसी राजा या अधिकारी के आदेशों के लिखनेवाले' तथा 'व्यावहारिक विवरणों को लिखनेवाले' के अर्थ में विभिन्न प्रकार से प्रयुक्त हुए हैं।

६. शिल्पिन्,, रूपकार, सूत्रधार तथा शिलाकूट

उपर्युक्त शब्द शिल्पी और खोदनेवालों के लिए प्रयुक्त होते थे, जो पत्थर या धातु पर अक्षर उत्कीर्ण करते थे। बहुसंख्यक अभिलेखात्मक प्रमाणों से ज्ञात होता है

---

१. झल्लो मल्लश्च राजन्याद् व्रात्यान्निच्छविखे च।
नटश्च करणश्चैव रेवसो द्रविड़ एब च ॥१०।२२।

२. वैश्यात्तु करणः शूद्रायां विन्नास्वेष विधिः स्मृतः।१।९२।

३. एपि० इण्डि० १, पृ० ८१, १२९, १६६; एपि० एण्टि० १६।१७५; १८।१२।

४. हर्षचरित २२ (निर्णयसागर संस्करण)

५. इण्डि० एण्टि० २०।३२५।

६. वही, १६।२०८।

कि प्रशस्ति या काव्यमय दान और स्मारक विवरण कवियों या अन्य योग्य व्यक्तियों द्वारा रचे या लिखे जाते थे। इसके पश्चात् उनकी सुवाच्य प्रति व्यावसायिक लेखक द्वारा तैयार की जाती थी। अन्त में ये विवरण शिल्पी याअक्षर खोदनेवाले को परिस्थिति के अनुसार पत्थर या धातु पर खोदने या अंकन के लिये दे दिये जाते थे।[१] बूलर के व्यक्तिगत पर्यवेक्षण में एक बात आयी थी जिसका वह इस प्रकार वर्णन करता है: "शिल्पी को ठीक खोदे जाने वाले पत्थर के आकार की, विवरण की स्पष्ट प्रति दी जाती थी। वह पहले एक पण्डित की देखरेख में पत्थर पर अक्षर खींचता था और फिर उन्हें खोद देता था।"[२] कभी-कभी इस उचित क्रम में परिवर्तन भी होते थे। कुछ स्थितियों में लेखक (रचयिता) ही शिल्पी का भी काम करते थे[३] और कुछ स्थितियों में शिल्पी ही अपनी स्पष्ट प्रति तैयार करते थे।[४]

जहाँ तक ताम्रपत्रों पर के शासनों का प्रश्न है, खोदनेवालों का अतिविरल निर्देश है और वे केवल बाद के अभिलेखों में पाये जाते हैं। खुदे हुए पत्र उत्कीर्ण[५], उन्मीलित[६] तथा उत्कट्टित[७] कहलाते थे। जो लोग विवरणों को पत्रों पर लिखते थे वे लौहकार, ताम्रकार, स्वर्णकार तथा अन्य धातुकार होते थे। प्रयुक्त शब्द इस प्रकार है: अयस्कर[८] या लोहकर, कांस्यकर या ताम्रकर, हेमकर[९] शिल्पिन्[१०] या विज्ञानिक[११]। उड़ीसा में खोदनेवाले के लिए प्रयुक्त पारिभाषिक शब्द 'अक्षशालिन्' तथा अक्ष-

---

१. एपि० इण्डि० १।४९। कवि देवगण, लिपिकार क्षत्रियकुमार पाल, तथा प्रस्तरशिल्पी सम्पुल। एपि० इण्डि० १।४५। रचयिता रत्नसिंह, लिपिकार क्षत्रियकुमार पाल तथा शिल्पी सम्पुल। एपि० इण्डि० १।८१। रचयिता नेहिल, लिपिकार तक्षादित्य तथा शिल्पी सोमनाथ।

२. इण्डियन पेलियोग्राफी पृ० १०१।

३. तालगुंडा प्रशस्ति (एपि० कर्ना० ७।१७६) में कवि कुल्य यह दावा करता है; शंजेरी अभिलेख (इण्डि० एण्टि० १२।१२७) में दिवाकर पण्डित का कथन है।

४. इण्डि० एण्टि० २।१०३, १०७; १७।१४०।

५. ....समादेशादुत्कीर्णभीश्वरेण। एपि० इण्डि० ४, पृ० २०८।

६. फ्लीट: सी० आई० आई० खण्ड ३।

७. चक्रदासेनोत्कट्टितम्। एपि० इण्डि० १५, पृ० ४१।

८. एपि० इण्डि० ४।१७०; इण्डि० एण्टि० १७।२२७, २३०, २३६।

९. एपि० इण्डि० ३।३१७; इण्डि० इण्टि० १८।१७।

१०. इण्डि० एण्टि० १८।२३४।

११. इण्डि० एण्टि० १६।२०८।

शालिक[१] हैं (प्राकृतरूप अक्खसलिन् और अक्खसले) थे। इन सभी का अर्थ है "लेखागार (रिकार्ड हाउस) से सम्बन्ध रखने वाला व्यक्ति"

७. विवरण तैयार करवाने वाले अधिकारी

पुरालिपिक विवरण इस विषय में बहुत ठीक और स्पष्ट नहीं हैं। वे प्रायः विवरण तैयार करानेवाले अधिकारियों तथा वास्तव में विवरण तैयार करनेवाले व्यक्तियों के बीच भ्रान्ति पैदा कर देते हैं। इस सम्बन्ध में निर्दिष्ट अधिकारी इस प्रकार हैं—अमात्य (मंत्री या उच्च अधिकारी) सान्धिविग्रहिक (युद्ध और संधि से संबंधित मंत्री), सेनापति (रक्षामंत्री), बलाधिकृत (सेनाप्रमुख), महाक्षपटलाधिकरणाधिकृत-महासामन्त महाराज (सम्राट् का सहायक जो राज-लेखागार का अधिकारी था) इत्यादि। एक उदाहरण परिस्थिति को स्पष्ट कर देगा। धरसेन के ताम्रपट्ट अभिलेख (वलभी सं० २६९=५८८ ई०) के अन्त में लिखा मिलता है :

"महाराजाधिराज श्रीधरसेन के मेरे अपने हस्ताक्षर। दूतक सामन्त शीलादित्य। सन्धिविग्रहाधिकरणाधिकृत दिविरपति स्कन्दभट्ट द्वारा लिखित।"[२]

ऊपर के अंश से स्पष्ट है कि अभिलेख के अन्त में राजा का हस्ताक्षर अंकित कर दिया जाता था, अभिलेख के लिखे जाने के समय दूतक (राजा का प्रतिनिधि) उपस्थित रहता था तथा अभिलेख एक अधिकारी की प्रेरणा से लिखा जाता था जो सन्धि और विग्रह के कार्यालय का अधिकारी तथा दिविरों (लिपिकों) का भी अधिपति होता था। प्रस्तुत उदाहरण में, वास्तव में, विवरण एक दिविर द्वारा तैयार किया गया था यद्यपि अभिलेख में यह कहा गया है कि यह स्वयं अधिकारी के द्वारा तैयार किया गया। राजतरंगिणी के अनुसार काश्मीर के राजाओं के यहाँ पट्टोपाध्याय (पट्टों के तैयार करवानेवाला अध्यापक) नाम का एक अधिकारी होता था। अक्षपटल अधिकरण (कार्यालय) से इस अधिकारी का सम्बन्ध रहता था। स्टीन ने अक्षपटल को एकाउन्टेन्ट जनरल के कार्यालय के रूप में ग्रहण किया है[३] किन्तु बूलर इसे 'रिकार्ड आफिस' या 'कोर्ट ऑफ रोल्स'[४] समझता है।

---

१. इण्डि० एण्टि० १३।१२३; १८।१४५; एपि० इण्डि० ३।१९, २१३।
२. स्वहस्तो मम महाराजाधिराजश्रीधरसेनस्य। दूतकः सामन्तशीलादित्यः। लिखितं सन्धिविग्रहाधिकरणाधिकृत दिविरपतिस्कन्दभटेन। इण्डि० एण्टि० खण्ड ६, पृ० ९।
३. ५।३९७ इत्यादि (स्टीन संस्क०)।
४. इण्डियन पेलियोग्राफी, पृ० १०१।

८. लिपिकारों तथा लेखकों के लिए निर्देशक ग्रन्थ

प्राचीन हिन्दुओं ने केवल अक्षरों का आविष्कार और परिष्कार करके लेखन-कला का विकास ही नहीं किया अपितु पत्र-व्यवहार एवं प्राथमिक विवरण लिखने की एक पद्धति का भी विकास किया जिसने लेखन-कला को सहायता एवं प्रेरणा दी। लिपिकारों एवं लेखकों को व्यावहारिक सहायता देने के लिए पुस्तकें लिखी गयीं। इस प्रकार की एक पुस्तक 'लेखपंचाशिका' में विभिन्न प्रकार के वैयक्तिक पत्रों, विविध आधिकरणिक विवरणों (जैसे आदेश, घोषणाएँ भूदानपत्र आदि) तथा राजनीतिक (यथा राजाओं की परस्पर सन्धि) एवं कूटनीतिक विवरणों को तैयार करने के नियम दिये गये हैं। क्षेमेन्द्र व्यासदास कृत 'लोकप्रकाश' का एक अंश व्यापारिक एवं आर्थिक विवरणों (जैसे बाण्ड और हुण्डी) के विस्तृत सिद्धान्त प्रस्तुत करता है।[1] इस विषय पर एक और पुस्तक 'पत्रमंजरी' है जो विक्रमादित्य के नवरत्नों में से एक वररुचि की बतलायी जाती है। चूँकि यह कागज पर पत्र लिखने का निर्देश करती है अतएव बर्नेल की यह धारणा थी कि इसका समय मुसलमानों के भारत आक्रमण के बाद रखना चाहिये।[2] भारत में कागज के प्रयोग का ई० पू० चौथी शताब्दी में यवन लेखकों ने निर्देश किया ही है।[3] इस साक्ष्य के आधार पर बर्नेल का मत अग्राह्य हो जाता है।

९. अक्षरों के विकास में लेखकों और उत्कीर्णकों का स्थान

अक्षरों के विकास को तीन प्रकार के लोगों ने प्रभावित किया। प्रथम वर्ग में ब्राह्मण, शिक्षक, साहित्यिक एवं पुरोहित आते हैं जिन्होंने अक्षरों का आविष्कार किया और साहित्यिक वा धार्मिक उद्देश्यों के लिए प्राचीनतर लोगों द्वारा आविष्कृत चित्र-संकेतों (पिक्टोग्राफ), प्रतीकों एवं चिह्नों के आधार पर उनका परिष्कार किया। उन्होंने व्याकरण और शिक्षा के नियमों के अन्तर्गत पुनः परिवर्तन किये। बाद में बौद्ध और जैन भिक्षुओं एवं भिक्षुणियों ने जो धार्मिक ग्रंथों की प्रतिलिपि करने के कार्य में सपरिश्रम व्यस्त रहते थे, इस पद्धति को सुगम बना दिया। ऐसे लोगों का दूसरा वर्ग जिसने अक्षरों के विकास पर प्रभाव डाला, व्यावसायिक लेखकों (लिपिकरों) एवं लेखक जातियों (जो भारत में ही उत्पन्न हुई थीं) का था। उनकी प्रतिभा रचनात्मक

---

१. तुलनार्थ—भण्डारकार, रिपोर्ट ऑन दि सर्च फॉर संस्कृत मैन्युस्क्रिप्ट्स् १८८२-८३, पृ० २३; राजेन्द्रलाल मित्र : गोउस् पेपर्स, १६, १३३।

२. साउथ इण्डियन पेलियोग्राफी, पृ० ८९।

३. स्ट्राबो : १५।७१७।

नहीं थी किन्तु लिखने के उपकरणों एवं लेखन-गति सम्बन्धिनी अपनी सुविधा के अनुसार रूपों के ग्रहण एवं सुधार की उनमें शक्ति थी। वे वर्णों की सुरूपता के प्रति भी उदासीन नहीं थे। इसके लिए वर्णों के स्वरूप में परिवर्तनों की आवश्यकता पड़ी। अक्षरों के स्वरूप में परिवर्तनों के लिए उत्तरदायी तीसरे वर्ग में प्रस्तरशिल्पी और धातु पर खोदनेवाले लोग सम्मिलित हैं। लोगों का यह तीसरा समूह अर्द्धशिक्षित होने के कारण प्रथम दो समूहों से कम प्रभावोत्पादक था। किन्तु जिन उपकरणों (पत्थर और धातु) पर उन्हें कार्य करना था उनकी अवस्था ने वर्णों का विभिन्न अंगों को नया स्वरूप दिया। इस वर्ग के उकेरने, छेदने या खोदने की आवश्यकता के कारण सौन्दर्यपूर्ण स्वरूपों एवं वर्णों का विकास हुआ।

अध्याय सातवाँ

लेखन-पद्धति

१. चिन्हों और वर्णों का दिग्विन्यास

सिंधुघाटी की लिपि[१] से प्रारम्भ कर ई० पू० की पाँचवीं और चौथी शताब्दी (की ब्राह्मी और खरोष्ठी लिपियों) एवं उसके बाद के काल[२] की ब्राह्मी और खरोष्ठी तक की लिपियों को कोई भी बड़ी सरलता से देख सकता है कि चिह्न और वर्ण प्रायः एक ही प्रकार से बनाये जाते हैं। वे खड़े, मानो किसी काल्पनिक रेखा से ऊपर से नीचे की ओर, खींचे जाते हैं। चिह्नों के समूह आड़े सजाये जाते हैं; कुछ कुषाण[३] और गुप्त[४] मुद्राएँ इसका अपवाद हैं जहाँ स्थानाभाव के कारण वे ऊपर से नीचे को सजाये गये हैं। सिन्धुघाटी के अभिलेखों में, जहाँ पशुचित्र साथ-साथ दिये गये हैं, पशु को सामान्यतया अभिलेख के ठीक नीचे रखा जाता है और अधिकांश उदाहरणों में उसका मुख दाहिनी ओर रहता है। कुछ उदाहरणों में पशु का मुख बायीं ओर भी है[५]।

२. लेखन दिशा

सिंधुघाटी के अभिलेखों में लिखने की दिशा अभी अटकल लगाने की वस्तु है। बिल्कुल अपर्याप्त सामग्री के आधार पर कुछ विद्वान् इस मत के पोषक हैं कि ये अभिलेख दाहिने से बायें को पढ़े जाते हैं। स्मिथ और गैड इस विचारधारा के हैं कि : "निर्दिष्ट संख्या हमारी सूची की ३६४ है और यह सत्य है कि इस मुद्रा की छाप (ठप्पे) में अँगूठी में परिवृत्त पक्षी (जो सतर्कतापूर्वक अंकित नर-बतख प्रतीत

---

१. साइन-लिस्ट ऑफ़ अर्ली इण्डस स्क्रिप्ट्स, मोहनजोदरो एण्ड दि इण्डस वैली सिवीलिज़ेशन, खण्ड २, पृ० ४३४-४५२।

२. बूलर : इण्डियन पेलियोग्राफी, सारणी १-६।

३. ह्वाइटहे : दि कैटलॉग ऑफ़ दि क्वाइन्स ऑफ़ दि पंजाब म्यूज़ियम, लाहौर।

४. एलन : दि कैटलॉग ऑफ़ दि क्वाइन्स ऑफ़ दि गुप्ता डाइनेस्टी।

५. जी० आर० हण्टर : दि स्क्रिप्टस् ऑफ़ हरप्पा एण्ड मोहनजोदरो इत्यादि पट्ट १ तथा १ ए।

होता है) दाहिनी ओर मुख किये हैं। निश्चय ही मिस्र की धार्मिक चित्रलिपि का यह नियम है कि अभिलेख उस ओर पढ़ा जाता है कि जिस ओर आकृतियों का मुख होता है। किन्तु यह दिखलाना सरल है कि सिन्धुघाटी के लेखन के लिए यह लक्षण निरापद नहीं है क्योंकि अधिकांश मानव चिह्नों का मुख दाहिनी ओर है (तुलनार्थ सूची सं० ३७४-३८०) जब कि तमाम पक्षियों एवं पशुओं का मुख बायीं ओर है (तुलनार्थ सूची सं० ३५४-३५८)। अतः कोई अन्य सिद्धान्त खोजना होगा। किन्तु उसे प्राप्त करना एकदम सरल नहीं। प्रथम यह देखा जायगा कि लगभग सभी उदाहरणों में साँड़ या अन्य पशु, जो मुद्रा का प्रमुख विषय होता है, दक्षिणाभिमुख होता है, और परिणामतः यह धारणा है कि अभिलेख सिर पर से प्रारम्भ होता है। तथापि पशु की इस स्थिति का एक अपवाद है क्योंकि मुद्रा सं० ३४१ के ठप्पे या छाप में गैंडा बायीं ओर को मुख किये हुए है। यह एक भूल हो सकती है किन्तु यह मुद्रा अभिलेख के प्रारम्भ के निर्देशक के रूप में पशु की सामान्य स्थिति पर अत्यधिक विश्वास करने के विरुद्ध सतर्क कर देने के लिए पर्याप्त है। एक अन्य लघु निदर्शन सात पाइयों से बने एक चिह्न (ǀǀǀǀ ǀǀǀ) की सामान्य लेखन-पद्धति में पाया जाता है, जिसमें नीचे की तीन पाइयाँ प्रायः ऊपर की चार पाइयों के दाहिने छोर के समतल ही रखी जाती हैं।[1]

हरप्पा से प्राप्त एक मुद्रा (सं० ५९२९) भी एक अति महत्त्वपूर्ण उदाहरण है जिससे यह स्पष्ट हो जाता है कि खोदनेवाले ने स्थानाभाव के कारण न केवल चिह्नों को एक जगह सटा कर ही रख दिया है अपितु बायीं ओर के रिक्त स्थान में अन्य चिह्न न समा पाने के कारण उस चिह्न को रेखा के नीचे डाल दिया है। यह अनुमान है कि अभिलेख दाहिनी ओर से आरम्भ होते हैं, दुर्निवार सा है। एक निर्णयात्मक दृष्टान्त इस निष्कर्ष को सन्देह से परे कर देता है। १९२६-२७ की खुदाई में प्राप्त एक मुद्रा (एच० १७३) पर कोई पशु चिह्न नहीं है बल्कि एक लम्बा अभिलेख है, जो वर्ग की दो भुजाओं और तीसरी के अधिकांश भाग को भर लेता है। अब (कम-से-कम छाप में) यह अभिलेख सम्पूर्ण शीर्षभुजा, सम्पूर्ण वामभुजा और अधिकांश निम्नतलभुजा को भर लेता है। इस प्रकार [C] चिह्न प्रत्येक कोने पर ९० अंश पर इस तरह मुड़े हुए हैं कि उनका शीर्ष सदैव किनारों

१. इस लक्षण से बिलकुल विपरीत बात भी सूझ सकती है। आधुनिक भारतीय संख्या-प्रणाली में, जिसमें योग और गुणन दोनों के लिए, अंक बायें से दायें को लिखे जाते हैं, अंक ठीक इसी प्रकार रखे जाते हैं जिस प्रकार कि इस चिह्न में। भारतीय प्रणाली पर आधारित अरबी में भी इसी रीति का प्रयोग होता है।

के साथ-साथ जाता है। अतः यह स्पष्ट है कि अभिलेख को हाथ में मुद्रा घुमाते-घुमाते पढ़ा जाता था। दूसरे और तीसरे तलों की स्थिति से प्रतीत होता है कि इसे दाहिनी ओर उलटा जाता था। दूसरे शब्दों में, पढ़नेवाला प्रथम और सबसे बड़े तल की दाहिनी ओर से पढ़ना प्रारम्भ करता था, मुद्रा को ९० अंश घुमा कर फिर दूसरे तल को दाहिने से बायें को पढ़ता था और इसी प्रकार तीसरे तल को। अतएव इस बात का प्रमाण कि ये अभिलेख दाहिनी ओर से बायीं ओर पठनीय हैं, पूर्ण मालूम होता है।[1] जी० आर० हण्टर की भी प्रायः यही धारणा है।[2]

ध्यान रहे कि उपरिनिर्दिष्ट दृष्टान्त प्रामाणिक नहीं हैं। सर्वप्रथम हमें अब तक निश्चय नहीं है कि अभिलेखयुक्त एक विशिष्ट उदाहरण मुद्रा है या तावीज़। मुद्रा पर के अभिलेख के वर्णों की दिशा उलटी होती है[3] किन्तु तावीज़ पर के अभिलेख के वर्ण अपनी सामान्य दिशा में चलते हैं। तावीज़ में लेखन की दिशा बतानेवाला मूल होगा, उसकी छाप नहीं, जिसका उपरिनिर्दिष्ट अधिकारी विद्वानों ने प्रयोग किया है। जहाँ तक पाइयों (स्ट्रोक) के (चिह्न की दूसरी पंक्ति में) दाहिनी ओर रखने का सम्बन्ध है, पहले बताया जा चुका है कि इससे समान रूप से लेखन की दक्षिणाभिमुखी दिशा भी बतायी जा सकती है। यदि हम अन्तिम रूप से निर्णय कर लें कि प्रस्तुत उदाहरण मुद्राएं हैं या तावीजें, तो तीसरे या चौथे उदाहरणों में कुछ बल है। इस प्रकार, ज्ञान की वर्तमान अवस्था में अन्तिम निर्णय देना निरापद नहीं है। यदि हम सिन्धुघाटी की लिपि और ब्राह्मी लिपि के बीच सम्बन्ध और अनुगामिता स्थापित करने में समर्थ होते हैं तो सिन्धुघाटी की लिपि के दक्षिणाभिमुखी होने की सम्भावना बढ़ जाती है।

प्राचीन भारत में सर्वाधिक प्रचलित ब्राह्मी लिपि बायें से दायें को पढ़ी जाती है। इस लिपि के प्राचीनतम नमूनों से लेकर आधुनिकतम नमूनों तक (पिप्रावा बौद्ध भाण्ड अभिलेख[4] से गहडवाल और चेदि अभिलेखों तक[5]) से यही सत्य प्रमाणित

---

१. मार्शल : मोहनजोदरो एण्ड दि इण्डस सिविलिज़ेशन, खण्ड २, पृ० ४१०-११।

२. दि स्क्रिप्ट्स् ऑफ़ मोहनजोदरो इत्यादि, पृ० १९, २०, ३७-४३।

३. भारत के ताम्रपत्रों में, जिनका समय बहुत बाद का है, मुद्राएँ विवरणों के साथ ही पूरी-पूरी से जोड़ दी जाती थीं; उनपर बायें से दायें लिखे हुए अभिलेख हैं।

४. इण्डियन एण्टिक्वैरी, ३६।११७ इत्यादि; लूडर्स लिस्ट सं० ९३१।

५. कुमारदेवी का सारनाथ अभिलेख, एपि० इण्डिका ९; पृ० ३२४ इत्यादि।

होता है। बूलर का ऐसा मत था कि सेमेटिक मूल के कारण प्रारम्भ में ब्राह्मी लिपि दायें से बायें को लिखी जाती थी; बाद को इसने अपनी दिशा बदल दी।[१] उसके अनुसार प्रारम्भिक ब्राह्मी का एक नमूना, दाहिनी ओर से बायीं ओर को जाते हुए विरुद् से युक्त एरण सिक्के पर के अभिलेख में पाया गया था।[२] दुर्भाग्य से पत्थर या अन्य किसी लेखनोपकरण पर इस प्रकार का दूसरा नमूना नहीं पाया गया; बहुत सम्भव है कि एरण सिक्के में साँचा बनानेवाले ने असावधानी से अक्षरों को उलटे रखने के बजाय उन्हें वास्तविक रूप में रख दिया हो जिसका परिणाम यह हुआ कि एरण सिक्के पर लेखन की दिशा बदल गयी। अशोक के लघुशिलालेख के सिद्धपुर संस्करण के अन्त में, पड नाम के उत्कीर्णक के हस्ताक्षर का एक दूसरा नमूना प्रस्तावित किया जा सकता है।[३] किन्तु अभिलेख का मुख्य भाग बायीं ओर से दाहिनी ओर को लिखा गया है। इससे स्पष्ट भासित होता है कि पड के हस्ताक्षर का ढंग सामान्य नहीं था एवं चूँकि वह भारत के उत्तर-पश्चिम से आया था जहाँ खरोष्ठी दाहिनी ओर से बायीं ओर को लिखी जाती थी, वह केवल खरोष्ठी पद्धति में ब्राह्मी लिपि का प्रयोग मात्र कर रहा था।

ब्राह्मी लिपि सीताक्रम (बाउस्ट्रोफेडन[४]) से अर्थात् एक पंक्ति बायें से दायें और दूसरी दायें से बायें को लिखी जाती होगी, जैसा कि अशोक के लघुशिलालेख के एरागुडी संस्करण से भासित होता है।[५] इस शिलालेख में उत्कीर्णक दूसरी पंक्ति को दाहिनी ओर से बायीं ओर को ले जाता है। इस प्रकार वह पंक्तियों की दिशा सं० १ से १६ तक बदलता है, २०वीं और २६वीं पंक्ति ों को छोड़कर शेष पंक्तियाँ बायीं ओर से दायीं ओर को लिखी गयी हैं। सम्प्रति प्रश्न यह है कि: क्या यह सिद्ध करता है कि प्रारम्भिक शताब्दियों में ब्राह्मी लिपि सीताक्रम से लिखी जाती थी या इससे केवल यह प्रतीत होता है कि पड की ही भाँति कोई उत्तर-पश्चिमी भारत का उत्कीर्णक ब्राह्मी लिपि के लिए, जिसे खोदने के लिए उसे लगाया गया था, असफलतापूर्वक खरोष्ठी पद्धति का आरोप कर रहा था। पहले की सम्भावना की अपेक्षा बाद की सम्भावना अधिक समीचीन प्रतीत होती है; विशेष

१. इण्डियन पेलियोग्राफी, पृ० ८।
२. कनिंघम: क्वाइन्स ऑफ़ एन्शियण्ट इण्डिया, १०१।
३. हुल्श: कार्पस इन्स्क्रिप्शनम् इण्डिकेरम्, खण्ड १।
४. यह एक ग्रीक शब्द है जिसकी उत्पत्ति bous = वृष + Strophos = मोड़ + don (क्रियाविशेषण प्रत्यय)। जिस प्रकार जोतने में बैल घूमता है उसी प्रकार यह लेखन-क्रम होता है।
५. इण्डि० हि० क्वार्टर्ली, ७, पृ० ८७१ इत्यादि; ९ पृ० ११६ इत्यादि। १३, पृ० १३२ इत्यादि।

रूप से इस तथ्य को ध्यान में रखते हुए कि ईसा पूर्व की पाँचवीं और चौथी शताब्दियों के अभिलेखों में सीताक्रम के लिखने का एक भी नमूना उपलब्ध नहीं हुआ।

खरोष्ठी लिपि की दिशा दाहिनी से बायीं ओर को है। फिर भी बाद के कुछ खरोष्ठी अभिलेख उपलब्ध हैं जिनमें लिखने की दिशा बायें से दायें को है। दिशा में परिवर्तन खरोष्ठी पर ब्राह्मी के प्रभाव के कारण बताया जाता है। किन्तु खरोष्ठी की स्वदेशी उत्पत्ति विषयक भारतीय और चीनी परम्पराओं की दृष्टि में एक संदेह है कि प्रारम्भ में यह बायीं ओर से दाहिनी ओर को लिखी जाती थी, बाद को विदेशी प्रभाव के अन्तर्गत इसने अपनी दिशा बदल दी, और अपने अन्तिम (परिवर्तन) की स्थिति में अपनी मौलिक दशा को पुनः स्थापित करने का प्रयास करती रही। अपने दीर्घ विदेशी प्रयोग के कारण खरोष्ठी भारतीयों के लिए आकर्षक नहीं रह गयी थी और अन्ततोगत्वा अवनत होकर विलीन हो गयी।

३. पंक्ति

यद्यपि भारत में लेखन की पूर्व अवस्था में वर्णों में शीर्षरेखा नहीं थी, भारतीयों ने सरल लेखन की चेतना का विकास कर लिया था और इसके लिए वे एक काल्पनिक, अस्थायी या अस्पष्ट रेखा का अवलम्बन करते थे। ऐसा करने से सभी वर्ण एक आड़ी सरल रेखा में लिखे जाते थे और समान ऊँचाई की मात्राएँ रेखा के ऊपर लगायी जाती थीं। सिन्धुघाटी के न पढ़े गये चिह्न भी न्यूनाधिक रूप से एक सीधी आड़ी पंक्ति में रखे गये हैं।[1] मौर्यकाल के ब्राह्मी अभिलेखों में हमें रेखा-निर्माण का स्पष्ट प्रमाण मिलता है। यह ध्यान रहे कि अशोक के उत्कीर्णकों को इस विषय में पूर्ण सफलता नहीं मिली है। शिला और स्तम्भ अभिलेखों में अनेक वर्ण वक्र गति में हो गये हैं। साधारण रूप से इस प्रकार के अतिक्रमण गिरनार, धौली और जौगड़ के शिलालेखों में दिखाई पड़ते हैं।[2] इसका कारण संभवतः खुदाई के लिए प्रयुक्त शिलाओं के तल की अवस्था है। कुछ समसामयिक अभिलेख कड़ाई से रेखा-सिद्धान्त का अनुसरण करते हैं। उदाहरणार्थ घसुण्डी प्रस्तर अभिलेख में[3] सभी वर्ण एक सीधी रेखा में सजाये गये हैं और केवल मात्राएँ और ऊपर लिखा हुआ र व्यवस्थित रूप से रेखा के ऊपर आता है। बाद के काल में रेखा बनाने के सिद्धान्त का पालन ग्रहण किया गया है। सिद्धान्त के पालन के लिए प्रयुक्त की गयीं

---

१. जी० आर० हण्टर: दि स्क्रिप्ट ऑफ़ हरप्पा एण्ड मोहनजोदरो इत्यादि, पट्ट १-३७।
२. हुल्श : कार्पस इन्स्० इण्डि०, खण्ड १।
३. बूलर : इण्डियन पेलियोग्राफी, पट्ट २, खण्ड १६।

विधियाँ, जैसा कि ऊपर कहा जा चुका है, ये थीं : खरिया या कोयले से अस्थायी या धूमिल रेखा खींचना या साधारणतया किसी नुकीले औजार से खींचना।

हस्तलिखित प्रतियाँ लिखनेवालों को तक्षकों की अपेक्षा, सीधी रेखा बनाने का विशेष ध्यान रहता था। प्राचीनतम हस्तलिखित प्रतियों से यह सत्य प्रमाणित होता है। खोतान से प्राप्त धम्मपद की हस्तलिखित प्रति में रूल की सहायता से रेखाएं बनायी गयी हैं। ताड़पत्रों पर की हस्तलिखित प्रतियों में भी इस सिद्धान्त का पालन किया गया है। लेखन को अधिक कलात्मक बनाने के लिए पाण्डुलिपियों पर आड़ी रेखाओं के सिरों पर (ताड़पत्र और दूसरे प्रकार के) पत्रों की चौड़ाई के आरपार जाती हुई दोहरी रेखाएँ खींच दी जाती थीं।

प्रस्तर अभिलेखों तथा हस्तलिखित प्रतियों में रेखाएँ सदा आड़ी बनायी जाती थीं तथा ऊपर से नीचे तक प्रायः एक दूसरे के समानान्तर रहती थीं। फिर भी इस व्यवस्था (या क्रम) के कुछ अपवाद हैं। उदाहरण के लिए स्वात से प्राप्त खरोष्ठी अभिलेख में यह क्रम नीचे से ऊपर को है तथा इसे नीचे से पढ़ना पड़ता है। हम पूर्वोक्त क्रम के भी कुछ अपवादों का निर्देश कर सकते हैं। कुषाण और गुप्त मुद्राओं पर खड़ी पंक्तियाँ बनायी गयी हैं; इसका कारण था निर्दिष्ट स्थानाभाव।[१] अभिलेखों और हस्तलिखित प्रतियों पर खड़ी पंक्तियों का नमूना नहीं मिलता।

४. वर्णों और शब्दों का समुदायीकरण

प्राचीन भारत में लिखनेवाले एक शब्द के वर्णों तथा एक पदसमूह, वाक्यांश और वाक्य के शब्दों को अलग करने पर विशेष ध्यान नहीं देते थे। पूर्वकाल में एक वाक्य को दूसरे से अलग करने के लिए भी नियमित रूप से किसी चिह्न का प्रयोग नहीं करते थे। वे रेखा, छन्द या अन्य किसी विभाग के अन्त तक बिना किसी विराम के अक्षर लिखते जाते थे। इसके प्रति उपेक्षा भाव का कारण भारतीय भाषाओं द्वारा प्राप्त व्याकरण की विशुद्धता थी, क्योंकि व्याकरण द्वारा व्युत्पन्न रूपों के कारण, यदि वर्ण या शब्द सटाकर या बिना किसी अलगाव के भी लिखे जाते, भ्रम की कम सम्भावना थी। फिर भी हमें शब्दों के अलग-अलग समूह (या समुदाय) बनाने के प्रयास उपलब्ध होते हैं। इस समुदायीकरण का आधार या तो एक वाक्य में विलग्नीकरण की भावना थी या लिपिकर की पाठ-पद्धति। अशोक के (कौशाम्बी) स्तम्भ-लेखों को

---

१. जे० आर० ए० एस० १८८९, पट्ट १; न्यूमि० क्रोनि० १८९३, पट्ट ८-१०।

छोड़कर तथा शिलालेखों के कलसी संस्करण (सं० १-११) से स्पष्ट निर्दिष्ट होता है कि शब्दों के समुदायीकरण का सचेत प्रयास किया गया है ।[१] नासिक में आन्ध्र और पश्चिमी क्षत्रपों के गद्याभिलेखों में भी इसी तरह के दृष्टान्त प्राप्त किये जा सकते हैं ।[२] बाद को छन्दोमय अभिलेखों में, जहाँ गायन के लिए विराम आवश्यक हो गया, पदों को प्रायः रिक्त स्थान से अलग किया गया है ।[३] इस समुदायीकरण की एक और भी विधि है। एक पंक्ति में या तो एक पूर्ण छन्द होता है या केवल आधा ।[४] अभिलेखों में मंगल (मांगलिक सूत्र) का एक अलग ही समुदाय है और वह प्रारम्भ में हाशिये पर रहता है ।[५]

अभिलेखों के बाद की पाण्डुलिपियों में छन्दोमय अभिलेखों के समान ही समुदायीकरण की व्यवस्था पायी जाती है । खोतान से प्राप्त धम्मपद की खरोष्ठी पाण्डुलिपि की प्रत्येक पंक्ति में एक ही गाथा लिखी गयी है तथा पद रिक्त स्थान द्वारा विभक्त किये गये हैं । समुदायीकरण का अधिक अच्छा उदाहरण बाबर की हस्तलिखित प्रति में उपलब्ध होता है जिसमें अकेले शब्द और शब्दों के समूह प्रायः अलग-अलग लिखे गये हैं यद्यपि यह स्पष्ट है कि समुदायीकरण के किन्हीं निश्चित नियमों (या सिद्धान्तों) का अनुसरण नहीं किया गया है ।

१. विरामादि चिह्नों का प्रयोग

प्राचीन भारतीय लिपिकार बहुत बाद तक चिह्न प्रयोग की नितान्त आवश्यकता को नहीं समझे और जब विरामादि चिह्नों के प्रयोग की आवश्यकता उनके मस्तिष्क में व्याप्त हुई, तब भी उसके उचित व्यवहार के प्रति उनकी उपेक्षा ही बनी रही। सिन्धुघाटी की लिपि में विरामादि चिह्नों का पता लगाना असम्भव है। इसका प्रथम कारण यह है कि यह अब तक पढ़ी नहीं गयी और दूसरे इस लिपि में सभी अभिलेख बहुत छोटे हैं जिनमें चिह्नों के प्रयोग की आवश्यकता नहीं समझी गयी । उनमें कुछ ऐसे चिह्न हैं जो बहुधा अभिलेखों के अन्त में आते हैं किन्तु वे विराम नहीं प्रतीत होते; प्रत्यय जान पड़ते हैं । जब हम पढ़े गये अभिलेखों के युग (ईसा

१. एपि० इण्डि०, खण्ड २, पृ० ५२४ ।
२. सं० ५, ११ अ, ब और १३ से तुलना कीजिए ।
३. फ़्लीट : गुप्त इन्स्क्रिप्शन्स (सी० आई० आई०, खण्ड ३) सं० ५०, पट्ट ३१ बी ।
४. वही, सं० १, २, ६, पट्ट ४ ए तथा १०, पट्ट ५ ।
५. वही, सं० ६ पट्ट ४ ए तथा १५, पट्ट ९ ए ।

पूर्व की पाँचवीं शताब्दी से ईसा सन् के प्रारम्भ तक) में पहुँचते हैं, तब हमें विराम चिह्नों के प्रयोग का कुछ प्रयास उपलब्ध होता है। केवल एक चिह्न—एक सरल या वक्र लघु रेखा [। या)]—विभिन्न प्रकार के विरामों को सूचित करने के लिए प्रयुक्त होती थी। ईसा की पहली शताब्दी से पाँचवीं शताब्दी तक विरामादि के सूचन के लिए अनेक संयुक्त चिह्नों का विकास हुआ किन्तु उनका नियमित रूप से प्रयोग नहीं होता था। ईसा की पाँचवीं शताब्दी से बाद के छन्दोमय अभिलेखों और विशेष कर पत्थर पर खोदी गयी प्रशस्तियों में अन्तर्विराम चिह्नों का प्रयोग अधिक नियमित हो गया। विरामादि चिह्नों के नियमित प्रयोग का निदर्शन करनेवाला प्रथम उदाहरण ४७३-७४ ई० की मन्दसोर प्रशस्ति है[१] जिसमें आधे छन्द के बाद एक खड़ी पाई तथा पूरे छन्द के बाद ऐसी दो पाइयाँ पायी जाती हैं। फिर भी यह ध्यान रखना चाहिये कि विशेषरूप से दक्षिण से प्राप्त ताम्रपत्र और प्रस्तर अभिलेख इस नियम के अन्तर्गत नहीं हैं।[२] विभिन्न प्रकार के अभिलेखों के निरीक्षण से यह अनुमान किया जा सकता है कि विराम प्रणाली का विकास ब्राह्मणवर्गीय तथा साहित्यिक लेखकों के सचेत प्रयास का परिणाम था; राजकीय अधिकरणों (कार्यालयों) के लिपिक तथा लिखने का पेशा करनेवाले लोग इन चिह्नों के प्रयोग के सम्बन्ध में बड़े आलसी थे। लिखनेवालों की वैयक्तिक शिक्षा और गुणों पर भी बहुत कुछ निर्भर करता था। इस बात से स्पष्ट है कि एक ही समय के एक ही प्रकार के विवरणों में बहुलता और शुद्धता की दृष्टि से विराम चिह्नों के प्रयोग में भिन्नता है।

(१) ब्राह्मी अभिलेखों में विराम चिह्नों का प्रयोग।

ब्राह्मी लिपि में लिखे गये विवरणों में, अनेक प्रकार के विरामों के लिए विभिन्न प्रकार के विराम चिह्न प्रयुक्त होते थे। उनका वर्गीकरण निम्न प्रकार से किया गया है :

(क) एक सीधी खड़ी पाई या दण्ड (।)।

जिन उद्देश्यों के लिए इसका प्रयोग हुआ है वे हैं :—

(अ) शब्दों का अलगाव[३],

(आ) समुदाय का अलगाव[४],

---

१. फ्लीट : गुप्त इन्स्० (सी० आई० आई०, खण्ड ३) सं० १८ पट्ट ११।
२. इण्डि० एण्टि०, खण्ड ६, ८८; ७, १६३; १०, ६३-६४।
३. अशोक के शिलालेख (कालसी, १२, १३, सहसराम)।
४. वही।

(इ) गद्य का पद्य से अलगाव[१],

(ई) वाक्य-खण्डों के अन्त की सूचना[२],

(उ) वाक्यों के अन्त की सूचना[३],

(ऊ) छन्द के पूर्वार्द्ध की सूचना[४],

(ए) छन्दों के अन्त की सूचना[५] तथा

(ऐ) विवरणों के अन्त की सूचना[६]।

(ख) शीर्षभाग पर आड़ी रेखा के साथ खड़ी पायी (।)। यह बहुत प्रचलित नहीं है। उत्तरी भारत में अब तक इसका कोई नमूना प्राप्त नहीं हुआ है। यह पूर्वीय चालुक्यों के कुछ अभिलेखों में पायी जाती है।[७]

(ग) दो खड़ी पाइयाँ या दण्ड (।।)।

ये चिह्न (अ) अंकों के बाद[८],

(आ) दानदाताओं के नाम के बाद[९],

(इ) वाक्यों के अन्त में[१०],

(ई) छन्दों की अर्धाली के अन्त में[११],

(उ) छन्दों के अन्त में[१२],

(ऊ) बड़े गद्यांशों के अन्त में[१३], तथा

(ए) विवरणों के अन्त में[१४] मिलते हैं।

---

१. फ़्लीट : गुप्त इन्स्० (सी० आई० आई० ३), सं० २१ पंक्ति १६।
२. वही, सं० ८० पट्ट ४४।
३. वही।
४. वही, सं० ४२ पट्ट २८।
५. वही, सं० ३८ पट्ट २४, पंक्ति ३५।
६. वही, सं० १९ पट्ट १२ ए।
७. इण्डियन एण्टिक्वेरी, १२।९२; १३।२१३।
८. दि जुन्नर इन्स्० सं० २४-२९।
९. वही।
१०. अमरावती इन्स्० सं० २८; इण्डि० एण्टि० ६.२३, १.९।
११. फ़्लीट : गुप्त इन्स्० (सी० आई० आई० ३) सं० १७ पट्ट १०।
१२. वही, सं० १७ पट्ट १०; सं० १८ पट्ट ११।
१३. वही, सं० २६ पट्ट १६, १.२४; सं० ३३ पट्ट २१ बी, १.९।
१४. वही।

(घ) दो खड़ी पाइयाँ––एक का शीर्ष भाग वक्रयुक्त (͐ ।) । इसका विकास बाद का प्रतीत होता है क्योंकि इसके नमूने केवल ईसा की पाँचवीं शताब्दी के बाद उपलब्ध हैं ।[१]

(ङ) शीर्षभागों पर वक्रयुक्त दो खड़ी पाइयाँ (͐ ͐)।[२]

(च) दो पाइयाँ एक या दोनों के पैर में वक्र एवं काँटा (हुक) (J ( ) ।[३]

(छ) दो खड़ी पाइयाँ, प्रथम के मध्य में बायीं ओर आड़ी पाई लगी हुई (⊣ ।)[४] यह रूप ईसा की आठवीं शताब्दी के पश्चात् मिलने लगता है।

(ज) शीर्षभाग पर आड़ी पाइयों से युक्त दो खड़ी पाइयाँ (ı ı) । पूर्वी चालुक्यों के अभिलेखों में इस प्रकार के नमूने पाये जाते हैं ।[५]

(झ) दो खड़ी पाइयाँ, बायीं का शीर्षभाग काँटे (हुक) से युक्त और दायीं का आड़ी पाई से (͐ ı) । इस प्रकार के विराम चिह्न का उदाहरण कलिंग के एक अभिलेख में पाया गया है ।[६]

(ञ) तीन खड़ी पाइयाँ (।।।) । ये कभी-कभी विवरणों का अन्त लक्षित करती हैं ।[७]

(ट) अन्तिम पंक्ति के प्रथम चिह्न के नीचे खींची गयी एक अकेली छोटी आड़ी पाई (–) विवरणों का अन्त लक्षित करती है ।[८]

(ठ) एक आड़ी वक्र या काँटेवाली पाई (⌒ या ⊃ या ⊂) । ईसा पूर्व की दूसरी शताब्दी से लेकर ईसा की साँतवीं शताब्दी तक इस चिह्न का प्रयोग वैसा ही हुआ है जैसा अकेली खड़ी पाई का ।[९]

---

१. वही, सं० १७, पट्ट १०, १.३२, ३८; सं० ३५ पट्ट २२, अन्तिम पंक्ति ।

२. नेपाल इन्स्० सं० ४; इण्डि० एण्टि० ९. १६८, अन्तिम पंक्ति ।

३. इण्डि० एण्टि०, ९. १०० अन्तिम पंक्ति ।

४. वही, १२।२०२,१.१ इत्यादि; १३।३८ ।

५. इण्डियन एण्टिक्वैरी : १२।९२; १३।२१३ ।

६. एपि० इण्डिका ३।१२८। अंतिम पंक्ति ।

७. इण्डियन एण्टिक्वैरी ७।७९ ।

८. अशोक के शिलालेख (धौली और जौगड़ संस्करण) ।

९. नानाघाट अभिलेख, बूलर; आर्क० सर्० रिपोर्ट वेस्ट इण्डिया, ५, पट्ट ५१, पंक्ति ६ 'वनो' के बाद; नासिक अभिलेख सं० ११ ए, बी; फ़्लीट : गुप्त इन्स० (सी० आई० आई० खण्ड ३); सं० १ अन्त; सं० ३ पट्ट २ बी ।

(ड) प्रायः झुकी हुई दो आड़ी पाइयाँ (⌒)। ईसा की प्रथम शताब्दी से ईसा की आठवीं शताब्दी तक दो खड़ी पाइयों के स्थान पर इनका प्रयोग हुआ है।[१]

(ढ) ऊपर नीचे दो विन्दु (:)। कुषाण और उसके बाद के अभिलेखों में यह दो आड़ी पाइयों के स्थान पर प्रयुक्त हुए हैं।[२]

(ण) एक आड़ी पाई द्वारा अनुगमित दो खड़ी पाइयाँ (॥–)। कभी-कभी यह चिह्न विवरण के अन्त को लक्षित करता है।[३]

(त) बायीं ओर मुँह किये एक अर्द्धवृत्ताकार चिह्न (ɔ)। यह भी अभिलेखों के अन्त में दिखायी पड़ता है।[४]

(थ) मध्य में एक दण्ड से युक्त बायीं ओर मुख किये एक अर्द्धवृत्ताकार पाई (।ɔ)। कुषाण अभिलेखों में यह मांगलिक सूत्र (मन्त्र) 'सिद्धम्' के पश्चात् आता है।[५]

(द) संख्या सम्बन्धी अंक और मांगलिक चिह्न। उपर्युक्त विराम चिह्नों के अतिरिक्त संख्या सम्बन्धी अंकों और मांगलिक चिह्नों का भी, विरामादि सूचन के लिए प्रयोग होता था। अंकों का प्रयोग छन्दों के को[६] तथा मांगलिक चिह्नों का प्रयोग अभिलेखों के अन्त[७] एवं हस्तलिखित प्रतियों में मूल के परिच्छेदों को लक्षित करने के लिए हुआ है।[८]

६. पृष्ठांकन

विवरण के पूर्वापर सम्बन्ध के लिए पृष्ठांकन आवश्यक था। प्रस्तर-अभिलेखों तथा अन्य एक पृष्ठ वाले विवरणों के लिए इसकी कोई आवश्यकता नहीं थी। प्राचीन हिन्दू अपनी हस्तलिखित प्रतियों में तथा ताम्रपत्रों में जिनकी संख्या प्रायः एक से

---

१. एपि० इण्डि० १।३८९, सं० १४; फ्लीट: गुप्त इन्स्० (सी० आई० आई० खण्ड ३), सं० ३ पट्ट २बी, सं० ४० पट्ट २६, सं० ४१ पट्ट २७, सं० ५५ पट्ट ३४।

२. एपि०, इण्डि० १। ३९५, सं० २८, २९ (दान के बाद); फ्लीट: गुप्त इन्स्० (सी० आई० आई० ख० ३)।

३. इण्डि० एण्टि०, ६।७६; एपि० इण्डि० ३।२६०।

४. अशोक के अभिलेख (कालसी शिलालेख सं० १-९)।

५. एपि० इण्डि० २। २१२, सं० ४२ तथा पाद-टिप्पणी।

६. फ्लीट: गुप्त इन्स्० (सी० आई० आई० खण्ड ३) सं० १, २।

७. अशोक के शिलालेख (जौगड शिलालेख)।

८. तुलनीय बावर हस्तलिखित प्रति।

अधिक होती थी, पृष्ठांकन का प्रयोग करते थे । यह ध्यान रखना चाहिये कि भारतीय प्रणाली केवल पाण्डुलिपियों के पत्रों के अंकन की थी पृष्ठों के अंकन की नहीं। भारत के अधिकांश भाग में साङ्क पृष्ठ कहलाने वाला पत्र का दूसरा पृष्ठ अंकित किया जाता था[1], जब कि दक्षिण में पृष्ठांकन की संख्या प्रथम पृष्ठ पर होती थी। ताम्रपत्रों में भी इसी प्रणाली का अनुसरण किया जाता था यद्यपि नियमित रूप से उनका अंकन नहीं होता था।[2]

७. संशोधन

पत्थर तथा धातु पर के अभिलेखों तथा हस्तलिखित प्रतियों में अशुद्धियों को शुद्ध करने के लिए अनेक विधियों का आश्रय लिया जाता था। उनमें से कुछ इस प्रकार हैं :—

(क) अशुद्ध शब्दों और अंशों को खुरच देना। अशोक के अभिलेखों में इस विधि के उदाहरण पाये जाते हैं :[3]

(ख) अशुद्धिवाली पंक्ति के ऊपर और नीचे छोटी रेखाएं (स्ट्रोक) खींच देना। यह चिह्न बाद में प्रयुक्त हुआ और अभिलेखों एवं हस्तलिखित प्रतियों दोनों में पाया जाता है।

(ग) अशुद्धांश को हल्दी या पीले लेप से पोत देना। इसका प्रयोग केवल हस्तलिखित प्रतियों में ही होता था।

(घ) अशुद्ध शब्द या अंश को कूट कर बराबर कर देना और तब उस पर शुद्धियाँ को खोदना। यह प्रक्रिया अधिकांश रूप से ताम्रपत्रों पर की जाती थी। कभी-कभी सम्पूर्ण लेखन-स्थान कूटकर बराबर करके नये विवरण के लिए तैयार किया जाता था। इसके कुछ नमूने उपलब्ध हैं।[4]

८. छूट

छूट के उपलब्ध उदाहरणों की संख्या शुद्धियों की संख्या से कम है तथा वाक्यों एवं अंशों को पूरा करने की प्रणाली सरलतर थी।

---

१. इसके कुछ अपवाद भी हैं। देखिए, वीनर ज़ीतिश्रफट फ़ुर डी कुन्डे डेंस मार्गेनलौण्डेस (दि वियना ओरियण्टल जर्नल)।
२. बर्नेल : साउथ इण्डियन पेलियोग्राफी, फलक २४।
३. कालसी शिलालेख सं० १२.१.३१।
४. इण्डि० एण्टि० ७।३५१, सं० ४७; १३।८४; एपि० इण्डिका ३।४१, टिप्पणी ६।

(क) छूटे हुए शब्दों एवं उक्तियों को, सम्बन्धित स्थान का निर्देश करनेवाले किसी चिह्न के बिना, पंक्ति के ऊपर या नीचे जोड़ देना। अशोक के अभिलेखों में इस प्रकार के उदाहरण प्राप्त होते हैं।[१] यह अनिश्चितता और उदासीनता की अवस्था को व्यक्त करता है।

(ख) छूटे हुए शब्दों को वर्णों के बीच के रिक्त स्थान में बैठाना।

(ग) छूटे हुए शब्दों को किनारे या पंक्तियों के बीच, भूल के स्थान का निर्देश करनेवाले, काकपद या हंसपद नाम के खड़े या झुके हुए आड़ी खड़ी रेखा से बने चिह्न के साथ, जोड़ना।[२] अभिलेखों और हस्तलिखित प्रतियों में पायी जाने वाली यह अवस्था बाद की है।

(घ) भूल के स्थान को बताने के लिए क्रास के स्थान पर स्वस्तिक (卐) का प्रयोग।[३]

(ङ) स्वेच्छापूर्ण छूट का निर्देश कराने के लिए क्रास का प्रयोग। दक्षिण भारत की व्याख्यायुक्त सूत्रों की हस्तलिखित प्रतियों में यह विधि पायी जाती है।[४]

(च) मूल प्रति की त्रुटियों के कारण का निर्देश करने के लिए पंक्ति के ऊपर छोटी-छोटी पाइयों या बिन्दुओं का प्रयोग।[५] विशेष रूप से यह प्रयोग काश्मीर की हस्तलिखित प्रतियों में पाया जाता है।

(छ) ए और ओ के बाद अ के लोप (पूर्वरूप) की सूचना के लिए अवग्रह चिह्न (ऽ) का प्रयोग। यह सबसे पहले राष्ट्रकूट राजा ध्रुव के ८३४-३५ ई० के बड़ौदा ताम्रपत्र में उपलब्ध होता है।[६]

(ज) अस्पष्ट अंशों को लक्षित करने के लिए स्वस्तिक (卐) या कुण्डल (o) का प्रयोग। अधिकांशतः इन चिह्नों का प्रयोग हस्तलिखित प्रतियों में होता था।[७]

---

१. कालसी शिलालेख, १३।२, १; २, एपि० इण्डि० ३।३१४, १.५।
२. एपि० इण्डि० ३।५२ पट्ट २, पंक्ति १; एपि० इण्डि० ३, २७६, पंक्ति ११।
३. इण्डि० एण्टि० ६।३२, पट्ट ३।
४. आपस्तम्ब धर्मसूत्र, पृ० ११(१०)।
५. इण्डि० एण्टि० ६।१९, टिप्पणी पंक्ति ३३; २० टिप्पणी पंक्ति ११।
६. इण्डि० एण्टि० १४।१९३; इपि० इण्डि० ३।३२९; ४।२४४ टिप्पणी।

९. संक्षेपण

जब किसी विवरण या उसके समान विवरण में एक ही शब्द और उक्तियाँ आती हैं तो स्थान की मितव्ययिता और गति की वृद्धि के लिए संक्षेपण की प्रवृत्ति स्वाभाविक है। भारतीय प्राचीन लेखों में काफी पहले यह प्रवृत्ति गोचर होती है। आन्ध्र राजाओं[1] तथा कुषाण काल[2] के अभिलेख प्रचुर मात्रा में संक्षिप्त रूपों के नमूने उपस्थित करते हैं। बाद के अभिलेखों एवं हस्तलिखित प्रतियों में भी संक्षिप्त रूप मिलते हैं। उनका वर्गीकरण इस प्रकार हो सकता है :

शब्द	संक्षिप्त रूप
संवत्सर	......संव, सव, सं या स।
ग्रीष्म या गिम्हण (गर्मी)	......गृ०, गइ या गि।
हेमन्त	......हे।
दिवस	......दि।
शुद्ध या शुक्ल-पक्ष-दिन	......सु, सु दि या सु ति।
बहुल या बहुल-पक्ष-दिन (बदि)	......ब, व दि या ब ति।[3]
द्वितीय	......द्वि।[4]
दूतक	......दू।[5]
गाथा	......गा।[6]
श्लोक	......श्लो।[7]
पाद	पा।[8]
ठक्कुर	......ठ°।[9]

---

१. पुलुमायि का नासिक अभि० सं० १५; सिरिसेन या सकसेन माधरिपुत का कन्हेरी अभि० सं० १४।

२. कनिष्क का सारनाथ बौद्ध मूर्ति अभि०, एपि० इण्डि० ८।१०३ इत्यादि; कनिष्क का आरा प्रस्तर अभिलेख २, एपि० इण्डि०, १४।१४३।

३. सुदि और बदि के स्थान पर सु ति और ब ति रूप काश्मीर में पाये जाते हैं।

५. सुराष्ट्र और महाराष्ट्र के अभिलेख, इण्डि० एण्टि०, ७।७३; पट्ट २, पंक्ति २०; १३।८४, पंक्तियाँ ३७, ४०।

६. खोतान से प्राप्त धम्मपद की पाण्डुलिपि।

८. दि बॉवर मैन्युस्० पट्ट २।

९. दि मैन्युस्० ऑफ़ मालविकाग्निमित्र, पृ० ५, एस० पी० पण्डित का संस्करण।

१०. मांगलिक चिह्न और अलंकरण

अभिलेखों के कृत्यों में पवित्रता के योग तथा उनकी सफल समाप्ति के निश्चय के लिए मांगलिक चिह्न उनसे सम्बद्ध कर दिये जाते थे। ऐसा प्राचीन भारतीय साहित्यिक पद्धति के अनुसार किया गया था जिसका विधान था कि प्रत्येक रचना (ग्रन्थ) के प्रारम्भ, मध्य और अन्त में आशीर्वादात्मक या मांगलिक शब्द होने चाहिये; जैसे सिद्धं, ओं, श्री, स्वस्ति इत्यादि।[1] अभिलेखात्मक स्मरणपत्रों (रिकार्ड) में हमें शब्दों के स्थान पर चिह्न उपलब्ध होते हैं। प्राचीन भारतीय लेखन-प्रणाली में अशोक के अनुशासनों के समय से मांगलिक चिह्न प्राप्त होते हैं।[2] विभिन्न काल में विभिन्न प्रकार के चिह्नों की महत्ता एवं प्रचलन रहा है। उनमें से सबसे अधिक महत्त्व वाले इस प्रकार हैं:—

(क) स्वस्तिक (विस्तृत प्रचार वाला मांगलिक चिह्न)।

(ख) त्रिरत्न (बौद्ध और जैन धर्मों के त्रिरत्न एवं ब्राह्मण धर्म की त्रिमूर्ति को व्यक्त करने वाला अलंकृत त्रिशूल)।

(ग) धर्मचक्र पर आश्रित त्रिरत्न।

(ग१) बध-मंगल (मुकुट की भाँति का एक चिह्न)।

(घ) चैत्य।

(ङ) बोधिवृक्ष।

(च) एक बड़े वृत्त के भीतर एक संकेन्द्री वृत्त या एक या अनेक विन्दु। लौकिक व्यवहार के अनुसार यह चिह्न धर्मचक्र या कमल के लिए

---

१. ग्रन्थपरिसमाप्तेः निर्विघ्नतार्थं शिष्टाचारपरिपालनार्थं ग्रन्थादौ ग्रन्थमध्ये ग्रन्थान्ते च मंगलम्।

२. देखिये, जौगड शिलालेख के प्रतिरूप (फैसिमिली), इण्डि० एण्टि०, ६।८८. ७।१६३।

३. सोहगौरा पत्र के प्रतिरूप, इपि० इण्डि०, २२ पृ० २, भज अभि० सं० २, ३, ७। कर्ले अभि० सं० १-३, ५, २०; नासिक अभि० सं० १, ४ ए, बी, १४, २१, २४; एपि० इण्डि० २।३६८, भगवान लाल, सिक्स्थ ओरियण्टल कांग्रेस प्रोसी० ३।२, पृ० १३६ इत्यादि।

३अ. खारवेल का हाथीगुम्फा अभिलेख, एपि० इण्डि० २०, पृ० ७२ इत्यादि।

४. ये चिह्न अपने लक्षण से राष्ट्रीय थे और इनका प्रयोग किसी सम्प्रदाय से निरपेक्ष रूप से होता था।

होता है।[1] इस चिह्न का प्रयोग ग्रन्थों में लम्बे परिच्छेदों के अन्त में तथा प्रलेखों एवं साहित्यिक कृतियों के अन्त में पाया जाता है।

(छ) ओम् में के ओ के रूढ़ या आलंकारिक रूप। बाद के अभिलेखों में वे प्रचुरता से आते हैं, अभिलेखों के प्रारम्भ और अन्त में तथा कभी-कभी ताम्रपत्रों के किनारे (हाशिया) पर खोद दिये जाते हैं।[2]

(ज) अभिलेखों से सम्बन्धित अर्द्धमूर्त्तियाँ। इन आलंकारिक रूढ़ियों में जिनका विशिष्ट रूप से प्रयोग हुआ है वे इस प्रकार हैं: शंख, पद्म, नन्दी, मत्स्य, सूर्यचक्र, तारा इत्यादि।[3] शंख और पद्म सम्पन्नता, नान्दी सुरक्षा, मत्स्य उर्वरता तथा सूर्यचक्र और तारा सुदीर्घता के चिह्न हैं।

(झ) राजकवच। इस चिह्न का प्रयोग कुछ हद तक विरल है। यह ताम्रपत्रों पर सम्भवतः राजांक के स्थान पर, जो साधारणतया अलग से ताम्रापत्र से आबद्ध कर दिया जाता था, पाया जाता है। कभी-कभी इस प्रकार की रूढ़ियाँ प्रस्तर-अभिलेखों पर भी पायी जाती हैं।[4]

(ञ) नेपाल की बौद्ध, गुजरात की जैन तथा राजस्थान, काश्मीर और काँगड़ा की ब्राह्मण हस्तलिखित प्रतियाँ प्रचुर मात्रा से अलंकृत एवं चित्रमय हैं। उनमें धार्मिक चिह्न फूल-पत्ती तथा भित्ति सम्बन्धी आलंकारिक रूढ़ियाँ हैं।

११. अंक

यद्यपि राजकीय एवं आधिकरणिक आदेशों, राजनीतिक लेखों तथा नैतिक पत्रों पर राजांक का प्रयोग प्रचलित रहा होगा किन्तु भारतीय अभिलेखों के प्रारम्भिक काल में दानपत्रों के लिए व्यावहारिक दृष्टि से यह परमावश्यक नहीं समझा जाता

---

१. ये चिह्न फ्लीट के गुप्त इन्स्० में स्पष्टतः दृश्य है (सी० आई० आई० खण्ड ३ सं० ३ पट्ट ३९ ए)।

२. फ्लीट: गुप्त इन्स्० सी० आई० आई० खण्ड ३, सं० ११ पट्ट ६ ए, सं० २० पट्ट १२ बी, मं० २६ पट्ट १६; इण्डि० एण्टि० ६।३२; एपि० इण्डि० ३।५२, दि बावर मैन्युस्० पट्ट १; अल्बेरूनी: इण्डिया (सचाऊ) १।१७३।

३. भगवान लाल का नेपाल इन्स्०, इण्डियन आर्ट ९।१६३ इत्यादि।

४. एपि० इण्डि० ३।३०७, ३।१४; इण्डि० एण्टि० ६।४९ इत्यादि, १६२।

होगा। प्राचीनतम व्यवहार ग्रन्थ दान सम्बन्धी किसी शासनपत्र पर अंक के प्रयोग का आग्रह नहीं करते। वास्तव में अंकों के प्रयोग की प्रथा बाद की चीज़ है। प्रथम व्यवहारशास्त्र, जो दान सम्बन्धी शासनपत्र पर अंक के प्रयोग की आवश्यकता समझता है, याज्ञवल्क्यस्मृति (ईसा की पहली और दूसरी शताब्दी) है, यद्यपि इस प्रकार का पहला प्रत्यक्ष प्रमाण ईसा की चौथी शताब्दी का है। पूर्वमध्यकाल से राजकीय प्रामाणिकता की दृष्टि से मुद्राओं का प्रयोग काफी प्रचलित हो गया था। फिर भी यह केवल ताम्रपत्रों की दशा में सत्य था, प्रस्तर-लेखों पर राजकीय प्रामा, णिकता का कोई चिह्न नहीं था। प्रस्तर-शासनों पर प्रामाणिकता के चिह्न के अभाव का कारण सम्भवतः यह था कि प्रस्तर-शासनों की दूसरी प्रति ताम्रपत्रों पर होती थी जिसमें राजकीय अंक जोड़ दिया जाता था।

राजांकों का ताम्रपत्रों पर प्रयोग कुछ विशिष्ट विधियों के अनुसार होता था तथा राजकीय प्रामाणिकता के अतिरिक्त इसका और भी उद्देश्य था। अधिकांश दान सम्बन्धी शासन एक से अधिक ताम्रपत्रों पर लिखे गये हैं। एक शासन के सभी पत्रों को रखने के लिए उसी धातु का एक छल्ला बनाया जाता था। पत्रों के दाहिने पार्श्व में एक छेद किया जाता था और छेदों में छल्ला डाल दिया जाता था। अन्त में अंक छल्ले में डाल दिया जाता था। छल्ले के दोनों सिरे कील या अन्य किसी रीति से जोड़ दिये जाते थे और अंक जोड़ के ऊपर लगा दिया जाता था। शासनों के साथ अंक लगाने का यह ढंग मूल शासनपत्र के प्रति किसी प्रकार के जाल, योग एवं परिवर्तन के विरुद्ध सुरक्षा कवच का काम देता था क्योंकि बिना अंक को तोड़े मूल पत्र अलग नहीं किये जा सकते थे तथा अंक के निर्माण पर राजा का एकाधिकार था।

राजकीय अंक विभिन्न प्रकार के थे। अधिकांश में राजकवच पवित्र या प्रतीकात्मक पशु-पक्षियों तथा सम्बन्धित राजकुटुम्बों में पूजे जाने वाले देवताओं की मूर्तियाँ थीं। कुछ अंकों में इन लक्षणों के अतिरिक्त राजा या वंश के संस्थापक का नाम अथवा सम्पूर्ण वंशावली से युक्त छोटे या बड़े लेख होते थे। कुछ अंकों में किसी महत्त्व का एक लेखमात्र था। अंकों के कुछ महत्त्वपूर्ण नमूनों का वर्गीकरण इस प्रकार हैं :

(१) गुप्तों का अंक। इसमें विष्णु के वाहन गरुड़ पक्षी की मूर्ति होती थी। इसको 'गरुडमदंक' (गरुड़ युक्त अंक) कहते थे। समुद्रगुप्त की प्रयाग प्रशस्ति में इसका उल्लेख है।[1] समुद्रगुप्त के पाँचवें और नवें वर्ष के जाली नालन्दा ताम्रपत्र अभिलेखों में यह अंक है जो अवश्य ही मूल

१. फ़्लीट: सी० आई० आई०, खण्ड ३, सं० १।

नमूने के आधार पर जाली रूप से तैयार किया गया होगा।[१] कुमारगुप्त द्वितीय (तृतीय ?) के भितरी अंक पर भी गरुड़ चित्र है तथा उसके नीचे वंशावलीयुक्त विरुद है।[२] नालन्दा में इस प्रकार के तमाम गुप्त अंक प्राप्त हुए हैं।[३]

(२) पुष्यभूतियों का अंक। ताम्रपत्रों में अलग से कोई अंक नहीं लगाया जाता था। किन्तु लेख के अन्त में राजा का स्वहस्ताक्षर खोद दिया जाता था। हर्ष के हस्ताक्षर का पाठ है 'स्वहस्तो मम राजाधिराज-श्री-हर्षस्य'।[४]

(३) चेदियों का अंक। यह एक वृत्ताकार अंक था जिसमें जिसके ऊपर गजलक्ष्मी (अर्थात् दोनों पार्श्वों से दो हाथियों द्वारा जल से सींची जाती हुई लक्ष्मी) का चित्र, साथ में विरुद 'श्रीमत्करणदेव' तथा नन्दी होता था।[५]

(४) परमारों का अंक। उनके अंक पर गरुड़ का चित्र रहता था।[६]

(५) वाकाटकों का अंक।

(क) छन्दोबद्ध लेख से युक्त किन्तु बिना किसी युक्ति के वृत्ताकार मुद्रा।[७]

(ख) छन्दोमय विरुद—वाकाटकललामस्य क्रमप्राप्तनृपश्रियः। जनन्या युवराजस्य शासनं रिपुशासनम् ॥—के साथ सूर्य, चन्द्र तथा अधोभाग में पुष्प, की आकृतियों से युक्त (एक) अंक।[८]

(६) त्रिकूटों और कटच्छुरियों का अंक। इनका अंक वृत्ताकार होता है जिस पर राजा का नाम लिखा होता है: जैसे 'अल्लशक्ति'।[९]

---

१. एपि० इण्डि०, खण्ड २५, पृ० ५२ इत्यादि; फ़्लीट: सी० आई० आई० खण्ड ३, पृ० २५६ इत्यादि।
२. फ़्लीट: इण्डि० एण्टि० १९, पृ० २२५।
३. मेम्वायर्स ऑफ़ दि आॅर्क्यालॉजिकल सर्वे ऑफ़ इण्डिया सं० ६६।
४. हर्ष का बाँसखेरा ताम्रपत्र अभिलेख (तिथि ६२८ ई०) एपि० इण्डि० खं० ४, पृ० २०८।
५. कर्णदेव के गोहरवा पट्ट, एपि० इण्डि० ११।१३९।
६. इण्डियन एण्टिक्वैरी ६, पृ० ४८ इत्यादि।
७. फ़्लीट: (सी० आई० आई० खण्ड ३ पट्ट ३८; एपि० इण्डि० २२, पृ० १७३।
८. प्रभावती गुप्ता का पूना-पट्ट, एपि० इण्डि० १५।४१।
९. क्यू० बी० आई० एस० एम०, २०।

(७) बादामी के चालुक्यों के अंक :—

(क) वराह-चित्रण से युक्त बिना किसी विरुद के वृत्ताकार या अण्डाकार अंक ।[१]

(ख) चालुक्यों के राज्यपालों तथा सामन्तों के अंक जिनपर वराह की आकृति तथा विरुद दोनों होते थे ।[२]

(८) राष्ट्रकूटों के अंक :—

(क) एक के ऊपर एक पैर किये हुए पक्षयुक्त गरुड़ की आकृति से युक्त अंक ।[३]

(ख) गरुडमदंक एवं कुसुमाकृति-युक्त अंक ।

(ग) अंक जिसमें दोनों पंजों में दो साँपों के साथ गरुड़ का रूप, गणपति तथा पार्वती के रूप और चौरी, दीपक, स्वस्तिक, लिंग तथा अंकुश के चित्र होते थे ।

(९) कल्याणी के चालुक्यों के अंक :—

(क) पूर्वकालीन बादामी के चालुक्यों के प्रकार का अंक ।

(ख) वराह के रूप से युक्त नागरी वर्णों में 'श्रीमदरिकेशरिण:' विरुद वाला वृत्ताकार अंक ।[६]

(१०) चालुक्य सामन्तों के अंक ।[७]

(क) गोवा के कदम्बों के अंक पर सिंह का रूप बना होता था ।

(ख) सौन्दत्ति के रट्टों का अंक हस्ती की आकृति से युक्त था ।

(ग) सिन्दस के रट्टों ने जिस अंक को ग्रहण किया था उस पर व्याघ्र या हरिण के साथ व्याघ्र का रूप रहता था ।

(घ) गुत्तल के गुट्टों ने अपने अंक पर सिंह को अच्छा समझा ।

---

१. लूडर्स, एच्० ए०: लिस्ट ऑफ़ ब्राह्मी इन्स्क्रिप्शन्स इत्यादि सं० १२, १७, ३९, ४८ ।

२. वही, सं० ११, ३२ ।

३. वही, सं० ९२, १३३ ।

४. वही, सं० ९७, १०७ ।

५. वही, सं० १३३, १४७ ।

६. वही, सं० ३६९ ।

७. बी० जी०, १।२।२९९, टिप्पणी ४ ।

(११) यादवों तथा शिलाहारों का अंक। इन्होंने राष्ट्रकूटों की रीति का अनुसरण किया। इनके अंक पर गरुड़ की आकृति तथा ध्वज होते थे।[१]

(१२) पल्लवों का अंक। इस पर दाहिनी ओर मुँह किये बैठे हुए व्याघ्र की आकृति थी।[२]

(१३) पूर्वी चालुक्यों का अंक। इस पर गरुड़ का रूप होता था जिसके नीचे 'त्रिभुवनांकुश' विरुद रहता था। अंक के ऊपरी भाग में अर्धचन्द्र, सूर्य तथा अंकुश की आकृति एवं निचले भाग में पुष्पाङ्कन।[३]

(१४) चोलों का अंक। अंक के बीच में वराह का रूप होता था। वराह के ऊपर विरुद, विरुद के ऊपर चन्द्र और अंकुश की आकृति; वराह के नीचे दाहिनी और बायीं ओर दो दीपकों के बीच कमल का फूल; वराह के पार्श्वों में पुष्प और शंख।[४]

---

१. लिस्ट सं० १९८, २००, २३२।
२. इण्डियन एण्टिक्वैरी, ५, पृ० ५० के सामने दिया गया पट्ट।
३. वही, खण्ड ६, पृ० ४८ इत्यादि।
४. बर्नेल : एस० आई० पी०, पृ० १०६ के सामने दिया गया पट्ट सं० ३३।

अध्याय आठवाँ

अभिलेखों के प्रकार

१. प्रमुख प्रकार

मोटे तौर पर अभिलेखों के दो प्रकार थे—(१) राजकीय या आधिकरणिक और (२) लौकिक या वैयक्तिक। प्राचीन भारतीय अभिलेखों का वर्गीकरण इन शीर्षकों के अन्तर्गत हो सकता है। बाद के धर्मशास्त्र ग्रन्थ भी इस वर्गीकरण को पुष्ट करते हैं। उदाहरण के लिए स्मृतिचन्द्रिका में उद्धृत वसिष्ठ कहते हैं "लेख्य दो प्रकार के हैं, लौकिक (लोगों के) और राजकीय"।[1] संग्रहकार के रूप में उद्धृत कुछ लेखकों का वसिष्ठ से मतैक्य है, वे दो भागों में लेखों (अभिलेखों) को विभाजित करते हैं—(१) राजकीय और जनपदीय (जनपद सम्बन्धी)।[2] राजकीय लेख्य या तो स्वयं राजाओं द्वारा या उनके सामन्तों, प्रान्तीय शासकों तथा उच्च मंत्रियों द्वारा दिये जाते थे, जिन्हें ऐसा करने का अधिकार था। लौकिक लेख्यों के लिए जनसाधारण उत्तरदायी थे यद्यपि अनेक अंशों में वे राजकीय लेख्यों का अनुसरण करते थे। राजकीय लेख्य पुनः चार भागों में विभाजित किये जाते थे।[3]

(१) शासन (मध्यकाल में भूमिदानपत्र के अर्थ में इसका प्रयोग होता था)।
(२) जयपत्र (व्यावहारिक निर्णय)।
(३) आज्ञापत्र (आदेश)।
(४) प्रज्ञापन पत्र (घोषणा)।

२. धर्मशास्त्रों के अनुसार

धर्मशास्त्र साहित्य के आधार पर इन चार वर्गों की परिभाषा और व्याख्या इस प्रकार हो सकती है :

---

१. लौकिकं राजकीयञ्च लेख्यं विद्यात् द्विलक्षणम्। व्यवहार, १।१४।
२. राजकीयं जनपदं लिखितं द्विविधं स्मृतम्। वही।
३. शासनं प्रथमं ज्ञेयं जयपत्रं च तथा परम्।
आज्ञाप्रज्ञापनपत्रे राजकीयं चतुर्विधम्॥ वसिष्ठ, स्मृतिचन्द्रिका, व्यवहार, १।१४।

(१) शासन। याज्ञ्यवल्क्यस्मृति में हमें शासन की निम्नलिखित परिभाषा प्राप्त होती है :

भूमि देकर या निबन्ध (दान) करके राजा को उसे, आने वाले भद्र राजाओं के परिज्ञान के लिए, लिखित करा देना चाहिये। पुनः राजा को पट (वस्त्र) पर या ताम्रपत्र पर अपनी वंशपरम्परा तथा प्रशस्ति, प्रतिगृहीता का नाम, दान का परिमाण और भूमिभाग की सीमाओं के वर्णन से युक्त अपनी मुद्रा से चिह्नित तथा हस्ताक्षर एवं काल देकर स्थायी शासन करा देना चाहिये।"[1]

(२) जयपत्र। इसकी इस प्रकार व्याख्या की गयी है: "व्यावहारिक कार्यवाही को स्वयं देखकर तथा प्राड्विवाक से सुनकर राजा को जनसाधारण के सूचनार्थ जय-पत्र देना चाहिये।"[2]

(३) आज्ञापत्र। वसिष्ठ ने इसकी यह परिभाषा की है: "आज्ञापत्र वह कहलाता है जिसके माध्यम से सामन्तों, भृत्यों (उच्चकर्मचारियों) या राष्ट्रपालादिकों को कार्य का आदेश दिया जाय।"[3]

(४) प्रज्ञापन। उपर्युक्त लेखक (वसिष्ठ) इसकी इस प्रकार व्याख्या करता है: "प्रज्ञापन वह है (प्रज्ञापन के लिए यह पत्र होता है) जिसके माध्यम से ऋत्विक (यज्ञपुरोहित), पुरोहित (राज्य के धार्मिक विभाग का अधिकारी), आचार्य, मान्य तथा अभ्यर्हित जनों के प्रति किसी कार्य का निवेदन किया जाय।"[4]

राजकीय या आधिकरणिक लेखों के अन्तर्गत बृहस्पति प्रसाद लेख्य (किसी व्यक्ति पर प्रसन्न होकर राजा द्वारा उसे दी गयी किसी वस्तु का लेख) को भी सम्मिलित कर लेते हैं। इसकी इस प्रकार परिभाषा की गयी है, "जहाँ राजा (किसी व्यक्ति

---

१. दत्वा भूमिं निबन्धं वा कृत्वा लेख्यं तु कारयेत्।
आगामिभद्रनृपतिपरिज्ञानाय पार्थिवः॥
पटे वा ताम्रपटे या स्वमुद्रोपरिचिह्नतम्।
अभिलेख्यात्मनो वंश्यानात्मानञ्च महीपतिः।
प्रतिग्रहपरिमाणं दानच्छेदोपवर्णनम्।
स्वहस्तकालसम्पन्नं शासनं कारयेत् स्थिरम् ॥१।३१७-१९।

२. व्यवहारान् स्वयं दृष्ट्वा श्रुत्वा प्राड्विवाकतः।
जयपत्रं ततो दद्यात् परिज्ञानाय पार्थिवः॥
—व्यास, स्मृतिचन्द्रिका, व्यवहार १।१४।

३. सामन्तेष्वथ भृत्येषु राष्ट्रपालादिकेषु वा॥
कार्यमादिश्यते येन तदाज्ञा पत्रमुच्यते ॥ वही ॥

४. ऋत्विक् पुरोहिताचार्यमान्येष्वभ्यर्हितेषु च
कार्यं निवेद्यते येन पत्रं प्रज्ञापनाय तत् ॥ वही ॥

की) सेवा और शूरवीरता आदि से प्रसन्न होकर लिखत द्वारा भूभाग आदि देता है, वह प्रसाद लेख्य होता है।"[१]

जानपद लेख्यों का व्यास ने इन शब्दों में वर्णन किया है: "किसी प्रसिद्ध स्थान के लेखक को राजा के वंशक्रम, वर्ष, मास, पक्ष तथा दिवस से युक्त जानपद लेख्य लिखना चाहिये।"[२] इस प्रकार का यही विधान था जिसने लौकिक लेख्यों को राजनीतिक महत्त्व का तथा राजनीतिक इतिहास के पुर्ननिर्माण में सहायक बना दिया। लौकिक लेख्यों का अनेक प्रकार के व्यवहारों से सम्बन्ध है। स्मृति को विशेष रूप से ठेके तथा धन-सम्बन्धी व्यवहारों के लिए निश्चित स्वरूप का होना आवश्यक समझा जाता था। याज्ञ्यवल्क्य का विधान इस प्रकार है: "जो कुछ भी पारस्परिक सम्मति से तय होता है उसे साक्षियों तथा धनिक (धन उधार देने वाले) के नाम के सहित लिखित कर लेना चाहिये।"[३]

यहाँ यह ध्यान रहे कि प्राचीन भारतीय अभिलेखों के उपलब्ध नमूनों से उनके पूर्वकाल में, लेख्यों के स्वरूप के सम्बन्ध में स्मृति नियमों के विकास में सहायता मिली है और उत्तर काल में उन नियमों के द्वारा वे प्रभावित हुए। बहुत अंशों में इसकी पुष्टि उपलब्ध अभिलेखों की शैली एवं विषय की तुलना स्मृति में दिये गये नियमों से करके हो सकती है।

३. अभिलेखों के विषय के अनुसार

यदि हम अभिलेखों के विभिन्न विषयों का विवेचन करें तो उनका वर्गीकरण निम्नलिखित शीर्षकों के अन्तर्गत हो सकता है:

(क) व्यापारिक,
(ख) तांत्रिक,
(ग) धार्मिक और शिक्षात्मक,
(घ) शासन सम्बन्धी,
(ङ) प्रशस्तिपरक,
(च) पूजा या समर्पणपरक,

---

१. देशादिकं यत्र राजा लिखितेन प्रयच्छति।
सेवाशौर्यादिना तुष्टः प्रसादलिखितं हि तत् ॥ वही ॥

२. लिखेज्जानपदं लेख्यं प्रसिद्धस्थानलेखकः।
राजवंशक्रमयुतं वर्षमासार्द्धवासरैः ॥ वही ॥

३. यः कश्चिदर्थो निष्णातः स्वरुच्या परस्परम्।
लेख्यं तु साक्षिमत् कार्यं तस्मिन् धनिकपूर्वकम् ॥ व्यवहार ६।८४।

(छ) दान सम्बन्धी,

(ज) स्मारकीय,

(झ) साहित्यिक ।

१. **व्यापारिक**। इस प्रकार के प्राचीनतम नमूने सिन्धुघाटी में हरप्पा और मोहनजोदरो से प्राप्त मुद्राओं पर उपलब्ध होते हैं। कुछ मुद्राएँ स्पष्ट रूप से व्यापारिक वस्तुओं की गाँठों तथा वैयक्तिक व्यापारिक वस्तुओं जैसे मिट्टी के बर्तनों, पर अंकित करने के लिए प्रयुक्त होती थीं।[1] "यह सम्भव है कि (मुद्राओं पर के) छोटे अभिलेख साधारण रूप से अधिकारियों के नाम मात्र हैं तथा बड़े अभिलेखों में उनके स्वामियों की पदवियाँ भी दी गयी हैं।"[2] ऐसा प्रतीत होता है कि ये मुद्राएँ विदेशी व्यापार में रत नाविक व्यापारियों द्वारा प्रयुक्त होती थीं। सिन्धुघाटी की सभ्यता के बाद के ऐतिहासिक कालों में व्यापारिक मुद्राओं अथवा व्यापारिक प्रकृति के किन्हीं व्यापक अभिलेखों के नमूने उपलब्ध नहीं हुए हैं। इस सम्बन्ध में यह ध्यातव्य कि निगमों और श्रेणियों को अपने-अपने सिक्के बनाने का अधिकार था तथा उनके पास उनकी अपनी मुद्राएँ भी अवश्य होंगी। उनको व्यापारिक उद्देश्य से लेखन का भी व्यापक प्रयोग करना पड़ता होगा यद्यपि इस प्रकार के व्यापारिक लेख नाशवान् पदार्थ पर होने के कारण सुरक्षणीय नहीं समझे जाते थे।[3] विधिवशात् कुछ व्यापारिक ढंग के लेख्य अन्य प्रकार के अभिलेखों में पाये जा सकते हैं। उदाहरण के लिए मालव सं० ५२९ के कुमारगुप्त और वन्धुवर्मन के समय के मन्दसौर प्रस्तर-अभिलेख में व्यापारिक उद्देश्य की कुछ पंक्तियाँ आ गयी हैं। इन पंक्तियों का अनुवाद इस प्रकार किया जा सकता है : "यौवन और कान्ति से सम्पन्न, सुवर्णहार, ताम्बूल एवं पुष्पों के विधान से भलीभाँति अलंकृत होते हुए भी नारी तब तक अपने प्रिय के पास एकान्त में मिलन के लिए नहीं जाती जब तक कि उसने रँगे हुए रेशम के वस्त्रद्वय को धारण न कर लिया हो। इस तरह, पृथ्वी का सम्पूर्ण यह भाग उनके द्वारा मानों सुन्दर स्पर्श वाले, विभिन्न वर्णों के विभाजन से अलंकृत एवं नेत्रसुभग रेशमी परिधान से—अलंकृत है।"[4] उनमें प्रचार (विज्ञापन) का प्रोज्ज्वल और आकर्षक रूप विद्यमान है।

---

१. मोहनजोदरो एण्ड इण्डस सिविलीज़ेशन्, खण्ड २, पृ० ३९७।

२. वही, पृ० ३८१।

३. तुलनार्थ पंजाब, राजस्थान और मध्यभारत के जातीय सिक्के, एलन : ब्रिटिश म्यूज़ियम कैटालाग, एन्सियण्ट इण्डिया।

४. तारुण्यकान्त्युपचितोऽपि सुवर्णहार ताम्बूलपुष्पविधिना समलंकृतोऽपि ।
नारीजनः प्रियमुपैति न तावदश्र्या यावन्न पट्टमयवस्त्रयुगानि धत्ते ॥

२. **तान्त्रिक**। इस प्रकार के प्राचीनतम नमूने भी सिन्धुघाटी से ही प्राप्त हुए हैं। वास्तव में जिन्हें मुद्रा कहा जाता है उनमें अधिकांश तान्त्रिक मंत्रों से युक्त तावीजें हैं। "ऐसा सम्भव प्रतीत होता है कि पकी मिट्टी तथा सोफायनी मिट्टी पर के निशान तान्त्रिक समझे जाते थे यद्यपि वे देयधर्म भी थे। एक मुद्राहत तावीज में भोंड़े-भोंड़े छेद किये गये हैं जिनका स्पष्ट उद्देश्य इसे किसी चीज़—सम्भवत: वस्त्रों—में लगाना था। इसके अतिरिक्त सभी तावीजों, जिनके केवल एक ओर ठप्पा मारा गया है, का पृष्ठभाग बिलकुल चिकना है जिससे प्रतीत होता है कि वे कभी किसी चीज़ में नहीं लगी थीं और इसलिए व्यापारिक वस्तुओं के लेबुल नहीं थे। फिर मुद्रालक्षणों से लक्षित अनेक वस्तुओं पर एक से अधिक ऐसे लेख हैं जो ताबीज के योग्य हो सकते हैं किन्तु किसी अन्य कार्य की सिद्धि के लिए नहीं। कुछ के ऊपर लाल आवरण है जो मुहरों (सीलिंग) के ऊपर कभी नहीं रहता और सर्वथा निष्प्रयोजन भी है।"[१] चूँकि मुद्राएँ अभी तक नहीं पढ़ी गयी हैं, अभिलेखों की विषयवस्तु के विषय में निश्चित रुप से कुछ कहना कठिन है। सम्भवत: उनमें अपने सम्प्रदायों के विशिष्ट पशुओं द्वारा व्यक्त किये जानेवाले देवताओं के नाम तथा उनके प्रति स्तोत्र हैं। निम्नलिखित पशु साधारणतया तावीजों पर आते हैं जो उनके सामने लिखे गये देवताओं को व्यक्त कर सकते हैं।"[२]

कुरंग मृग	चन्द्रमा
महिष	यम
ब्राह्मी वृषभ	शिव
मिश्रित पशु	?
हस्ती	इन्द्र
अजा	ब्रह्मा (?)
शश	चन्द्रमा
मनुष्यरूप	?
वानर	?
गैंडा	नदी
छोटे सींगों वाला वृष	शिव

स्पर्शवता वर्णान्तरविभागचित्रण नेत्रसुभगेन।
यैः सकलमिदं क्षितितलमलंकृतं पट्टवस्त्रेण॥ फ्लीट : सी० आई० आई० खण्ड ३, सं० १८, श्लोक २०-२१।

१. मोहनजोदरो एण्ड इण्डस सिविलीज़ेशन, खण्ड २, पृ० ३९७।
२. वही, पृ० ३९९।

व्याघ्र	देवी दुर्गा (?) (=मातृदेवी)
द्विमुण्ड पशु	?

धातु, भूर्जपत्र तथा अन्य नाशवान् पदार्थों पर तान्त्रिक मंत्रों का लिखा जाना समान रूप से जारी रहा।

३. **धार्मिक एवं प्रबोधात्मक** (**शिक्षात्मक**)। धर्म या आचार के वर्णन, अवस्था एवं उपदेशों से सम्बन्धित सभी अभिलेख इस कोटि में आ जाते हैं। बहुत सम्भव है कि सिन्धुघाटी में हरप्पा और मोहनजोदरो से प्राप्त मुद्रा और तावीज कही जाने वाली वस्तुएँ विभिन्न सम्प्रदायों के धार्मिक सूत्रों से युक्त पूजा की वस्तु हों और उनका प्रयोग शरीर के साथ रहनेवाली तावीजों के रूप में न होता हो। इस प्रकार के अभिलेखों का दूसरा समुदाय ईसा पूर्व की तीसरी शताब्दी के अशोक के अनुशासनों में पाया जाता है। अशोक के अनुशासनों में निश्चित रूप से इन अभिलेखों को 'धर्मलिपि' कहा गया है।[1] अशोक के अनुशासनों की धार्मिक एवं प्रबोधात्मक दशा का परिज्ञान शिलालेख सं० ४ के इस अंश से हो जायगा : "जो कि पूर्व के सैकड़ों वर्षों से (घटित) नहीं हुए थे आज वे देवों के प्रिय प्रियदर्शी राजा के धर्मानुशासनों द्वारा वर्धित हैं—प्राणियों का अवध, भूतों के प्रति अहिंसा, सम्बन्धियों के प्रति सद्व्यवहार, ब्राह्मणों और श्रमणों के प्रति सादर व्यवहार, माता-पिता की शुश्रूषा, बड़ों की सेवा। धर्म के इस तथा अन्य अनेक प्रकार के आचारों की वृद्धि हुई है तथा देवों के प्रिय प्रियदर्शी राजा धर्म के इस आचार की वृद्धि को प्रेरित करेंगे। प्रियदर्शी राजा के पुत्र, पौत्र और प्रपौत्र प्रलयवेला तक धर्म के इस आचरण की वृद्धि करेंगे तथा धर्म और धार्मिक आचरण का अनुसरण करते हुए धर्म और धार्मिक आचरण की शिक्षा (अनुशासन ?) देंगे क्योंकि धर्मोपदेश सर्वोत्तम कार्य है...............।"[2] उत्तर शुंग राजा भागभद्र के समय का बेसनगर गरुड़-स्तम्भ अभिलेख यद्यपि पूजापरक है; इसके दूसरे भाग में आचरणात्मक सिद्धान्त निहित हैं : "यहाँ तीन अमृत पथ हैं। उनका भली भाँति अनुष्ठान किया

---

१. से अज यदा अयं धम्मलिपी लिखिता। अयं ध्रमदिपि दिपिस्त। अशोक शिलालेख सं० १, गिरनार संस्करण; अशोक शिलालेख सं० ५, शाहबाजगढ़ी संस्करण, हुल्श: सी० आई० आई०, खण्ड १।

२. मारिसे बहुहि न भूतपुवे तारिसे अज बढिते देवानं पियस पियदसिनो राजो धम्मानुसस्टिया अनारंभो प्राणानं अविहीसा भूतानं जातीनं संपटिपती वम्हण समणानं संपटिपती मातरि पितरि सुस्रुसा थैरसुस्रुसा एस अजे च वहुविधे धंमचरणे बढिते बढयिसति चेव देवानं प्रियो प्रियदसि राजा धंमचरणं इद.........। वही।

जाये तो स्वर्ग को ले जाते हैं। वे हैं संयम, त्याग और अप्रमाद।"[1] भारतीय इतिहास के परवर्ती युगों में विशुद्ध धार्मिक और आचरणात्मक कोटि के अभिलेख नहीं मिलते; धार्मिक और नैतिक विषय पूजा और दानपरक सामग्री से मिश्रित पाये जाते हैं। उदाहरण के लिए मालव सं० ४९३ और ५२९ की तिथियों से अंकित कुमार-गुप्त द्वितीय के मन्दसोर प्रस्तर-अभिलेख में एक प्रबोधात्मक एवं दार्शनिक टिप्पणी दी गयी है जो इस प्रकार है: "वायु से हिलते हुए विद्याधरांगना के सुन्दर पल्लव के कर्णपूरों (कर्णाभूषणों) से भी अधिक लोक एवं (उसी प्रकार) मनुष्य जीवन तथा धन के विशाल कोषों (राशियों) की अस्थिरता को समझ कर उनकी वुद्धि तब से शुभ और अचल हो गयी।"[2]

४. **शासन सम्बन्धी।** इस प्रकार के अभिलेखों का प्रथम समूह अशोक के अनुशासनों में प्राप्त होता है यद्यपि वे धर्म और आचार से प्रभावित होकर लिखे गये थे। इसके कुछ उदाहरण पर्याप्त होंगे: "सर्वत्र मेरे विजित प्रदेश में युक्त, रज्जुक तथा प्रादेशिक इस उद्देश्य (धर्मशिक्षा) तथा अन्य कार्यों के लिए पाँच-पाँच वर्ष में परिभ्रमण (अनुसंयान) करेंगे.........."[3]

"बहुत समय व्यतीत हुआ पहले धर्म महामात्र नहीं थे। वे मेरे द्वारा, जब मेरे अभिषेक के तेरह वर्ष हो गये, बनाये गये। धम्म की स्थापना एवं वृद्धि तथा धर्मयुक्त जनों के सुख और कल्याण के लिए वे सभी सम्प्रदायों (पाषण्डों) में कार्य करने पर लगा दिये गये हैं।"[4]

"इसलिए मैंने ऐसा प्रबन्ध किया है कि हर समय—खाने के समय भी—हर जगह—अन्तःपुर, गर्भागार (शयनगृह), मार्ग, यान तथा उद्यान में—प्रतिवेदक आकर मुझे प्रजा की बातें (अर्थ) सुनाएँ। मैं सर्वत्र प्रजा का कार्य करता हूँ।

---

१. त्रिनि अमुतपदानि इअ सु-अनुठितानि। नेयंति स्वगं दम चागं अप्रमाद॥
—आर्कया० सर्वे आॅफ़ इण्डिया, एन्युअल रिपोर्ट, १९०८-०९।

२. विद्याधरीरुचिरपल्लवकर्णपूरवातेरितास्थिरतरं प्रविचिन्त्य लोकम्।
मानुष्यमर्थनिचयांश्च तथा विशालांस्तेषां शुभा मतिरभूदचला ततस्तु॥
—फ्लीट: सी० आई० आई०, खण्ड ३, सं० १८, श्लोक २२।

३. मया इदं आञपितं:—सर्वत विजिते मम युता च राजुके च प्रादेशिके च पंचसु पंचसु वासेसु अनुसंयानं नियातु। अशोक शिलालेख ३।

४. अतिकांतं अन्तरं न भूतपूर्व धंममहामाता नाम। त मया तैदसवासाभिसितन धंममहामाता कटा। ते सवपासंडेसु व्यापता धंमधिस्टानाय धंमवढिया हिद सुखाय च धंमयुतसा। अशोक शिलालेख ५।

जो कुछ भी मैं स्वयं मुख से देने या घोषित करने के लिए कहूँ, एवं जो कुछ महामात्रों को आवश्यक (आव्ययिक) आज्ञा दी जाय और परिषद् में उनके प्रति कोई विवाद या अस्वीकृति हो, तो मुझे हर समय हर जगह सूचित किया जाय।"[1]

"देवताओं के प्रिय की आज्ञा से तोसली के नगर व्यवहारक (=नगर प्रशासक) महामात्र से इस प्रकार कहना चाहिये : जो कुछ मैं सोचता हूँ, वही चाहता हूँ। वह क्या है ? उसे कार्यान्वित करता हूँ और उसकी सूचना समुचित उपायों से देता हूँ। और कार्य को सिद्ध करने का मुख्य उपाय है आप लोगों को शिक्षा देना। आप लोग अनेक सहस्र प्राणियों के ऊपर इसलिए नियुक्त किये गये हैं कि लोगों का प्रेम मुझे प्राप्त हो सके।"[2]

विशुद्ध शासनपरक अभिलेख का एक उदाहरण ईसा पूर्व की तीसरी शताब्दी के सोहगौरा ताम्रपत्र अभिलेख में प्राप्त है :

"श्रावस्ती के महामात्रों का मानवाशीतिकट को आदेश। श्रीमान् ऊषाग्राम में ये दो कोष्ठागार स्थापित किये गये हैं। दुर्भिक्ष और अन्य आपत्ति के अवसरों पर त्रिकवेणी, माथुर, चञ्चु, मयुदाम और भल्लक ग्रामों में (इनसे) धान्य बाँटा जाय। इस (वितरण) में बाधा नहीं होनी चाहिये।"[3]

इस प्रकार का दूसरा उदाहरण १५० ई० के रुद्रदामन् प्रथम के जूनागढ़ शिलालेख में प्राप्य है, यद्यपि प्रशस्त्यात्मक और स्मृत्यात्मक तत्त्वों से यह अपूर्ण है। इसका वर्ण्य विषय सुदर्शन झील के बाँध का पुनर्निर्माण है, जो बाद के समय में आनेवाले विध्वंसक वायुवेग से टूट गया था।[4] ४५५-५६ तथा ४५७-५८ ई० का स्कन्दगुप्त का जूनागढ़ शिलालेख[5] भी इसी प्रकार का है और विवरण में रुद्रदामन के शिलालेख

---

१. त मया एवं कटं। सवे काले भुंजमानस मे......पटिवेदका स्टिता अथे मे जनस पटिवेदेथ इति। अशोक शिलालेख ६।

२. देवानं पियस वचनेन तोसलियं समापायं महामात नगलवियोहालका हे वतविय.........। अशोक का पृथक् कलिंग शिलालेख।

३. सवतियान महमतन ससने मनवसिति-कड। सिलिमाते-उसगमे व एते कोठगलनि। लियवेनि-माथुल-चंचु-मोदाम-भलकन वलकयि यदि अतियायिकय। नो गहितवय। एपि० इण्डि०, खण्ड० २२, पृ० २।

४. स्वस्मात् कोशात् महता धनौघेन अनतिमहता च कालेन.....सुदर्शनतरं कारितमिति। एपि० इण्डि०, खण्ड ८, पृ० ४२ इत्यादि।

५. फ़्लीट : सी० आई०, आई०, खण्ड ८, पृ० २ इयादि।

के समान है। इसका प्रमुख विषय सुदर्शन झील का पुर्ननिमाण है जो अत्यधिक वर्षा के कारण दूसरी बार टूट गयी थी। इसके प्रासंगिक अंश इस प्रकार हैं :

"तब क्रम से, ग्रीष्म काल को बादलों के द्वारा विदीर्ण कर वर्षाकाल के आने पर लगातार बहुत काल तक अत्यधिक जल-वर्षा हुई जिससे, गुप्त-काल की गणना के अनुसार, १३६वें संवत्सर के प्रौष्ठपद मास के छठे दिन की रात को अचानक टूट गया।" श्लोक २६-२७।[1]

"........(उसने) बड़े आदर भाव से और अप्रमेय धन व्यय करके दो महीनों के दीर्घ परिश्रम के अनन्तर गु० सं० १३७ के वैशाख मास के पूर्व पक्ष के प्रथम दिन सुदर्शन झील को १०० हाथ लम्बाई ६८ हाथ चौड़ाई ७ पुरुष (आदमी की) ऊँचाई २०० हाथ.........में सम्यक् रूपेण पत्थरों को रख कर बन्धवा दिया ताकि चिरन्तन काल तक फिर न टूटे।" श्लोक ३५-३७।[2]

इसके अतिरिक्त उत्तर और दक्षिण में परवर्ती काल के बहुसंख्यक ताम्रपत्र उपलब्ध हुए हैं जो दानार्थ लिखे गये थे। वे शासन संज्ञा से अभिहित हैं और उनमें शासन सम्बन्धी तात्त्विक सामग्री विद्यमान है। उदाहरण के लिए हर्ष के बाँसखेरा ताम्रपत्र अभिलेख का निम्नलिखित प्रासंगिक अंश इस कथन की पुष्टि करेगा।

हर्ष........सामन्त राजाओं, पुलिस-अधिकारियों, जमीन की माप करने के अधिकारी, प्रतिनिधि, कुमारामात्य, उपरिक (ओवरसियर), विषयपति (जिलाधीश), स्थायी और अस्थायी सैनिक तथा मर्कट सागर में (अहिच्छत्र प्रान्त के, अंगदीय जिले के पश्चिमी पठक में स्थित है) एकत्र हुए लोगों को आज्ञा देता है :

आप लोगों को यह ज्ञात ही है कि मैंने प्रतिग्रह और दान के नियमों के अनुकूल भूमिच्छिद्रन्याय से भूमिकर एवं राज्य परिवार को प्राप्त होनेवाले अन्य करों, परिहारों (माफियों) तथा विषय से पृथक् किये गये भूभाग के साथ स्वसीमापर्यन्त उल्लिखित ग्राम नट्टबालचन्द्र और भद्र स्वामिकों को दे दिया है। ऐसा जान कर ग्रामवासी जनों को समुचित तौल, माप, भूमि तथा भोग (राजा के व्यक्तिगत उपभोग हेतु सुवर्णादि)

---

१. अथ क्रमेणाम्बुदकाल आगते निदाघकालं प्रविदार्य तोयदैः ॥
वबर्ष तोयं बहुसंततं चिरं सुदर्शनं येन बिभेद चात्वरात् ॥
सम्वत्सराणामधिके शते तु त्रिंशद्भिरन्यैरपि षड्भिरेव।
रात्रौ दिने प्रौष्ठ पदस्य षष्ठे गुप्त प्रकाले गणना वधाय ॥ वही

२. वही।

को आज्ञाकारी भाव से इन्हीं के पास ले जाना होगा तथा (उनकी) सेवा और आदर भी करना होगा।"[1]

इसी प्रकार विन्ध्यशक्ति द्वितीय का बसीम ताम्रपत्र-अभिलेख[2] प्रभावती गुप्ता का पूना-ताम्रपत्र अभिलेख[3], शिवस्कन्दवर्मन् का हिरहडगल्ली ताम्रपत्र-अभिलेख[4] पर्याप्त शासनपरक विवरणों से युक्त हैं।

५. **प्रशस्त्यात्मक**। राजनीतिक दृष्टि से प्रशस्त्यात्मक अभिलेख सबसे अधिक महत्त्वपूर्ण वर्ग में आते हैं, क्योंकि वे निम्नलिखित सूचना-सूत्रों को उपस्थित करते हैं :

(क) सम्बन्धित शासक का नाम तथा वंशक्रम।

(ख) राजा का प्रारम्भिक जीवन।

(ग) उसकी सैनिक, राजनीतिक एवं शासन सम्बन्धी उपलब्धियाँ।

(घ) उसके सम्पर्क में आये हुए समकालीन राज्यों का अस्तित्व एवं पारस्परिक सम्बन्ध।

(ड) राजनीतिक आदर्श और व्यवहार, शासन-व्यवस्था।

(च) राजा की व्यक्तिगत विशेषताएँ।

(छ) उसकी आश्रयशीलता, उदारता एवं दानशीलता।

(ज) तुलना और उपमाओं के रूप में पौराणिक निर्देश।

इन प्रशस्त्यात्मक अभिलेखों का एक सामान्य दोष जो प्रायः सभी में पाया जाता है राजाओं के गुणों की अतिशयोक्ति वर्णन की प्रवृत्ति है। तथापि अतिशयोक्तियाँ अधिकांशतः साधारण कथनों में पायी जाती हैं। विशिष्ट विवरण अपेक्षाकृत अधिक गम्भीर और यथार्थ हैं।

---

१. श्रीहर्ष..........समुपगतान्महासामन्त-महाराज-दौस्साध-साधनिक-प्रमातार राजस्थानीय-कुमारामात्योपरिक-विषयपति-भट-चाट-सेवकादीन्प्रतिवासि जानपदांश्च समाज्ञापयतिः

विदितमस्तु यथायमुपरिलिखितग्रामः स्वसीमापर्यन्तः सोद्रङ्ग सर्वराज्यकुलाभाव्य-प्रत्यायसमेतः सर्वपरिहृतपरिहारो विषयादुद्धृतपिण्डः पुत्रपौत्रानुगश्चन्द्रा र्कक्षितिकालीनो भूमिच्छिद्रन्यायेन मया.........भट्टबालचन्द्रभद्रस्वमिभ्यां प्रतिग्रहधर्मेणाग्रहारत्वेन प्रतिपादितो विदित्वा भवद्भिः समनुमन्तव्यः प्रतिवासिजानपदैरप्याज्ञाश्रवणविधेयैर्भूत्वा यथा—समुचिततुल्य मेय–भाग–भोगकर–हिरण्यादिप्रत्याया एतयोरेवोपनेयाः सेवोपस्थानं च करणीयमित्यपिच। एपि० इण्डिका० ४, पृ० २०८।

२. इण्डि० हिस्० क्वा०, १६, पृ० १८२ इत्यादि।

३. एपि० इण्डि० १५, पृ० ४१ इत्यादि।

४. एपि० इण्डि० १, पृ० ५ इत्यादि।

प्रशस्त्यात्मक अभिलेखों को पुनः दो भागों में विभाजित किया जा सकता है— (१) विशुद्ध प्रशस्त्यात्मक (२) मिश्रित। अशोक के अनुशासनों का, जिनमें अशोक की धर्म-विजय का वर्णन है, एक अलग ही वर्ग है। उनमें प्रशस्ति के सभी महत्त्वपूर्ण तत्त्वों का समावेश है किन्तु प्रशस्ति के आवश्यक उद्देश्य, उसकी शैली और ओजस्विता का उनमें अभाव है। इनका उद्देश्य आत्मप्रशंसा नहीं, अपितु धर्म का उपदेश और उसकी व्याख्या थी जिन्हें लोग समझें और पालन करें। शैली प्रायः गद्यात्मक और यदाकदा बोझिल है; इनकी प्रकृति की शान्तिप्रियता ओज को नहीं आने देती, जो बाद की युद्धशील राजाओं की प्रशस्तियों का विशिष्ट गुण है। अशोक का तेरहवाँ शिलालेख पूर्णरूप से इस विषय को स्पष्ट कर देगा।

आठ वर्ष पूर्व अभिषिक्त देवों के प्रियदर्शी राजा के द्वारा कलिंग जीता गया। ढाई लाख प्राणी वहाँ से (बन्दीरूप में) लाये गये, एक लाख वहाँ आहत हुए और इनसे कई गुना अधिक की मृत्यु हुई,....कलिंग को जीतकर देवों के प्रिय को यह चिन्ता है।.........किन्तु यह धर्मविजय देवों के प्रिय के अनुसार प्रमुख विजय है और यह देवों के प्रिय के द्वारा यहाँ और समीप के ६०० योजन तक के प्रदेश में प्राप्त कर ली गयी है।.......इसी उद्देश्य से यह धर्मलिपि लिखी गयी है। वह (उद्देश्य) क्या है? जो मेरे पुत्र और प्रपौत्र होवें वे नयी-नयी विजयें प्राप्त करने की न सोचें.....शान्ति और अल्पदण्डता उन्हें रुचिकर हो, और उसी को विजय मानें जो धर्मविजय है। वह इहलौकिक और पारलौकिक है। धर्म में रति ही उनकी परम रति बने। वह इस लोक और उस लोक में भी सुखकर है।"[1] विशुद्ध प्रशस्ति का पहला नमूना खारवेल के हाथी गुम्फा अभिलेख में प्राप्त होता है।[2] यह एक अनूठा लेख है जो कालक्रम के अनुसार गौरवपूर्ण शब्दों में खारवेल की कृतियों का विशद वर्णन करता है। इस अभिलेख का निम्नांकित विश्लेषण स्पष्ट कर देगा कि प्रशस्तियों का विषय क्या होता था :

(क) अभिलेख के ऊपर बायीं ओर कोने पर बद्धमंगल और स्वस्तिक चिह्न।

(ख) अर्हतों और सिद्धों को नमस्कार।

(ग) खारवेल का मूलवंश (ऐल), उसकी राजसी उपाधि महाराजाधिराज, उसका विरुद महामेघवाहन, उसका कौटुम्बिक विरुद चेतिराजवंशवर्धन, उसकी स्थानपरक उपाधि कलिंगाधिपति, उसका व्यक्तिगत नाम श्री खारवेल।

---

१. हुल्श : सी० आई० आई०, खण्ड १।

२. एपि० इण्डि०, खण्ड २०, पृ० ७२ इत्यादि।

(घ) उसका पन्द्रह वर्ष तक का क्रीड़ामय प्रारम्भिक जीवन।

(ङ) उसकी अगले नौ वर्ष में ज्ञान की विभिन्न शाखाओं की शिक्षा।

(च) २४ वर्ष की अवस्था में खारवेल का राज्याभिषेक।

(छ) अपने शासन के प्रथम वर्ष उसके द्वारा टूटी-फूटी इमारतों का संस्कार, तालाबों और झीलों का निर्माण, उद्यानों की स्थापना तथा प्रजा के रञ्जन का कार्य।

(ज) शासन के द्वितीय वर्ष में शातकर्णि की उपेक्षा करके, उसने पश्चिम की ओर एक विशाल सेना को भेजा और कृष्णा नदी पर असिक नगर को स्थापित किया।

(झ) अपने शासन के तृतीय वर्ष में राजधानी की प्रजा के अनुरंजन के लिए सामाजिक उत्सवों की व्यवस्था की।

(ञ) स्वशासन के चौथे वर्ष उसने विद्याधराधिवास नामक कलिंग के प्राचीन राजप्रासाद में प्रवेश किया तथा रठिकों एवं भोजकों को परास्त किया।

(ट) पाँचवें वर्ष वह एक जल-प्रणाली को नगर में लाया जिसका उद्घाटन ३०० नन्द संवत् में हुआ था।

(ठ) छठे वर्ष उसने राजसूय यज्ञ किया तथा इसके बाद लोगों को दान दिया।

(ड) सातवें वर्ष वह किन्हीं राजाओं को वश में लाया।

(ढ) आठवें वर्ष गोरथगिरि पर अधिकार करके राजगृह पर आक्रमण किया और यवन राजा दियुमेत को मथुरा भाग जाने के लिए विवश किया। अपनी विजय मनाने के लिए उसने ब्राह्मणों को पर्याप्त दान दिया।

(ण) नवें वर्ष उसने ३८ लाख सिक्कों के मूल्य से महाविजय प्रासाद का निर्माण करवाया।

(त) दसवें वर्ष भारतवर्ष की विजय के लिए प्रस्थान किया।

(थ) ग्यारहवें वर्ष उसनें परास्त राजाओं का कोष ले लिया और पिथुण्ड के राजप्रासाद को ढहवा दिया। उसने त्रमिर (द्रविड़) देश के संघ को भी तोड़ दिया।

(द) बारहवें वर्ष उसने उत्तरापथ के राजाओं को त्रस्त कर तथा मगध के लोगों के हृदय में विपुल भय उत्पन्न कर अपने हाथियों को गंगा में पानी पिलाया। उसने मगध के राजा बहसतिमित्र को चरणों में झुकने के लिये विवश किया, नन्दराज के द्वारा ले जायी गयी जिन-मूर्ति को वापस लिया तथा अंग और मगध की सम्पत्ति को लूटा। पाण्ड्य राजा को भी परास्त किया।

(ध) तेरहवें वर्ष जैन अर्हंतों के लिए कुमारी पर्वत पर गुफाएँ खुदवायीं तथा उन्हें सुन्दर ढंग से अलंकृत करवाया।

(न) श्री खारवेल क्षेम का राजा, वृद्धि का राजा, भिक्षुओं का राजा, धर्म का राजा था; कल्याणों का देखने वाला, सुनने वाला और अनुभव करने-वाला था; गुणों में विशेष कुशल, सभी धार्मिक सम्प्रदायों की पूजा करने-वाला, सभी देवताओं के मन्दिरों का संस्कार करानेवाला, ऐसी सेना वाला कि जिसकी गति कभी अवरुद्ध नहीं हुई, चक्र को धारण करने वाला, सुरक्षित साम्राज्य वाला, सुदृढ़ शासन वाला, राजर्षियों के कुल में जन्म लेनेवाला तथा बड़ी-बड़ी विजयों को प्राप्त करनेवाला था।

(प) नीचे दाहिने कोने पर कल्पतरु।

विशुद्ध प्रशस्ति का एक दूसरा नमूना समुद्रगुप्त का प्रयाग स्तम्भ-अभिलेख है जिसने प्राचीन भारत के महान् शासकों की प्रशस्तियों के लिए आदर्श उपस्थित किया।[1] इसकी वर्ण्यवस्तु का इस प्रकार विश्लेषण हो सकता है :

(क) समुद्रगुप्त के कुछ प्रारम्भिक सैन्य कार्य।

(ख) राजा के साहित्यिक कार्य।

(ग) समुद्रगुप्त का अपने पिता का उत्तराधिकारी बनने के लिए युवराज के रूप में चुनाव।

(घ) समुद्रगुप्त के शौर्यपूर्ण और अमानुषिक सैन्यपरक और राजनीतिक कृत्य जिन्होंने दूसरे राजाओं को समर्पण के लिए प्रेरित और विवश किया।

(ङ) आर्यावर्त के प्रथम युद्ध में नाग राजाओं, अच्युत, नागसेन, गणपतिनाग इत्यादि के ऊपर समुद्रगुप्त की विजय।

(च) समुद्रगुप्त द्वारा पाटलिपुत्र पर अधिकार और कोत कुल का उन्मूलन।

(छ) राजा के धार्मिक और साहित्यिक कृत्य।

(ज) राजा का विरुद पराक्रमांकादित्य।

(झ) राजा के सैनिक गुण।

(ञ) समुद्रगुप्त द्वारा दक्षिणापथ विजय तथा धर्मविजयी नीति का अनुसरण।

(ट) आर्य्यावर्त का दूसरा युद्ध और समुद्रगप्त द्वारा असुर विजयी नीति का अनुसरण।

(ठ) अटवी राजाओं का दमन।

---

१. फ़्लीट : सी० आई० आई०, भा० ३, सं० १।

(ड) दक्षिणपूर्व के सीमान्त नृपतियों का आत्मसमर्पण।

(ढ) दक्षिण-पश्चिम की ओर के गणतन्त्रों का आत्मसमर्पण।

(ण) भ्रष्ट राजवंशों का प्रतिष्ठापन।

(त) समुद्रगुप्त के साथ सुदूर उत्तर-पश्चिम के शक कुषाणों से (अधीनता स्वीकार कराके) मैत्री सम्बन्ध।

(थ) सिंहल तथा हिन्द महासागर के अन्य द्वीपों के जनों की समुद्रगुप्त के साथ अधीन सन्धि।

(द) समुद्रगुप्त का अद्वितीय चक्रवर्तित्व।

(ध) समुद्रगुप्त के धार्मिक कार्य।

(न) धनद, वरुण, इन्द्र तथा अन्तक (यम) आदि देवताओं से उसकी कार्य-तुलना।

(प) अधिकारियों के माध्यम से उसका सुन्दर शासन।

(फ) संगीत कला में प्रवीणता।

(ब) उसकी उच्च साहित्यिक योग्यता तथा 'कविराज' उपाधि।

(भ) समुद्रगुप्त संसार के आश्रय के रूप में।

(म) श्रीगुप्त से लेकर समुद्रगुप्त तक गुप्तवंश का वंशक्रम। समुद्रगुप्त की महाराजाधिराज उपाधि।

(य) विजय-स्तम्भ का खड़ा करना, जिसकी तुलना समुद्रगुप्त के यश का उद्घोष करने वाली पृथ्वी की भुजा से की गयी है।

(र) समुद्रगुप्त का यश तीनों लोकों में फैल गया।

(ल) प्रशस्ति को काव्य कहा गया है।

(व) इस प्रशस्ति का रचयिता हरिषेण था जो सान्धिविग्रहिक (सन्धि और युद्ध का मन्त्री), कुमारामात्य (राजकुमार के पद का उपभोग करनेवाला उच्च अधिकारी) एवं महादण्डनायक (सेना का प्रमुख अधिकारी) था तथा महादण्डनायक ध्रुवभूति का पुत्र था।

(श) तिलभट्ट इस लेख्य का अनुष्ठाता था।

(ष) यह इच्छा कि प्रशस्ति सभी प्राणियों के सुख एवं कल्याण के लिए होवे।

मिश्रित प्रशस्तियों की संख्या अनन्त है। स्थायी लेख्य के लिखने के लिए प्रत्येक सम्भव अवसर का प्रयोग समसामयिक राजाओं एवं उनके पूर्वजों के यश को अमर बना देने के लिए किया गया था। प्रत्येक आधिकरणिक, दानपरक, पूजापरक स्मारक लेख्य में और प्रायः इसी प्रकार के प्रत्येक लौकिक लेख्य में शासन करनेवाले राजाओं की प्रशस्ति होती थी। लौकिक लेख्यों में लेख और दस्तावेज के कारणभूत लोगों की

भी प्रशस्ति होती थी। मिश्रित प्रशस्ति के सर्वाधिक महत्त्वपूर्ण नमूने उषवदात के नासिक गुहा अभिलेख[1], रुद्रदामन प्रथम के जूनागढ़ शिला-अभिलेख[2], गौतमी बलश्री के नासिक गुहा अभिलेख[3], वीर पुरुषदत्त के नागार्जुनी कोण्डा-अभिलेख[4], चन्द्र के मेहरौली लौह-स्तम्भ-अभिलेख[5], कुमारगुप्त द्वितीय तथा बन्धुवर्मन् के समय के मन्दसोर प्रस्तर-अभिलेख[6], स्कन्दगुप्त के जूनागढ़ शिलाभिलेख[7], स्कन्दगुप्त के भितरी प्रस्तर स्तम्भ-अभिलेख[8], यशोधर्मन के मन्दसोर प्रस्तर-स्तम्भ-अभिलेख[9], ईशानवर्मन् के हरहा प्रस्तर स्तम्भ अभिलेख[10], पुलकेशिन् द्वितीय के ऐहोल प्रस्तर अभिलेख[11], शान्तिवर्मन के समय के तालकुण्डा प्रस्तर-स्तम्भ-अभिलेख[12] इत्यादि में पाये जाते हैं।

६. **पूजात्मक अथवा समर्पणात्मक-संबंधी**। भारतीय लिपिशास्त्र पूजा-संबंधी अथवा समर्पणपरक अभिलेखों से उतना ही सम्पन्न है जितना प्रशस्त्यात्मक अभिलेखों से। यह असम्भव नहीं कि हरप्पा और मोहनजोदरो से प्राप्त तावीजों पर पूजापरक अभिलेख हों[13]। इस प्रकार का प्रथम पढ़ा गया उदाहरण पिप्रावा बौद्ध कलश के छोटे अभिलेख में पाया जाता है जिसमें भगवान् बुद्ध की अस्थि-मंजूषा का समर्पण लिखा है :

"अपने पुत्रों, भगिनियों और भार्याओं के साथ (बुद्ध के) शाक्य-बन्धुओं ने भगवान् बुद्ध की यह अवशेष-मंजूषा को समर्पित की।"[14]

---

१. एपि० इण्डि०, खण्ड ८, पृ० ७८ इत्यादि।
२. वही, खण्ड ८, पृ० ४२ इत्यादि।
३. वही, खण्ड ८, पृ० ६० इत्यादि।
४. वही, खण्ड २०, पृ० १६, १९ इत्यादि।
५. फ़्लीट : सी० आई० आई०, खण्ड ३, पाद-टिप्पणी सं० ३२।
६. वही, सं० १८।
७. वही, सं० १४।
८. फ़्लीट : सी० आई० आई०, खण्ड ३, पृ० १३ इत्यादि।
९. वही, संख्या ३३।
१०. एपि० इण्डि०, खण्ड १४, पृ० ११५।
११. एपि० इण्डि०, खण्ड ६, पृ० १।
१२. एपि० इण्डि०, खण्ड ८, पृ० ३१ इत्यादि।
१३. मार्शल : मोहेनजोदरो एण्ड इण्डस सिविलीज़ेशन, खण्ड २।
१४. सुकतिभतिनं सभगिनीकनं सपुतदलनं।
इयं सलिलनिधने बुधस भगवते सकियानम्॥
इण्डि० एण्टि० ३६, १७ इत्यादि।

इस प्रकार का एक अधिक प्रौढ़ उदाहरण हेलियोडोरस का बसनगर गरुड़ स्तम्भ-अभिलेख है।[1] एक पूर्ण विकसित समर्पणपरक या पूजापरक अभिलेख के सभी तत्त्व इसमें विद्यमान हैं। इसके विषयों का निम्नांकित विश्लेषण इस कथन को स्पष्ट कर देगा :

(क) जिसे स्तम्भ समर्पित किया गया उस देवता का नाम और विरुद (देवदेवस वासुदेवस)।

(ख) स्तम्भ का प्रकार गरुड़ध्वज और उसका स्थापन।

(ग) अपने विरुद (भागवत), पिता के नाम (दियोन), स्थान (तक्षशिला), उसकी स्थिति और उपाधि (यवनदूत) तथा जिसका प्रतिनिधित्व करता था उस राजा के नाम (अन्तियाल्किदोस) के साथ इसके कारणभूत व्यक्ति (हेलियोदोरस) का नाम।

(घ) माता का नाम (कौत्सी), राजसी उपाधि महाराज तथा विरुद (त्राता) के साथ उस क्षेत्र के ऊपर शासन करने वाले राजा का नाम (भागभद्र)।

(ङ) वर्धमान शासन का शासन-वर्ष १४ (वसेन चतुदसेन राजेन वधमानस)।

(च) एक आचारपरक उक्ति (या कथन)।

समर्पणपरक अभिलेखों का प्रमुख विषय मूर्तियों की स्थापना या मन्दिरों का निर्माण होता है। कुमारगुप्त द्वितीय और बन्धुवर्मन के समय के मन्दसोर अभिलेख में समर्पणपरक प्रकार का सर्वाधिक प्रौढ़ रूप पाया जाता है। इसके विषय की सूची इस प्रकार है :

(क) पहले तीन प्रार्थना सम्बन्धी श्लोक—भगवान् सूर्य की स्तुति में हैं।

(ख) लाटदेश का वर्णन जहाँ से जुलाहों की श्रेणी ने प्रस्थान किया।

---

१. देवदेवस वासुदेवस गरुड़ध्वजे अयं
कारिते इअ हेलियोदोरेण भाग—
वतेन दियस पुत्रेण तखसिलाकेन
योनदूतेन आगतेन महाराजस
अंतलिकितस उपंता सकासं रञो
कोसीपुत्रस भागभद्रस त्रातारस
वसेन चतुदसेन राजेन वधमानस॥
त्रिनि अमुतपदानि इअ सु अनुठितानि
नेयंति स्वगं दम चाग अप्रमाद।
—आर्क्या० सर्वे० इण्डियन एन्युअल रिपोर्ट, १९०८-०९, पृ० १२६।

२. फ़्लीट: सी० आई० आई०, खण्ड ३, सं० १८।

(ग) दशपुर नगर का आकर्षण, जहाँ लाट से श्रेणी आयी।

(घ) दशपुर नगर के अंतर्गत (१) भूमि के परम तिलक रूपनगर, (२) नगर की झीलों (सर), (३) इसके उपवन (वन) तथा (४) विभिन्न कर्मों से सम्बन्धित तथा उच्च चरित्र वाले निवासियों का वर्णन।

(ङ) श्रेणी के सदस्यों का गुणगान।

(च) श्रेणी द्वारा निर्मित वस्त्र का विज्ञापन (एडवर्टाइज़मेन्ट)।

(छ) संसार एवं उसके अनेकविध अधिकारों की अस्थिरता का अनुभव।

(ज) वर्तमान राजा कुमारगुप्त का पृथ्वी पर शासन करने का संकेत।

(झ) प्रान्तीय राज्य प्रमुखों (गोप्ता), विश्ववर्मन तथा उसके पुत्र बन्धुवर्मन, के संकेत।

(ञ) दोनों की प्रशस्ति।

(ट) जुलाहों की श्रेणी द्वारा धन का बड़ा भाग व्यय करके सूर्यमन्दिर का निर्माण।

(ठ) मन्दिर की प्रशंसा।

(ड) मन्दिर के निर्माणकाल की ऋतु (हेमन्त) का वर्णन।

(ढ) संवत् (मालव) वर्ष (४९३), ऋतु (सेव्यधनस्तने=शरद), मास (सहस्य=पौष), पक्ष (शुक्ल), तथा तिथि (त्रयोदशी)।

(ण) समुचित विधानों के पश्चात् (मंगलाचारविधिना) मन्दिर का संस्कार।

(त) मंदिर के एक अंश की विशीर्णता।

(थ) मंदिर का पुनः संस्कार (भूय : संस्कार)।

(द) पुर्ननिर्मित मन्दिर का वर्णन।

(ध) पुर्मनिर्माण का वर्ष, मास, पक्ष तथा तिथि।

(न) पुर्ननिर्माण की ऋतु (वसन्त) का वर्णन।

(प) मन्दिर के कारण नगर का अलंकरण।

(फ) मन्दिर के दीर्घजीवन की कामना।

(ब) प्रलेख की वत्सभट्टि द्वारा रचना।

(भ) खोदनेवाले, लिखनेवाले तथा पढ़नेवाले के प्रति कल्याण कामना।

(म) मांगलिक सूत्र 'सिद्धिरस्तु'।

देश के विभिन्न भागों से प्राप्त अनेक समर्पणपरक अभिलेख प्राप्त हुए हैं। उनमें अधिकतर उपरिनिर्दिष्ट अभिलेख द्वारा प्रस्तुत शैली का अनुसरण करते हैं। फिर भी उनमें से कुछ में, प्रायः प्रशस्ति के रूप में, शासनासीन सम्राटों का विस्तृत वंशक्रम

तथा राजनीतिक कृतियों का वर्णन है। बाद के ढंग के उत्तम नमूने स्कन्दगुप्त का भितरी स्तम्भ अभिलेख[1] तथा पुलकेशिन् द्वितीय के समय का ऐहोल अभिलेख हैं।[2]

७. **दान-सम्बन्धी**। प्रायः अभिलेख इसी कोटि के हैं। प्राचीन भारत में गृहस्थ के लिए यज्ञ (इष्ट) करना तथा दान देना आवश्यक समझा जाता था। इसलिए राजा और प्रजा सभी, दान देने में तथा स्थायी प्रकार के दान को लिखित करवाने में, एक दूसरे से स्पर्धा करते थे। समर्पित वस्तुओं के आधार पर इस प्रकार के अभिलेख निम्नांकित शीर्षकों के अन्तर्गत विभाजित किये जा सकते हैं:

(अ) **वे अभिलेख जिनमें भिक्षुओं तथा संन्यासियों के निवास या अन्य किसी उद्देश्य के लिए गुफाओं या उनके किसी एक भाग के दान का निर्देश है:—**

(क) पूर्ण गुफाओं का परिखनन, जिन्हें कुभा (=गुहा), लेन (=लयन) तथा सेलघर (=शैलगृह) कहते थे।

गुहादान अभिलेखों का सर्वप्रथम नमूना बिहार में बरबर पहाड़ी में पाये जाने वाले अशोक के लेख हैं। उनमें से प्रथम इस प्रकार है:

"बारह वर्ष पूर्व अभिषिक्त हुए प्रियदर्शी राजा के द्वारा यह न्यग्रोध-गुहा आजीविकों के लिए दी गयी।"[3]

समर्पण मात्र को लिखित करनेवाला यह साधारण लेख्य है। अशोक के पौत्र दशरथ के नागार्जुनी गुहा अभिलेख इसकी अपेक्षा कुछ बड़े हैं तथा उनमें दान अभिलेखों के कुछ अतिरिक्त तत्त्वों का भी समावेश हुआ है:

"देवों के प्रिय दशरथ ने अभिषेक के बाद ही आजीविक महानुभावों को निवास के लिए, वाहयिका गुहा जब तक चन्द्र और सूर्य हैं तब तक के लिए दान कर दी।"[4]

दक्षिण का पश्चिमी भाग गुहादान-अभिलेखों की दृष्टि से अतिसमृद्ध है; इसका सम्बन्ध क्षहरात और आन्ध्र सातवाहन वंशों से है। उड़ीसा में उदयगिरि और खण्डगिरि की तथा औरंगाबाद के समीप की अजन्ता

---

१. फ़्लीट: सी० आई० आई०, खण्ड ३, पृ० ५३ इत्यादि।
२. एपि० इण्डि०, खण्ड ६, पृ० १ इत्यादि।
३. लाजिना पियदसिना दुवाडसवसभिसितेन।
इयं निगोहकुहा दिना आजीविकेहि॥—हुल्श: सी० आई० आई०, खण्ड १।
४. वहयिका कुभा दषलथेन देवानं पियेना आनंतलिय अभिषितेन।
आजीविकेहि भदंतेहि वाष निषिदिया ये निषिठे आचंदमषूलियं।
—हुल्श: सी० आई० आई०, खण्ड १।

प्रकार और आकार के दान सम्बन्धी अभिलेख सुरक्षित हैं, इनका विषय निम्नांकित है :—

(ख) दो या अधिक रहने की कोठरियों (गर्भ) का परिखनन; इन्हें बिगभ (दो गर्भ वाले), चतुगभ (चार गर्भ वाले), पंचगभ (पाँच गर्भ वाले), इत्यादि कहते थे।[1]

(ग) चेतियघर, चैत्य, चेतिय कोठि इत्यादि कही जाने वाली चैत्यगुहाओं का दान।[2]

(घ) सभामण्डपों, भोजनशालाओं, उपस्थानशालाओं (उपथान पूजा का मण्डप) इत्यादि का दान।[3]

(ङ) जलाशयों, तालाबों, कुओं आदि का दान; जिन्हें पानीयक पानिय-भाजन, वापि, तडाक इत्यादि कहा जाता था।[4]

(च) गुहाओं के अग्रभाग (घरमुख, गभदार आदि) का दान।[5]

(छ) चकमपथ (चंक्रमपथ) कहे जाने वाले पथों के दान।[6]

(ज) स्मारक के रूप में स्तूपों का दान।[7]

(झ) प्रतिमाओं (भगवत् प्रतिमा),[8] हस्ति व यक्ष मूर्तियों,[9] पत्थर के आसन वेदिकाओं (वेयिका) आदि[10] के दान।

(इ) दानात्मक अभिलेख :—ये दान या तो किसी धार्मिक या पवित्र निर्माण के सपूर्ण या आंशिक लागत के लिए या भिक्षुओं के भोजन, ब्राह्मणों के भोजन या भूखों के भोजन इत्यादि विभिन्न उद्देश्यों के लिए अक्षय नीवि के रूप में होते थे। पहले प्रकार के तमाम अभिलेख पश्चिमी घाट में पाये गये हैं। दूसरे प्रकार का प्रतिनिधि उदाहरण हुविष्क के समय का मथुरा अभिलेख है :

---

१. लूडर्स, एच० : "ए लिस्ट ऑफ ब्राह्मी इन्स्क्रिप्शन्स, इट्स-इपि० इण्डि० खण्ड १०में—सं० ९९८, ११२७।
२. वही, सं० १०५८, १०६८, १०७०, १०७२, ११४०, ११५३, इत्यादि।
३. वही, सं० ९८८, १०००, ११७४, ११८१, ११८२, इत्यादि।
४. वही, सं० ९६८,—११८०।
५. वही, सं० १०९०, १०९२, ११५६, ११९७।
६. वही, सं० ९९८, १०३२, १०३३, १०७२।
७. वही, ९९३-१११०।
८. वही, १०४२-७१।
९. वही, १०८९, ११४३।
१०. वही, ९८५, ११४३।

"सिद्धं (चिह्न) ॥ संवत्सर २८ के गुर्पिय (=गॉर्प्यीस=भाद्रपद) मास के प्रथम दिन इस पुण्यशाला (=धर्मशाला) को सरुकमाण के पुत्र खरासलेन तथा वकन के स्वामी (पति) के द्वारा अक्षयनीवि दी गई। उसके ब्याज (वृद्धि) से प्रतिमास, शुक्लपक्ष (शुद्ध) की चतुर्दशी को पुण्यशाला में सौ ब्राह्मणों को भोजन कराना चाहिये (परिविषितव्यं)। प्रत्येक दिवस पुण्यशाला के द्वार पर सत्तुओं के तीन ३ आढक, लवण का १ प्रस्थ, चटनी का १ प्रस्थ, हरित कलापक के ३ घटक तथा ५ पान पात्र रखने चाहिये। यह अनाथों, भूखों तथा प्यासों को देना चाहिये। जो इससे पुण्य हो वह देवपुत्र षाहि हुविष्क का, जिनको देवपुत्र प्रिय है उनका एवं सम्पूर्ण पृथिवी का हो। दो श्रेणियों को दो अक्षयनीवियाँ, प्रत्येक ५५० पुराण की, दी गयीं।"[1]

(उ) विभिन्न पदार्थों के दान को लिखित करने वाले अभिलेख :— इस प्रकार का सबसे महत्त्वपूर्ण उदाहरण उषवदात का नासिक-अभिलेख है जो इस प्रकार है : "राजा क्षहरात क्षत्रप नहपान के जामाता, दीनीक के पुत्र उषवदात तीन सौ सहस्र गायों के देने वाले, बार्णासा नदी पर सुवर्णदान और तीर्थ करने वाले देवताओं और ब्राह्मणों के लिए १६ ग्राम देने वाले, प्रतिवर्ष सौ सहस्र ब्राह्मणों को भोजन कराने वाले, प्रभास पुण्यतीर्थ में ब्राह्मणों के लिए आठ भार्याओं के देने वाले, भृगुकच्छ, दशपुर, गोवर्धन, तथा शूर्पारक में चार (चतुः) धर्मशालाओं (शालावसय) के आश्रय (प्रतिश्रय) के देने वाले, उद्यानों के स्थापक, तालाबों (तड़ाग) और कुओं के निर्माता, इबा, पारदा, दमन, तापि, करबेणा तथा दहमिका नदियों में नावों से पार जाने को निश्शुल्क

---

१. सिद्ध ७॥ संवत्सरे २०+८ गुर्पिये दिवसे १ अयं पुण्य-
शाला प्राचीनीकन सरुकमानपुत्रेण खरासले
र-पतिन वरुनपतिना अक्षयनीवि दिन्ना। तुतो वृद्धि-
तो मासानुमासं शुद्धस्य चतुदिशि पुण्यशाला-
यं ब्राह्मणशतं परिविषितव्यं। दिवसे दिवसे
च पुण्यशालाये द्वारमुले धारियि साद्य-सक्तना आ-
ढका ३ लवृण-प्रस्थो १ शक्तप्रस्थो १ हरित-कलापक-
घटका ३ मल्लका ५। एतं अनाधानं कृतेन दातव्य
बभक्षितन पिवसितनं। य चत्र पुण्य तं देवपुत्रस्य
षाहिस्य हुविष्कस्य। येषा च देवपुत्रो प्रियः तेषामयि पुण्य
भवतु सर्वायि च पृथिवी ये पुण्य भवतु। अक्षयनीवि दिन्ना
....(र)का-श्रेणीये पुराण शत ५००+५० संमितकर-श्रेणी -
ये च पुराण शत ५००+५०॥

इपि० इण्डि० खण्ड २१, पृ० ६० और आगे।

F 9/2

करने वाले, इन नदियों के दोनों तीरों पर विश्रामगृहों (सभा) तथा पौशालाओं (प्रपा) को बनवाने वाले तथा नानंगोल ग्राम में चरक सम्प्रदाय के अनुयायियों को ३२ सहस्र नारियल के मूलों को देने वाले......द्वारा......।"[१]

(ऋ) भूमि और ग्रामों के दान का उल्लेख करने वाले अभिलेख :—पूर्व के अभिलेखों में इनके उदाहरण विरल है। उत्तर गुप्त काल के बाद तमाम अभिलेखों का सम्बन्ध, विहारों और ब्राह्मणों को दिये गये क्षेत्रों एवं ग्रामों से हैं। इस प्रकार का पूर्वतम उदाहरण गौतमी बलश्री के अभिलेख से जुड़ा हुआ वासिष्ठी पुत्र पुलुभावि का नासिका अभिलेख है जो इस प्रकार है :

"...इस लयन के उत्कर्ष के लिए, पूज्या महादेवी के सेवा और प्रिय को करने का इच्छुक और नाती.........दक्षिणापथेश्वर पितरों को प्रसन्न करने के लिए, (भवसिन्धु को पार करने के लिए) धर्मसेतु के (निर्माण के) लिए, त्रिरश्मि पर्वत के वाम पार्श्व में स्थित पिसाजि पदक ग्राम को सभी प्रकार के करों के सहित देता है।"[२]

इस प्रकार के सम्पूर्ण विकसित उदाहरण शासन कहलाने वाले ताम्रपत्र हैं। उनमें से कुछ विशिष्ट महत्त्वपूर्ण अभिलेख इस प्रकार हैं :

(१) गुप्त संवत् १५९ = ४७९ ई० का पहाड़पुर-ताम्रपत्र अभिलेख।[३]
(२) गुप्त संवत् २२४ = ५४३ ई० की.........गुप्त के समय का दामोदरपुर ताम्रपत्र अभिलेख।[४]
(३) गुप्त संवत् १९३ = ५१३ ई० का शर्वनाथ का खोह ताम्रपत्र अभिलेख।[५]
(४) प्रभावती गुप्ता का पूना ताम्रपत्र अभिलेख।[६]
(५) शिवस्कन्द वर्मन का हीरहदुगल्ली ताम्रपत्र अभिलेख।[७]
(६) माधव का पेनुकोण्ड ताम्रपत्र-अभिलेख।[८]

---

१. इपि० इण्डि०, खण्ड ८, पृ० ७८ और आगे।

२. एतस लेणस चितण निमित्त महादेवीय अयकाय सेवाकामो पियकामो च णता...दक्षिणापथेसरो पितुपतियो धमसेतुस ददाति ग्रामं तिरण्हु पवतस अपर-दक्षिण-पसे पिसाजिपदक सबजातभोगनिरठि। इपि० इण्डि० खण्ड ७, पृ० ६०।

३. इपि० इण्डि० खण्ड २०, पृ० ६१ और आगे।

४. वही, खण्ड, १५, पृ० १४२ और आगे।

५. फ्लीट, सी० आई० आई० खण्ड ३, पृ० १२६ और आगे।

६. इपि० इण्डि०, खण्ड १५, पृ० ४१ और आगे।

७. इपि० इण्डि०, खण्ड १, पृ० ५ और आगे।

८. वही, खण्ड १४, पृ० ३३४ और आगे।

(७) हर्ष का बासखेरा ताम्रपत्र-अभिलेख, तिथि शासनवर्ष २२ = ६२८ ई०।[1]
(८) तीवरदेव का राजिम-ताम्रपत्र-अभिलेख, तिथि शासनवर्ष ७ (= आठवीं शताब्दी का अन्तिम चरण)।[2]
(९) वाकाटक वंश के ताम्रपत्र-अभिलेख।[3]
(१०) बादामी के चालुक्यों के ताम्रपत्र-अभिलेख।[4]
(११) मान्यखेट के राष्ट्रकूटों तथा उनके उत्तराधिकारियों के ताम्रपत्र अभिलेख।[5]
(१२) वलभी राजाओं के ताम्रपत्र-अभिलेख।[6]

(१३) प्रतिहारों, गहडवालों, चेदियों आदि के दान सम्बन्धी अभिलेख। दान सम्बन्धी ताम्रपत्र अभिलेखों के विश्लेषण से उनमें समाविष्ट सूत्रों का कुछ हेर-फेर के साथ, निम्नांकित क्रम प्रकट होता है :

(१) विरुद के साथ या बिना विरुद की मुद्रा (सभी अभिलेखों में प्राप्य नहीं)।
(२) कोई मांगलिक शब्द या मंगल।
(३) स्थान का नाम, जहाँ से शासन प्रसारित किया गया।
(४) राजा का वंशक्रम।
(५) शासन का विवरण
 (क) अधिकारियों तथा अन्य लोगों की सूची जिनको शासनसम्बोधित किया गया;
 (ख) दान का हेतु उदाहरणार्थ दानदाता, उसके माता-पिता, पूर्वजों तथा सम्पूर्ण संसार को पुण्य प्राप्ति;
 (ग) दानपात्रों का उनके वंश, गोत्र, शाखा, प्रवर इत्यादि के साथ, नाम;
 (घ) दान दिये गये क्षेत्रों और ग्रामों की शासन-परक अवस्था;
 (ङ) राजकीय कर क्षेत्रों से उसका कानूनी (व्यावहारिक) विच्छेद,
 (च) ग्राम को प्राप्त होने वाले कर;
 (छ) ग्राम द्वारा उपभोग्य छूटें;

---

१. इपि० इण्डि०, खण्ड ४, पृ० २०८ और आगे।
२. फ्लीट, सी० आई० आई०, खण्ड ३ सं० ८१।
३. बसीम-ताम्रपत्र, इपि० इण्डि०, खण्ड १६, पृ० १५१ और आगे।
४. लूडर्स लिस्ट सं० २५, ३०, ३६, ४१, ४८, ७१, १०४, १०६, १५१, १५२, १६४, १७३।
५. कीलहॉर्न्स, लिस्ट इपि० इण्डि० ७, अपेण्डिक्स।
६. इण्डि० एण्टि० खण्ड ६, पृ० ९।

(ज) दान के भंग के लिए निश्चित दण्ड ।

(६) दान की शाश्वतता की कामना ।

(७) आशीर्वादात्मक सूत्र ।

(८) स्तुत्यात्मक सूत्र ।

(९) शापात्मक सूत्र ।

(१०) जिस तिथि को शासन किया गया उसका विस्तृत विवरण ।

(११) राजा के दूतक या प्रतिनिधि का नाम ।

(१२) लेख को तैयार करने वाले अधिकारी, प्रायः सान्धिविग्रहिक का नाम ।

(१३) खोदने वाले का नाम ।

(१४) राजा का हस्ताक्षर (स्वहस्त) [सर्वथा प्राप्य नहीं] ।

८. संस्मारक ।

इस प्रकार के अभिलेख किसी महात्मा या वीर पुरुष की जीवन-घटनाओं—जन्म, कोई चामत्कारिक कृति या वीरगति—का उल्लेख करता है। इस प्रकार का प्राचीनतम अभिलेख अशोक का रुम्मिनदेई स्तम्भ अभिलेख है, जो इस प्रकार है :

"जिसके अभिषेक के बीस वर्ष हो गये हैं ऐसे देवताओं के प्रिय प्रियदर्शी राजा ने स्वयं आकर (इस स्थान की) पूजा की। यहाँ शाक्यमुनि बुद्ध का जन्म हुआ था इसलिए प्रस्तर की विशाल भित्ति बनवायी गई और स्तम्भ खड़ा किया गया।"[1]

इस अभिलेख में बुद्ध का जन्म एवं जन्मस्थान संस्मृत किये गये हैं। साथ ही अभिलेख उसी मात्रा में अशोक के लुंबिनीवन के आगमन को भी संस्मृत करता है। भानुगुप्त के समय का, १९१ गुप्त संवत् (=५१० ई०) का एक दूसरा अभिलेख है जिसमें गोपराज की युद्धभूमि में वीरगति प्राप्त करना तथा उसकी पत्नी का अपने पति की चिता पर सती होना उल्लिखित है। इसका हिन्दी अनुवाद इस प्रकार होगा :—

"सिद्धं। (सूत्र का सूचक एक मांगलिक चिह्न)। एक सौ इक्यानबे सम्वत्सर में श्रावण के कृष्ण पक्ष की सप्तमी को। संवत् १००, ९०,१ श्रावण वादि ७॥.... पवित्र (शुक्ल) वंश से उत्पन्न.........राज प्रसिद्धि वाले। उसका अतिवीर

---

१. देवान पियेन पियदसिना लाजिन वीसतिवसाभिसितेन
अतन आगाच महीयिते। हित बुधे जाते सक्य मुनीति
सिला विगडभीचा कालापित सिलाथमे च उसपापिते। हुलश, सी० आई० आई०, खण्ड १।

राजा माधव नाम वाला पुत्र (हुआ या था)। उसका प्रसिद्ध पौरुष वाला पुत्र श्रीमान् गोपराज हुआ। वह शरभराज का दौहित्र था और अब अपने वंश का तिलक। श्री महाराज भानुगुप्त संसार में बड़े वीर और अर्जुन के समान शूर हैं। गोपराज उन्हीं के साथ यहाँ मित्रभाव से आया और महान् यश वाले युद्ध को करके इन्द्रदेव के समान स्वर्ग को गया। उसकी सुन्दरी स्त्री जो उसमें भक्ति, अनुरक्ति रखने वाली तथा उसकी स्नेहपात्रा थी, अग्निराशि (=चिता) में उसके साथ प्रवेश कर गयी॥ अर्थात् सती हो गयी।"[1]

कोल्हापुर के शिलाहारों, कल्याण के चालुक्यों से सम्बन्धित संस्मारक अभिलेख बड़ी संख्या में वर्तमान हैं और कुछ का सम्बन्ध राष्ट्रकूटों, यादवों तथा कोंकन के शिलाहारों से है। ये लेख गद्य में लिखे गये हैं और प्रायः बहुत छोटे हैं। किन्तु कोल्हापुर और कर्नाटक से इसी प्रकार के जो अभिलेख प्राप्त हुए हैं वे पद्य में हैं तथा उनमें वीरगति प्राप्त हुए वीरों की अतिशयोक्तिपूर्ण प्रशस्तियाँ सन्निहित हैं।[2] एक आदर्श संस्मारक अभिलेख का विश्लेषण निम्नांकित है :—

(१) अभिलेख की सविवरण तिथि।

(२) संस्मृत वीर का वंशक्रम।

(३) वीर और उसके पूर्वजों का गुणानुवाद।

(४) शासनासीन राजा के प्रति निर्देश।

(५) वीर की परिलब्धियाँ।

(६) जन्म मरणादि संस्मारित घटनाएँ।

---

१. श्रीभानुगुप्तो जगति प्रवीरो
राजा महान्पार्थसमोऽतिशूरः।
तेनाथ सार्द्धन्त्विह गोपराजो
मित्रानुगत्येन किलानुयातः ॥३॥
कृत्वा च युद्धं सुमहत्प्रकाशं
स्वर्गं गतो दिव्यनरेन्द्रकल्पः।
भक्तानुरक्ता च प्रिया च कान्ता
भार्य्यावलग्नानुगताग्निराशिम् ॥४॥ इपि० इण्डि०, खण्ड १५, पृ० १४२ और आगे।

२. लूडर्स लिस्ट सं० २४२, २४८-५१।

९. साहित्यिक ।

प्राचीन भारत के कुछ अभिलेख काव्य रचनाओं[1] तथा नाटक कृतियों के अंशों को लिखित करते हैं और इनका उद्देश्य विशुद्ध साहित्यिक है। धार्मिक उद्देश्य के लिए खोदे गये धार्मिक साहित्य के भी कुछ उदाहरण हैं। उदाहरण के लिए कुसीनगर (उत्तर प्रदेश का देवरिया जिला) के महानिर्वाण स्तूप से एक तेरह पंक्तियों का ताम्रपत्र प्राप्त हुआ जिसमें बुद्ध का उदानसुत्त लिखित है।[2] पत्थर पर खुदी हुई नाट्य कृतियों के सबसे महत्त्वपूर्ण उदाहरण अजमेर की 'अढ़ाई दिन का झोपड़ा' नाम की मस्जिद में पाये जाते हैं। इनमें से एक लेख में ७५ पंक्तियाँ हैं। चाहमान राजा विग्रहराज के सम्मान में महाकवि सोमदेव विरचित ललितविग्रहराज नाटक के बड़े-बड़े अंश इसमें विद्यमान हैं। दूसरे अभिलेख में ८१ पंक्तियाँ हैं तथा इसमें अजमेर के विग्रहराज (सोमदेव का आश्रयदाता) द्वारा रचे गये हरिकेलि नाटक के अंश उद्धृत हैं।[3]

---

१. ईसा की दूसरी शताब्दी से १२वीं शताब्दी तक के प्राचीन भारत के अभिलेख। विशेषरूप से प्रशस्तियाँ तथा कुछ दानपरक अभिलेख काव्य शैली में लिखे हैं तथा कुछ को वास्तव में काव्य कहा गया है।

२. एवं मया श्रुतम्—एकस्मि समये भगवान् श्रावस्त्यां विहरतिस्म जेतवने अनाथपिण्डदस्यारामे......। आर्क० सर्० एन्युअल रिपोर्ट १९०६-०७, पृ० ४६।

३. इण्डि० एण्टि० खण्ड २०, पृ० २०१ और आगे।

नौवाँ अध्याय

पुरालिपीय विधि

पत्थर और ताँबे पर के जो प्राचीनतम अभिलेख प्राप्त हुए हैं वे स्वाभाविक और सरल हैं। उनमें कोई नियमबद्ध वाक्यपद्धति, शैली स्वरूप या विषय नहीं था। कालान्तर में भारतीय लिपि विज्ञान द्वारा कतिपय सिद्धान्तों का विकास हुआ जिससे उसका स्वरूप और विषय नियंत्रित होता था। लेखकों और खोदने वालों ने साधारणतः इस प्रकार से विकसित सिद्धान्तों का अनुसरण किया। इस विकास का कारण साहित्यिक, धार्मिक और व्यावहारिक आवश्यकताएँ थीं। सर्वाधिक सामान्य सिद्धान्तों को नीचे दिया जाता है।

१. प्रारम्भ

पिप्रहवा-बौद्ध-भाण्ड-अभिलेख[1], अशोक के शासन[2], सोहगौरा-ताम्रपत्र-अभिलेख[3] तथा शुंग राजा भागभद्र के शासन काल का बेसनगर गरुड़-स्तम्भ अभिलेख[4] जैसे बाद के अभिलेख में भी किसी प्रकार का प्रारम्भिक सूत्र (फारमूला) नहीं है। वे सीधा अपने विषय से आरम्भ होते हैं। कुछ मांगलिक लक्षण—स्वस्तिक, बद्धमंगल तथा तौरुस—प्रथम बार सातवाहन राजा कृष्ण के शासनकाल के नासिक-गुहा-अभिलेख[5] एवं खारवेल के हाथी गुम्फा-अभिलेख[6] में, जिसका समय ईसा पूर्व की प्रथम शताब्दी का अन्तिम चरण तथा ईसा की प्रथम शताब्दी का प्रारम्भ है, प्रकट होते हैं। हाथी गुम्फा-अभिलेख में वे बिल्कुल प्रारम्भ में रखे गये हैं और उन्हें प्रारम्भिक सूत्रों को व्यक्त करने वाला समझा जा सकता है। एक शब्द वाला निश्चित प्रारम्भिक सूत्र—

---

१. इण्डियन एण्टिक्वैरी, खण्ड ३६, पृ० ११७ और आगे।
२. हुल्श, सी० आई० आई०, खण्ड ३।
३. इपि० इण्डि०, खण्ड १२, पृ० २।
४. आर्क० सर्वे० इण्डि० एन्युअल रिपोर्ट १९०८-१९०९ पृ० १२६।
५. इपि० इण्डि०, खण्ड ७, पृ० ९३।
६. वही, खण्ड २० पृ० ७२ और आगे।

सिद्धं—का प्रथम दर्शन सातवाहनों और क्षहरातों के जुन्नार[1], महद[2], कुद[3], कार्ले[4], शेलर्वदी[5] तथा नासिक[6] से प्राप्त होने वाले अभिलेखों में होता है। स्टेन का मत ठीक था कि इस सूत्र का मूलस्थान महाराष्ट्र का गुहा-प्रदेश था और इसका विकास सातवाहन अभिलेखों में राजकीय शैली के विकास से सम्बन्धित है[7]। ईसा की प्रथम तीन शताब्दियों में महाराष्ट्र और आन्ध्र देशों से इस सूत्र के प्रचार का प्रसार हुआ। कुषाण और पश्चिमी क्षहरात जैसी विदेशी शक्तियों ने भी इस मांगलिक सूत्र को, जो सफलता और पूर्णता को निश्चित करने वाला समझा जाता था, ग्रहण किया। मथुरा इस सूत्र का केन्द्र बन गया, गुप्तों ने इसे यहाँ पाया और ग्रहण किया। गुप्त साम्राज्य के विस्तार के साथ ही 'सिद्धं' का प्रचार उत्तरी और पूर्वी भारत में फैल गया। मथुरा में इस सूत्र के प्रचार में एक नवीन वृद्धि का जन्म हुआ : सिद्धं शब्द का समानार्थी एक चिह्न—ꣿ—था और शब्द और चिह्न दोनों का साथ प्रयोग होता था।[8] अन्यत्र उसका प्रयोग या तो साथ-साथ या अलग-अलग होता था। वाकाटक अभिलेख इस सूत्र का एक दूसरा प्रकार उपस्थित करते हैं। बसीम-शासन[9] में 'दृष्ट-सिद्धं' है, सूत्र का उत्तरपद प्रथम ताम्रपत्र के ऊपरी बायें कोने में, सूत्र के पूर्वपद के नीचे रखा गया है। दृष्ट के अभिप्राय के विषय में फ्लीट का मत था कि यह 'दृष्टं भगवता' (=भगवान् के द्वारा देखा गया) का संक्षिप्त रूप था। सिद्धं के शीघ्र बाद ही 'जितं-भगवता' का प्रयोग फ्लीट के मत को अग्राह्य बना देता है।[10] 'दृष्टं' का सम्भावित अर्थ 'देखा गया' प्रतीत होता है जिससे लिखित अन्वीक्षण और स्वीकृति का बोध होता है। यह सूत्र (सिद्धं) इतना समादृत और

---

१. लूडर्स लिस्ट सं० ११७२।
२. वही, सं० १०७२।
३. वही, सं० १०४०, १०४१।
४. वही, सं० ४०८।
५. वही, सं० ११२१।
६. वही, सं० ११२७, ११३७—११४०, ११४८, ११४९।
७. इण्डियन हिस्० क्वा०, ९, २२५-२२६।
८. हुविष्क-कालीन मथुरा-प्रस्तर-अभिलेख, इपि० इण्डि० खण्ड २१, पृ० ६० और आगे।
९. इपि० इण्डि०, खण्ड २६, १५१ : पल्लव लेख इपि० इण्डि० ६, ८६ और आगे, वही १, ५, और आगे।
१०. पूना ताम्रपत्र इपि० इण्डि० खण्ड, १५, ४१; रीथपुर ताम्रपत्र इपि० इण्डि० खण्ड १९, पृ० २६७।

अचलित हुआ कि अपने से बड़ों को लिखे गये वैयक्तिक पत्रों की रूढ़िवादी शैली में यह अब भी जीवित है।

एक अन्य प्रारम्भिक सूत्र जिसका विकास बाद में हुआ किन्तु समान रूप से प्रचलित हुआ 'स्वस्ति' या 'ओं स्वस्ति' था। स्वस्ति के प्रयोग के कुछ पूर्वतम उदाहरण गुप्त संवत् १२८=४४८ ई० के बैग्राम ताम्रपत्र-अभिलेख, पहाड़पुर-ताम्रपत्र-अभिलेख[१], (गुप्त संवत् १५९=४७९ ई०)[२] तथा वैण्यगुप्त के गुणैधर-ताम्रपत्र-अभिलेख[३] में पाये जाते हैं। बाद के हर्षवर्धन के अभिलेखों—बाँसखेरा ताम्रपत्र[४] तथा मधुबन ताम्रपत्र[५] का भी प्रारम्भ इसी सूत्र के साथ होता है। जब हम वाकाटकों[६], त्रैकूटकों[७], कटच्छुरियों[८], पल्लवों[९] तथा गंगों[१०] के दक्षिण (दकन) और सुदूर दक्षिण (साउथ) के अभिलेख, जिनका समय ईसा की पाँचवीं और सातवीं शताब्दियों का मध्य है, 'ओं स्वस्ति' सूत्र या केवल 'ओं' के साथ प्रारम्भ होते हैं ओं '१ॅ' चिह्न द्वारा व्यक्त किया जाता था।

भारतीय इतिहास के पूर्व मध्ययुग में निम्नलिखित प्रारम्भिक सूत्रों का साधारणतया प्रयोग होता था :

(१) ओं[११]
(२) ओं स्वस्ति[१२]
(३) स्वस्ति[१३]
(४) स्वस्ति श्रीमान्[१४]।

---

१. इपि० इण्डि० खण्ड २१, पृ० ८१ और आगे।
२. वही, खण्ड २०, पृ० ६१ और आगे।
३. इण्डि० हिस्० क्वा० खण्ड ६ पृष्ठ ५३ और आगे।
४. इपि० इण्डि० खण्ड ४ पृ० २०८।
५. इपि० इण्डि० खण्ड १, पृ० ७२।
६. वही, १९, २६७।
७. वही, १०, ५१।
८. वही, ९, २९६; १२, ३०।
९. वही, १५, २५४ और आगे।
१०. वही, १४, पृ० ३३४ और आगे।
११. लूडर्स लिस्ट, ९८, ९९, १००, १०९।
१२. वही, ११, ३१, ३९, ९२।
१३. वही, ७, १०, १२, २५, २८, ३२, ३६।
१४. वही, ७, १०, २८, ३२।

(५) स्वस्ति जयत्याविष्कृतं[1]
(६) ओं स्वामि-महासेन[2]
(७) ओं स्वस्ति अमरसंकाश[3]
(८) ओं स्वस्ति जयत्याविष्कृत[4]
(९) स्वस्ति जयत्यमल[5]
(१०) ओं श्री स्वामि महासेन[6]
(११) ओं जयश्चाभ्युदयोश्च[7]
(१२) स्वस्ति श्री जयभ्युदयश्च[8]
(१३) ओं स्वस्ति जयभ्युदयश्च[9]
(१४) ओं नमः शिवाय या ओं नमश्शिवाय[10]
(१५) श्री ओं नमः शिवाय[11]
(१६) श्री ओं नमः शिवभ्यां[12]
(१७) ओं ओं नमो विनायकाय[13]
(१८) ओं नमो वराहाय[14]
(१९) ओं श्री आदि वराहाय नमः[15]
(२०) ओं नमो देवराज देवाय[16]
(२१) ओं नमः सर्वज्ञाय[17]

---

१. लूडर्स लिस्ट सं० २५, ३६, ३७, ३८।
२. वही, ११।
३. वही, ३१।
४. वही, ३९।
५. वही, १२।
६. कार् इन्स्० सं० १।
७. लूडर्स लिस्ट सं० २००।
८. वही, सं० ३१०, ३४९।
९. वही, सं० २६०।
१०. वही, ३३३, ३३४।
११. वही, २७८।
१२. वही, ३०८।
१३. वही, १९८, ३५९।
१४. वही, ३३९।
१५. वही, ३६८।
१६. वही, २७९।
१७. वही, २५७।

२. आवाहन

किसी लेख में प्रारम्भिक सूत्र के बाद ही, लेख में लिखित कृत्यों के साक्षी के रूप में ईश्वर, देवताओं, तीर्थंकरों, बुद्धों, अर्हंतों, सिद्धों, सन्तों इत्यादि की उपस्थिति प्राप्त करने के लिए तथा गृहीत कार्य की सफल समाप्ति के लिए उनकी सहायता एवं आशीर्वाद के लिये प्रार्थना की गई है। जब तक हम यह न मान लें कि वे शब्द, जिनसे अभिलेखों का प्रारम्भ होता है, प्रार्थना-सूचक हैं; जैसे पिप्रहवा-भाण्ड-अभिलेख का 'सुकृति' (=बुद्ध) अशोक के अनुशासनों का 'देवानां प्रिय' तथा बेसनगर गरुड़ स्तम्भ का 'देवदेव', प्रारम्भ में इस प्रथा का प्रचार नहीं था। धर्मों के विकास एवं विभिन्न धार्मिक सम्प्रदायों के फूटने के साथ—जैन, बौद्ध, भागवत, वैष्णव, शैव, शाक्त इत्यादि अभिलेखों में आवाहन की पद्धति अधिक व्यापक और मूलबद्ध होती गयी।

पूर्वतम शुद्ध प्रार्थना खारवेल के हाथी गुम्फा अभिलेख[1] में निम्नांकित सरल शब्दों में आती है : नमो अर्हन्तानं (अर्हतों को नमस्कार) तथा नमो सवसिद्धानं (सभी सिद्धों को नमस्कार)। नागनिका के नानाघाट-गुहा-अभिलेख[2] में अनेक देवताओं—धर्म, इन्द्र, संकर्षण, वासुदेव, चन्द्र, सूर्य, महिमावंत, लोकपाल, यम, वरुण, कुबेर तथा वासव की प्रार्थना की गई है। शक और कुषाण अभिलेखों में प्रार्थना बड़ी विरल है। एक अकेला उदाहरण शोडास के समय के, स० ७२ के (संवत् अनिश्चित) मथुरादानपट्ट अभिलेख में पाया जाता है, जो इस प्रकार है 'नमो अर्हतो वर्धमानस' (वर्धमान = महावीर अर्हत को नमस्कार)[3]। मद्रास प्रेसीडेन्सी के गुण्टूर जिले से प्राप्त वीर पुरुषदत्त के नागार्जुनीकोण्डा अभिलेखों[4] में, जिनका समय ईसा की तीसरी शताब्दी का उत्तरार्द्ध बताया जाता है, जो भगवान् बुद्ध के प्रति प्रार्थनाएँ हैं, वे इस प्रकार हैं :

(१) "इन्द्र द्वारा पूजित सुप्रबृद्ध ज्ञानवाले, सर्वज्ञ, सभी जीवों के प्रति अनुकम्पा वाले, राग और द्वेष को जीतकर जो अच्छी तरह मुक्त हो चुके हैं, सभी आचार्यों में प्रमुख पूर्णबुद्ध, निर्वाणप्राप्त भगवान् को नमस्कार।"[5]

---

१. इपि० इण्डि० खण्ड २०, पृ० ७२ और आगे।

२. आर्क० सर्० वेस्ट इण्डिया खण्ड ५, पृ० ६० और आगे।

३. इपि० इण्डि० खण्ड २, पृ० १९९।

४. वही, पृ० १६, १९ और आगे।

५. नमोभगवते देवराज-सकतस सुपबुधबोधिनो सवंञुनो सवसतानुकंपस जितरागदोसमोहविमुतस महागणिवसभ गंधहथिस संमसंबुधस धातुवरपरिगहितस। इपि० इण्डि० सं० १।

(२) "इक्ष्वाकुराज के सौ ऋषियों को जन्म देने वाले वंश में उत्पन्न, देव, मनुष्य तथा सभी प्राणियों के कल्याण के लिए सुख-मार्ग के प्रदर्शक, काम क्रोध, भय, हर्ष, तृष्णा तथा मोह् आदि दोषों के विजेता दर्पित कन्दर्प के बल, दर्प तथा मान के भञ्जक, बहुत अधिक बल वाले, अष्टांगमार्ग वाले धर्मचक्र के प्रवर्त्तक, चक्रादि लक्षणों से युक्त सुन्दर सुकुमार चरण वाले, मध्याह्नकालीन सूर्य की प्रभा वाले, शरद्कालीन शशि के समान सौम्य दर्शन वाले, सभी जनों के चित्त में समादृत भगवान् बुद्ध को नमस्कार।"[१]

कुछ अभिलेखों में छोटी प्रार्थनाएँ हैं, जैसे नमो भगवतो बुधस (भगवान् बुद्ध को नमस्कार) तथा नमो भगवतो सम-सम्बुधस (सम्यक् प्रकार से सम्बुद्ध हुए भगवान् बुद्ध को नमस्कार)।[२]

चन्द्रगुप्त द्वितीय विक्रमादित्य के समय तक के पूर्व गुप्त अभिलेखों में किसी देवता के प्रति स्तुति नहीं है। कुमारगुप्त द्वितीय के शासन काल के मन्दसोर प्रस्तर अभिलेख में तीन श्लोकों में सूर्य के प्रति दीर्घ और प्रोज्वल स्तुति की गयी है। पहला श्लोक इस प्रकार है :- "वे (भगवान्) भास्कर जिनकी उपासना, जीविका (वृत्ति) के लिए देवतागण, सिद्धि के लिए सिद्ध जन, एकाग्रध्यान में लीन विषयजित मुमुक्षु योगिजन भक्ति के साथ कठिन तपस्या करने वाले शाप या वरदान देने की क्षमता रखने वाले मुनिजन करते हैं तथा जो संसार के नाश और अभ्युदय के कारण हैं, सब की रक्षा करें।"[३]

स्कन्दगुप्त का जूनागढ़ शिलाभिलेख विष्णु की स्तुति के साथ प्रारम्भ होता है, स्तुति इस प्रकार है :

---

१. नमः भगवतो इखाकराज पवररिसिसतपभव-वंस-संभवस देवमनुस-सवसत-हित-सुखमगदेसिकस जितकाम-कोधभयहरिस-तरिस-मोह-दोसस दपित-मार-बलदप-मानपसमन-करस दसबलमहाबलस अठगमग-धमचकपवतकस चक-लखण-सुकुमार-सुजातचरणस तरुणदिवसकरपभस सरदसरिससोम-दरिसनस सबलोकचित-महितस बुधस। इपि० इण्डि० सं० ३।

२. वही।

३. यो वृत्यर्थमुपास्यते सुरगणैस्सिद्धैश्च सिद्धर्यार्थिभि-
ध्यानैकाग्रपरैर्विधेयविषयैर्मोक्षार्थिभिर्य्योगिभिः।
भक्त्या तीव्रतपोधनैश्च मुनिभिश्शापप्रसादक्षमै-
र्हेतुर्य्यो जगत × क्षयाभ्युदयो॒ पायत्सवो भास्करः॥
फ्लीटः सी० आई० आई० खण्ड ३, पृ० ८१ और आगे।

"जिसने इन्द्र के सुख के लिए बलि की यथाकामभोग्या, एक क्षण के लिए भी अलग न होने वाली लक्ष्मी का हरण किया तथा जो कमलनिवासिनी लक्ष्मी के चिरंतन आश्रयस्थान एवं दुःखों (आर्ति) के विजेता हैं, उन अत्यन्त विजयशील विष्णु की जय हो।"[१]

स्कन्दगुप्त का इन्दौर-ताम्रपत्र-अभिलेख[२] भास्कर की, बुधगुप्त का एरण-स्तम्भ-अभिलेख[३] गरुड़केतु (विष्णु) की, संक्षोभ का खोह-ताम्रपत्र-अभिलेख[४] वासुदेव (कृष्ण) की, तथा हरिषेण का अजन्ता गुहा-अभिलेख[५] बुद्ध की वन्दना करता है। यशोधर्मन् के मन्दसोर-प्रस्तर-अभिलेख[६] (मालव सं० ५८९ = ५३२ ई०)[७] तथा मन्दसोर-स्तम्भ अभिलेख[८] 'पिनाकी' और 'शूलपाणि' के रूप में शिव की वन्दना करते हैं। इनमें से पहले अभिलेख के तीन श्लोक शिव की स्तुति में हैं। प्रथम श्लोक इस प्रकार है:

"उस जगत्पति पिनाकी की जय हो जिसके हँसने, बोलने और गाने में (प्रकटहुई) दन्तकान्ति रात में चमकनेवाली बिजली की द्युति के समान इस लोक को आवृत और प्रकट कर देती है।"[९] बाद के राजकीय और लौकिक दोनों प्रकार के, विशेषरूप से प्रशस्त्यात्मक और समर्पणात्मक, लेखों में स्तुति उनका स्थायी गुण बन गया है। ये स्तुतियाँ विष्णु, शिव, ब्रह्मा तथा दूसरे देवताओं और उनकी देवियों के विभिन्न रूपों के प्रति की गयी हैं। बौद्ध लेख भगवान् बुद्ध[१०] का तथा कभी-कभी बौद्ध देवियों जैसे आर्यवसुन्धरा[११] का आवाहन करते हैं। जैन अभिलेख, जिनकी संख्या बौद्ध अभिलेखों से अधिक है, किसी तीर्थंकर जैन सन्त या जैन मत[१२] की वन्दना करते हैं।

---

१. श्रियमभिमतभोग्यां नैककालापनीतां त्रिदशपतिसुखार्थं यो बलेराजहार।
कमलनिलयनायाः शाश्वतं धाम लक्ष्म्याः स जयति विजितार्ति यिष्णुरत्यन्त जिष्णुः॥ फ्लीट : सी० आई० आई० खण्ड ३, पृ० ५८ और आगे।

२. इण्डि० एण्टि० खण्ड १८, पृ० २१९।

३. फ्लीट, सी० आई० आई० खण्ड ३, पृ० ८९।

४. वही, पृ० ११४ और आगे।

५. इण्डियन कल्चर ७, पृ० ३७२ और आगे।

६. फ्लीट, सी० आई० आई० खण्ड ३, पृ० १५२ और आगे।

७. वही, पृ० १४६ और आगे।

८. स जयति जगतां पतिः पिनाकी स्मितरव-गीतिषु यस्य दन्तकान्तिः।
द्युतिरिव तडितां निशि स्फुरन्ती तिरयति च स्फुटयत्यदश्च विश्वम्॥
वही, १५२ और आगे।

९. यशोवर्म देव का नालन्दा अभिलेख, इपि० इण्डि० खण्ड २०।

१०. कुमारदेवी का सारनाथ अभिलेख, इपि० इण्डि० खण्ड ९, पृ० ३१९ और आगे।

११. लूडर्स लिस्ट सं० २३५, २३७, २३९, २४० इत्यादि।

३. आशीर्वचन

आशीर्वचन लेख करानेवाले के पुण्य और प्रसन्नता के लिए या उसके कृत्यों की सुरक्षा एवं दीर्घता के लिए शुभकामना की एक उक्ति है जिसमें अप्रत्यक्ष रूप से उसके या सारे संसार के कल्याण के लिए कामना की जाती है । पहले के अभिलेखों में नियमित रूप से आशीर्वचन नहीं है क्योंकि ये लेख अधिकांशतः बौद्ध तथा विशुद्ध आचारपरक हैं। आरम्भिक बौद्ध धर्म प्रतिफल की भावना से रहित कार्यों को प्रेरित करता है। फिर भी अशोक के अनुशासनों में इन आशीर्वचनों के बीज का पता लगाया जा सकता है :

"इसी उद्देश्य के लिए इस लेख को लिखाया गया कि इस अर्थ की वृद्धि में लोग लगे, हानि में किसी को रुचि नहीं होनी चाहिये ।"[१]

"इस उद्देश्य के लिए यह धर्म लेख लिखवाया गया कि यह चिरस्थायी हो तथा मेरी सन्तति मेरा अनुवर्तन करे ।"[२]

"यदि इस लोक में अभीष्ट कार्य सिद्ध हो गया तो दोनों की उपलब्धि हुई (अर्थात्) यहाँ वह अर्थ सिद्ध हुआ और उस धर्म मंगल के द्वारा परलोक में अत्यन्त पुण्य प्राप्त हुआ ।"[३]

"धर्मरति उनकी सभी प्रकार की रति हो । वही इस लोक और उस लोक में कल्याण-कारक है।"[४]

"मेरी ऐसी इच्छा है कि कारागार के समय में भी लोग पारलौकिक (सुख) की प्राप्ति का प्रयास करें । (इस प्रकार) लोगों में धर्माचरण, संयम और दानसंविभाग की वृद्धि होती है ।"[५]

---

१. एताय अथाय इदं लेखापितं इमस अथसं वधि युजन्तु हीनि च नो लोचेतव्या। अशोक का चतुर्थ शिलालेख ।

२. एतये अध्रये अयि ध्रम-दिपि लिखित चिरठितिक होतु तथ च मे प्रज अनुवटतु । अशोक का पंचम शिलालेख ।

३. हिद च स अर्थेपरत्र च अनंतं पुणं प्रसवति तेन ध्रम-मंगलेन ।। शिलालेख ९ ।

४. सब चतिरति भोतु य ध्रमरति । स हि हिदलोकिक परलोकिक । शिलालेख १३ ।

५. इछा हि मे हेवं निलुधसि पि कालसि पालतं आलाधयेवूति । जनस च बढ़ति विविधे धंम-चलने संयमे दान-सविभागेति । अशोक का चतुर्थ स्तम्भ अभिलेख ।

ईसा की प्रारम्भिक शताब्दियों में जब कि वैष्णव और महायान धर्मों का विकास हो रहा था तथा पौराणिक धर्म अभी अंकुरित ही हो रहा था, आशीर्वचनों का आधिकारिक उच्चारण होने लगा। एक शिव मन्दिर के निर्माण के वर्णनयुक्त एक कुषाण राजा के पञ्चतर-प्रस्तर-अभिलेख में शुभकामना की गयी है कि "यह शिव मन्दिर पुण्यकर और चिरस्थायी हो।"[1] एक स्तूप के निर्माण को लिखित करने वाला एक अन्य कुषाण राजा का तक्षशिला रजत-कुण्डली-अभिलेख यह कामना प्रकट करता है कि इससे (भगवान् की धातुओं की स्थापना से) "देवपुत्र कुषाण को आरोग्य प्राप्ति सब बुद्धों की पूजा प्रत्येक बुद्ध, सभी प्राणियों, माता पिता, मित्र, तथा रक्त-सम्बन्धियों की पूजा हो और स्वयं को आरोग्य लाभ तथा निर्वाण प्राप्ति हो।[2] कनिष्क के सारनाथ-बौद्ध-मूर्ति-अभिलेख में यह अभिलाषा व्यक्त की गयी है कि मूर्ति "सभी प्राणियों के सुख और कल्याण के लिए हो।"[3] एक अक्षयनीवि को लिखित करने वाले हुविष्क के शासन काल के मथुरा प्रस्तर अभिलेख में ऐसी कामना की गई है "जो इसमें पुण्य हो वह देवपुत्र षाहि हुविष्क को हो, जिनको देवपुत्र प्रिय है उनको भी पुण्य हो। सम्पूर्ण पृथ्वी के लिए पुण्य हो।" यह ध्यान रखना चाहिये कि ये आशीर्वचन प्रारम्भिक हैं पूर्ण विकसित नहीं। सातवाहनों[4], महाराष्ट्र[5] और उज्जयिनी[6] के शकों तथा कृष्णा-गुण्टूर भाग के इक्ष्वाकुओं[7] के अभिलेखों के साथ भी यही बात है।

गुप्तों के साथ दीर्घ और पूर्ण विकसित आशीर्वचनों का प्रारम्भ होता है जो पूर्व मध्यकालीन भारतीय इतिहास के अभिलेखों में अपने चरम विकास को प्राप्त होते हैं।[8] प्रथम गुप्त-लेख-समुद्रगुप्त का प्रयाग-स्तम्भ-अभिलेख में निम्नांकित आशीर्वचन अन्तर्निहित है, यद्यपि वह अप्रत्यक्ष और प्रशस्ति से मिला हुआ है :

---

१. पञकरे णव अमत शिवथल रम......। इपि० इण्डि० १४, पृ० १३४।

२. इपि० इण्डि० १४, पृ० २६५।

३. सर्वसत्त्वनां हितसुखार्थम्। इपि० इण्डि० ८, पृ० १७३ और आगे।

४. य चत्र पुण्यदेवपुत्रस्य षाहिस्य हूविष्कस्य। येषां च देवपुत्रो प्रिः तेषामपि पुण्य भवतु। सर्वाये च पृथिवीये पुण्य भवतु। इपि० इण्डि० २६, पृ० ६०।

५. डी० सी० सरकार, सेलेक्ट इन्सक्रिप्शन्स १, पृ० १८३-२०४।

६. वही, पृ० १५७-१६६।

७. वही, पृ० १६७-१८२।

८. प्रदान-भुज-विक्रम प्रशमशास्त्रवाक्योदयैरुपरिसञ्चयोच्छ्रितमनेकमार्गं यशः। पुनाति भुवनत्रयं पशुपतेर्जटान्तर्गुहानिरोधरिमोक्षशीघ्रमिव पाण्डु गाङ्गं पयः॥

फ्लीटः सी० आई० आई० खण्ड ३, सं० १।

"दान, भुजविक्रम, आत्मसंयम, शास्त्रज्ञान की पटुता से संचित अनेक मार्गों से बढ़ने वाला यश तीनों लोकों को उसी प्रकार पवित्र करता है जिस प्रकार शिव जी की जटाओं के अन्तर रूपी गुहा के अवरोध से शीघ्र ही परिमुक्त अत्यधिक संचय के कारण अनेक मार्गों में जाने वाला गंगा का निर्मल जल।"[1]

अभिलेख के अन्तिम भाग में आशीर्वचन का पहले का लघुसूत्र भी प्राप्त होता है : "यह काव्य..........सभी प्राणियों के कल्याण और सुख के लिए हो।"[2] कुमारगुप्त द्वितीय और बुद्धगुप्त के मन्दसौर अभिलेख (मालव सं० ४९३ तथा ५२९ = ४३६ और ४७३ ई०) में विशुद्ध आशीर्वचन का एक श्लोक है :

"जब तक (भगवान्) ईश निष्कलंक चन्द्रमा की लेखा से सुशोभित पिंगल जटाओं के समूह को और शार्ङ्गी कंधों पर विकसित कमलों की माला को धारण किये रहें तब तक यह भव्य मन्दिर स्थिर रहे।"[3]

स्कन्दगुप्त के जूनागढ़ अभिलेख में विशिष्ट आशीर्वचन के अन्य उदाहरण हैं :

"प्रख्यात सुदर्शन झील प्रलयकाल तक स्थिर रहे। झील का सुदृढ़ सेतु प्रान्त को सुशोभित करने वाले चक्रवाकों, क्रौञ्चों तथा हंसों से विधौत निर्मल जल से पूर्ण......जब तक सूर्य और चन्द्रमा हैं, बना रहे।"[4]

"और नगर भी सम्पन्न, नागरिकों से युक्त, अनेक शत ब्राह्मणों के गान (=साम् इत्यादि) से नष्ट हो गये पापों वाला तथा सैकड़ों वर्षों तक दुर्भिक्ष की भीति से मुक्त हो........।"[5]

---

१. प्रदान-भुज-विक्रम प्रशमशास्त्रवाक्योदयैरुपरिसञ्चयोच्छ्रितमनेकमार्गं यशः। पुनाति भुवनत्रयं पशुपतेर्जटान्तर्गुहानिरोधरिमोक्षशीघ्रमिव पाण्डु गाङ्गं पयः।। फ्लीट : सी० आई० आई०, खण्ड ३, सं० १।

२. एतच्च काव्यं.........सर्वभूतहितसुखायास्तु। वही।

३. अमलिन-शशि-लेखा-दंतुरं पिङ्गलाना परिवहति समूहं यावदीशो जयनां। विकचकमलमालामंस-सक्तां च शार्ङ्गी भवनमिदमुदारं शाश्वतन्तावदस्तु।। फ्लीट : सी० आई० आई०, खण्ड ३, पृ० ८१ और आगे।

४. सुदर्शनं शाश्वत-कल्पकालम्।
अपि च सुदृढ़सेतु-प्रान्त-विन्यस्त-शोभ-रथचरणसमाह्व-क्रौञ्च हंसावधूतम्।
विमल-सलिल.........भुवित...........दानेऽर्कः शशी च।।
वही, पृ० ५८ और आगे, श्लोक ३७-३८।

५. नगरमपि च भूयादृद्धिमत्पौरजुष्टं द्विजबहुशतगीतं ब्रह्मनिर्नष्टपापं। शतमपि च समानांभीतिदुर्भिक्षमुक्तं.........।। वही, श्लोक ३९।

विश्ववर्मन् का गंगधर अभिलेख (मालव सं० ४८० = ४२३ ई०)[१], यशोधर्मन् या विष्णुवर्धन् का मन्दसोर-प्रस्तर-अभिलेख[२], मिहिरकुल का ग्वालियर-प्रस्तर-अभिलेख (ल० ५१५-३५ ई०), हरिषेण के काल का अजन्ता-गुहा-अभिलेख (ल० ईसा की छठवीं शताब्दी)[३] तथा शान्तिवर्मन् के काल का लालगुंडा-स्तम्भ-अभिलेख[४] दानदाताओं द्वारा किये गये कृत्यों की स्थिरता एवं सम्पन्नता के लिए इसी प्रकार के आशीर्वचनों से युक्त हैं।

उत्तरी भारत में ईसा की सातवीं और बारहवीं शताब्दियों के मध्य के तथा दक्कन तथा दक्षिण (साउथ) के ईसा की सातवीं और तेरहवीं शताब्दियों के मध्य के अभिलेख क्रमशः अपने भागों में आशीर्वचन की गुप्त और वाकाटक शैली का अनुसरण करते हैं। एक बात विचारणीय है कि ताम्रपत्रों में, जो प्रायः भूमि (दान) से सम्बन्धित हैं, एक छोटा सूत्र रखते हैं (जब तक चन्द्रमा, सूर्य और पृथिवी है तब तक यह दान रहे)[५] और प्रस्तर अभिलेखों में जो प्रायः प्रशंसात्मक, समर्पणात्मक या दानात्मक हैं, दानदाता और उसके दान अथवा भक्त और समर्पित वस्तु के लिए लम्बे आशीर्वचन हैं।[६] कुछ ऐसे भी उदाहरण हैं जो भिन्नता और अपवाद उपस्थित करते हैं।

४. प्रशंसा

प्रशंसात्मक उक्ति में, लिखित कराने वाले या लिखित के कृत्यों के कारणभूत व्यक्ति की, और अच्छे कार्यों के लिए प्रलोभन के रूप में, प्रशंसा रहती थी। इस तत्त्व का बीज अशोक के निम्नांकित अभिलेखों में भी पाया जा सकता है :

"माता पिता की सेवा करना अच्छा है। मित्र, परिचित, स्वजाति, ब्राह्मण

---

१. फ्लीट : सी० आई० आई०, खंड ३, पृ० ७४ और आगे।
२. वही पृ० १५२ और आगे।
३. इण्डियन कल्चर, खण्ड ७, पृ० ३७२ और आगे।
४. इपि० इण्डि०, खण्ड ८, पृ० ३१ और आगे।
५. 'चन्द्रार्कक्षितिसमकालीनो' हर्ष का बाँसखेरा ताम्रपत्र अभिलेख, इपि० इण्डि० खंड ४, पृ० २०८ और आगे।
'आचन्द्रार्कक्षितिसमकालं यावत्।' वल्लालसेन का नैहाटी-शासन, इपि० इण्डि० खण्ड १४, पृ० १५६।
६. फ्लीट : सी० आई० आई०, खण्ड ३, सं० ४२।

ग्रौर श्रमण को दान देना ग्रच्छा है। जीवहिंसा न करना ग्रच्छा है। थोड़ा व्यय करना ग्रौर थोड़ा संचय करना ग्रच्छा है।"[1]

"यह जो धर्ममंगल है निश्चय ही बड़े फल को देने वाला है। इसमें दास ग्रौर सेवकों के प्रति उचित व्यवहार, गुरुग्रों का ग्रादर......धर्ममंगल माना जाता है।"[2]

"ऐसा कहा गया हैं: 'दान पुण्यकर हैं'। किन्तु कोई भी दान या दया 'धर्म' के दान या दया की तुलना योग्य नहीं है। इसलिए मित्र, हितैषी, या साथी को विभिन्न कार्यों में यह कह कर सलाह देनी चाहिये, 'यह कर्तव्य है, यह पुण्यकर है, यह स्वर्गकर है।' ग्रौर स्वर्ग की प्राप्ति के ग्रतिरिक्त ग्रन्य कौन वस्तु इसके द्वारा प्राप्त करने योग्य हो सकती है?"[3]

"वह इस प्रकार का ग्राचरण करता हुग्रा इस लोक को भी सिद्ध करता है ग्रौर परलोक में उस धर्मदान से ग्रनन्त पुण्य को प्राप्त करता है।"[4]

बेसनगर के गरुड़-स्तम्भ-ग्रभिलेख में प्रशंसा का निम्नांकित ग्रंश विद्यमान है:

"तीन ग्रमृत पदों का यहाँ सम्यक् ग्रनुष्ठान स्वर्ग ले जाता है, वे हैं दम (ग्रात्म-संयम), चाग (=त्याग) ग्रौर ग्रप्रमाद।"[5]

उपरिनिर्दिष्ट उदाहरण धार्मिक उपदेशों या नैतिक सदाचार की प्रशंसाएँ हैं जो सरल ग्रौर संयमित हैं। ग्रान्ध्र, क्षहरात, क्षत्रप तथा कुषाण ग्रभिलेखों में जिनका विषय साधारणतया भिक्षुग्रों के लिए गुहाग्रों का खोदना, चैत्य या स्तूपों का जीर्णोद्धार या विनिर्माण, मूर्तियों का प्रतिष्ठापन, मन्दिरों का समर्पण तथा ग्रक्षयनीवियों की स्थापना था, पूर्व के ग्रभिलेखों की भाँति उच्छ्वसित गुणगानों से

---

१. साधु मातरि च पितरि च सूसूसा मिता संस्तुत-ञातीनं ब्राह्मणसमणानं साधु दानं प्राणानं साधु ग्रनारंभो ग्रपव्ययता ग्रपभांडता साधु। शिलालेख ३।

२. शि० ले० ६।

३. शि० ले० ६ (गिरनार, धौली तथा जौगड़ संस्करण)। कालसी, शाहबाज-गढ़ी तथा मान्सेरा के संस्करणों में भी धर्म सम्बन्धी प्रलोभन ग्रन्तर्निहित हैं।

४. शे तथा कलंत हिदलोकिक्ये च कं ग्रालधे होति पलत चा ग्रनंतं पुणं पश-वति तेना धंमदानेना। शि० ले० ६। देखिये, पृथक् शिलालेख का जौगड़ संस्करण तथा स्तम्भ-लेख २, ३, ४, ६, ७।

५. त्रिनि ग्रमुत-पदानि इग्र सु ग्रनुठितानि।
नेयंति स्वगं दम चाग ग्रप्रमाद। ग्रार्क० सर० इण्डि० एन्युग्रल रिपोर्ट १६०८-०६, पृ० १२६।

भरे नहीं हैं। उनमें निम्नांकित उक्तियों के रूप में साधारण प्रशंसा है और वह भी सर्वत्र नहीं :

"भगवान शाक्य मुनि की यह प्रतिमा प्रतिष्ठापित की गयी सभी दुःखों के उपशमन के लिए, सभी प्राणियों के कल्याण और सुख के लिए........।"[१]

"इस प्रस्तर-दण्ड को स्वर्ग-सुख की प्राप्ति के लिए स्थापित किया गया।"[२]

"दोनों लोकों के कल्याण और सुख की प्राप्ति, अपनी निर्वाण-संपत्ति के संपादन तथा सभी लोगों के कल्याण और सुख के लिए यह स्तम्भ प्रतिष्ठापित किया गया।"[३]

भारतीय इतिहास के गुप्त-वाकाटक काल में ताम्रपत्रों के प्रादुर्भाव के साथ ही इस प्रकार के गुणगान नियमित, जोरदार और लम्ब होने लगे। इनका विषय ब्राह्मणों को भूमि सम्पति का हस्तान्तरण या दान होता था। ये गृहस्थ ब्राह्मण थे, सन्यासी नहीं; जो दान या भिक्षा को शान्ति और उदासीनता के साथ स्वीकार करते थे। दान ग्रहण करने वाले ये ब्राह्मण, जो शैक्षिक और धार्मिक संस्थाएँ चलाते थे, अपनी संस्थाओं के लिए अधिक से अधिक स्थायी दान प्राप्त करने के लिए उत्सुक रहते थे। ये अपने दानदाताओं तथा उनके दानों की बड़ी प्रशंसा करते तथा भविष्य में अत्यधिक दान के लिए प्रलोभन के रूप में उन दाताओं तथा उनके पूर्वजों को सभी सम्भव स्वर्गीय आशीर्वादों से लाद देते। इसका भी विशेष रूप से निर्देश किया गया है कि ये प्रशंसात्मक श्लोक भविष्य के शासकों तथा विधिवेत्ताओं के लिए हैं।[४] ताम्र शासनों की प्रशंसात्मक पंक्तियाँ वैयक्तिक उक्तियाँ नहीं हैं, बल्कि वे प्रामाणिक स्मृतियों से उद्धरण हैं।[५] इसके कुछ उदाहरण नीचे दिये जाते हैं जिनकी पुनरावृत्ति थोड़ी-बहुत घट-बढ़ और परिवर्तन के साथ प्रत्येक ताम्रपत्र में हुई है :

---

१. भगवतः शाक्यमुनेः प्रतिमा प्रतिष्ठापित ......
सर्वदुःखोपशमाय सर्वसत्त्वहितसुखार्थं....इपि० इण्डि०, खण्ड १०, पृ० ११३, सं० ६।

२. इदं शान्यं.....उत्थावित स्वर्गसुखार्थं। इपि० इण्डि०, खण्ड १६, पृ० २३८।

३. उभयलोकहित-सुखावहथनाय च अतनो च निवाण-संपति-सम्पादके। सवलोकहित-सुखावहथनाय च इमं खभं पतिथपितं ति ॥इपि० इण्डि०, खण्ड २०, १६-१६॥

४. तदुत्तरकालं सम्व्यवहारिभिः धर्म्ममवेक्ष्यानुमन्तव्यः। इपि० इण्डि०, खंड १५, पृ० १३३ और आगे।

५. विशेष पी० वी० काणे, हिस्ट्री ऑफ धर्मशास्त्र, खण्ड २.२, परिशिष्ट, पृ० १२७१।

"हे युधिष्ठिर ! पूर्व-दाताओं द्वारा द्विजाति को दी गयी भूमि का यत्नपूर्वक रक्षा करो। हे नृपति श्रेष्ठ ! नये दान देने से पूर्व-दानों की रक्षा करना अधिक उत्तम है। अनेकों द्वारा इस भूमि का दान किया जा चुका है और (भविष्य में) बार-बार किया जायेगा। संरक्षण होने पर जब जिसके पास भूमि रहेगी तब उसे उस दान का लाभ मिलेगा।"[1]

"सगर आदि असंख्य राजाओं द्वारा इस भूमि का दान दिया जा चुका है। संरक्षण होने पर ही जब जिसके पास भूमि रहेगी तब उसे उस दान का लाभ मिलेगा। भूमि का दान देने वाला स्वर्ग में साठ सहस्र वर्षों तक सुख प्राप्त करता है...।"[2]

"........पितरगण और (यमलोक में) पूर्वपुरुष उच्च स्वर में कहते हैं कि हमारे कुल में कोई भूमि-दानी पैदा होकर हमारा उद्धार करेगा।"[3]

"प्रायः राजाओं की शुभगति नहीं होती। किन्तु भूमि को देने वाले निरन्तर ही पूजे जाते हैं।"[4]

"भूमि के दान से बढ़कर कोई दान नहीं, और नये दान से बढ़कर दान का

---

१. पूर्वदत्तां द्विजातिभ्यो यत्नाद्रक्ष युधिष्ठिर।
महीं महीवतां (मतां) श्रेष्ठ दानाच्छ्रेयोऽनुपालनं (नम्)॥
व (ब) हुभिर्व्वसुधा दत्ता दीयते च पुनः पुनः।
यस्य यस्य यदा भूमिस्तस्य तस्य तदा फलम्॥ वही तथा इपि० इण्डि० खंड १५, पृ० १३३, पृ० १३८ और आगे।

२. बहुभिर्वसुधा दत्ता राजभिस्सगरादिभिः।
यस्य यस्य यदा भूमिस्तस्य तस्य तदा फलम्॥
षष्टिवर्षसहस्राणि स्वर्गे मोदति भूमिदः। दामोदरपुर ताम्रपत्र अभिलेख (गु० सं० २२४-५४३ ई०), इपि० इण्डि० खंड १२, पृ० १४२ और आगे।

३. आस्फोटयन्ति पितरः प्रवलगन्ति पितामहाः।
भूमिदोऽस्मिन्कुले (अस्मत्कुले) जातः स नः संतारयिष्यति॥ विजयसेन का मल्लसारुल ताम्रपत्र अभिलेख, इपि० इण्डि०, खण्ड २३, पृ० १५९ और आगे।

४. प्रायेण हि नरेन्द्राणां विद्यते न शुभा गति।
पूज्यन्ते ते तु सततं प्रयच्छन्तो वसुन्धराम्॥ सर्वनाथ का खोह अभिलेख (गु० सं० १९३, ५१३ ई०)। फ्लीट : सी० आई० आई०, पृ० १२६ और आगे।

संरक्षण है। नृग आदि सभी राजा पूर्व-दानों का संरक्षण कर स्वर्ग को प्राप्त हुए।"[1]

"भूमिदान के समान दान नहीं है और कोई दान इसके समान नहीं है।"[2]

"दान देना स्वयं में अधिक सरल है; किन्तु दूसरों के दानों का संरक्षण अधिक कठिन है। यदि नये दान और पूर्व-दान के संरक्षण के बीच चयन करना पड़े तो पहले वाले से दूसरा अधिक श्रेष्ठ माना जायेगा।"[3]

मिहिरकुल (ल० ५१५-३५ ई०) के ग्वालियर प्रस्तर अभिलेख में भूमिदान की प्रशंसा के क्रम में मन्दिर निर्माण का उल्लेख एक अलग उदाहरण है :

"जो लोग सूर्य के, चन्द्रमा की किरणों के समान प्रभा वाले सुन्दर मन्दिर का निर्माण कराते हैं, उनका प्रलयकल्प तक स्वर्ग में वास होता है।"[4]

हर्षवर्धन के बाँसखेरा ताम्रपत्र अभिलेख में (हर्ष सं० २२-६२८ ई०) एक सुन्दर परिवर्तन का समावेश किया गया है :

"हमारे कुल के उदार क्रम को ग्रहण करने वालों तथा अन्य लोगों को इस दान का भली भाँति अनुमोदन करना चाहिये। विद्युत् और जल के बुलबुलों से भी अस्थिर लक्ष्मी का फल-दान तथा दूसरों के यश का पालन ही है। लोगों को ('जीवों' के अर्थ में) मनसा, वाचा तथा कर्मणा जो हितकर है

---

१. भूमिप्रदानान्न परं प्रदानं दानाद्विशिष्टं परिपालनञ्च।
सर्वेऽतिसृष्टां परिपाल्य भूमिं नृपाः नृगाद्यस्त्रिदिवं प्रपन्नाः॥ संक्षोभ का खोह ताम्रपत्र अभिलेख (गु० सं० २०६, ५२६ ई०)। फ्लीट : सी० आई० आई० खं० ३, पृ० १४४ तथा क्रमशः।

२. भूमिदानसमन्दानं न भूतं न भविष्यति। मद्रास प्रेसीडेन्सी के गुण्टूर जिले से प्राप्त सिंहवर्मन का नरसाओपेट ताम्रपत्र अभिलेख, इपि० इण्डि०, खण्ड १५, पृ० २५४ और आगे।

३. स्वन्दातुं सुमहच्छक्यं दुःखमन्यार्थपालनम्।
दानं वा पालनं वेति दानाच्छ्रेयोऽनुपालनम्॥ माधव का पेनुकेण्डा ताम्रपत्र अभिलेख (अनोमपुर, जिला मद्रास), इपि० इण्डि०, खंड १४, पृ० ३३४ और क्रमशः।

४. ये कारयन्ति भानोश्चन्द्रांशुसमप्रभं गृहप्रवरम्।
तेषां वासः स्वर्गे यावत्कल्पक्षयो भवति॥ फ्लीट : सी० आई० आई०, खण्ड २, पृ० १६२ तथा क्रमशः।

वही करना चाहिये। धर्म की प्राप्ति का यह अनुपम मार्ग हर्ष के द्वारा कहा गया है।"[१]

भारतीय इतिहास के उत्तरकालीन अभिलेखों के प्रशंसात्मक अंशों में मौलिकता का अभाव है, वे रूढ़ हो गये हैं। जो भिन्नता उनमें पायी जाती है वह उनकी मात्रा शैली और क्रम में पायी जाती है। कुछ अभिलेखों में प्रशंसात्मक श्लोकों का गद्य में अन्वय कर उनकी अन्तर्वस्तु को संक्षिप्त कर दिया गया है। कुछ अभिलेखों से प्रशंसात्मक श्लोकों को बिलकुल हटा कर केवल इतने से ही संतोष किया गया है :

"माता और पिता के निजी पुण्य एवं यश की वृद्धि के लिए चन्द्रमा, सूर्य और पृथ्वी के समय तक रहने वाला दान।"[२]

५. अभिशाप

किसी को अनिच्छित कार्य करने तथा दूसरों के द्वारा किये गये अच्छे कार्य को मेटने के विरुद्ध हतोत्साह करने के लिए इसका प्रयोग होता था। प्रारम्भिक नैतिक, धार्मिक तथा समर्पणात्मक अभिलेखों में कोई निश्चित आक्रोश विधि नहीं है, यद्यपि अपने नकारात्मक उपदेशों में वे अनभीप्सित कार्य के विरुद्ध चेतावनी देते हैं। यहाँ तक कि ईसा की चौथी शताब्दी तक के दानपरक अभिलेखों में भी इस आक्रोशात्मक सूत्र का विकास नहीं हुआ है, क्योंकि दान की वस्तुएँ अधिकांशतः रहने की गुफाएँ तथा दैनिक प्रयोग की वस्तुएँ थीं, जिनमें दान में हस्तक्षेप करने के लिए, कोई आकर्षण नहीं था। फिर भी पूर्व के अभिलेखों में आक्रोश का प्रारम्भिक रूप विद्यमान है। अशोक के अभिलेख पुनः कुछ उदाहरण प्रस्तुत करते हैं :

"ाँ किसी जाव को मार कर होम न किया जाय और न समाज ..या

१. अस्मत्कुलक्रममुदारमुदाहरद्भिरन्यैश्च दानमिदमभ्यनुमोदनीयम्।
लक्ष्म्यास्तडित् बुद्बुद् चंचलाया दानं फलं परयशः परिपालनं च॥
कर्मणा मनसा वाचा कर्तव्यं प्राणिर्भिहितम्।
हर्षेणैतत्समाख्यातं धर्मार्जिनमनुत्तमम्॥ इपि० इण्डि० खण्ड ४, पृ० २०८।

२. मातापित्रोरात्मनश्च पुण्ययशोभिवृद्धये आचन्द्रार्कक्षितिसमकालीनम्।
इपि० इण्डि०, खण्ड १४, पृ० १५६।

जाय क्योंकि देवताओं के प्रिय प्रियदर्शी राजा समाज में बहुत दोष देखते हैं।"[1] ".....शीलहीन व्यक्ति से धर्माचरण भी नहीं हो सकता।"[2]

"पाप ही एकमात्र विपत्ति है।"[3]

"जो कोई भी भिक्षु या भिक्षुणी संघ-भेद करता है उसे श्वेत वस्त्र पहना कर अनावास (भिक्षु संघ के बाहर) में रखा जायगा।"[4]

प्रशंसात्मक सूत्र की तरह नियमित आक्रोश तत्त्व भी ईसा की चतुर्थ शताब्दी के अन्तिम चरण में प्रकट होता है। यह विशेष रूप से ताम्रपत्रों के भूमि शासनों पर प्रशंसात्मक अंश के साथ-साथ पाया जाता है, यद्यपि इसका विरल प्रयोग अन्य प्रकार के अभिलेखों में भी पाया जाता है। कुछ उदाहरणों को नीचे दिया जाता है :

"जो कोई इस पुण्य कर्म का अभिद्रोह करे, जो कोई ऊपर लिखे कार्यक्रमों को उलटे, उसे पाँच महापातक[5] और पाँच उपपातक लगें।"[6]

"जो कोई अपनी दी हुई या दूसरे की दी हुई पृथ्वी का हरण करता है वह विष्ठा का कीड़ा होकर पितरों के साथ दुःख भोगता है। आक्षेप करने वाला तथा उसका समर्थक उतने ही समय नरक में रहता है।"[7]

"जो कोई इस सुसम्पन्न दान का व्यतिक्रमण करेगा वह गाय को मारने वाला,

---

१. इधं न किंचि जीवं आरभित्पा प्रजूहितव्यं न च समाजो कतवयो। बहुकं हि दोसं समाजंहि पसति देवानं पियो प्रियदसि राजा। शि० ले० १।

२. धंमचरणेपि न भवति असीलस। शि० ले० ४।

३. एस तु पीरस्रवे य अपुंञं। शि० ले० १०।

४. ये केन पि संघे भेतवे। ए चु खो भिखु वा भिखुनि वा संघं भखति से ओदातानि दुसानि संनंधापयिया अनावाससि आवासयिये। सारनाथ स्तम्भ लेख।

५. ब्रह्महत्या सुरापानं स्तेयं गुर्वङ्गनागमः।
महन्ति पातकान्याहुस्तत्संसर्गश्च पञ्चमम्॥ मनु० ११।५४।

६. यश्च कीर्त्यभिद्रोहं कुर्याद्यश्चाभिलिखितमुपर्यधो वा स पंचभिर्महापातकैरुपपातकैश्च संयुक्तस्स्यात्। चन्द्रगुप्त द्वितीय का मथुरा स्तम्भ अभिलेख (गु० सं० ६१, ३८० ई०) इपि० इण्डि०, खण्ड २१, पृ० ८ और आगे।

७. स्वदत्तां परदत्तां वा यो हरेत वसुन्धराम्।
स विष्ठायां कृमिर्भूत्वा पितृभिः सह पच्यते॥
आक्षेप्ता चानुमन्ता च तान्येव नरके वसेत्। कुमारगुप्त प्रथम का धनैध ताम्रपत्र अभि० (गु० सं० ११३, ४३२ ई०) इपि० इण्डि० खण्ड १७, पृ० ४६५ और आगे।

गुरु का हत्यारा और द्विज का हत्यारा है। वह मनुष्य पाँच पातकों और उपपातकों से युक्त हो कर अधोगति वाला होता है।"[1]

"जो लोग देवदाय (धर्मार्थ दिया हुआ दान) का हरण करते हैं वे विन्ध्याचल के जलविहीन जंगलों में शुष्क कोटरों में रहने वाले काले साँपों के रूप में पैदा होते हैं।"[2]

"जो कोई इस दान में हस्तक्षेप करे वह वध्य है तथा पाँच पातकों और उपपातकों से संयुक्त होता है। उसके देवता उसकी हवि को तथा उसके पितर उसके पिण्डों को नहीं प्राप्त करते। वह स्वयं मस्तकहीन वैताल होता है, जिसकी कोई प्रतिष्ठा नहीं होती, तथा अधोगति को प्राप्त होता है।"[3]

"मनुष्यों की लक्ष्मी को विद्युत् तरंगों से निर्मित समझ कर सज्जन पुरुषों को धर्म में लगे हुए दान का मेटना उचित नहीं है।"[4]

"जो कोई सर्व धान्य सम्पन्न पृथ्वी को ले लेता है वह कुत्ते के विष्ठा का कीड़ा होकर अपने पितरों के साथ उसमें डूबा रहता है।"[5]

"जो कोई अपने द्वारा दी गयी या दूसरे के द्वारा दी गयी पृथ्वी को छीन लेता है उसे एक लाख गायों के मारने का पाप लगता है।"[6]

---

१. यो व्यतिक्रमेद्दायमिदं निबद्धं गोघ्नो गुरुघ्नो द्विजघातकः सः।
तैः पातकैः पञ्चभिरन्वितोऽधर्गच्छेन्नरः सोपनिपातकैश्च॥ इण्डि० एण्टि० १८, पृ० २१८।

२. विन्ध्यटवीष्वनम्मसु शुष्ककोटरवासिनः।
कृष्णाहिनो (हयो) हि जायन्ते देवदायं हरन्ति ये॥ इपि० इण्डि० २०, पृ० ६१।

३. एवमवधृते योऽथ करोति स वध्यः पञ्चभिर्महापातकैः सोपपातकैः सयुक्तः स्यादपिच।
नास्य देवा न पितरो हविः पिण्डं समान्पयुः।
छिन्नमस्तक वेतालः अप्रतिष्ठः पतिष्यति॥ विजयसेन का मल्लसरुल अभिलेख, इपि० इण्डि० १०, पृ० १, १३, पृ० ५६ और क्रमशः।

४. तडित्तरंगबहुलां श्रियं मत्वा च मर्त्यानां।
न धर्म स्थितयस्सद्भिः युक्ता लोके विलोपयितुम्॥ वही।

५. सर्वसस्यसमृद्धां तु यो हरेत वसुन्धराम्।
श्वविष्ठायां कृमिर्भूत्वा पितृभिस्सह मज्जते॥ फ्लीट : सी० आई० आई० खं० ३, पृ० १२६ और क्रमशः।

६. स्वदत्तां परदत्तां वा यो हरेत वसुन्धराम्।
गवां शतसहस्रस्य हन्तुः प्राप्नोति किल्विषम्॥ इपि० इण्डि० खण्ड १६, पृ० १८ और क्रमशः।

"जो कोई इस शासन को न मानता हुआ इसमें तनिक भी बाधा पहुँचाये या पहुँचायेगा और ब्राह्मण उसकी शिकायत करें तो, वह दण्डित किया जायेगा।"[१]

"जो कोई अपनी दी हुई या दूसरे के द्वारा दी गयी पृथ्वी का हरण करता है वह (इस प्रकार) एक लाख गायों के मारने वाले के पाप का हरण करता है।"[२]

"इसका हरण करने वाला पाँच पातकों से युक्त होता है।

— — — — —

जो कोई अपने द्वारा दी गयी या दूसरे के द्वारा दी गयी पृथ्वी का हरण करता है, वह साठ हजार वर्ष घोर अन्धकार में वास करता है।"[३]

आशीर्वादात्मक श्लोकों की भाँति, ईसा की छठवीं और तेरहवीं शताब्दी के बीच के समय में इन अभिशापात्मक श्लोकों का स्वरूप स्थिर और दृढ़ हो जाता है। जो कुछ भी परिवर्तन दिखाई पड़ता है वह उद्धृत श्लोकों की संख्या, श्लोकों की शब्दावली तथा श्लोकों के उद्धरण क्रम में होता है। शापात्मक श्लोकों को गद्य में और कभी-कभी सम्बन्धित प्रदेश की जन-भाषा में व्यक्त करने तथा संक्षिप्त करने की प्रवृति भी गोचर होती है। शिलाहारों और यादवों के कुछ अभिलेखों में प्राचीन अभिशापात्मक श्लोक नहीं उद्धृत किये गये हैं। उनके अन्त में एक 'गर्दभाक्रोश' (ऐस-कर्स) कहलाने वाला एक अशिष्ट वाक्य होता है। कभी-कभी इस वाक्य के स्थान पर अलिखित कीर्तिपट्ट पर गधे की आकृति पायी जाती है।[४]

---

१. यश्चास्मच्छाशनमगणयमानस्स्वल्पामप्यत्राबाधां कुर्यात् कारयीत (येत) वा तस्य ब्राह्मणवेदितस्य (ब्राह्मणैः) सदण्डनिग्रहं कुर्य्याम्।
प्रभावती गुप्ता का पूना ताम्रपत्र अभिलेख, इपि० इण्डि० १५, पृ० ४१ और आगे।

२. स्वदत्तामपरदत्तां वा यो हरेत वसुन्धरां।
गवां शतसहस्रस्य हन्तुर्हरन्ति दुष्कृतम्॥ वही।

३. योऽस्य हर्ता स पञ्चमहापातक संयुक्तो भवति।

— — — — — —

स्वदत्तां परदत्तां वा यो हरेत वसुन्धरां।
षष्ठि वर्षसहस्राणि घोरे तमसि वर्तते॥ इपि० इण्डि० १४, पृ० ३३४ और आगे।

४. लूडर्स लिस्ट, सं० २१५, बर्गेस तथा कांसेन्स संशोधित लिस्ट सं० २।२५३, ३२४, ३५१।

६. समाप्ति

भारतीय लिपि ज्ञान के प्रारम्भिक इतिहास में पन्त्यसूत्र बहुत समय तक निश्चित नहीं हुआ और बाद को भी, जब किसी सूत्र के साथ लेख को समाप्त करने की प्रथा न चल पड़ी, इसमें एकरूपता का अभाव था। अन्त अनेक प्रकार से किया जाता था। लेख की धार्मिक, नैतिक तथा व्यावहारिक महत्ता के अनुसार तथा लेखक की इसी प्रकार की अन्य प्रवृतियों के अनुसार अन्त में भिन्नता आ जाती थी।

पिपरहवा-बौद्ध-भाण्ड-अभिलेख[1], महास्थान-प्रस्तरपट्ट-अभिलेख[2] तथा सोहगौरा-ताम्रपत्र-अभिलेख[3] छोटे लेख हैं तथा उनमें एक व्यवस्थित रूप से समाप्त करने का कोई लक्षण विद्यमान नहीं है। अशोक के अभिलेखों में समाप्ति सम्बन्धी निम्नलिखित निर्णयात्मक उक्तियाँ विद्यमान हैं जो जानकर रखी गयी हैं तथा उनका वर्गीकरण सम्भव है :

(क) आशीर्वादात्मक

(१) "पशुओं और मनुष्यों के उपभोग के लिए।"[4]

(२) "......यह चिरस्थायी हो तथा मेरी संतति मेरा अनुवर्तन करे।"[5]

(३) "धर्मरति ही लोगों की रति हो।"[6]

(ख) प्रशंसात्मक

(१) "दोनों लाभ हुए अर्थात् यहाँ भी कार्य सिद्ध हुआ और परलोक में भी इस धर्म मंगल के द्वारा अनन्त पुण्य प्राप्त हुआ।"[7]

(२) "यह इसका फल है–अपने सम्प्रदाय की वृद्धि और धर्म की उन्नति।"[8]

---

१. इण्डि० एण्टि०, खण्ड ३६, पृ० ११७ और आगे।
२. इपि० इण्डि०, खण्ड २१, पृ० ८५ और आगे।
३. वही, खण्ड २२, पृ० २।
४. प्रतिभोगाय पशुमनुसानं। शि० ले० २।
५. चिरठितिक होतु मे प्रजा अनुवतन्तु। शि० ले० ५, ६।
६. स च ति रति भोतु य ध्रंमरति। शि० ले० १३।
७. हिंद च से अथ्र परत्र च अनत पुणं प्रसवति तेन ध्रममंगलने। शि०ले० ९।
८. इमं च एतिस फलं य आतम पासंड वढि च होति धंमस च दीपना। शि० ले० १, २।

(ग) तिथि तथा कर्ता का निर्देश

(१) "राज्याभिषेक के १२ वर्ष बाद देवताओं के प्रिय प्रियदर्शी राजा ने यह लिखवाया।"[1]

(२) "राज्याभिषेक के बाद २६ वर्ष के अन्दर मैंने २५ बार कारागार से लोगों को मुक्त किया है।"[2]

(३) "राज्याभिषेक के २७ वर्ष बाद मैंने यह धर्मलिपि लिखवायी।"[3]

(घ) खोदनेवाले का नामोल्लेख

"लिपिकर पड के द्वारा यह लिखा गया।"[4]

(ङ) घोषणात्मक

(१) "अनुशासन किया गया।"[5]

(२) "ऐसे देवों के प्रिय आज्ञा करते हैं।"[6]

अशोक के अभिलेखों में समाप्त करने को कोई नियमित पद्धति नही थी; किन्तु ऊपर के उदाहरणों से यह देखा जा सकता है कि अशोक के अभिलेखों में समाप्ति विषयक सूत्रों का बीज विद्यमान था जिसका बाद में विकास हुआ।

शुङ्गकाल के बेसनगर गरुड़ स्तम्भ अभिलेख के अन्त में एक नैतिक उपदेश है, जिसका अभिलेख की अन्तर्वस्तु से घनिष्ठ सम्बन्ध नहीं है :—

"तीन अमृत पदों का सम्यक् अनुष्ठान स्वर्ग ले जाता है; वे हैं—दम (आत्मसंयम), चग (त्याग) और अप्रमाद।[7]"

इण्डोग्रीकों, शकों तथा कुषाणों के अभिलेखों का एक अलग ही वर्ग है। उनकी समाप्ति में निम्नलिखित तत्त्व रहते हैं :

---

१. द्वादसवसाभिसितेन देवानं पियेन प्रियदसिना राञा इदं लेखापितं। शि० ले० ४।

२. सडुविसति वसाभिसित स मे एताये अंतलिकाये पंनवीसति बंधन मोखानि कटानि। स्तम्भ ले० ५।

३. सतविसतिवसाभिसितेन मे इयं धंमलिवि लिखापापितााति। स्त०ले० ७।

४. पडेन लिखितं लिपिकरेण। ब्रह्मगिरि का लघु शिला लेख।

५. सावने कटे। रूपनाथ का लघु शिला लेख।

६. हेवं देवानं पिये आनपयति। येर्रगुडी का लघु शिला लेख।

७. त्रिनि अमुत-पदानि इअ सु-अनुठितानि।
नेयंति स्वगं दम चाग अप्रमाद॥ आर्क स० ई० ए० रि० १९०८-०९, पृ० १२६।

(क) लिखने (खोदने) वाले का नाम

(१) "विश्पिल के द्वारा लिखा गया, जिसे (ऐसा करने की) आज्ञा दी गयी।"[१]

(२) "महिफति के द्वारा लिखा गया।"[२]

(३) "मधु.........के द्वारा लिखा गया।"[३]

(ख) नवकर्मिक का नाम

(१) "खलशमुश नवकर्मिक।"[४]

(२) "नवकर्मिक बुधिल के द्वारा.......।"[५]

(ग) कर्ताओं का नाम

(१) "चुक्स के क्षत्रप जिहोणिक का.........।"[६]

(२) "महाक्षत्रप खरपल्लान के साथ क्षत्रप वनष्पर के द्वारा।"[७]

(घ) शुभ कामना

(१) "बहुत लोगों के कल्याण के लिए।"[८]

(२) "माता और पिता के सत्कार के लिए।"[९]

(३) "निर्वाण की प्राप्ति के लिए हो।"[१०]

(४) "यह सम्पूर्ण परित्याग के लिए हो।"[११]

(५) "सभी प्राणियों के कल्याण और सुख के लिए हो।"[१२]

---

१. विश्पिलेन अणंकतेन। इपि० इण्डि० खण्ड २४, पृ० ७।
२. लिखिद् महिफतिएन। वही खण्ड १८ पृ० १५ और आगे।
३. इमो च लिखितो मधु। वही १४, पृ० १४३।
४. खलशमुशः (इति नवकर्मिकः)। वही ६, पृ० १४१ और आगे।
५. सध बुद्धिलेन नवकर्मिगेण। कोनो : सी० आई० आई०, खण्ड २, पृ० १४६ और आगे।
६. जिहोणिकस चुक्सस क्षत्रपस। वही पृ० ८२।
७. महाक्षत्रपेन खरपल्लानेन सहा क्षत्रपेन वनष्परेण। इ० इ०, खण्ड ८, पृ० १७३ और बाद।
८. बहुजन हिताय। कोनो : सी० आई० आई०, खण्ड २, पृ० ४।
९. मदु पिदु पूअए। इपि० इण्डि०, खण्ड १८, पृ० २८२।
१०. णिवणस प्रतिअए होतु। वही, खण्ड २१, पृ० २५९।
११. होतु अयदे सम परिचगो। वही, खण्ड १४, पृ० २९५।
१२. सवं सत्वनं हिता सुखार्थं। वही, खण्ड ८, पृ० १७३ और आगे।

(ङ) समर्पण

(१) "सर्वास्तिवादी आचार्यों के लिए"[1]

(२) "मधुरिक का धर्मदान"[2]

(३) "महासांघिक सम्प्रदाय के आचार्यों के लिए समर्पित"[3]

महाराष्ट्र के क्षहरातों, उज्जयनी के क्षत्रपों, सातवाहनों, कलिंग के ऐलों तथा आन्ध्रदेश के इक्ष्वाकुओं के अभिलेखों का समाप्ति विषयक सिद्धान्त निम्नवर्गों में आता है :

(क) समर्पण और तिथि

(१) "४१वें वर्ष के कार्तिक मास के शुक्लपक्ष के पन्द्रहवें (दिन) उसके द्वारा देवों और ब्राह्मणों के लिए पुनः दिया गया।"[4]

(२) "यह धर्मदान.........४६वें वर्ष किया गया।"[5]

(३) "संवत्सर १०+८ के वर्षा मास के द्वितीय पक्ष के प्रथम दिवस पट्टिका दी गयी।"[6]

(ख) शुभकामना और तिथि

(१) "सं० २००+१ कल्याण हो।"[7]

(२) "सभी लोगों के कल्याण और सुख की प्राप्ति के लिए यह स्तम्भ स्थापित किया गया। राजा श्री वीरपुरुषदत्त का सं० ६, वर्षा पक्ष ६ (आश्विन का शुक्लपक्ष) दिवस १०।"[8]

---

१. आचार्य्याणां सर्वास्तिवादिनां परिग्रहे। इपि० इण्डि० खण्ड ६, पृ० २६।
२. मधुरिक.........णं देयधर्म। वही खण्ड २, पृ० ३६६-७०।
३. अचर्यण महसन्धिगण परिग्रह। वही खण्ड ११, पृ० २१ और आगे।
४. भूयोनेन दतं वसे ४०+१ कातिक शूधेपनरस-देवानं ब्राह्मणानं च। इपि० इण्डि० खण्ड ८, पृ० ८२ और आगे।
५. देयधम.......वसे ४०+६ कतो। आर्क० स० वे० ई० खण्ड ४, पृ० १०३।
६. दत्ता पटिका सवछरे १०+८ वासपखे २ दिवसे १। इपि० इण्डि० खं० ८, पृ० ७१ पाद टिप्पणी।
७. २००+१ [स्वस्त्यस्तु] इपि० इण्डि० खण्ड १६, पृ० २३२।
८. सब-लोक-हित-सुखावहथनाय च इमं खंभं पतिथपितं ति। रञो सिरिवीरपुरिसदतस सव ६ वा प ६ दि १०॥ इपि० इण्डि० खण्ड २०, पृ० १६।

(३) "राजा श्री वीरपुरुषदत्त के संवत् १८, हेमन्त पक्ष ६, दिवस ५। सभी प्राणियों के कल्याण और सुख के लिए हो।"[1]

(ग) समर्पण

(१) "इससे (वृद्धि से) मेरे गुहाओं में बसने वाले, चारों दिशाओं से आने वाले भिक्षु संघ का मुख्य आहार होगा।"[2]

(२) "यह गुहा-निवास दक्षमित्रा का धर्मदान।"[3]

(३) "श्रावण में (इस गुहा में) निवास करने वालों के लिए करजिक ग्राम दिया गया।"[4]

(४) "चारों दिशाओं से आये हुए भिक्षुओं के संघ को आवास दिया गया।"[5]

(घ) शुभ कामना

(१) स्वामी के धर्म, कीर्ति और यश को बढ़ाने वाले के द्वारा अनुष्ठित हुआ।"[6]

(२) "सभी प्राणियों के हित और सुख के लिए यह तालाब खुदवाया और बँधवाया गया।"[7]

(३) "स्वर्ग के सुख के लिए यह स्तम्भ खड़ा किया गया।"[8]

(ङ) प्रशस्ति और शुभकामना

"राजर्षि वसु के कुल में उत्पन्न महाविजयी राजा श्री खारवेल क्षेमराज, वृद्धिराज, धर्मराज है, कल्याणों का देखनेवाला, सुननेवाला तथा

---

१. रञो सिरि वीर पुरिसदतस संवछरं अठारसं० १०+८ हेमन्त पखं छठं ६ दिवसं पंचमं ५। सव सतानं हिताय सुखाय होतु ति। वही पृ० २१।

२. एतो मम लेने वसतानं चातुदसिस भिखुसघस मुखाहारो भवीसती। इपि० इण्डि०, खण्ड ८, पृ० ७८ सं० १०।

३. दखमित्राय देयधम ओवरको। इपि० इण्डि०, खण्ड ७, पृ० ८१, सं० ११।

४. गामो करजिको दत्तो सवान वास-वासितानं। इपि० इण्डि०, खण्ड ८, पृ० ५७, सं० १३।

५. चातुदिसस च भिखुसघस आवासो दतो ति। इपि० इण्डि०, खंड ८, पृ० ६४, सं० २४।

६. धर्म-कीर्ति-यशांसि भर्तुरभिवर्द्धयतानुष्ठितमिति। वही पृ०४२ और आगे।

७. वापी खानिता बन्धापिता च सर्वसत्त्वानां हित सुखार्थमिति। इपि० इण्डि०, खंड १६, पृ० २३५।

८. इदं शान्यं उत्थावित स्वर्गसुखार्थं। इपि० इण्डि० १६, पृ० २३८।

अनुभव करने वाला है,........विशेषगुणों में कुशल सभी धार्मिक सम्प्रदायों का पूजनेवाला, सभी देवों के मन्दिरों का पुनर्निमाण करानेवाला, अनवरुद्ध गतिवाली सेना का स्वामी, चक्रधारी सुरक्षित चक्रवाला तथा चक्रवर्ती हो।"[1]

(च) तिथि

(१) "राजा श्री वीर पुरुषदत्त के संवत् ६ के छठे वर्षापक्ष (आश्विन के शुक्लपक्ष) के छठे दिवस।"[2]

(२) वासिष्ठी पुत्र इक्ष्वाकु श्री एहुबुल शांतमूल के द्वितीय संवत्सर ग्रीष्म के छठे पक्ष के दसवें दिन।"[3]

(७) कर्ता, उत्कीर्णक अथवा स्थपति का नाम

(१) "सिहल के पुत्र मदन के द्वारा यह प्रस्तर-लष्टि खड़ी की गयी।"[4]

(२) "श्रमण त्रेष्टदत्त के द्वारा लष्टि खड़ी की गयी।"[5]

(३) "तापस के द्वारा खोदा गया।"[6]

(४) "नवकर्मिक चंदमुख थेर धम्मनंदि थेर तथा नम थेर के द्वारा यह नवकर्म आयोजित था। यह शैल शिल्पी विधिक का काम है।"[7]

भारतीय इतिहास में मौर्य और गुप्त कालों के बीच किसी लेख की समाप्ति अक्रमबद्ध नहीं थी, उसे एकरूपता और पूर्णता प्राप्त थी, जिसका उत्तरकाल में

---

१. खेमराजा स वढराज स भिखुराजा पसंतो सुनंतो अनुभवतो कलानानि ....गुणविशेषकुसलो सव-पाषंड-पूजको सवदेवायतन-सकार-कारको अपतिहत-चक-वाहनयानवलो चकधरो गुतचको पवतचको राजसि-वसु-कुल विनिश्रितो महाविजयो राजा खारवेल सिरि। इपि० इण्डि०, खण्ड २०, पृ० ७२ और आगे।

२. रञो सिरि विरपुरिसदतस सव ६ वाप ६ दि १०। इपि० इण्डि०, खंड २०, पृ० १९ और आगे।

३. रञो वासिठी-पुतस इक्खाकून सिरि एहुबुल-चंतमूलस संवच्छरं वितिरं गिम्ह-पक्खं छठं ६ दिवसं दसमं १०। इपि० इण्डि०, खंड २१, पृ० ६२।

४. मदनेन सिहिलपुत्रेन......लष्टि उथापिता। इपि० इण्डि०, खण्ड १६, पृ० २३ और आगे सं० ३।

५. त्रेष्टदतेन श्रामणेरेन लष्टि उथापित। वही, सं० ४।

६. तापसेन कटा। इपि० इण्डि०, खण्ड ८, पृ० ७१, सं० ४।

७. इमं नव कंम तिहि नवकंम तिहि नवकंम केहि कारितं चंदमुखथेरेन च धंमनंदिथेरेन च नयथेरेन च। सेल-वढ़ाकिस बिधिकस कंम ति। इपि० इण्डि०, खण्ड २०, पृ० २२।

अनुसरण किया गया और जिसे अधिक विकसित और विस्तृत किया गया। सभी समाप्ति विषयक सूत्रों में 'स्वस्त्यस्तु' सबसे अधिक आशामूलक था, क्योंकि भारतीय इतिहास के बाद के काल में यह बहुत प्रचलित हुआ। यह आशीर्वादात्मक था किन्तु बाद में इसे रहस्यमय महत्ता प्राप्त हुई। प्रारम्भिक और अन्तिम दोनों ही सूत्रों के रूप में इसका प्रयोग हुआ।

ईसा की चौथी और छठी शताब्दी के बीच के लिपिशास्त्र से सम्बन्धित लेख, जिनमें अधिकांश का सम्बन्ध गुप्त, वाकाटक, पल्लव, कदम्ब, गंग तथा अन्य छोटे राजवंशों से है, समाप्ति के उतने ही प्रकार प्रदर्शित करते हैं जितना कि पूर्वकाल के अभिलेख। दोनों में अन्तर केवल इतना ही है कि इनके अन्त के स्वरूप पर धर्मशास्त्र, व्यवहार तथा पौराणिक एवं महाकाव्य साहित्यिक ग्रंथों का अधिक प्रभाव दृष्टिगोचर होता है। वे बौद्ध और जैन धर्मों की तुलना में हिन्दू धर्म के बढ़ते हुए प्रभाव को भी लक्षित करते हैं। यह भी निर्देश्य है कि पहले के लेखों की अपेक्षा इनमें तिथि, रचयिता या लेखक, अनुष्ठाता, खोदने वाले, अभिकर्ता इत्यादि का उल्लेख अधिक मात्रा में हुआ है। समाप्ति के प्रकारों का वर्गीकरण इस प्रकार है :

(क) लेखक, अनुष्ठाता, उत्कीर्णक तथा अभिकर्ता आदि के नाम

(१) "........सान्धिविग्रहिक कुमारामात्य महादण्डनायक हरिषेण का ....यह काव्य........हो तथा यह परमभट्टारक (=सम्राट) के चरणों का अनुस्मरण करने वाले महादण्डनायक तिलभट्टक के द्वारा अनुष्ठित हुआ।"[1]

(२) "ईश्वर दास के द्वारा उत्कीर्ण की (खोदी) गई।"[2]

(३) "दूतक शुभदत्त। सान्धिविग्रहिक भोगचन्द्र के द्वारा लिखा गया। पुस्तपाल जयदास के द्वारा तप्त किया गया।"[3]

---

१. एतच्च काव्यं.........सान्धिविग्रहिक-कुमारामात्य-महादण्डनायक-हरिषेणस्य........अनुष्ठितं च परमभट्टारक-पादानुध्यातेन महादण्डनायक-तिलभट्टकेन। फ्लीट : सी० आई० आई० खण्ड ३, पृ० ६ और आगे।
२. उत्कीर्णाईश्वरदासेन। इपि० इण्डि० खण्ड २४, पृ० ३४७ और आगे।
३. दूतकः शुभदत्तो लिखितं सान्धिविग्रहिक-भोगचन्द्रेण। तापितं पुस्तपाल-जयदासेन। इपि० इण्डि० खण्ड २३, पृ० १५९ और आगे।

(४) "कक्क पुत्र वासुल के द्वारा श्लोक रचे गये तथा गोविन्द के द्वारा उत्कीर्ण किये गये।"[1]

(५) "चन्द्रदास के द्वारा उट्टंकित।"[2]

(६) "दूतक देवानन्द स्वामी। प्रभुसिंह के द्वारा लिखा गया।"[3]

(७) "यह ताम्रपट्टिका सुवर्णकार के श्रेष्ठ पुत्र अपाप के द्वारा लिखी गई।"[4]

(८) "महाराज के सान्धिविग्रहिक देवसिंह देव के द्वारा यह लिखा गया।"[5]

(ख) तिथि

(१) "महाराज श्री कुमारगुप्त के शासनकाल में (राज्ये) सं० १००+२०+८, ज्येष्ठ मास के १८वें दिन।"[6]

(२) "सं० १००+८०+८ पौष मास दिवस १०+८।"[7]

(३) "सं० १००+२०+८ माघ मास दिवस १०+९।"[8]

(४) "सेनापति चित्रवर्मन् के १०+८वें संवत् के ज्येष्ठ मास की त्रयोदशी को यह शासन लिखा गया।"[9]

---

१. वासुलेनोपरचिताः श्लोकाः कक्कस्य सूनुना उत्कीर्णा गोविन्देन। फ्लीट : सी० आई० आई० खण्ड ३, पृ० १४६ और आगे।

२. चक्रदासेनोत्कट्टितम्। इपि० इण्डि० खण्ड १५, पृ० ४१ और आगे।

३. दु (दू) तक देवनन्द स्वामी। लीखिता (लिखिता) प्रभुसिङ्ह (सिंहे) न। जर्नल ऑफ दि रॉयल एसियाटिक सोसायटी ऑफ बंगाल, न्यू सीरीज कलकत्ता, खण्ड २०, पृ० ५८ और आगे।

४. सुवर्णकार-आर्य-पुत्रेण अपापेन लिखितेयन्ताम्रपट्टिका। इपि० इण्डि० १४, पृ० ३३४।

५. लिखितमिदं महाराज्ञो सान्धिविग्रहिक-देवसिंहदेवेनेति। इपि० इण्डि० २५, पृ० २८६।

६. सम्वत् १००+२०+८ महाराज श्री कुमारगुप्तस्य राज्ये ज्येष्ठमास दि १०+८। फ्लीट : सी० आई० आई०, खण्ड ३, पृ० ४६ और आगे।

७. सं० १००+८०+८ पौष्य (पौष) दि २०+४। इण्डि० हिस्टा० क्वा० ५, ५३ और आगे।

८. सं० १००+२०+८ माघ दि १०+९। इपि० इण्डि० २१, पृ० ८१ और आगे।

९. सेनापतौ चित्रवर्मणि संवत्सरे दृष्टादश १०+८ ज्येष्ठमास-शुक्लपक्ष-त्रयोदश्यां शासनं लिखित मिति। फ्लीट : सी० आई० आई० खण्ड ३, पृ० २३६ और आगे।

(५) "प्रवर्धमान सं० ३०+६ वैशाख मास दिवस २०+१।"[1]

(ग) शुभ कामना

(१) "इति सुदर्शन तटाक के संस्कार सम्बन्धी काव्यात्मक रचना समाप्त हुई।"[2]

(२) "माता-पिता, गुरु और पूर्वजों के साथ इस पुण्य के द्वारा यह सात्त्विक काया वाला अभीप्सित शान्ति का लाभ करे।"[3]

(३) "इस प्रतिमा की स्थापना कराने से मुझे जो पुण्य हुआ है वह मातापिता गुरुजनों तथा सभी लोगों के लाभ के लिए हो।"[4]

(४) "गो, ब्राह्मण सभी प्रमुख जीवों का कल्याण हो।"[5]

(५) "जब तक......सागरों में रत्न हैं, पृथ्वी अनेक प्रकार के गुल्मों, वृक्षों, वनों एवं पर्वतों से युक्त है और तारागणों से युक्त चन्द्रमा आकाश को प्रकाशित करता है, तब तक श्रीमयूराक्ष की विपुल कीर्ति सिद्ध हो।"[6]

---

१. प्रवर्द्धमान सं० ३०+६ वैशाख दि० २०+१। इपि०इण्डि०, खण्ड २५, पृ० २८६ और आगे।

२. (इति) (सुद) र्शनन-तटाक-संस्कार-ग्रंथरचना (स) माप्ता।
फ्लीट : सी० आई० आई०, खण्ड ३, पृ० ५८ और आगे।

३. मातृ-पितृ-गुरु-पूर्वैः पुण्येनानेन सत्वकायोऽयं।
लभतामभिमतमुपशम — — — — —
आर्के० सर्वे० इण्डिया एन्युअल रिपोर्ट १९१४-१५, पृ० १२४।

४. यदत्र पुण्यं प्रतिमां कारयित्वा मया भृतम्।
मातापित्रोर्गुरुणां च लोकस्य च समाप्तये॥ वही पृ० १२५-२६।

५. स्वस्त्यस्तु गो-ब्राह्मण-पुरोगाभ्यः सर्व्वप्रजाभ्य इति। फ्लीट : सी० आई० आई०, खण्ड ३, पृ० ८९।

६. यावच्च.......................................
.........................सागरा रत्नवन्तो।
नानागुल्मद्रुम-वनवती यावदुर्वी सशैल॥
यावच्चेन्दुर्ग्रहाण-चितं व्योम भासी करोति।
तावत्कीर्तिभवतु विपुला श्रीमयूराक्षकस्य॥इति॥ सिद्धिरस्तु॥
फ्लीट : सी० आई० आई०, खण्ड ३, पृ० ७४ और आगे।

(६) "और संसार भी सभी प्रकार के दोषों से मुक्त हो जाने से श्रेष्ठ, शान्त, निर्व्याधि और शोकमुक्त पद में प्रवेश करे।"[१]

(७) "गाय, ब्राह्मण, लेखक तथा वाचक का कल्याण हो।"[२]

(घ) समर्पण

(१) "उस राजा के द्वारा भक्तिभाव से (भगवान) विष्णु में अपने ध्यान को लगाकर, विष्णुपद पर्वत पर भगवान् विष्णु का यह प्रांशु-ध्वज स्थापित किया गया।"[३]

(२) "यह देव मन्दिर का द्वार आर्या के द्वारा दान किया गया।"[४]

(ङ) प्रशंसा

(१) "अनेक लोगों के द्वारा भूमि दी गयी है तथा बार बार दी जायगी। जिसकी-जिसकी जब भूमि होती है, उसको तब फल होता है।"[५]

(२) "अपने पति में भक्ति और अनुरक्ति वाली पति की प्रिया सुन्दरी पत्नी, अपने पति के साथ ही अग्निराशि में प्रवेश कर गई।"[६]

---

१. जगदपि च समस्त-व्यस्त-दोष-प्रहाणाद्विशतु पदमशोकं निर्ज्वरं शान्तमार्यं। इण्डियन कल्चर, खण्ड ७, पृ० ३७२।

२. स्वस्ति गो-ब्राह्मण-लेखक-वाचक-श्रोतृभ्य इति। इपि०इण्डि० खण्ड १, पृ० ५ और आगे।

३. तेनायं प्रणिधाय भूमिपतिना भावेन विष्णौ मतिं।
प्रांशुर्विष्णुपदे गिरौ भगवतो विष्णोर्ध्वजः स्थापितः।।
फ्लीट : सी० आई० आई० खण्ड ३, पृ० १४१।

४. दत्ता अर्याया देवद्वार। इपि० इण्डि०, खण्ड १८, पृ० १६०।

५. बहुभिर्वसुधा दत्ता दीयते च पुनः पुनः।
यस्य यस्य यदा भूमिस्तस्य तस्य तदा फलम्।। इपि० इण्डि०, खण्ड १५, पृ० १३३ और आगे।
दृष्टव्य इपि० इण्डि०, खण्ड १५, पृ० १३८। फ्लीट : सी० आई० आई०, खण्ड ३, पृ० ११४ और आगे।

६. भक्तानुरक्ता च प्रिया च कान्ता। भार्यावलग्नानुगताग्निराशिम्।।
फ्लीट : सी० आई० आई०, खण्ड ३, पृ० ९२ और आगे।

(च) चेतावनी या अभिशाप

(१) "अपनी दी हुई या दूसरे की दी हुई भूमि को जो हरण करता है वह अपने पितरों के साथ विष्ठा में कीड़ा होकर दुःख भोगता है।"[1]

(२) "जो कोई इस सम्पन्न दाय का व्यतिक्रमण करता है, वह गाय का हत्यारा है, गुरु का हत्यारा है, ब्राह्मण का हत्यारा है।"[2]

(३) "(भूमिदान में) हस्तक्षेप करने वाला तथा उसका अनुमोदक समान काल तक नरक में रहते हैं।"[3]

(छ) राजानुशासन या राजाज्ञा

(१) "निज की आज्ञा।"[4]

(२) "निज की आज्ञा।"[5]

(३) "आज्ञा।"[6]

ईसा की सातवीं शताब्दी से आगे ताम्रपत्रों में समाप्ति का विकास हुआ जिसमें "महाराजाधिराज श्री 'अमुक' का मेरा अपना हस्त (हस्ताक्षर)"[7] भी लिखा जाता था। अन्य प्रकार के अभिलेख गुप्त और वाकाटक अभिलेखों द्वारा प्रस्तुत रूप का ही अनुसरण करते हैं। उदाहरणार्थ चालुक्यों का एक लेख आशीर्वादात्मक प्रशस्ति में समाप्त होता है।

वे रविकीर्ति जिन्होंने विवेकपूर्वक दृढ़ पाषाण निर्मित जिनवेश्म को नवकाव्य

---

१. स्वदत्तां परदत्तां वा यो हरेत् वसुन्धरां।
स विष्ठायां कृमिर्भूत्वा पितृभिस्सह पच्यते ।। इपि० इण्डि० खण्ड १५, पृ० १३० और आगे।

२. यो व्यतिक्रमेद्दायमिमं निबद्धं गोघ्नो गुरुघ्नो द्विजघातकः सः। इत्यादि। फ्लीट : सी० आई० आई०, खण्ड ३, पृ० ७० और आगे।

३. आक्षेप्ता चानुमन्ता च तान्येव नरके वसेदिति। इपि० इण्डि० खण्ड १५, पृ० १३५ और आगे। वही, पृ० १४२ और आगे।

४. स्वयमाज्ञा। इपि० इण्डि०, खण्ड १६, पृ० १८ और आगे।

५. आज्ञाप्तिः स्वयम्। इपि० इण्डि०, खण्ड ६, पृ० ८६ और आगे।

६. आज्ञाप्तिः। इपि० इण्डि०, खण्ड १, पृ० २, सं० २।

७. तुलनीय, स्वहस्तो मम महाराजधिराज-श्रीहर्षस्य। इपि० इण्डि०, खण्ड ४, पृ० २०८।

के निर्माण हेतु नियोजित किया और काव्य के क्षेत्र में कालिदास और भारवि की कीर्ति को प्राप्त किया, विजयी हों।[1]

पूर्वमध्यकालीन उत्तरी और दक्षिणी भारत के प्रारम्भिक अभिलेखों में समाप्ति के उस स्वरूप के अतिरिक्त जिसका विवेचन हो चुका है——किसी नवीन और महत्त्वपूर्ण समाप्ति-स्वरूप के वर्णन नहीं होते। केवल "श्री" की आवृत्ति,[2] मंगल,[3] मंगलं महाश्रीः[4] या मंगलश्री[5] सूत्रों का उदय, नये साम्प्रदायिक देवताओं की स्तुति और नमस्कार; जैसे 'श्रीगोपीनाथ को नमस्कार'[6] में ही नवीनता गोचर होती है। यह विशुद्ध एवं व्यावहारिक साहित्य के अनुकरण और संकलन का युग था। लिपि सम्बन्धी लेखों में भी यह सत्य प्रतिबिम्बित होता है।

---

१. स विजयतां रविकीर्तिः कविताश्रितकालिदासभारविकीर्तिः। इपि० इण्डि० खण्ड ६, पृ० १।
२. मंगलं महाश्रीः श्रीः श्रीः। कल्याण के पश्चिमी चालुक्य जयसिंह का मिराज पट्ट। इण्डि० ऐण्टि०, पृ० १८।
३. इपि० इण्डि०, खण्ड ६, पृ० १४१।
४. लूडर्स लिस्ट, सं० १५१, १५२, १६२, १६८, १७५ इत्यादि।
५. परमार्दिदेव के सेमरा पट्ट, ११६६ ई०। इपि० इण्डि०, खण्ड ४, पृ० १५३।
६. श्री गोपीनाथाय नमः। लूडर्स लिस्ट सं० ३३२।

दशम अध्याय

तिथि-अंकन की विधि तथा व्यवहृत सम्वत्

लेखन के प्रारम्भिक इतिहास में तिथि-अंकन की किसी नियमित विधि का प्रयोग नहीं हुआ। भारत में प्राप्त, पढ़े गये प्राचीनतम अभिलेख तिथि-रहित हैं। अशोक के समय तक तिथि डालने की पद्धति का व्यापक प्रचार नहीं था। अशोक के अधिकांश अभिलेखों में तिथि नहीं है।[1] इस विधि के परिचय के बाद भी लेखों का तिथि-अंकन सर्वव्यापक नहीं बना। अधिकांश अभिलेख लोगों की व्यक्तिगत कृतियाँ हैं। उनमें से बहुतेरे तिथि-रहित हैं। आधिकरणिक अभिलेखों का भी वर्ग पर्याप्त विस्तृत है, किन्तु इस वर्ग के लिए भी तिथि-अंकन अनिवार्य नहीं था। तिथि निर्देश का व्यापक प्रचार ईसा की दूसरी शताब्दी से प्रारम्भ हुआ और भारतीय संवतों के प्रयोग के साथ इसकी वृद्धि होती गई। नीचे, संक्षेप में तिथि-अंकन विधि तथा व्यवहृत संवतों के विवेचन का प्रयास किया गया है।

१. प्राक्-मौर्य अभिलेख

सिन्धुघाटी की मुद्राओं और ताबोजों पर के अभिलेखों, जिन्हें अब तक पढ़ा नहीं जा सका है, के तिथियुक्त होने की सम्भावना नहीं की जा सकती, क्योंकि वे आंशिक हैं। एक लम्बे अन्तराल के बाद बाडली-स्तम्भ-अभिलेख[2] और पिपरहवा भाण्ड-अभिलेख[3] प्राप्त होते हैं, जिनका समय मौर्यकाल के पूर्व ठहराया जाता है।[4] इनमें केवल प्रथम तिथियुक्त है, जिसमें केवल दो पंक्तियाँ हैं—प्रथम पंक्ति में 'विराय भगवत' और दूसरी में 'चतुरासिति वस' खुदा हुआ है। दूसरा पंक्ति में तिथि-अंकन है जिसका अभिप्राय है "चौरासी वर्ष"। म० म० पं० गौरी-

---

१. वाडली अभिलेख तिथियुक्त है—महावीर सं०८४—यह अपवाद है। दृष्टव्य—राजपूताना संग्रहालय; ओझा, प्राचीन लिपिमाला, पृ० २।
२. वही।
३. जे० आर० ए० एस०, १८६८, पृ० ३८६८।
४. दृष्टव्य—ओझा, प्राचीन लिपिमाला पृ० २-३।

शंकर हीराचन्द ओझा के अनुसार इस वर्ष का सम्बन्ध वीरनिर्वाण संवत् (जैन तीथंकर महावीर के निर्वाण से प्रारम्भ) से है।[1]

२. महावीर सम्वत् अथवा वीरनिर्वाण सम्वत्

वीरनिर्वाण संवत् या महावीर संवत् का प्रयोग विशिष्टतः जैन हस्तलिखित प्रतियों में हुआ है, अभिलेखों में इसका प्रयोग विरल है। श्वेताम्बर लेखक मेरुतुंग सूरि अपने ग्रन्थ 'विचार श्रेणि' में लिखते हैं कि महावीर सं० और विक्रम संवत् में ४७० वर्ष का अन्तर है।[2] इस कथन के अनुसार महावीर संवत् का प्रारम्भ ५७+४७०-५२७ ई० पू० में हुआ। नेमिचन्द्राचार्य का 'महावीर चरियम्' एक अन्य जैन ग्रंथ है जो इस कथन की पुष्टि करता है। इसका कथन है कि "मेरे (महावीर) निर्वाण के ६०५ वर्ष और पाँच महीने बाद शक राजा का जन्म होगा।"[3] गणना करने पर महावीर संवत् के प्रारम्भ की वही तिथि, ५२७ (=६०५—७८) ई० पू० प्राप्त होती है। दिगम्बर लेखक नेमिचन्द्र अपनी कृति 'त्रिलोकसार' में उपरिनिर्दिष्ट अनुश्रुति का समर्थन करते हैं।[4]

महावीर संवत् की प्रारम्भ-विषयक कुछ दिगम्बर-अनुश्रुतियाँ भ्रममूलक हैं। 'त्रिलोकसार' की व्याख्या करते हुए माधवचन्द्र ने सगराज (=शकराज) की पहचान विक्रमांक से की है तथा महावीर संवत् का प्रारम्भ ५७+६०५=६६२ ई०पू० से।[5] यह पहचान पूर्णतः अशुद्ध है, किन्तु इस सम्प्रदाय के बाद के लेखकों ने इसी का अनुसरण किया है। वीरनिर्वाण संवत् के प्रारम्भ-विषयक परवर्ती जैन-अनुश्रुतियाँ पूर्णतः अविश्वसनीय हैं, क्योंकि इनके अनुसार महावीर के निर्वाण तथा शक संवत् का अन्तर ४६१ वर्ष, ९७९५ वर्ष और कभी-कभी १४७९३ वर्ष है।[6]

---

१. ओझा, प्राचीन लिपिमाला।
२. विक्कमरज्जारंभा परउ सिरिवीरनिव्वुईभणिया।
सुन्नमुणि वे अजुतो विक्कमकालउ जिणकालो ।। विचारश्रेणी
३. छहि वासाण स एहिं पंचहिं वासेहिं पंच मासेहि।
मम निव्वण गयस्य उप्पज्जिस्सइ सगोराया।। महावीरचरियम्
४. पणछस्सयस्सं पणमासजुदं गमिअ वीरनिव्वुईदो सगराजो। श्लोक सं० ८४८।
५. श्री वीरनाथनिवृतेः सकाशात् पञ्चोत्तरषट्शतवर्षाणि पञ्चमासयुतानि गत्वा पश्चात् विक्रमाङ्क शकराजोऽजायत। श्लोक ८४८ पर व्याख्या।
६. त्रिलोक-विज्ञप्ति, जैन-हितैषी, १३, १२ दिसम्बर १९१७ ई०, पृ० ५३३।

अन्तिम दो स्पष्टतः निरर्थक हैं। इन परम्पराओं पर विश्वास नहीं किया जा सकता है।

३. मौर्य अभिलेख

अब तक मौर्य वंश के दो प्रारम्भिक सम्राटों--चन्द्रगुप्त और बिन्दुसार का कोई अभिलेख प्राप्त नहीं हुआ है। इस वंश के तीसरे शासक अशोक ने धार्मिक प्रेरणा के अन्तर्गत तमाम अनुशासन अंकित करवाये। उसके पौत्र दशरथ ने भी कुछ तिथि युक्त अभिलेखों को लिखवाया। तिथि युक्त अभिलेखों में नीचे के अंश तिथ्याङ्कन-विधि को स्पष्ट करते हैं[1] :

सम्बन्ध	पाली मूल	हिन्दी अनुवाद
(१) शि० ले० ३	द्वादस वसाभिसितेन मया इदं आञपितं।	बारह वर्ष पूर्व अभिषिक्त मेरे द्वारा ऐसी आज्ञा दी गई।
(२) शि० ले० ४	द्वादस वसाभिसितेन देवानं पियेन राञा इदं लेखापितं।	बारह वर्ष में अभिसिक्त देवों के प्रिय प्रियदर्शी राजा के द्वारा यह लिखाया गया।
(३) शि० ले० ५	त्रेदश वषभिसितेन मय ध्रम महमत्र कट।	तेरह वर्ष पूर्व अभिसिक्त मेरे द्वारा धर्ममहामात्र किये गये।
(४) शि० ले० ८	देवानं पियो पियदसि राजा दसवसाभिसितो संतो अयाय संबोधि।	दश वर्ष पूर्व अभिसिक्त देवों के प्रिय प्रियदर्शी राजा ने संबोधि की यात्रा की।
(५) शि० ले० १३	अठवषाभितषा देवानं पियष पियदसिने लाजिने कलिग्या विजिता।	आठ वर्ष पूर्व अभिसिक्त देवों के प्रियदर्शी राजा के द्वारा कलिंग जीता गया।

---

१. विशेष : हुलश, कार्पस, इन्स० इण्डि०, खण्ड १।

सम्बन्ध	पाली मूल	हिन्दी अनुवाद
(६) स्त० ले० १ तथा ४	सड्-वीसति-वस-अभिसितेन मे इयं धंमलिपि लिखापिता।	छब्बीस वर्ष पूर्व अभिषिक्त मेरे द्वारा यह धर्मलिपि लिखवायी गयी।
(७) स्त० ले० ५	सड्-वीसति-वस-अभिसितेन मे इमानि पि जातानि अवध्यानि कटानि।	छब्बीस वर्ष पूर्व अभिषिक्त मेरे द्वारा यह जीव भी अवध्य किये गये।
(८) स्त० ले० ६	दुआडस - वसाभिसितेन मे इयं धंमलिवि लिखापापिता ति।	बारह वर्ष पूर्व अभिषिक्त मेरे द्वारा यह धर्मलिपि लिखवायी गयी।
(९) स्त० ले० ७	सत-विसति-वसाभिसितेन मे इयं धंमलिवि लिखापापिता ति।	सत्ताईस वर्ष पूर्व अभिषिक्त मेरे द्वारा यह धर्मलिपि लिखवायी गयी।
(१०) लघु स्त० ले० (रुम्मिन्देई)	देवानं पियेन पियदसिन लाजिन वीसति-वसाभिसितेन अतन आगाच महीयिते।	बीस वर्ष पूर्व अभिषिक्त हुए देवों के प्रिय प्रियदर्शी राजा ने स्वयं आकर पूजा की।
(११) लघु स्त० ले० (निग्लीव सागर)	देवानं पियेन पियदसिन लाजिक चोदसवसाभिसितेन बुधस कोनाकमनस थुबे दुतियं वढ़िते।	चौदह वर्ष पूर्व अभिषिक्त देवों के प्रिय प्रियदर्शी राजा ने कोनाकमन बुद्ध के स्तूप को दूसरी बार परिवर्धित किया (बढ़ाया)।
(१२) गुहा ले० (बराबर)	लाजिना पियदसिना दुआडसवसाभिसितेन इयं निगोह-कुभा दिना आजीविकेहि।	बारह वर्ष पूर्व अभिषिक्त प्रियदर्शी राजा के द्वारा यह न्यग्रोधगुहा आजीविकों को दी गयी।
(१३) दशरथ के ले० (नागार्जुनी पहाड़ी गुहा)	दषलथेन देवानं पियेना आनंतलियं अभिषितेना आजीविकेहि.......।[1]	अभिषेक के अनन्तर देवों के प्रिय दशरथ के द्वारा (यह गुहा) आजीविकों को दी गयी।

१. इण्डि० एण्टि० २०, पृ० ३६४।

४. मौर्यों की तिथि-अंकन-विधि

(१) किसी पहले से ही स्थापित नियमित और प्रचलित संवत् का प्रयोग नहीं हुआ। बुद्ध या महावीर संवत् का कहीं निर्देश नहीं है।

(२) अशोक के शासन सम्बन्धी वर्षों में तिथि दी गयी है। उनमें अनुमानतः चन्द्रगुप्त द्वारा प्रस्थापित मौर्य संवत् का कोई निर्देश नहीं है।

(३) तिथि-अंकन स्वतन्त्र नहीं है; इसका कर्ता, अशोक, के विशेषण के रूप में प्रयोग हुआ है।

(४) केवल शासन वर्ष की संख्या दी गई है, ऋतु, मास, पक्ष, तिथि तथा दिवस विषयक कोई विवरण नहीं है।

५. शुङ्ग अभिलेख

शुङ्ग-काल का प्रतिनिधित्व करने वाले दो अभिलेख हैं:—(१) भरहुत-बौद्ध-स्तम्भ-अभिलेख[1] और (२) भागभद्र के शासन काल का बेसनगर का गरुड़-स्तम्भ अभिलेख[2]। प्रथम अभिलेख में केवल शुङ्गों के राजत्व-काल का उल्लेख है :

	प्राकृत मूल	हिन्दी अनुवाद
(१)	सुगनं रजे।	शुगों के राज्य में।

दूसरे लेख में तिथि-अंकन अधिक विकसित है :

	प्राकृत मूल	हिन्दी अनुवाद
(२)	कोसी पुत्रस भागभद्रस त्रातारस वसेन चतुदसेन राजेन वधमानस।	कोत्सीपुत्र राजा भागभद्र त्राता वर्द्धमान के चौदहवें वर्ष।

प्रथम लेख में तिथि अंकित करने का भाव अस्पष्ट और अशुद्ध है; इसकी ऐसे काल से सीमा की गयी है जो ११२ वर्ष तक फैला है। दूसरे लेख में तिथि-अंकन में अधिक सूक्ष्मता है। मौर्यों की तिथ्यांकन-विधि से यह एक पद आगे है; यहाँ वह स्वतन्त्र है; राजा के नाम से सम्बन्धित नहीं। किन्तु विधि अब भी शासनपरक है किसी नियमित या पूर्व से चले आते हुए संवत् का प्रयोग नहीं है।

---

१. हुल्श, इण्डि० एण्टि०, खण्ड १४, पृ० १३८ और आगे।
२. वोगेल, आर्क० सर्वे० इण्डि० ए० रि० १९०८-०९।

६. आन्ध्र-सातवाहन अभिलेख

आन्ध्र-सातवाहनों के शासन-काल में अनुष्ठित कुछ विशिष्ट अभिलेखों में निम्नलिखित भ्रांतियाँ विद्यमान हैं :

	प्राकृत मूल	हिन्दी अनुवाद
(१)	सवछरे १०+८ वास पखे २ दिवसे ।[1]	संवत्सर १८ के द्वितीय वर्षा पक्ष के प्रथम दिन ।
(२)	सवछरे २०+४ गिंहान पखे २ दिवसे १० ।[2]	संवत्सर २४ के द्वितीय ग्रीष्म-पक्ष के दसवें दिन ।
(३)	रञोवासिठिपुतस सामिसिरि [पुलु-मावित] सवछरे सतमे ७ गिम्हपखे पचमे ५ दिवसे प्रथमे १ ।[3]	राजा वासिष्ठीपुत्र पुलुमावि के सातवें संवत्सर के पाचवें ग्रीष्म पक्ष [ज्येष्ठ कृष्ण] के प्रथम दिवस ।
(४)	......सिरि-पुलुमाविस सवछरे एकुन-वीसे १०+९ गीम्हाण-पखे वितीये २ दिवसे तेरसे १०+३ ।[4]	श्री पुलुमावि के उन्नीसवें संवत्सर के द्वितीय ग्रीष्म-पक्ष के तेरहवें दिन ।
(५)	सिरि-पुलुमाविस सवछरे चतुविसे २०+४ हेमंतान पखे ततिये ३ दिवसे वितिये २ ।[5]	श्री पुलुमावि के चौबीसवें वर्ष के तृतीय हेमंत-पक्ष के दूसरे दिन ।
(६)	सिरि-यञसातकणिस संवछरे सातमे ७ हेमताण पखे ततिये ३ दिवसे प्रथमे ।[6]	श्री यज्ञ सातकर्णी के सातवें वर्ष के तृतीय हेमन्त-पक्ष के प्रथम दिन ।
(७)	रञो सातवाहनानं सिरि-पुलुमाविस सव ८ हेम २ दिव १ ।[7]	सातवाहन राजा श्री पुलुमावि के आठवें वर्ष के द्वितीय हेमंत-पक्ष (अग्रहायण शुक्ल १) के प्रथम दिन ।

१. गौतमीपुत्र सातकर्णि का नासिका-गुहा-अभिलेख, इपि० इण्डि०, खण्ड ४, पृ० १०४ और आगे ।
२. सेनार्ट, इपि० इण्डि० खण्ड ८, पृ० ७३ ।
३. इपि० इण्डि० खण्ड ७, पृ० ६१ और आगे, सं० ९४ ।
४. इपि० इण्डि० खण्ड ८, पृ० ६० और आगे, सं० २ ।
५. इपि० इण्डि० खण्ड ७, पृ० ७१, सं० २० ।
६. इपि० इण्डि० खण्ड ८, पृ० ९४, सं० २४ ।
७. इपि० इण्डि० खण्ड १४, पृ० १५५ ।

७. आन्ध्र-सातवाहनों के अन्तर्गत तिथि-अंकन विधि की विशेषताएँ

(१) मौर्यों और शुङ्गों के राजत्व-काल में जो शासन परक तिथि-अंकन का प्रकार विद्यमान था, आन्ध्र-सातवाहन काल में भी वही बना रहा।

(२) आन्ध्र-सातवाहनों ने न तो किसी पहले से आते हुए संवत् को ग्रहण किया और न किसी को चलाया।[1] उनके अभिलेखों में कहीं भी शक शालिवाहन संवत् का प्रयोग नहीं हुआ है।

(३) प्रारम्भिक सातवाहन अभिलेख बिना तिथि के हैं, तिथि का अंकन गौतमी पुत्र शातकर्णि के समय से, सम्भवतः उसके शासन की महत्ता के कारण प्रारम्भ हुआ।

(४) वर्ष के लिए सवछर (संवत्सर) शब्द का प्रयोग हुआ है जो बाद को बहुत प्रचलित हुआ; अभी तक साल के लिए वर्ष शब्द का साधारणतया प्रयोग होता था।

(५) तिथि के विवरण में राजा के शासन-वर्ष के अतिरिक्त ऋतु का नाम, पक्ष का क्रम तथा दिवस की संख्या भी दी गयी है।

(६) संख्या प्रायः अक्षरों और अंकों दोनों में दी गई है।

(७) कुछ अभिलेखों में निम्नलिखित संक्षिप्त रूपों का प्रयोग हुआ है:

(१) सवछर के लिए	सव
(२) गिम्हाण (ग्रीष्म) के लिए	गि
(३) पक्ष के लिए	प
(४) दिवस के लिए	दिव
(५) हेमन्त के लिए	हेम

८. खारवेल का हाथीगुम्फा अभिलेख[2]

इस अभिलेख में खारवेल के निम्नलिखित शासन-वर्षों का प्रयोग हुआ है।

(१) पधमे वसे प्रथम वर्ष में

---

१. अपने अभिलेखों की तिथि के लिए वे अपने शासन-वर्षों का प्रयोग करते थे।

२. द्रष्टव्य, इपि० इण्डि०, खण्ड २०, पृ० ७२ और आगे।

(२)	दुतिये च वसे	और दूसरे वर्ष में
(३)	ततिये पुन वसे	पुनः तीसरे वर्ष में
(४)	तथा चवुथे वसे	और चोथे वर्ष में
(५)	पंचमे च दानी वसे	और पाँचवें वर्ष में
(६)	छठे वसे	छठवें वर्ष में
(७)	सतमं च वसं पसासतो	सातवें वर्ष में शासन करता हुआ
(८)	अठमे च वसे	और आठवें वर्ष में
(९)	नवमे च वसे	और नवें वर्ष में
(१०)	दसमे च वसे	और दसवें वर्ष में
(११)	एकादसमे च वसे	और ग्यारहवें वर्ष में
(१२)	बारसमे च वसे	और बारहवें वर्ष में
(१३)	तेरसमे च वसे	और तेरहवें वर्ष में

९. मौर्य सम्वत्

हाथीगुम्फा अभिलेख की १६वीं पंक्ति में पण्डित भगवानलाल इन्द्रजी[1] तथा स्टेन कोनो[2] ने पढ़ा था, 'पनंतरिय सठ वस सते राज मुरिय काले' तथा इसका अनुवाद इस प्रकार किया, 'मौर्य संवत् के १६५वें वर्ष में'। उन्होंने इस सिद्धान्त को जन्म दिया कि चन्द्रगुप्त मौर्य ने एक संवत् चलाया जो खारवेल के समय में कलिंग में प्रचलित था। फ्लीट ने इस मत की बड़ी आलोचना की। फ्लीट की मान्यता थी कि इस अभिलेख में किसी संवत् का निर्देश नहीं है। फ्लीट ने यह प्रस्ताव किया कि मूल में किन्हीं विलुप्त जैन ग्रंथों के पुनरुद्धार का निर्देश है।[3] लूडर[4] तथा स्मिथ[5] ने फ्लीट का अनुसरण किया तथा इन्द्रजी और कोनो द्वारा प्रस्तावित पाठ का खण्डन किया। डी० सी० सरकार इस अंश को—'पानतरीय सत-सहसेहि। मुखिय-कल-वोच्छिनं [=वैदूर्यगर्भान् स्तम्भान् प्रतिष्ठापयति पञ्चोत्तरशतसहस्त्रै (मुद्राणां)। मुख्यकलाच्छिन्नं (=गीतनृत्यादिसमन्वितं)][6]

१. हाथीगुम्फा तथा तीन और अभिलेख।
२. आर्क० सर्वे० इण्डि० रि० १९०५-०६।
३. जर्नल ऑफ दि रॉयल एशियाटिक सोसाइटी १९१०, पृ० २४३–४४।
४. इण्डि० एण्टि०, खण्ड १०, लिस्ट ऑफ् ब्राह्मी इन्स०, पृ० १६१।
५. अर्ली हिस्ट्री ऑफ इण्डिया, पृ० २०७, सं० २।
६. सेलेक्ट इन्स्क्रिप्शन्स, खण्ड १, पृ० २१०।

--इस प्रकार पढ़ते हैं। इस अंश के किसी संवत् का निर्देश नहीं होता। लिपिशास्त्र की दृष्टि से भी हाथीगुम्फा अभिलेख को [३२१ ई० पू० (तथा कथित मौर्य संवत् का प्रारम्भ)--१६५=] १५६ ई० पू० में नहीं रखा जा सकता। इसका सम्बन्ध ईसा पूर्व को प्रथम शताब्दी का अन्तिम चरण या ईसा की प्रथम शताब्दी के प्रथम चरण से है। इसके अतिरिक्त मौर्य संवत् के अभिलेख या साहित्यिक प्रयोग का अन्य उदाहरण उपलब्ध नहीं होता। इन परिस्थितियों में ऐसी धारणा बनाना कि मौर्यों ने संवत् की स्थापना की जिसका उनके बाद प्रयोग हुआ, न्यायसंगत नहीं।[1]

१०. दक्षिण-पश्चिमी भारत के शकों (महाराष्ट्र के क्षहरातों और उज्जयिनी के महाक्षत्रपों) के अभिलेख

निम्नलिखित कुछ दृष्टान्त हैं :

	मूल	हिन्दी अनुवाद
(१)	वसे ४०+२ वेसाख मासे।[2]	(शक संवत् के) ४२वें वर्ष के वैशाख मास में।
(२)	वसे ४०+६ कतो।[3]	(शक संवत् के) ४६वें वर्ष (यह पुण्य दान) किया गया।
(३)	वर्षे द्विपंचाशे ५०+२ फगुण बहुलस द्वितीय वारे।[4]	(शक संवत के) ५२वें वर्ष के फाल्गुन मास के कृष्ण पक्ष के दूसरे दिन।
(४)	महाक्षत्रपस्य........रुद्रदाम्नो वर्षे द्विसप्ततितमे ७०+२ मार्गशीर्ष-बहुल प्रतिपदि।[5]	महाक्षत्रप.....रुद्रदामन के राजत्व-काल में (शक संवत् के) ७२वें वर्ष के मार्गशीर्ष के कृष्ण-पक्ष की प्रतिपदा को।

---

१. आर० डी० बनर्जी को इन्द्रजी और कोनो का पाठ ही ग्राह्य था।

२. नहपाण के शासन-काल का नासिका-गुहा-अभिलेख। इपि० इण्डि०, खण्ड ८, पृ० ८२ और आगे, सं० १२।

३. नहपाण के समय का जुन्नार-गुहाभिलेख, आर्क० सर्वे० वेस्ट इण्डिया, खण्ड ४, पृ० १०३।

४. रुद्रदामन के समय का अन्धौ-प्रस्तर-अभिलेख, इपि० इण्डि०, खण्ड १६, पृ० २३ और आगे।

५. रुद्रदामन प्रथम का जूनागढ़ शिलाभिलेख, इपि० इण्डि०, खण्ड ८, पृ० ४२ और आगे।

	मूल	हिन्दी अनुवाद
(५)	रुद्रसीहस्य वर्षे त्रियुततर शते १००+३ वैसाख शुद्धे पंचम-धण्यतिथौ रोहिणि नक्षत्र मुहूर्ते।[1]	रुद्रसिंह के राजत्व काल में (शक संवत् के) एक सौ तीसरे वर्ष के वैसाख के शुक्ल पक्ष की रोहिणी नक्षत्र मुहूर्त वाली धन्य तिथि पंचमी को।
(६)	वर्षे १००+२०+७ भाद्रपद-बहुलस ५......रुद्रसेनस्य इद शान्यं।[2]	'शक संवत् के (१२७वें वर्ष के भाद्रपद मास के कृष्णपक्ष के पाँचवें (दिन)..... रुद्रसेन का यह प्रस्तर स्तम्भ।
(७)	श्रीधरवर्मणा...... .स्वराज्याभि-वृद्धिकरे वेजयिके संवतसरेत्रयो-दशमे श्रावण-बहुलस्य दशमी-द्विवसं पूर्वकमेत २०+१।[3]	श्रीधरवर्मन के द्वारा....अपने (शासन के) विजयकर और वृद्धिकर तेरहवें वर्ष के श्रावण मास के कृष्ण पक्ष के इस दशमी के दिन.......(शक संवत् के) २००१वें वर्ष।

११. तिथि-अंकन की मुख्य विशेषताएँ

(१) ४२वें वर्ष से प्रारम्भ हो कर उसी संवत् के दो सौ प्रथम वर्ष तक; इन अभिलेखों की तिथि नियमित और प्रचलित संवत् में है।

(२) प्रारम्भिक अभिलेखों में तिथि अंकित करने की विधि किन्हीं अंशों में सरल है; संख्या (१) में केवल वर्ष और मास का निर्देश है और संख्या (२) में केवल वर्ष दिया गया है।

(३) अभिलेख संख्या (३) से तिथि सविस्तर है। आन्ध्र-सातवाहन अभिलेखों में निर्दिष्ट ऋतुओं के अतिरिक्त फाल्गुन, मार्गशीर्ष, वैशाख, भाद्रपद, श्रावण इत्यादि महीनों के नाम भी उपलब्ध होते हैं।

(४) किसी विशिष्ट ऋतु के पक्ष की संख्या के स्थान पर, जैसा कि आन्ध्र-

---

१. रुद्रसिंह प्रथम के समय का गौड-प्रस्तर-अभिलेख, इपि० इण्डि०, खण्ड १६, पृ० २३५।

२. रुद्रसेन प्रथम का गढ़ा-प्रस्तर-अभिलेख, इपि० इण्डि०, खण्ड १६, पृ० २३८।

३. श्रीधरवर्मन का कनखेरा प्रस्तर-अभिलेख, इपि० इण्डि०, खण्ड १६, पृ० २३२।

सातवाहन अभिलेखों में दिया गया है, इन अभिलेखों में बहुल (कृष्ण) और शुद्ध (शुक्ल) दो पक्षों का निर्देश हुआ है।

(५) किन्हीं अभिलेखों में दिन के लिए 'वार' शब्द का प्रयोग हुआ है।

(६) कुछ अभिलेखों में नक्षत्र और मुहूर्त भी दिया गया है।

(७) कुछ अभिलेखों में तिथि के लिए प्रयुक्त प्रचलित संवत् को, अस्पष्टतया राजाओं के शासन से जोड़ दिया गया है।

(८) अभिलेख सं० (७) में दोनों ही विशेषणों के साथ शासन वर्ष (जिसका प्रयोग गुप्त काल तक जाता है) तथा प्रचलित संवत् दिये गये हैं।

१२. प्रयुक्त सम्वत् : शक-सम्वत्

अब प्रश्न है कि इन अभिलेखों में प्रयुक्त संवत् कौन-सा है ? इतना स्पष्ट है कि यह संवत् भारतीय नहीं था। क्षहरात और क्षत्रपों के समकालीन आन्ध्र-सातवाहन अपने अभिलेखों की तिथि अपने शासन-वर्षों में छोड़ते थे, वे किसी नियमित या प्रचलित संवत् का प्रयोग नहीं करते थे। उन्होंने अवन्ती के मालवों के, जिन्हें उन्होंने परास्त कर हटाया, कृत संवत् का प्रयोग नहीं किया। इसका कारण वही था जो मुसलमानों के भारत में विक्रम और शक संवतों के न प्रयोग करने का ! इन परिस्थितियों में यह निर्णय अकाट्य है कि महाराष्ट्र, काठियावाड़ तथा अवन्ती के शकों ने अपने निज के संवत् को ग्रहण किया यद्यपि भारतीय तिथ्यांकन विधि की विशेषताओं का अनुकरण किया। अब दूसरा प्रश्न है कि शक संवत् की स्थापना करने वाला कौन है ? इस विषय पर भारतीय जैन परम्परा पूर्ण स्पष्ट है। प्रभावकचरित की कालकाचार्य-कथा में इसका स्पष्ट निर्देश है कि विक्रमादित्य के शासनारूढ़ होने के १३५ वर्ष बाद उस राजा के (विक्रमादित्य के) एक उत्तराधिकारी को मारकर शकों ने अपना संवत् स्थापित किया।[1] गणना से यह घटना (५७ ई० पू०+१३५=) ७८ ई० में हुई। संवत् की स्थापना अवन्ती में हुई, इससे स्पष्ट है कि इसकी स्थापना करने वाला चष्टन था। रुद्रदामन के जूनागढ़ शिलाभिलेख[2] के अनुसार उसका पितामह

१. शकानां वंशमुच्छेद्य कालेन कियताऽपि ह।
राजा श्री विक्रमादित्यः सार्वभौमोपमोऽभवत् ॥९०
ततो वर्षशते पंचत्रिंशता साधिके पुनः।
तस्य राज्ञोऽन्वयं हत्वा वत्सरः स्थापितः शकैः ॥९२

२. इपि० इण्डि० खण्ड ८, पृ० ४२ और आगे।

चष्टन पहला महाक्षत्रप था और उसे नया संवत् चलाने के सभी औचित्य प्राप्त थ। क्योंकि अवन्ती का शक वंश दक्षिण-पश्चिम भारत मे सबसे अधिक शक्तिशाली और प्रसिद्ध था, महाराष्ट्र के पड़ोसी शक वंश ने भी उनके द्वारा चलाये संवत् को ग्रहण किया।

इस संवत् की प्रारम्भिक शताब्दियों में 'शक' शब्द इसके साथ सम्बन्धित नहीं पाया जाता। प्रयुक्त शब्द साधारण तथा 'वर्ष' तथा विरलतया 'संवत्सरे' हैं, दोनों का ही अर्थ 'वर्ष' में है। शक सं० ५०० से १२६२ के बीच के अभिलेखों में शकों से इसका सम्बन्ध बताने वाली निम्नलिखित उक्तियाँ प्राप्त होती हैं :

(१)	शकनृपतिराज्याभिषेक संवत्सर[१]	[शक राजा के राज्याभिषेक का संवत्]
(२)	शकनृपतिसंवत्सर[२]	[शक नृपति का संवत्]
(३)	शकनृपसंवत्सर[३]	[शक नृप का संवत्]
(४)	शकनृपकाल[४]	[शक नृप का काल (संवत्)]
(५)	शकसंवत्[५]	[शक संवत्]
(६)	शक[६]	[शक (संवत्)]
(७)	शाक[७]	[(शक नृपति से व्युत्पन्न संवत्)]

ऊपर उद्धृत किये गये अंशों से यह स्पष्ट है कि ईसा की बारहवीं शती तक शक संवत् किसी शक नृपति द्वारा चलाया गया समझा जाता था तथा 'शालिवाहन' शब्द इसके साथ नहीं जोड़ा जाता था। केवल बाद को यह संवत् शालिवाहन-शक या शक-शालिवाहन कहा जाने लगा। जिनकी तिथि के साथ शालिवाहन का नाम जुड़ा है ऐसे साहित्यिक और अभिलेखात्मक प्राचीनतम लेख ईसा की चौदहवीं

---

१. शकनृपतिराज्याभिषेकसंवत्सरेष्वतिक्रान्तेषु पञ्चसु शतेषु। इण्डि० एण्टि०, खण्ड १०, पृ० ५८।
२. शकनृपतिसंवत्सरेषु चतुस्त्रिंशाधिकेषु पञ्चस्वतीतेषु। इण्डि० एण्टि०, खण्ड ६, पृ० ७३।
३. शकनृप-संवत्सरेषुशर-शिखि-मुनिषु व्यतीतेषु। इण्डि० एण्टि०, खण्ड १२, पृ० १६।
४. शकनृपकालातीतसंवत्सरशतेषु सप्तसु षोडशोत्तरेषु। इपि० इण्डि०, खण्ड ३, पृ० १०६।
५. शक संवत् ८३२, इपि० इण्डि०, खण्ड १, पृ० ५६।
६. शक ११५७ कीलहार्न एल० आई० एस० आई०, पृ० ६३, सं० ३४८।
७. शाके ११२८ प्रभव संवत्सरे। इपि० इण्डि०, खण्ड १, पृ० ३४३।

शताब्दी के हैं।[1] शालिवाहन का नाम शक संवत् के साथ क्यों जोड़ दिया गया इसका यह कारण प्रतीत होता है . उत्तरी भारत में प्रारम्भ में 'कृत' तथा बाद में 'मालव' कहा जाने वाला संवत्, लोगों की राजनीतिक मनोवृतियों के कारण 'विक्रम-संवत्' के अभिधान से विख्यात हुआ। दक्षिण में 'शक' शब्द जो 'शकनृपतिराज्याभषेकसंवत्सर', 'शक-नृप-काल', 'शक संवत्', 'शककाल' इत्यादि अंशों में संवत् का विशेषण था, स्वयं समय के प्रवाह में वर्ष का सूचक बन गया। एक समय भारत के एक भाग पर शकों का प्रभुत्व था, यह राजनीतिक सत्य ओझल हो गया। दक्षिण में ऐतिहासिक व्यक्तियों के नामों में जो शेष रहा वह शालिवाहन[2] है (समान रूप से हाल या गौतमी पुत्र सातकर्णि का सूचक) जो साहित्यकारों और लोगों की कल्पना का आश्रय बन सका इन परिस्थितियों में उत्तर की ही भाँति शालिवाहन का नाम शकसंवत् से जोड़ दिया गया जिससे यह संवत् केवल दक्षिण में ही नहीं, अपितु सम्पूर्ण भारत में समादृत हुआ।

१३. हिन्द-वाह्लीक (इण्डो-बैक्ट्रियन) राजाओं के अभिलेख

इण्डो-बैक्ट्रियन राजाओं के अभिलेख अत्यल्प संख्या में प्राप्त हुए हैं, जिनमें विरला ही तिथियुक्त है। इनमें से केवल दो उदाहरण नीचे दिये जाते हैं :

	मूल	हिन्दी अनुवाद
(१)	...मिनेन्द्रि महरजस कटि अस दिवस. ४+४+४+१+१।[3]	महाराज मेनन्द्र के शासन के कार्तिक मास के १४वें दिन।
(२)	वषये पंचमये ४+१ वेश्रखस मसस दिवस पंचविश्रये।[4]	(मेनन्द्र के शासन काल के) पाँचवें वर्ष के वैशाख मास के पचीसवें दिन।

१. जिनप्रभसूरि का कल्पप्रदीप ग्रंथ लगभग १३०० ई० का है। कवि का कथन है कि प्रतिष्ठान के सातवाहन (शालिवाहन) ने उज्जयिनी के विक्रमादित्य को हरा कर अपना संवत् चलाया। दृष्टव्य जे० ए० एस० बी० बी०, खण्ड १०, पृ० १३२-३३; नृप शालिवाहन शक १२७६; विजयनगर के यादव राजा बुक्काराय का हरिहर गाँव-अभिलेख (कीलहार्न : लिटरेरी इन्सक्रिप्शन्स ऑफ साउथ इण्डिया, पृ० ७८, सं० ४५५)।

२. प्रबन्धचिन्तामणि के अनुसार हाल का एक नाम शालिवाहन है : शालिवाहन-शालवाहन-सालवाहण-सालवाहन-सालाहण-सातवाहन-हालेत्येकस्य नामानि।

३. मेनन्द्र के राज्यत्व-काल का शीनकोट-मंजूषा-अभिलेख, इपि० इण्डि०, खण्ड २४, पृ० ७ प्रारम्भ में निर्दिष्ट वर्ष लुप्त हो गया है।

४. वही।

१४. संवत्—शासनपरक या प्रचलित

ऊपर के अभिलेखों में प्रयुक्त वर्ष स्पष्ट रूप से शासनपरक हैं। मेनन्द्र जाति से ग्रीक तथा धर्म से बौद्ध था। किन्तु यदि सैंकड़ा सूचक अंक मिट भी गये हों तब भी उनके द्वारा प्रयुक्त वर्षों का सम्बन्ध न ३१२ ई० पू० में सेल्यूकस द्वारा स्थापित सेल्यूसिडियन संवत् से हो सकता है और न ४८३ ई० पू० से प्रारम्भ होने वाले बुद्ध संवत् से। यहाँ प्रयुक्त कार्तिक और वैशाख मास विशुद्ध भारतीय हैं, मेसीडोनियन या ग्रीक नहीं; जिनमें से कुछ का प्रयोग शकों और कुषाणों के राजत्वकाल में लिखित अभिलेखों में हुआ है। यह सत्य ग्रीक या सेल्युसिडियन संवत् के प्रयोग की सम्भावना को और भी दूर कर देता है।

१५. उत्तर-पश्चिमी भारत के शक पह्लवों के अभिलेख

मूल	हिन्दी अनुवाद
(१) स्वामिस महाक्षत्रस शोडासस संवतसरे ७०+२ हेमंत मासे २ दिवसे ६।[1]	स्वामी महाक्षत्रप शोडास के शासन के ७२वें संवत् के द्वितीय हेमंत (पौष) मास के नवें दिन।
(२) संवत्सरये अठसततिमये २०+२० +२०+१०+४+४ महरयस महंतस मोगस पनेमस मसस दिवसे पंचमे ४+१।[2]	महाराज महान् मोग के राजत्वकाल के ७८वें वर्ष के (ग्रीक) पनेम मास के पाँचवें दिवस।
(३) महरयस गुदुव्हरस वस २०+४ १+१ संवत्सरये तिशतिमये १०० +१+१+१ वेशखस मसस दिवसे प्रठमे पुत्रे वहले पक्षे।[3]	महाराज गुदुव्हर (गोण्डोफरनीज़) के २६वें शासन-वर्ष में १०३ संवत् के वैशाख मास के कृष्ण पक्ष के प्रथम पुण्य दिन में।

---

१. शोडास का मथुरा-दान-पट्ट-अभिलेख, इपि० इण्डि०, खण्ड २, पृ० १९९।

२. पटिक का तक्षशिला-ताम्रपत्र-अभिलेख, कोनो, कार्प० इन्स० इण्डि०, खण्ड २, १, पृ० २८।

३. गोण्डोफरनीज़ का तख्तेबाही प्रस्तर-अभिलेख, स्टेन कोनो, कार्प०, इन्स० इण्डि०, खण्ड २, १, पृ० ६२।

	मूल	हिन्दी अनुवाद
(४)	सं० १×१००+२०+१+१ श्रावणस मसस दि प्रढमे १ महरयस गुषणस रजमि ।[1]	महाराज कुषाण के शासनकाल के १२२वें वर्ष के श्रावण मास के प्रथम दिन ।
(५)	संवत्सरये १×१००+२०+१० +४ अजस श्रवणस मसस दिवसे त्रेविशे २०+१+१ ।[2]	१३४ (अज्ञात) संवत् के प्रथम श्रावण मास के (या अय=एजेज़, के शासन के श्रावण मास के) २३वें दिन ।
(६)	स १×१००+२०+१०+४ +१+१ अयस अषडस मसस दिवसे १०+४+१ ।[3]	अज्ञात सं० १३६ के शुद्ध आषाढ़ मास के १५वें दिन ।
(७)	सं० १×१००+२०+२० २०+२०+४+१+१+१ महरजस उविमिकस्तुसस ।[4]	महाराज उवमिकस्तु के शासन के सं० १८७ ।
(८)	क १×१००+२०+२०+२० +२०+१०+१ महरजस.....स पुत्रस जिहोणिकस चुख्सस क्षत्रपस ।[5]	महाराज.....के पुत्र चुक्ष के क्षत्रप जिहोणिक के (शासनगत) सं० १९१ में ।

१६. शक-पह्लव अभिलेखों में गृहीत तिथि-अंकन की विधि

(१) इन अभिलेखों में एक नियमित संवत् के ७२ से लेकर १९१ वर्ष तक का प्रयोग हुआ है ।[6]

(२) नियमित और प्रचलित संवत् के साथ ही राजा या क्षत्रप के शासन का प्रायः बिना शासन-वर्ष के भी उल्लेख हुआ है ।

---

१. एक कुषाण राजा का पञ्जतर-प्रस्तर-अभिलेख, स्टेन कोनो, कार्प०, इन्स० इण्डि०, खण्ड २, १, पृ० ७० ।
२. कलावाँ-ताम्रपत्र-अभिलेख, इपि० इण्डि०, खण्ड २१, पृ० २५९ ।
३. एक कुषाण राजा का रजत-कुण्डली-अभिलेख, स्टेन कोनो, इपि० इण्डि०, खण्ड १४, पृ० २९५ ।
४. उविमिकोस्तुस का खाल्स्ते-प्रस्तर-अभिलेख, स्टेन कोनो, कार्प० इन्स० इण्डि०, खण्ड २, १, पृ० ८१ ।
५. जिहोणिक का तक्षशिला रजत-भाण्ड-अभिलेख, वही, पृ० ८२ ।
६. खरोष्ठी का प्राचीनतम अभिलेख मैव-अभिलेख है, जिसकी तिथि ५८ है ।

(३) कुछ अभिलेखों में शासन-वर्ष का भी उल्लेख है।

(४) वर्ष और दिन की संख्या साधारणतया अंकों में है, किन्तु प्रायः अक्षरों और अंकों दोनों में। ऋतु और मास का नाम भी, साधारण रूप से दिया हुआ है। कभी-कभी भारतीय महीनों के नाम पर मेसीडोनियन मास भी प्राप्त होते हैं; स्पष्ट है कि इनका प्रयोग विदेशी दान-दाताओं द्वारा हुआ है।

(५) कभी-कभी मास का पक्ष भी दिया रहता है।

(६) कभी-कभी वर्ष की संख्या और शासनारूढ़ राजा के नाम का ही निर्देश हुआ है, अन्य विवरण छोड़ दिये गये हैं।

(७) संवत्सर के लिए स या सं, दिवस के लिए दि, काल के लिए क, संक्षिप्त रूपों का प्रयोग हुआ है।

(८) तिथि के विभिन्न अंगों का क्रम अभी तक निश्चित नहीं है।

(९) सातवाहनों तथा दक्षिणी-पश्चिमी भारत के शकों द्वारा अनुगमित विधि की अपेक्षा यह विधि प्राचीन एवं अल्प विकसित है।

१७. एक प्राचीन शक सम्वत्

ऊपर उद्धृत अभिलेखों में प्रयुक्त वर्षों का सम्बन्ध किस संवत् से जोड़ा जाय ? इस प्रश्न के उत्तर देने के पूर्व एक सत्य का ध्यान रखना परम आवश्यक है। लिपि-विज्ञान और शैली के आधार पर इन अभिलेखों का सम्पूर्ण वर्ग कुषाणों के काल के पूर्व तथा दक्षिण-पश्चिमी भारत के क्षहरात-शकों एवं आन्ध्र-सातवाहन सम्राटों, जिनके अभिलेख पश्चिमी घाट में पाये जाते हैं, के काल के भी पूर्व रखा जा सकता है। इन वर्षों का सम्बन्ध ७८ ई० से प्रारम्भ होने वाले शक संवत् या कनिष्क द्वारा स्थापित संवत् लगभग १२० ई० से नहीं स्थापित किया जा सकता क्योंकि दोनों परिस्थितियों में इन अभिलेखों में निर्दिष्ट शक राजाओं का शासन भारतीय इतिहास के कुषाण या उत्तर कुषाण काल में पड़ेगा, जो असम्भव है। इन वर्षों का सम्बन्ध मौर्य (ल० ३२१ ई० पू०), सेल्युसिडियन (ल० ३१२ ई० पू०), प्राचीन शक (ल० ५५० ई० पू०) या प्राचीन पह्लव (ल० २५६ या २४६ ई० पू०) संवत् से भी नहीं लगाया जा सकता, क्योंकि इस दशा में शक, उत्तर मौर्यों, शुंगों, तथा भारत में बैक्ट्रियनों के समकालीन ठहरेंगे और यह भारतीय इतिहास के सुव्यवस्थित क्रम के विरुद्ध जायेगा।

प्रारम्भिक शक अभिलेखों में प्रयुक्त प्राचीनतम तिथि (५८) से यह अनुमान किया जा सकता है कि शकों ने भारत को इसके बहुत पहले नहीं विजित किया। स्पष्टतया प्रसंगान्तर्गत संवत् शकों द्वारा, उनके सर्वप्रथम भारतीय आक्रमण की स्मृति में स्थापित किया गया था। जैन पट्टावलियों तथा प्रभावकचरित में दी गयी कालकाचार्य-कथा के अनुसार विक्रमादित्य ने शकों को, उनके अवन्ती पर चौदह या चार वर्ष शासन कर लेने पर, अवन्ती से बाहर निकाला। इस प्रकार भारत पर शकों का सर्वप्रथम आक्रमण ल० ५७+१४ या ४=७१ या ६१ ई० पू० रखा जा सकता है। ई० पू० ७१ या ६१ में शकों की विजय के कारण संवत् की स्थापना हुई, जिसे पूर्व शक संवत् कहा जा सकता है। भारत विजय के प्रथम प्रयास में शक अवन्ती में परास्त हुए किन्तु उनकी एक शाखा उत्तर-पश्चिम भारत में बनी रही और ई० पू० ७१ या ६१ में स्थापित शक संवत् का व्यवहार करती रही। इस संवत् का १९१ वर्ष विम कडफाइसेस के शासन का अन्त तथा कनिष्क के शासन का ल० ७१ ई० पू०+१९१=१२० ई० पू० में प्रारम्भ परिलक्षित करता है। जब शकों ने चष्टन के नेतृत्व में दूसरी बार अवन्ती पर अधिकार किया तो ७८ ई० में उन्होंने उत्तर शक संवत् की स्थापना की जो दक्षिण-पश्चिमी भारत के शकों द्वारा प्रयुक्त हुआ तथा बाद को भारतीयों के द्वारा भी गृहीत हुआ।

१८. कुषाण-अभिलेख (कनिष्क के शासन-काल से)

कनिष्क ने एक नवीन संवत् की स्थापना की और इससे तिथि का एक नया प्रकार प्रारम्भ हुआ। इस विधि का अनुसरण करने वाले अभिलेखों के कुछ उदाहरण दिये जाते हैं :

	मूल	हिन्दी अनुवाद
(१)	महाराजस्य कणिष्कस्य सं० ३ हे ३ दिवस २२।[1]	महाराज कनिष्क के तृतीय संवत् की हेमन्त ऋतु के तीसरे पक्ष के २२वें दिन।
(२)	महाराजस्य देवपुत्रस्य कणिष्कस्य सवत्सरे १० ग्रि २ दि ९।[2]	महाराज देवपुत्र कनिष्क १०वें संवत् की ग्रीष्म ऋतु के दूसरे पक्ष के नवें दिन।

१. कनिष्क का सारनाथ-बौद्ध-प्रतिमा-अभिलेख, इपि० इण्डि० खण्ड ८, पृ० १७३ और आगे।

२. कनिष्क प्रथम का लन्दन-संग्रहालय-प्रस्तर-अभिलेख, इपि० इण्डि० खण्ड ४, पृ० २४०।

	मूल	हिन्दी अनुवाद
(३)	महराजस्यं रजतिरजस्य देवपुत्रस्य कनिष्कस्य संवत्सरे एकदशे सं० १०+१ दइसिकस्य मसस दिवसे अठविशे दि २०+४+४ ।[1]	महाराज राजाधिराज देवपुत्र कनिष्क के ११वें संवत् के दइसिक (डिसिअॉस—ज्येष्ठ) मास के २८वें दिन।
(४)	सं० १०+१ अषडस्य मसस दि २० उत्तरफगुणे......कणिष्कस्य रजमि ।[2]	कनिष्क के शासन में सं० ११ के आषाढ़ मास के २०वें दिन उत्तरफाल्गुनी नक्षत्र में ।
(५)	सं० १०+४+४ कर्तियस मसस दिवसे २०.....महरजस कणेष्कस्य ।[3]	कनिष्क के शासन-काल में सं० १८ के कार्तिक मास के २०वें दिन ।
(६)	महाराजस्य राजातिराजस्य देवपुत्रस्य षाहि वासिष्कस्य सं० २०+८ हे १ दि ५ ।[4]	महाराज राजाधिराज देवपुत्र शाहि वासिष्क के राज्यकाल में कनिष्क सं० २८ के हेमन्त के प्रथम पक्ष की पाँचवीं तिथि को ।
(७)	संवत्सरे २०+८ गुर्प्पिये दिवसे ....देवपुत्रस्य षाहिस्य हुविष्कस्य ।[5]	देवपुत्र शाहि हुविष्क के २८वें सवत् के गुर्प्पिय (गोरपॉइस=भाद्रपद) मास के प्रथम दिन ।
(८)	महाराजस्य देवपुत्रस्य हुविष्कस्य	महाराज देवपुत्र हुविष्क के ३३वें

१. कनिष्क प्रथम का श्री विहार-ताम्रपत्र-अभिलेख, स्टेन कोनो, कार्प० इन्स० इण्डि० खण्ड २, १, पृ० १४१ ।
२. कनिष्क प्रथम का जेदा-अभिलेख, एपि० इण्डि० खण्ड १९, पृ० १ इत्यादि ।
३. कनिष्क प्रथम का मानिक्याला-प्रस्तर-अभिलेख, स्टेन कोनो, कार्प० इन्स० इण्ड०, खण्ड २, १, पृ० ४९ इत्यादि ।
४. वासिष्क का साँची बौद्ध-प्रतिमा-अभिलेख, एपि० इण्डि, खण्ड २, पृ० ३६९-७० इत्यादि ।
५. हुविष्क का मथुरा-प्रस्तर-अभिलेख, एपि० इण्डि० खण्ड २१, पृ० ६० इत्यादि ।

	मूल	हिन्दी अनुवाद
	सं० ३०+३ गृ १ दि ८ ।[1]	संवत् की ग्रीष्म ऋतु के प्रथम पक्ष के आठवें दिन ।
(९)	महरजस रजतिरजस देवपुत्रस कइसरस वझिष्पपुत्रस कनिष्कस संवत्सरये एकचपरिशये सं० २०+२०+१ जेठस मसस दिवसे १ ।[2]	महाराज राजाधिराज देवपुत्र कइसर वासिष्क के पुत्र कनिष्क (द्वितीय) के शासन काल में कनिष्क संवत् ४१ के ज्येष्ठ मास के प्रथम दिन ।
(१०)	महाराजस्य हुविक्षस्य सवंचर ४०+८ व २ दि० १०+९ ।[3]	महाराज हुविष्क के शासन काल में कनिष्क सं० ४८ वर्षा ऋतु के द्वितीय पक्ष के १९वें दिन ।
(११)	महरजस्य वासुदेवस्यस ८० हम व १ दि १०+२ ।[4]	महाराज वासुदेव के शासन काल में (कनिष्क) संवत् ८० की हेमंत ऋतु के प्रथम कृष्ण पक्ष के १२वें दिन ।

१९. कनिष्क वर्गीय कुषाण अभिलेखों के तिथि-अंकन की प्रमुख विशेषताएँ

(१) एक लगातार चलने वाले संवत् का, उसके तीसरे वर्ष से ८०वें वर्ष तक प्रयोग हुआ है । इसका तीसरा वर्ष कनिष्क प्रथम के शासन काल में तथा ८०वाँ वासुदेव के शासन काल में आता है ।

(२) ऐसा प्रतीत होता है कि तिथि अङ्कन के लिए कनिष्क ने अपने राजकीय वर्षों का प्रयोग किया, जिसे उसके उत्तराधिकारियों ने जारी रखा ।

---

1. हुविष्क का मथुरा बौद्ध-प्रतिमा-अभिलेख, एपि० इण्डि०, खण्ड ८, पृ० १८१ ।
2. कनिष्क द्वितीय का आरा प्रस्तर-अभिलेख, एपि० इण्डि०, खण्ड १४, पृ० १४३ ।
3. हुविष्क का लखनऊ संग्रहालय जैन-प्रतिमा-अभिलेख, एपि० इण्डि०, खण्ड १० पृ० ११२ ।
4. वासुदेव का मथुरा प्रतिमा-अभिलेख, एपि० इण्डि०, खण्ड १, पृ० ३९२, सं० २४ ।

(३) अधिकाश अभिलेखों में तिथि अंकन में (क) शासनारूढ़ राजा का नाम, (ख) संवत्सर शब्द के बाद वर्ष की संख्या, (ग) ऋतु या मास का नाम (कभी कभी ग्रीक मास दिया गया है, जैसे गोरपाइस) तथा (घ) मास के दिन की संख्या दी गयी है।

(४) कुछ अभिलेखों में नक्षत्रों के नाम भी हैं।

(५) कुछ अभिलेखों में उपाधियों के सहित राजा का नाम तिथिपरक विवरण के बाद दिया गया है।

(६) तिथि-अङ्कन-विधि आन्ध्र-सातवाहनों तथा दक्षिण-पश्चिमी भारत के शकों के अभिलेखों में अपनायी गयी विधि के समान ही है।

२०. कनिष्क संवत् की स्थापना और पहचान

संवत् ३ का कनिष्क के शासन काल में पड़ना इस बात का सूचक है कि कनिष्क ने कडफाइसेस वर्ग के राजाओं को हटाकार तथा सन् १२० ई० में एक नये शासक वंश की स्थापना कर, यह नया संवत् चलाया। भारतीय परम्पराओं की अवहेलना करते हुए पश्चिमी विद्वानों ने कनिष्क द्वारा स्थापित संवत् की पहचान प्रथम ५७ ई० पू० में प्रचलित विक्रम संवत् से और फिर सन् ७८ ई० से प्रारम्भ होने वाले शक संवत् से को। कनिष्क द्वारा स्थापित संवत् अपने दक्षिण-पश्चिम में ही लगभग १०० वर्ष की अवधि के उपरान्त समाप्त हो गया तथा इसका स्थान ७१ ई० पू० में स्थापित पूर्व शक संवत् ने ग्रहण किया जिसमें ३०३ से ३९९ तक की तिथि अभिलेखों में दी गई है। इस सत्य की दृष्टि में पश्चिमी विद्वानों की उपर्युक्त पहचान अब छोड़ दी गयी। उत्तर में पूर्व शक संवत् का स्थान मालव तथा गुप्त संवतों ने ले लिया।

२१. गणतन्त्रों एव अन्य लोगों तथा राजस्थान और अवन्ती-आकर (मध्य भारत) के राज्यों के अभिलेख

कुछ सर्वाधिक प्रतिनिधित्व करने वाले उदाहरण नीचे दिये जाते हैं :

	मूल	हिन्दी अनुवाद
(१)	कृतयोर्द्वयो-वर्षशतयोर्द्वच शीतयोः २००+८०+२ चैत पूर्णमा-स्याम्।[1]	कृत संवत् २८२ के चैत मास की पूर्णिमा को।

1. नदसा-यूप-अभिलेख, एपि० इण्डि०, खण्ड २७।

	मूल	हिन्दी अनुवाद
(२)	कृते हि (कृतैः) २००+८० +४ चैत शुक्ल पक्षस्य पञ्च-दशी ।[1]	कृत संवत् २८४ के चैत्र मास के शुक्ल पक्ष की पञ्चदशी को ।
(३)	क्रिते (कृते) हि २००+९०+५ फाल्गुण (न) शुक्लस्य पञ्चे दि ।[2]	कृत संवत् २९५ के फाल्गुन मास के शुक्ल पक्ष की पञ्चमी को ।
(४)	कृते हि ३००+३०+५ जरा (ज्येष्ठ) शुद्धस्य पञ्चदशी ।[3]	कृत संवत् ३३५ के ज्येष्ठ मास की शुक्ल पञ्चदशी ।
(५)	कृतेषु चतुर्षु वर्षशतेष्वष्टाविंशेषु ४००+२०+८ फाल्गुण (न) बहुलस्य पञ्चदश्याम् ।[4]	कृत संवत् ४२८ के फाल्गुन मास के कृष्ण पक्ष की पञ्चदशी को ।
(६)	श्रीमालवगणाम्नाते प्रशस्ते कृत-संवतै कृषष्टयधिके प्राप्ते समाशत-चतुष्टये । दिने आम्वोज शुक्लस्य पञ्चम्यामथ सत्कृते ।[5]	परम्परा से मालव लोगों द्वारा प्रयुक्त होने वाले कृत संवत के ४६१वें वर्ष के आश्विन मास के शुक्लपक्ष की शुभ पञ्चमी तिथि को ।
(७)	मालवानां गणस्थित्या याते शत-चतुष्टये । त्रिनवत्यधिकेऽब्दानामृतौ सेव्यघनस्तने ॥ सहस्यमास शुक्लस्य प्रशस्तेऽह्नि त्रयोदशे ।[6]	मालव गणराज्य की स्थापना से ४९३ वर्ष बीत जाने पर पौष मास के शुक्ल पक्ष की पुण्या त्रयोदशी को ।
(८)	पञ्चसु शतेषु शरदां यातेष्वेका-न्नवतिसहितेषु । मालवगण-	काल ज्ञान के लिए लिखे गये मालव गणराज्य की स्थापना से ५८९

१. बरनाला-अभिलेख ।
२. बडवा-यूप-अभिलेख, एपि० इण्डि०, खण्ड २३, पृ० ५२ ।
३. बरनाला-अभिलेख ।
४. विजयगढ़-अभिलेख ।
५. मन्दसोर-अभिलेख, एपि० इण्डि०, खण्ड १२, पृ० ३२० ।
६. कुमारगुप्त और बन्धुवर्मन का मन्दसोर-अभिलेख, फ्लीट, कार्प० इन्स० इण्डि०, खण्ड ३, पृ० ८१ इत्यादि ।

	मूल	हिन्दी अनुवाद
	स्थितिवशात्कालज्ञानाय लिखितेषु ।। यस्मिन्................ कुसुमसमयमासे ।[1]	वर्षं (शरद ऋतुएँ) व्यतीत हो जाने पर जिसे......वसंत ऋतु में ।
(९)	संवत्सरशतैः यातैः सपञ्चनवत्यर्गलैः सप्तभिर्मालवेशानां ।[2]	मालवेशों के संवत् ७९५ में ।
(१०)	वसुनवाष्टौ वर्षागतस्य कालस्य विक्रमाख्यस्य वैशाखस्य सितायां रविवारयुत द्वितीयां चन्द्रे रोहिणिसंयुक्ते लग्ने सिंहस्य शोभने योगे ।[3]	विक्रम संवत् ८९८ वैशाख मास शुक्ल पक्ष रोहिणी नक्षत्र युक्त लग्न तथा शुभ सिंह योग, रविवार की द्वितीया को ।
(११)	मालव-कालाच्छरदां षट्त्रिंशत् संयुतेष्वतीतेषु नवसु शतेषु मधाविह ।[4]	मालवकाल के अनुसार ९३६ शरद् ऋतुओं के व्यतीत हो जाने पर मधु (वसन्त) ऋतु में ।
(१२)	राम-गिरि-नन्द-कलिते विक्रम-काले गते तु शुचिमासे ।[5]	विक्रम संवत् के ९ (नन्द) ७ (गिरि) ३ (राम) अर्थात् ९७३ वर्ष व्यतीत हो जाने पर शुद्धमास (ज्येष्ठ या आषाढ़) में ।
(१३)	विक्रम-संवत्सर ११०३ फाल्गुण (न) शुक्लपक्ष तृतीया ।[6]	विक्रम संवत् ११०३ से फाल्गुन मास के शुक्लपक्ष की तृतीया ।

---

१. यशोधर्मन या विष्णुवर्धन का मन्दसोर-अभिलेख, फ्लीट, कार्प० इन्स० इण्डि०, खण्ड ३, पृ० १९२ इत्यादि ।
२. शिवगण का कणस्व-अभिलेख, इण्डि० एण्टि, खण्ड १९, पृ० ५९ ।
३. चण्डमहासेन का धौलपुर-अभिलेख ।
४. ग्यरसपुर-अभिलेख ।
५. राष्ट्रकूट विदग्धराज का बीजापुर-अभिलेख ।
६. ओसिया (जोधपुर)-अभिलेख ।

२२. तिथि-अंकन विधि

(१) सं० २८२ से ११०३ तथा उसके बाद तक नियमित और क्रमबद्ध संवत् का प्रयोग हुआ है।

(२) वही संवत् बाद के कालों में कृत, मालव तथा विक्रम कहा गया है।

(३) उपरिनिर्दिष्ट तीनों संवत् समकालीन और अभिन्न हैं।

(४) प्रारम्भिक अभिलेखों के वास्तविक तिथि-अंकन में सर्वप्रथम संवत् का नाम, फिर वर्ष संख्या तथा इसके बाद मास, पक्ष तथा तिथि का उल्लेख हुआ है; बाद के कुछ अभिलेखों में दिन, नक्षत्र और योग भी दिये गये हैं।

(५) बाद के कुछ पद्यात्मक अभिलेखों में ऊपर का क्रम बदल गया है, पहले वर्ष संख्या, उसके बाद संवत का नाम और फिर तिथि, मास, ऋतु इत्यादि दिये गये हैं।

(६) नवीं शताब्दी के बाद कुछ अभिलेखों में प्रतीकात्मक शब्दों द्वारा वर्ष संख्या का निर्देश किया गया है।

२३. कृत, मालव तथा विक्रम संवतों की उत्पत्ति तथा पहचान[1]

ज्योतिषपरक गणना तथा प्रादेशिक तथ्यों के आधार पर प्रतिष्ठित विद्वान् इस निष्कर्ष पर पहुँचे हैं कि कृत संवत्, मालव संवत् तथा विक्रम संवत्, तीनों ही ५७ ई० पू० से प्रारम्भ होने वाले, समकालीन तथा अभिन्न हैं।[2] इन तीनों संवतों की अभिन्नता सिद्ध हो जाने पर यह स्पष्ट हो जाता है कि विक्रमादित्य द्वारा संस्थापित संवत् का प्रचलन गत बीस शताब्दियों में बना रहा है। किन्तु यह प्रश्न उपस्थित हो सकता है कि यदि इस संवत के संस्थापक विक्रमादित्य थे तो संवत् के प्रारम्भिक काल में इसे विक्रमादित्य के नाम पर क्यों नहीं अभिहित किया जाता? इसे पहले कृत संवत्, इसके बाद मालवों या मालव-गण या मालव राजाओं का संवत् कहा जाता था और बाद को इसका अभिधान विक्रम संवत् होता है। इस शङ्का का समाधान सरल है, जिसे इस प्रकार स्पष्ट किया जा सकता है।

---

१. यह अंश लेखक की एक अन्य कृति 'विक्रमादित्य ऑफ उज्जयिनी', पृ० ५-९ से अपनाया गय है।

२. डा० ए० एस० आल्तेकर: 'सह्याद्रि' अक्टूबर १९४३: नागरीप्रचारिणी पत्रिका, विक्रमांक संवत् २०००।

विक्रम संवत् का प्रारंभिक काल में उल्लेख न होने का स्पष्टीकरण

विक्रमादित्य गणराज्य के गणमुख्य थे, न कि निरंकुश शासक।[1] यद्यपि इस संवत् की स्थापना में वे प्रमुख सहायक थे किन्तु उन्हें इसका संस्थापक नहीं कहा जा सकता। जनसत्तात्मक गणराज्य में गण का महत्त्व नेता या मुखिया के महत्त्व से अधिक होता था, वह मुखिया चाहे कितना ही प्रभावशाली क्यों न हो। युद्ध में विजय जैसी उपलब्धियों का भागी सम्पूर्ण गण होता था; क्योंकि एक ही व्यक्ति को श्रेय दिये जाने पर फूट पड़ने की शंका थी। ऐसी परिस्थितियों में मालवगण के आधार पर संवत् का नामकरण हुआ। बर्बर शकों पर मालवगण की विजय के स्मारक स्वरूप संवत् चलाया गया। भारत से शकों के निष्कासन से देश विदेशी आक्रमण से मुक्त हो गया, शान्ति और सम्पन्नता का युग उद्घाटित हुआ जिसे आलंकारिक रूप से कृतयुग (सतयुग) समझा जा सकता था। इसलिए पहले संवत् का कृत नाम सार्थक था। भारतीय ज्योतिष में कृत केवल युग का क्रमिक विभाग नहीं, अपितु सुखी और समृद्ध युग का भी बोधक है। ऐतरेय ब्राह्मण के एक छंद से यह स्पष्ट हो जाता है। छंद का अनुवाद इस प्रकार है: सोया हुआ कलि है, जँभाई लेता हुआ द्वापर है, उठकर खड़ा हुआ त्रेता है और अग्रसर होता हुआ कृत है।[2] वह युग, जिसमें भारतीय जन मालवगण के नेतृत्व में उठ खड़े हों, स्वदेश की रक्षा हेतु अपने शत्रुओं के विरुद्ध अग्रसर हो रहे हों तथा अपनी विजयों के फल का उपभोग कर रहे हों, निस्संदेह कृत कहा जा सकता है।

विदेशी आक्रमणों से मुक्त भारत ने ५७ ई० पू० (जब संवत् की स्थापना हुई थी) से ७८ ई० तक अर्थात् १३५ वर्ष शान्ति और समृद्धि का उपभोग किया। इस काल के अन्त में शकों ने पुनः अपने आक्रमण प्रारम्भ किये; देश में सुयोग्य नेता के अभाव में उन्होंने सम्पूर्ण सिन्धु, सुराष्ट्र और अवन्ती पर अधिकार कर लिया। यद्यपि अवन्ती का भूभाग मालवों के हाथ से छिन गया, फिर भी उस संकट के उपरान्त उनकी राष्ट्रीयता बनी रही और अवन्ती पर पुनः अधिकार करने एवं एक बार फिर कृतयुग की स्थापना करने की आशा उनमें कई शताब्दियों तक पोषित होती रही। वे अवन्ती के उत्तर-पूर्व हट गये, जहाँ उन्होंने

---

१. डा० राजबली पाण्डेय: विक्रमादित्य आफ उज्जयिनी, अध्याय ६ तथा ८।

२. कलिः शयानो भवति संजिहानस्तु द्वापरः।
उत्तिष्ठंस्त्रेता भवति कृतं संपद्यते चरन्॥ ७।१५।

एक नये मालव देश का निर्माण किया[1], और ५७ ई० पू० में संस्थापित संवत् अब भी कृत कहा जाता था। शकों के साथ उनका युद्ध चलता रहा किन्तु अपनी शक्ति के असगंठन के कारण वे अपनी खोई हुई भूमि और कीर्ति को प्राप्त न कर सके। उनके कृतयुग के स्वप्न पर एक कठोर आघात हुआ। संवत् से कृत का नाम हटा दिया गया। किन्तु मालवगण अभी जीवित था, इसलिए शकों को पराजित करके ५७ ई० पू० में हुई मालवगण की सुदृढ़ संस्थापना का स्मारक इस संवत् को माना जाता था। यह संवत् मालव संवत् मालवगण संवत्, तथा मालवेश संवत् के नाम से भी अभिहित किया जाने लगा।

ईसा की चौथी और पाँचवीं शताब्दियों से भारतीय इतिहास में एक नवीन विकास हुआ। मालव संवत् से विक्रम संवत् के नाम परिवर्तन का यही कारण है। ईसा की चतुर्थ शताब्दी के पूर्वार्द्ध में जब गुप्तों की शक्ति का उदय हो रहा था, गुप्त राज्य के पश्चिम-दक्षिण सीमा के परे मालव अब भी सशक्त था। समुद्रगुप्त द्वारा पराजित किन्तु अधीन मित्र के रूप में छोड़ दिये गये गणराज्यों में मालव प्रथम था।[2]

अगले महत्त्वाकांक्षी राजा चन्द्रगुप्त विक्रमादित्य ने इन गणराज्यों क प्रति कड़ा रुख अपनाया। चन्द्रगुप्त ने उन्हें पराजित कर अपने साम्राज्य में मिला लिया। इस प्रकार उनका अन्त हो गया। इसके बाद उनके विषय में कुछ ज्ञात नहीं होता। गुप्त साम्राज्य उन्हें आत्मसात् करके मालव, राजपूताना तथा मध्यभारत में फैल गया। गुप्तों ने ३१६-२० ई० से एक अपना संवत् प्रारम्भ किया। किन्तु स्वतन्त्रता का आदर्श, मालव लोग जिसके प्रतीक थे, मालव तथा राजपूताना क्षेत्रों के लोगों के हृदय में अब भी घर बनाए हुए था। गुप्त शासन के होते हुए भी वे मालव संवत् का प्रयोग करते रहे और महान् गुप्त सम्राट् कुमारगुप्त को भी उन क्षेत्रों में मालव संवत् स्वीकार करना पड़ा। ईसा की छठी शताब्दी में हूणों ने गुप्त सामाज्य को नष्ट कर दिया और भारतीयों ने पूर्णतया कृतयुग की आशा छोड़ दी। गुप्तों को वे शीघ्र ही भूल गये, किन्तु मालव अपनी स्मृति में अब भी अवशिष्ट रहा। विदेशी अधिकार से मुक्त होने के राजनीतिक आदर्शों के लिए मालववासियों के त्याग और बलिदान तथा उनके नेता विक्रमादित्य के महान् व्यक्तित्व के कारण इतिहास में मालव की जीवनी शक्ति अधिक थी।

---

१. महता स्वशक्तिगुरुणा पौरुषेण प्रथम-चन्द्र-दर्शन (मिव) मालवगण-विषयमवतारयित्वा। नन्दसा-यूप-अभि०, एपि० इण्डि०, खण्ड २७।
२. मालवार्जुनायन-यौधेय-मद्रकाभीर-प्रार्जुन-सनकानीक-काक-खरपरिकादि, फ्लीट, कार्प० इन्स० इण्डि०, खण्ड ३, सं० १, पृ० १-२७।

ईसा की आठवीं और नवीं शताब्दी तक अपनी सम्पूर्ण उलझनों के साथ राजतन्त्र भारत में स्थिर हो गया था। गणराज्य की कल्पना भी भारतीयों के मस्तिष्क-क्षितिज के परे हट गयी। नवीं शताब्दी के अन्तिम दशक में मालवगण तो विक्रमादित्य के प्रकाशपुंजित व्यक्तित्व में सदा के लिए विलीन हो गया, लेकिन विक्रमादित्य की स्मृति अब भी लोगों के मानस-पटल पर प्रतिष्ठित रही और संवत् उनके नाम ही पर पुकारा जाता रहा। स्वयं विक्रमादित्य राजा समझे जाने लगे और संवत् भी कभी-कभी राजा विक्रम या विक्रमादित्य का संवत् कहा जाता था। भारतीय जनों के मानस में गणतन्त्रात्मकता से राजतन्त्रात्मकता का यह परिवर्तन अनोखा नहीं है। कुछ प्रतिष्ठित विद्वानों के अतिरिक्त आज कौन जानता है कि भगवान् कृष्ण एक गण-नेता तथा भगवान् बुद्ध के पिता एक गण के मुखिया थे ?

ज्योतिष ग्रन्थों में विक्रम संवत् की अविद्यमानता का कारण अति सरल ढंग से बताया जा सकता है। यद्यपि अपने प्रथम आक्रमण में शक पीछे हटा दिये गये थे, किन्तु लगभग ७८ ई० में उन्होंने नया आक्रमण किया। अवन्ती को जीत कर उज्जयिनी को उन्होंने अपनी राजधानी बनाया। 'प्रभावक-चरित' से यह भी विदित होता है कि ७८ ई० में उन्होंने शक संवत् चलाया। उज्जयिनी उन दिनों विद्या तथा ज्योतिष-अनुसंधान का केन्द्र थी। अन्य विद्वानों की भाँति ज्योतिर्विद उज्जयिनी में उस समय भी एकत्र होते थे जबकि वह शकों के अधीन थी। मालवों को अवन्ती से उत्तर-पूर्व की ओर हट जाना पड़ा, उज्जयिनी को मालव संवत् छोड़ने के लिए विवश होना पड़ा और उसके स्थान पर शकों द्वारा चलाये गये संवत् को ग्रहण करने के लिए मजबूर होना पड़ा। लगभग ३०० वर्ष की लम्बी अवधि में, जब शक मालव और अवन्ती पर शासन कर रहे थे, अवन्ती में मालव संवत् के पुनर्जीवित होने का कोई अवसर नहीं था। ज्योतिर्विद राजकीय शक संवत् का प्रयोग करते थे। प्रारम्भ में उन्होंने विवशतावश ऐसा किया, किन्तु बाद में यह प्रथा का सूचक बन गया और वे इसके अभ्यस्त हो गये। बाद में शालिवाहन के नाम के संयोग से यह पवित्र समझा जाने लगा तथा इसका प्रचार पहले से अधिक हो गया। गुप्तों ने अवन्ती को जीतकर लगभग १५० वर्ष उस पर शासन किया। गुप्तों का अपना संवत् सरकारी काम-काज के लिए था। ज्योतिर्विद, जो अब तक रूढ़िवादी बन गये थे, शक शालिवाहन संवत् से ही संतुष्ट रहे और उसी का प्रयोग करते रहे। गुप्त संवत् को उन्होंने ग्रहण नहीं किया। गुप्तों की शक्ति के विलीन हो जाने

पर भी मालव संवत् प्रचलित था, किन्तु ज्योतिर्विदों ने अपनी तिथि-अंकन-पद्धति को परिवर्तित नहीं किया। यह दशा केवल मध्य भारत और दक्षिण में ही नहीं थी, जहाँ शक सवत् व्यापक रूप से प्रचलित एवं जनप्रिय था, अपितु उत्तर भारत में भी थी, जहाँ विक्रम सम्वत् अपने वर्तमान नाम से अतिव्यापक हो गया था। १९वीं शताब्दी तक ज्योतिर्विद तथा फलित ज्योतिषी अपनी रचनाओं में शक सम्वत् का प्रयोग बराबर करते रहे। इसका कारण विशेष रूप से शक शालिवाहन सम्वत् से उनका सन्तोष-भाव तथा आंशिक रूप से उनमें उचित राजनीतिक दृष्टि का अभाव था।[1]

विक्रम संवत् का उद्गम विन्दु

कलि, विक्रम तथा ईसा सम्वतों के पारस्परिक मिलान से विक्रम सम्वत् के प्रारम्भ होने की तिथि प्राप्त हो सकती है। सन् १९७८ ई० में इन संवतों के वर्षों की संख्या इस प्रकार है :

कलि संवत्	५०७८
विक्रम संवत्	२०३४-३५
ईसा संवत्	१९७८

इस प्रकार कलि संवत् (५०७८—२०३४=) ३०४४ में तथा विक्रम सम्वत् २०३५—१९७८=) ५७ ई० पू० में प्रारम्भ हुआ। शक सम्वत् में १३५ वर्ष जोड़ देने से विक्रम सम्वत् (जैसे १८९९+१३५=) २०३४ प्राप्त होता है। उत्तर भारत में विक्रम संवत् चैत्र शुक्ल प्रतिपदा से किन्तु गुजरात एवं दक्षिण भारत में कार्तिक शुक्ल प्रतिपदा से प्रारम्भ होता है। उत्तर में विक्रम संवत् पूर्णिमान्त तथा दक्षिण में अमान्त है। बंगाल के अतिरिक्त, जहाँ फसली संवत् (हिजरी सम्वत् का परिवर्तित रूप) अपनाया गया है, सम्पूर्ण उत्तरी भारत में विक्रम सम्वत् प्रचलित है। सुराष्ट्र और आन्ध्र में भी इस संवत् का प्रयोग होता है।

२. गुप्तों, उनके समकालीनों तथा उत्तराधिकारियों का अभिलेख

गुप्तों का सबसे महत्त्वपूर्ण राजकीय लेख समुद्रगुप्त की प्रयाग प्रशस्ति है,

---

१. आर्यभट्ट से लेकर गोविन्द शास्त्री तक प्रत्येक भारतीय ज्योतिर्विद के इतिहास के लिए देखिए, सुधाकर द्विवेदी, काशी, की 'गणक-तरङ्गिणी'।

जो बिना तिथि के है। यह अति विचित्र बात है। गुप्त वंश के प्रथम तीन शासकों ने तिथि-युक्त या तिथि-विहीन किसी भी तरह के अभिलेख नहीं छोड़े हैं। समुद्रगुप्त के दो तिथि-युक्त अभिलेख प्राप्त हुए हैं, किन्तु वे जाली प्रमाणित किये गये हैं और उनका समय समुद्रगुप्त के समय से बहुत बाद का है। तिथि-युक्त अभिलेख चन्द्रगुप्त द्वितीय के शासन काल के उपलब्ध होते हैं।

	मूल	हिन्दी अनुवाद
(१)	श्रीचन्द्रगुप्तस्य विजयराज्य-संवत्सरे पंचमे ५ कालानुवर्तमान-संवत्सरे एक षष्ठे (एक षष्ठितमे) [आषाढ़ मासे] प्रथमे शुक्लदिवसे पंचम्यां।[१]	श्रीचन्द्रगुप्त के पाँचवें विजयपूर्ण शासन-वर्ष तथा प्रारम्भ से आते हुए सवत् के ६१वें वर्ष के प्रथम आषाढ़ मास की पञ्चमी तिथि को।
(२)	संवत्सरे ८०+२ आषाढ़ मास शुक्लैकादश्याम्।[२]	(गुप्त) संवत् ८२ में आषाढ़ मास के शुक्ल पक्ष की एकादशी को।
(३)	सं० ९०+३ भाद्रपद दि० ४।[३]	(गुप्त) संवत् ९३ के भाद्रपद मास के चौथे दिन।
(४)	संवत्सर-शते त्रयोदशोत्तरे १०० +१०+३......।[४]	(गुप्त) संवत्सर ११३ में....।
(५)	श्री कुमारगुप्तस्य विजय राज्य-संवत्सरशते सप्तदशोत्तरे कार्तिक-मासे दशम दिवसे।[५]	श्री कुमारगुप्त के विजयी शासन-काल में (गुप्त) संवत् ११७ के कार्तिक मास के दसवें दिन।
(६)	सम्व (संवत्) १००+२०+४	जब परम-दैवत-भट्टारक महाराजाधि-

१. चन्द्रगुप्त द्वितीय का मथुरा-स्तम्भ-अभिलेख, एपि० इण्डि०, खण्ड २१, पृ० ८ इत्यादि।
२. चन्द्रगुप्त द्वितीय का उदयगिरि-गुहा-अभिलेख, फ्लीट : कार्प० इन्स० इण्डि०, खण्ड ३, पृ० २५।
३. चन्द्रगुप्त द्वितीय का साँची-प्रस्तर-अभिलेख, फ्लीट : कार्प० इन्स० इण्डि०, खण्ड ३, पृ० ३१ इत्यादि।
४. कुमारगुप्त प्रथम का धनैदह-ताम्रपत्र-अभिलेख, एपि० इण्डि०, खण्ड १७, पृ० २४७ इत्यादि।
५. कुमारगुप्त प्रथम के शासन काल का करमडण्डा-प्रस्तर-लिङ्ग-अभिलेख, एपि० इण्डि०, खण्ड १०, पृ० ७१ इत्यादि।

मूल	हिन्दी अनुवाद
फाल्गुण (न) दि० ७ परम-देवत-भट्टारक महाराजाधिराज-श्रीकुमारगुप्ते पृथिवीपतौ ।[1]	राज श्री कुमारगुप्त पृथ्वीपति थे। (गुप्त) सं० १२४ के फालगुन मास के सातवें दिन।
(७) गुप्तान्वयानां वसुधेश्वराणां समाशते षोडशवर्ष युक्ते। कुमारगुप्ते नृपतौ पृथिव्यां विराजमानेशर-दीवसूर्ये ।[2]	गुप्तवंशी राजाओं के ११६ वर्ष व्यतीत हो जाने पर पृथिवी पर राजा कुमारगुप्त के शरद्कालीन सूर्य के समान प्रकाशमान रहने पर।
(८) संवत्सराणामधिके शतेतु त्रिंशद्भि-रन्यैरपिषङ्भिरेव। रात्रौ दिने-प्रौष्ठपदस्य षष्ठे गुप्तप्रकाले गणनां विधाय ।[3]	गुप्त संवत् की गणना के अनुसार संवत्सर १३६ में प्रौष्ठपद के छठे दिन की रात को।
(९) संवत्सराणामधिके शतेतु त्रिंशद्भि-रन्यैरपि सप्तभिश्च गुप्त-प्रकाले ......ग्रैष्मस्य मासस्य तु पूर्व-पक्षे....प्रथमेऽह्निसम्यक् ।[4]	गुप्त संवत् के संवत्सर १३७ में... ग्रीष्म मास (वैशाख) के पूर्व पक्ष के ......प्रथम दिन।
(१०) वर्षशतेऽष्टात्रिंशे गुप्तानां काल-क्रम-गणिते ।[5]	गुप्तों के कालक्रम के अनुसार गणना करने पर सं० १३८ में।
(११) श्री स्कन्दगुप्तस्याभिवर्द्धमान-विजयराज्य संवत्सरशते षट्-	श्री स्कन्दगुप्त के वृद्धि-विजय-सम्पन्न शासन काल में (गुप्तकाल के) सं०

१. कुमारगुप्त प्रथम के शासनकाल का दामोदरपुर-ताम्रपत्र-अभिलेख, एपि० इण्डि०, खण्ड १५, पृ० १३० इत्यादि।
२. घटोत्कचगुप्त का खण्डित तुमैन-अभिलेख, इण्डि० एण्टि०, खंड २४ (१६२०), पृ० ११४-११५।
३. स्कन्दगुप्त का जूनागढ़-अभिलेख, फ्लीट : कार्प० इन्स० इण्डि०, खण्ड ३, पृ० ५८ और आगे इत्यादि।
४. वही।
५. वही।

मूल	हिन्दी अनुवाद
चत्वारिशंदुत्तरतमे फाल्गुनमासे ।[1]	१४६ के फाल्गुन मास में ।
(१२) वर्षशते गुप्तानां सचतुः पञ्चाशदुत्तरे। भूमिं रक्षति कुमारगुप्ते मासि ज्येष्ठे द्वितीयायाम् ।[2]	गुप्त संवत् १५४ में, जब कुमारगुप्त पृथिवी की रक्षा कर रहे थे, ज्येष्ठ मास की द्वितीया को ।
(१३) गुप्तानां समतिक्रान्ते सप्तपंचाशदुत्तरे । शते समानां पृथिवीं बुधगुप्ते प्रशासति ।। (वैशाख-मास-सप्तम्यां मूले श्यामगते ।)[3]	जब गुप्त संवत् के १५७ वर्ष व्यतीत हो चुके थे तथा बुद्धगुप्त पृथिवी का शासन कर रहे थे (वैशाख मास के कृष्णपक्ष की सप्तमी को मूल नक्षत्र में)
(१४) सं० १००+६०+३ आषाढ़ दि १०+३ परमदैवत-परमभट्टारक-महाराजाधिराज-श्रीबुधगुप्ते पृथिवीपतौ ।[4]	(गुप्त) संवत् १६३ के आषाढ़ मास की त्रयोदशी को जब परमदैवत-परमभट्टारक महाराजाधिराज श्रीबुधगुप्त पृथिवी के स्वामी थे ।
(१५) वर्तमानाष्टाशीत्युत्तरशत संवत्सरे पौषमासस्य चतुर्विंशतितम दिवसे ।[5]	(गुप्त) संवत् १८८ के पौष मास के चौबीसवें दिन ।
(१६) संवत्सरशते एकनवत्युत्तरे श्रवण-बहुलपक्ष-सप्तम्यां । संवत् १००	(गुप्त) संवत्सर १९१ के श्रावण मास के बहुलपक्ष की सप्तमी को जब पार्थ

१. स्कन्दगुप्त का इन्दौर-ताम्रपत्र-अभिलेख, फ्लीट : कार्प० इन्स० इण्डि०, खंड ३, पृ० ७० इत्यादि ।

२. कुमारगुप्त द्वितीय के शासन काल का सारनाथ-प्रस्तर-मूर्ति-अभिलेख, आर्क० सर्वे० इण्डि०, ए० रि० १९१४-१५, पृ० १२४ ।

३. बुधगुप्त के शासनकाल का सारनाथ-प्रस्तर-मूर्ति-अभिलेख, आर्क० सर्वे० इण्डि०, ए० रि० १९१४–१५, पृ० १२४-१२५ ।

४. बुधगुप्त के शासनकाल का दामोदरपुर-ताम्रपत्र-अभिलेख, एपि० इण्डि०, खंड १५, पृ० १३५ इत्यादि ।

५. वैन्यगुप्त का गुणैघर-ताम्रपत्र-अभिलेख, इण्डि० हिस्ट० क्वा०, खण्ड ६, पृ० ५३ इत्यादि ।

मूल	हिन्दी अनुवाद
+९०+१ श्रावण ब० दि० ७।। श्रीभानुगुप्तो जगति प्रवीरो राजा महान्पार्थसमोऽतिशूरः ।[1]	के समान जगत् में प्रवीर राजा श्रीभानुगुप्त विद्यमान थे ।
(१७) सं० १००+५०+९ माघ दि० ७ ।[2]	(गुप्त) सं० १५९ के माघ मास के सातवें दिन ।
(१८) लिखितं संवत्सरशते त्रिनवत्युत्तरे चैत्रमास दिवसे दशमे ।[3]	(गुप्त) संवत् १९३ के चैत्रमास के दसवें दिन लिखा गया।
(१९) नवोत्तरेऽब्दशतद्वये गुप्तनृप राज्यभुक्तौ श्रीमति प्रवर्द्धमान-विजय-राज्ये महाश्वयुज-संवत्सरे चैत्रमासशुक्ल-पक्ष-त्रयोदश्यामस्यां संवत्सर मास-दिवस पूर्वायां ।[4]	महाश्वयुज संवत्सर २०९ के चैत्र मास के शुक्लपक्ष में जब गुप्त राजा राज्य का उपभोग कर रहे थे प्रवर्द्धमान विजय-राज्य में, पूर्वोक्त संवत्सर मास दिवस त्रयोदशी को ।
(२०) वर्षे प्रथमे पृथिवीं पृथुकीर्तौ पृथुद्युतौ । महाराजाधिराज श्री तोरमाणे प्रशासति । फाल्गुन दिवस दशमे ।[5]	प्रथम वर्ष में, जब विशाल कीर्ति और द्युति वाले महाराजाधिराज तोरमाण पृथिवी पर शासन कर रहे थे, फाल्गुन मास के दसवें दिन ।
(२१) तस्मिन्राजनि शासति पृथिवीं पृथुविमल लोचनेऽर्तिहरे ।	उस विशाल और विमल लोचनों वाले तथा दुःखों को हरण करने वाले राजा

१. भानुगुप्त के शासनकाल का एरण-प्रस्तर-स्तम्भ-अभिलेख, फ्लीट : कार्प० इन्स० इण्डि०, खण्ड ३, पृ० ९२ इत्यादि ।
२. पगारापुर-ताम्रपत्र-अभिलेख, एपि० इण्डि०, खण्ड २०, पृ० ६१ इत्यादि ।
३. सर्वनाथ का खोह-ताम्रपत्र-अभिलेख, फ्लीट : कार्प० इन्स० इण्डि०, खण्ड ३, पृ० १२५ इत्यादि ।
४. संक्षोभ का खोह-ताम्रपत्र-अभिलेख, फ्लीट : कार्प० इन्स० इण्डि०, खण्ड ३, पृ० ११४ इत्यादि ।
५. तोरमाण का एरण-प्रस्तर-वराह-अभिलेख, फ्लीट : कार्प० इन्स० इण्डि०, खण्ड ३, पृ० १५९ इत्यादि ।

मूल	हिन्दी अनुवाद
अभिवर्द्धमान राज्ये पञ्चदशाब्दे नृपवृषष्य ।। राशिरश्मि-हास-विकसित- कुमुदोत्पन्न गन्धे शीतलामोदे । कार्तिकमासे प्राप्ते गगनपतौ निर्मले भाति ।[1]	के पृथिवी के शासन करते हुए नृप श्रेष्ठ के अभिवर्द्धमान राज्य के पन्द्रहवें वर्ष, (चन्द्रमा के) रश्मि-पुञ्ज के हास से विकसित हुए कुमुदों से उत्पन्न गन्ध से सुवासित शीतल कार्तिक मास के आने पर, जब निर्मल गगन-पति (चन्द्रमा) सुशोभित था ।
(२२) सं० २००+५०+२ वैशाख ब १०+५ ।[2]	(गुप्त वलभी) सं० २५२ के वैशाख मास के कृष्ण पक्ष की अमावस्या को ।
(२३) संव (संवत्) ४००+४०+७ श्रे (ज्ये) ष्ठ गु (शु) ५ ।।[3]	(गुप्त-वलभो) संवत् के ज्येष्ठ मास के शुक्ल पक्ष की पञ्चमी को ।

२५. तिथि-अंकन को प्रमुख विशेषताएँ

(१) इन अभिलेखों में हूणों द्वारा अनुष्ठित अभिलेखों को छोड़ एक नियमित और अनवरत सम्वत् का प्रयोग किया गया है । प्रारम्भिक वर्षों में 'गुप्त' शब्द सवत् के साथ नहीं लगा है ।

(२) कुछ अभिलेखों में नियमित सम्वत् के साथ ही साथ शासन करने वाले राजा का शासन वर्ष भी दिया गया है ।

(३) तिथि के विवरण में संवत्सर, ऋतु, मास, पक्ष, तिथि तथा कभी-कभी नक्षत्र भी दिया रहता है ।

(४) प्रशस्त्यात्मक और समर्पणात्मक अभिलेखों में तिथि-अंकन काव्यात्मक छन्दोमय तथा सविस्तर है किन्तु ताम्रपत्र-अनुशासनों में यह संक्षिप्त, सरल तथा गद्यमय है ।

---

१. मिहिरकुल का ग्वालियर-प्रस्तर-अभिलेख, फ्लीट : कार्प० इन्स० इण्डि०, खण्ड ३, पृ० १६२ इत्यादि ।

२. महाराज धरसेन द्वितीय का मलिय-ताम्रपत्र-अभिलेख, फ्लीट : कार्प० इन्स० इण्डि० खण्ड ३, पृ० १६४ इत्यादि ।

३. शीलादित्य सप्तम का अलिन-ताम्रपत्र-अभिलेख, फ्लीट : कार्प० इन्स० इण्डि०, खण्ड ३, पृ० १७१ इत्यादि ।

(५) भारतीय तिथि-अंकन-पद्धति के अन्य विवरणों के साथ हूण आक्रान्ता तोरमाण और मिहिरकुल अपने-अपने शासन संवत्सरों का प्रयोग किया करते थे।

(६) तिथि-अंकन की विधि में कोई कड़ी एकरूपता नहीं है।

२६. गुप्त संवत् की स्थापना और उसका प्रचलन

विचाराधीन सम्वत् को गुप्तकाल, गुप्तप्रकाल तथा गुप्तवर्ष कहा गया है। स्पष्ट है कि सम्वत् की स्थापना किसी प्रारंभिक गुप्त राजा ने की होगी। समुद्रगुप्त के प्रयाग-स्तम्भ-अभिलेख में प्रथम दो गुप्त राजाओं—श्रीगुप्त और घटोत्कच—को केवल महाराज कहा गया है। इससे उनकी अधीन स्थिति परिलक्षित होती है। तीसरे राजा चन्द्रगुप्त को महाराजाधिराज की उपाधि दी गई है जिससे उसका सम्राट् होना स्पष्ट है। इससे यह अनुमान किया जाता है कि गुप्तवंश के तीसरे राजा चन्द्रगुप्त प्रथम ने सम्वत् की स्थापना की। चन्द्रगुप्त द्वितीय (चन्द्रगुप्त प्रथम के पौत्र) के सबसे बाद के अभिलेख की तिथि गुप्त सम्वत् ९३ है तथा कुमारगुप्त प्रथम (चन्द्रगुप्त प्रथम के प्रपौत्र) के सबसे पहले लेख की तिथि गुप्त सम्वत् ९६ है।

इन परिस्थितियों में निरापद रूप से चन्द्रगुप्त द्वितीय की मृत्यु गुप्त संवत् ९५ में मानी जा सकती है। यदि हम यह मान लें कि चन्द्रगुप्त प्रथम का शासन गुप्त संवत् १ में प्रारम्भ हुआ तो तीन राजाओं का शासन काल ९५ वर्ष आता है। कुछ लोगों को तीन राजाओं के शासनकाल के लिए ९५ वर्ष अत्यधिक प्रतीत होता है। किन्तु उन्हें स्मरण रहना चाहिये कि तीन मुगल शासकों—अकबर, जहाँगीर तथा शाहजहाँ—ने १०२ वर्ष (१५५६–१६५८ ई०) शासन किया। यह सत्य इस अनुमान की पुष्टि करता है कि चन्द्रगुप्त प्रथम ने ही, सम्भवतः गुप्त सम्वत् की स्थापना की होगी।

गुप्त सम्वत् की स्थापना की तिथि क्या है? अलबरूनी यहाँ हमारी सहायता करता है। वह लिखता है, "और गुप्त सम्वत् के सम्बन्ध में, ऐसा कहा जाता है कि इस वंश के लोग क्रूर और शक्तिशाली जाति के थे अतः उनके पतन के बाद लोग उनके काल से तिथि-गणना करने लगे। और ऐसा प्रतीत होता है है कि वलभी उनमें अन्तिम थी। इस प्रकार उनके सम्वत् का प्रारम्भ भी शक संवत् से २४१ (वर्ष) बाद होता है..अतः श्री हर्ष सम्वत् के १४८८ संवत्सर इस (याज्दाजीर्द) वर्ष के, जिसे हमने मापदण्ड माना है, तथा विक्रम सम्वत्

१०८८, शक संवत् ६५३ एवं वलभी सवत् ७१२ जो गुप्त संवत् ही है, के बराबर आता है।"[1] इस कथन के अनुसार शक सम्वत् और गुप्त संवत् में २४१ (६५३-७२२) वर्ष का अन्तर है। शक संवत् सन् ७८ ई० में प्रारम्भ हुआ था। इस प्रकार गुप्त सवत् के प्रारम्भ होने का वर्ष २४१+७८=३१६ ई० है। गुप्त संवत् का वर्ष चैत्र मास के शुक्ल पक्ष की प्रतिपदा को प्रारम्भ होता है तथा पूर्णिमा को समाप्त होता है। अभिलेखों में इस संवत् के बीते हुए वर्ष दिये गये हैं। जब कभी उन्हें 'वर्तमान' कहा गया है तब इसका अभिप्राय है 'एक वर्ष और अधिक'।[2]

२७. वलभी संवत्

सुराष्ट्र में प्रचलित वलभी संवत् गुप्त संवत् ही था। वहाँ गुप्त शासन के अन्त के बाद वलभी के राजाओं ने गुप्त संवत् को तो अपनाया किन्तु उसका नाम बदल कर वलभी संवत् कर दिया। इस संवत् के विषय में अलबरूनी का कथन है, "और वलभी के बिषय में जो अनहिलवाड़ के लगभग ३० योजन दक्षिण वलभी नगर का शासक था, इसका प्रारम्भ शक संवत् के बाद हुआ है और इसमें से छह के घन तथा पाँच के वर्ग का योग घटा देने से वलमी (संवत्) बच जाता है।[3] इस गणना से वलमी संवत् ७८+६³+५²= ३१६ ई० से प्रारम्भ हुआ। यही गुप्त संवत् के प्रारम्भ का वर्ष है। इसलिए दोनों सवत् एक ही थे।

२८. वाकाटकों तथा दक्षिण तथा सुदूर दक्षिण में उनके समकालीनों के अभिलेख

(क) वाकाटकों के अभिलेख

मूल	हिन्दी अनुवाद
(१) सावच्छरं ३०+७ हेमन्तपक्खं पढम दिवस ५।[4]	(विन्ध्यशक्ति द्वितीय के शासन) संवत्सर ३७ की हेमन्त ऋतु के प्रथम पक्ष के पाँचवें दिन।

---

१. सखाऊ : अल्बरूनीज इण्डिया, खण्ड २, पृ० ७।
२. ओझा : प्राचीन लिपिमाला, पृ० १७५।
३. सखाऊ : एल्बरूनीज इण्डिया, खण्ड २, पृ० ७।
४. विन्ध्यशक्ति द्वितीय का बेसिन-ताम्रपत्र-अभिलेख, इण्डि० हिस्ट० क्वा० खण्ड १६, पृ० १८२ इत्यादि।

	मूल	हिन्दी अनुवाद
(२)	संवत्सरे त्रयोदशमे (शे) लिखितमिदं शासनम्।[1]	(प्रभावती गुप्ता के) १३वें (शासन) संवत्सर में यह लिखा गया।
(३)	सेनापतौ चित्रवर्मणि संवत्सरेऽष्टादश १०+८ जेष्ठमास शुक्लपक्ष त्रयोदशम्यां।[2]	(प्रवरसेन द्वितीय के) १८वें (शासन) संवत्सर के ज्येष्ठ मास के शुक्लपक्ष की त्रयोदशी को, जब चित्रवर्मन सेनापति था।

(ख) पल्लवों के अभिलेख

	मूल	हिन्दी अनुवाद
(१)	सवच्छरं दसमं १० गिम्हापखो छठो ६ दिवसं पंचमि ५।[3]	(शिवस्कन्दवर्मन के) दसवें (शासन) संवत्सर में ग्रीष्म छठे पक्ष के पाँचवें दिन।
(२)	स (स्व) विजय-राज्य संवत्सरे चतुर्थेवैशाख शुक्ल पंचम्यां।[4]	सिंहवर्मन के अपने चतुर्थ विजय-राज्य संवत्सर के वैशाख मास के शुक्लपक्ष की पच्चमी को।

(ग) कदम्दों के अभिलेख

(बिना तिथि के)

(घ) पश्चिमी गङ्गों के अभिलेख

(बिना तिथि के)

	मूल	हिन्दी अनुवाद
(१)	प्रवर्द्धमान सं० ३०+६ वैशाख दि २०+१।[5]	(इन्द्रवर्मन् के) प्रवर्द्धमान ३६वें संवत्सर के वैशाख मास के २१वें दिन।

---

१. प्रभावतीगुप्ता का पूना-ताम्रपत्र-अभिलेख, एपि० इण्डि०, खण्ड १५, पृ० ४१ इत्यादि।

२. प्रवरसेन द्वितीय का चम्मक-ताम्रपत्र-अभिलेख, फ्लीट . कार्प० इन्स० इण्डि०, खण्ड ३, पृ० २३६ इत्यादि।

३. शिवस्कन्दवर्मन का मयिदवोलु-ताम्रपत्र-अभिलेख, एपि० एण्डि०, खण्ड ६, पृ० ८६ इत्यादि।

४. सिंहवमन् का नरसरावपेट-ताम्रपत्र-अभिलेख, एपि० इण्डि०, खण्ड १५, पृ० २५४ इत्यादि।

५. इन्द्रवर्मन् का जिर्जिंगी-ताम्रपत्र-अभिलेख, एपि० इण्डि०, खण्ड २५, पृ० २८६ इत्यादि।

	मूल	हिन्दी अनुवाद
(२)	गाङ्गेयवङ्श (वंश) प्रवर्द्धमान विजयराज्य संवछर सताणि चतुरोतरा (संवत्सराणि त्रीणि-चतुरोत्तराणि) ।[1]	गाङ्गेयवंश के ३०४ थे प्रवर्द्धमान विजय-राज्य सम्वत्सर में ।
	गाङ्गेयवङ्स (वंश) संवछं(त्स)र शतत्रयैक-पञ्चास(श)त् ।[2]	गाङ्गेय वंश के ३५१वें संवत्सर में ।

२९. तिथि-अंकन-विधि की प्रमुख विशेषताएँ

१ दक्षिण तथा सुदूर दक्षिण के राजवंश अपने अभिलेखों में अपने शासकों के राज्य-संवत्सरों में तिथि छोड़ते हैं; विक्रम, शक या गुप्त किसी भी नियमित अविच्छिन्न संवत् का उनमें प्रयोग नहीं है ।

२ तिथि के विवरणों में, स्वाभाविक रीति से, उन्होंने आन्ध्र सातवाहन विधि का अनुसरण किया है ।

३ कलिंग के पूर्वीय गङ्ग, जो दक्षिण या सुदूर दक्षिण की अपेक्षा उत्तर से अधिक सम्बन्धित थे, शैली तथा तिथि-अंकन के विवरणों में गुप्तों से प्रभावित थे । किन्तु वे अपने ही गाङ्गेय संवत् का प्रयोग करते थे ।[3]

३०. मौखरी और पुष्यभूति वंश के अभिलेख

(१)	एकादशातिरिक्तेषु षट्सु शासित-विद्विषि । शतेषु शारदां पत्यौ भुवः श्रीशानवर्मणि ॥[4]	जब (मालव विक्रम संवत् के) ६११ शरद ऋतुएँ व्यतीत हो गयी थीं और श्री ईशानवर्मन् पृथ्वीपति (राजा) थे ।

---

१. अनन्तवर्मदेव का अभिलेख, एपि० इण्डि०, खण्ड ३, पृ० १८ ।
२. सत्यवर्मदेव का अभिलेख, इण्डि० एण्टि०, खण्ड १४, पृ० १२ ।
३. बार्नेट (एण्टिक्विटीज ऑफ इण्डिया, पृ० ६५) के अनुसार इस संवत् की प्रारम्भिक तिथि ५९० ई० तथा ओझा (प्राचीन लिपिमाला, पृ० १७६-१७७) के अनुसार ५७० ई० थी । दोनों ही तिथियाँ निराधार हैं । ऊपर उद्धृत इस वंश के प्रथम अभिलेख की शैली से प्रतीत होता है कि संवत् की स्थापना और पहले हुई थी ।
४. ईशानवर्मन् का हरहा-प्रस्तर-अभिलेख, एपि० इण्डि०, खण्ड १४, पृ० ११५ ।

मूल	हिन्दी अनुवाद
(२) संवत् २०+२ कार्तिक वदि १।[1]	(श्री हर्ष के राज्य) संवत् २२ के कार्तिक मास की कृष्णा प्रतिपदा को।
(३) संवत् २०+५ मार्गशीर्ष वदि ६।[2]	(श्री हर्ष के राज्य के) २५वें वर्ष के मार्गशीर्ष मास के कृष्ण पक्ष की षष्ठी को।
(४) संवत् ३०+४ प्रथम पौष शुक्ल-द्वितीयायाम्।[3]	(श्री हर्ष के राज्य के) ३४वें वर्ष के प्रथम पौष मास के शुक्ल पक्ष की द्वितीया को।

३१. तिथि-अंकन विधि की प्रमुख विशेषताएँ

(१) मौखरियों ने गुप्तों की तिथि-अंकन-प्रणाली की पद्यात्मक और काव्यात्मक शैली का अनुसरण किया है।[4]

(२) तथापि मौखरियों ने, गुप्त संवत् को नहीं अपनाया। ईशानवर्मन के हरहा-अभिलेख में संवत्सर ६११ के साथ कोई नाम नहीं जुड़ा है।[5] किन्तु स्पष्ट है कि न तो यह शक संवत् है और न गुप्त संवत्, क्योंकि दोनों अवस्थाओं में ईशानवर्मन हर्ष के बाद आयेगा जो कि सम्भव नहीं है। इन परिस्थितियों में सं० ६११ का सम्बन्ध केवल मालव संवत् से हो सकता है। सम्भवतः यह प्रथम उदाहरण है जब कि गुप्त शासन की समाप्ति के अनन्तर ही मालव संवत् पहली बार उस भूमि में प्रकट होता है जो एक समय गुप्तों की निजी धरती थी। मालव नाम का अभाव भी विचारणीय है। मालव नाम का त्याग उन रहस्यमय मनोवृत्तियों को परिलक्षित करता है जिसके कारण 'मालव' को बदल कर 'विक्रम' कर दिया गया।

---

१. हर्ष का बाँसखेरा-ताम्रपत्र-अभिलेख, एपि० इण्डि० खण्ड ४, पृ २०८।
२. हर्ष का मधुवन-ताम्रपत्र-अभिलेख, एपि० इण्डि०, खण्ड १, पृ० ७२।
३. कीलहार्न : नेपाल के अंशुवर्मन् का अभिलेख। दि लिस्ट ऑफ दि इन्स्क्रिप्शन्स ऑफ नार्दन इण्डिया, पृ० ७३, सं० ५३०।
४. केवल ईशानवर्मन् का हरहा-प्रस्तर-अभिलेख (एपि० इण्डि० खण्ड १४, पृ० ११५) तिथि युक्त है। मौखरियो के अब तक प्राप्त हुए अन्य अभिलेख बिना तिथि के हैं।
५. एपि० इण्डि०, खण्ड १४, पृ० १५५।

(३) तिथि-अंकन के विषय में पुष्यभूति मौखरियों की अपेक्षा गुप्तों से अधिक अप्रभावित थे। हर्ष ने अपना निज का संवत् स्थापित किया, शैली पद्यात्मक से गद्यात्मक कर दी तथा अपने ताम्रपत्र-अभिलेखों में उसने तिथि-अंकन के सभी व्यर्थ के विवरणों को हटा दिया।

३२. हर्ष संवत्

इसमें किञ्चित् संदेह नहीं है कि हर्ष संवत् का संस्थापक पुष्यभूतिवंश का सबसे बड़ा राजा तथा प्राचीन भारत का अन्तिम सम्राट् श्री हर्ष था, यद्यपि इस संवत् के साथ कभी उसका नाम जुड़ा हुआ नहीं पाया गया। इस संवत् की प्रारम्भिक तिथि पर अल्बरूनी के विवरण से पर्याप्त प्रकाश पड़ता है। वह लिखता है कि उसने काश्मीर के एक पञ्चाङ्ग में एक उक्ति देखी, जिसके अनुसार विक्रमादित्य के ६६४ वर्ष बाद हर्ष हुआ।[1] इस उक्ति पर सन्देह करने का कोई कारण नहीं है। इस प्रकार हर्ष संवत् का प्रथम वर्ष ६६४-५७=६०६–७ ई० होगा। उत्तरी भारत तथा नेपाल में लगभग ३०० वर्ष तक हर्ष संवत् प्रचलित रहा और इसके बाद उसका स्थान विक्रम संवत् ने ले लिया।

३३. पूर्व मध्यकालीन अभिलेख

	मूल	हिन्दी अनुवाद
(१)	संवत् १२२६ (फाल्गुनवदि) षट्विंशे द्वादशगते गुरोवारे च हस्तके। वृद्धिनामनि योगेच करणे तैत्तिले तथा॥[2]	(विक्रम) संवत् १२२६ के फाल्गुन मास के कृष्ण पक्ष के गुरुवार को हस्त नक्षत्र, वृद्धि योग तथा तैतिल करण में।
(२)	संवत् ११६६ पौषवद्य १५ रवौ।[3]	(विक्रम) संवत् ११६६ के पौषमास के कृष्णपक्ष की अमावस्या, रविवार को।
(३)	चतुष्पंचादशाधिकशतैकादश संवत्सरे माघे मासि शुक्लपक्षे तृतीयां सोमदिने वाराणस्यामुत्त-	(विक्रम) सं० ११५४ के माघ मास के शुक्लपक्ष की तृतीया, रविवार को वाराणसी में उत्तरायण संक्रान्ति के

---

१. सखाऊ : अल्बरूनीज इण्डिया।
२. बिजोलिया-अभिलेख, ए० एस० जे०, बङ्गाल, खण्ड ५५, पृ० ४१-४३।
३. गोविन्दचन्द्र का अभिलेख, इण्डि० एण्टि०, खण्ड १८, पृ० १५।

	मूल	हिन्दी अनुवाद
	रायण संक्रान्तौ अंकतः संवत् १६५४ माघ सुदि ३ सोमे ।[1]	अवसर पर ।
(४)	संवत् ८ चन्द्रगत्या चैत्रकर्म-दिने ५ ।[2]	(मदनपाल) के ८वें (राज्य) संवत् के चैत्रमास के पाँचवें दिन ।
(५)	संवत् ११ वैशाखदिने १६ ।[3]	(बल्लालसेन के राज्य) संवत् ११ के वैशाख मास के १६वें दिन ।
(६)	श्रीलक्ष्मणसेनस्यातीतराज्ये सं० ५१ भाद्रदिने २६ ।[4]	श्री लक्ष्मणसेन के राज्य के ५१वें अतीत वर्ष के भाद्रपद मास के २६वें दिन ।
(७)	श्रीलक्ष्मणसेनदेवपादानामतीति राज्ये सं० ७४ वैशाखवदि १२ गुरौ ।[5]	श्री लक्ष्मणसेन के अतीत राज्य के ७४वें वर्ष के वैशाख मास के कृष्ण पक्ष की द्वादशी, गुरुवार को ।
(८)	संवत् १२२३ वैशाखसुदि ७ गुरुवासरे ।[6]	(विक्रम) संवत् १२२३ के वैशाख मास के शुक्ल पक्ष की सप्तमी, गुरुवार को ।
(९)	श्री विक्रमकालातीत षट्-पञ्चाशदधिक - द्वादशशत संवत्सरान्तःपाति अङ्के १२५६ वैशाख सुदि १५ पौर्णमास्यां तिथि विशाखानक्षत्रे परिघ-योगे रविदिने महावैशाख्यां पर्वणि ।[7]	श्री विक्रमकाल के बारह सौ छप्पन संवत्सरों के बीत जाने पर अंकों में १२५६ के वैशाख मास के कृष्ण पक्ष की १४ पूर्णिमा तिथि को विशाखा नक्षत्र, परिघ योग, रविवार महा-वैशाखी पर्व पर ।

---

१. गहड़वाल-अभिलेख ।
२. मदनपाल का अभिलेख, ए० एस० जे०, खण्ड ६६, पृ० ११२ ।
३. बल्लालसेन का नैहाटी-अभिलेख, एपि० इण्डि०, खण्ड १४, पृ० १५६ ।
४. एपिग्रैफिया इण्डिका, खण्ड १२, पृ० २६ ।
५. वही, खण्ड १२, पृ० ३० ।
६. चन्देल परमर्दिदेव के सेमरा-पट्ट, एपि० इण्डि०, खण्ड ४, पृ० १५३ ।
७. उदयवर्मन परमार के भोपाल-पट्ट, एपि० इण्डि०, खण्ड १४, पृ० २५४-५५ ।

	मूल	हिन्दी अनुवाद
(१०)	कलचुरि संवत्सरे ८९३ राज-श्रीमत्पृथ्वीदेव राज्ये ।[1]	कलचुरि संवत् के ८९३वें संवत्सर में राजा श्रीमत् पृथ्वीदेव के राज्य में ।
(११)	नवशत युगलाब्दाधिकयगे चेदिदिष्टे जनपदमवतीनं श्रीगयाकर्णदेवे । प्रतिपदिशुचिमास श्वेतपक्षेऽर्क-वारे शिवशरणसमीपे स्थापितेयं प्रशस्तिः ॥[2]	'चेदि संवत् के ९०२रे वर्ष श्री गया कर्ण देव के राज्य में शुचि) ज्येष्ठ या आषाढ़) मास के शुक्लपक्ष को प्रतिपदा रविवार को शिव शरण के समीप यह प्रशस्ति स्थापित की गई ।
(१२)	त्रिंशत्सु त्रिसहस्रेषु भारता-दाहवादितः । सप्ताब्द शत-युक्तेषु गतेष्वब्देषु पञ्चसु ॥ पञ्चाशत्सु कलौ काले षट्सु पञ्चशतासु च । समासु समतीतासु शकानामपि भूभुजाम् ॥[3]	भारत युद्ध से तैंतीस सहस्र सात सौ पाँच वर्ष बीत जाने पर तथा कलियुग में शक राजाओं के पाँच सौ छप्पन समान वर्षों के व्यतीत हो जाने पर ।
(१३)	शकनृपकालेष्ठ (ष्ट) शते चतुरुत्तरविंशदुत्तरे सम्प्रगते दुंदुभिनामनि वर्षे प्रवर्तमाने जनानुरागोत्कर्षे ।[4]	जब शक राजा के काल के आठ सौ चौबीस वर्ष व्यतीत हो गये थे तथा लोगों के अनुराग से पूर्ण दुन्दुभि नाम का वर्ष चल रहा था ।
(१४)	शकनृपकालातीत संवत्सरशतेषु नवसु षट्चत्वारिंशदधिकेषु अंकतः संवत् ९४६ राक्षसी संवत्सरान्तर्गत वैशाख पौर्ण-मास्यामादित्यवारे ।[5]	शक राजा के काल के नौ सौ छियालिस वर्ष बीत जाने पर अंकों में संवत् ९४६, राक्षसी संवत्सर के वैशाख मास की पूर्णिमा के रविवार को ।

---

१. इण्डि० एण्टि, खण्ड २०, पृ० ८४ ।
२. वही, खण्ड १८, पृ० २११ ।
३. बादामी के चालुक्य राजा पुलकेशिन द्वितीय के राज्यकाल का ऐहोल-प्रस्तर-अभिलेख, एपि० इण्डि० खण्ड ६, पृ० १ इत्यादि, श्लोक ३३-३४ ।
४. कृष्ण द्वितीय का मूलगुंड-अभिलेख, एपि० इण्डि० खण्ड १२, पृ० १९२ ।
५. कल्याण के जयसिंह चालुक्य के मिरजा-पट्ट, इण्डि० एण्टि०, खण्ड ८, पृ० १८७ ।

	मूल	हिन्दी अनुवाद
(१५)	श्री मच्चालुक्यविक्रमशालद १२ नेय प्रभव संवत्सर द० ।[1]	श्रीमत् चालुक्य विक्रम संवत् के प्रभव नाम के १२वें वर्ष ।
(१६)	श्री वीरविक्रमकालनामधेय संवत्सरैकविंशति प्रमितेष्व-तीतेषु वर्तमान धातु संवत्सरे ।[2]	श्री वीर विक्रम नाम संवत् के २१ वर्ष बीत जाने पर वर्तमान काल के वर्ष में ।
(१७)	कशे (शके) १६०७ मार्गशिर-वदि अष्टमी मघानक्षत्र सोमदिने..........नेपाल सम्वत् ८०६ ।[3]	शक संवत् १६०७ या नेपाल संवत् ८०६ के मार्गशीर्ष मास के कृष्ण पक्ष की अष्टमी को सोमवार मघा नक्षत्र में ।

३४. तिथि-अंकन-विधि की प्रमुख विशेषताएँ

(१) क्रमशः उत्तरी भारत में विक्रम संवत् प्रचलित और जनप्रिय होता गया है । इसका प्रमुख कारण मध्य भारत तथा राजस्थान से उस क्षेत्र में राजवंशों का प्रसार था । श्वेताम्बर जैन इसे सुराष्ट्र ले गये तथा अन्यत्र भी उन्होंने इसे प्रचारित किया । उज्जयिनी में शकों के पराभव के पश्चात् शक संवत् उत्तर में अपने स्थान पर टिक न सका, विक्रम संवत् के नये नाम से कृत-मालव संवत् ने पुनः अपने गौरव को प्राप्त किया एवं जब ज्योतिर्विदों तथा फलित ज्योतिषाचार्यों ने इसे अपना लिया तब उत्तरी भारत में यह व्यापक हो गया ।

(२) हर्ष संवत्[4], नेवार संवत्[5], त्रैकूटक, कलचुरि या चेदि संवत्[6] तथा

---

१. जे० ए० एस० बी०, खण्ड १०, पृ० २६० ।

२. वही, खण्ड १०, पृ० १६७ ।

३. हरप्रसाद शास्त्री, कैटेलॉग ऑफ पाम-लीफ एण्ड सिलेक्टेड पेपर मैन्युस्क्रिप्ट्स बिलांगिग टु द दरबार लाइब्रेरी, नेपाल ।

४. इस अध्याय का ३२वाँ परिच्छेद देखिये ।

५. संवत् का प्रारम्भ २० अक्टूबर ८७६ ई० से होता है; द्रष्टव्य, कील-हार्न : इण्डि० एण्टि, खण्ड १७, पृ० २४६ तथा ओझा : प्राचीन लिपिमाला, पृ० १८१-१८२ ।

६. कीलहार्न के अनुसार यह संवत् २६ अगस्त २४६ ई० को प्रारम्भ हुआ । इण्डि० एण्टि० खण्ड १६, पृ० २६६ ।

लक्ष्मणसेन संवत्[1], जिनका संस्थापन और ग्रहण इस काल में हुआ, सभी का प्रचार स्थानिक था। वे अधिक समय तक जीवित नहीं रह सके। पहले तीन का स्थान विक्रम संवत् तथा अन्तिम का बंगाल में मुसलमानों द्वारा लाये गये फसली सन् ने ग्रहण किया, जिसको बाद में बंगाब्द कहा जाने लगा।

(३) शक संवत् जिसका केन्द्रस्थान अवन्ती था तथा महाराष्ट्र के क्षहरात भी जिसका एक समय प्रयोग करते थे, दक्षिण की ओर प्रसरित हुआ। यद्यपि कुछ राजवंश अब भी किसी संस्थापित संवत् को अपेक्षा अपने राज्य संवत् का ही प्रयोग करते थे, तथापि धीरे-धीरे शक संवत् की जड़ें जम गयीं। इसका कारण उज्जयिनी सम्प्रदाय के ज्योतिर्विद तथा बाद में इसके साथ शालिवाहन के नाम का योग था।

(४) कुछ उदाहरणों में शक संवत् के साथ ही साथ कलि संवत् का भी प्रयोग हुआ है।[2] कलि संवत् ३१०१ ई० पू० की वसन्त ऋतु की संक्रान्ति स गिना जाता था। ईसा की पाँचवीं शताब्दी में आर्य्यभट्ट ने सर्वप्रथम इसका परिचय दिया (सूर्य सिद्धान्त, ३।१०) बृहस्पति के चक्र का प्रयोग भी हुआ है।

(५) चालुक्य विक्रम संवत्[3] तथा कोल्लम संवत्[4] को क्रमशः दक्षिण और सुदूर दक्षिण में प्रारम्भ किया गया किन्तु वे प्रचलित और जनप्रिय न बन सके।

---

१. इस संवत् के अनेक प्रारम्भिक वर्षों का प्रयोग हुआ है। कीलहार्न ने इसकी प्रारम्भिक तिथि ६ अक्तूबर ११७९ ई० निकाली है। (इण्डि० एण्टि०, खण्ड १९ पृ० ६)

२. पुलकेशिन् के शासन का ऐहोल-प्रस्तर-अभिलेख, एपि०, इण्डि०, खण्ड ६, पृ० १ इत्यादि।

३. कल्याणी के उत्तर चालुक्य शासक विक्रमादित्य षष्ठ ने १०७५-७६ ई० में यह संवत् चलाया (ओझा: प्राचीन लिपिमाला, पृ० १८१-८२) और लगभग १०० वर्ष तक यह चला।

४. ट्रावनकोर के पश्चिमी तट के कोल्लम नगर से सम्बन्धित किसी घटना की स्मृति में ८२४-२५ ई० में इसे चलाया गया। इस संवत् का प्रसार क्षेत्र अति संकुचित था किन्तु मालाबार में अब भी इसका प्रयोग किया जाता है। (इण्डि० एण्टि०, खण्ड २५, पृ० ५४)।

(६) वास्तविक तिथि-अंकन-विधि में एकरूपता नहीं है :

[क] लेख की आवश्यकता के अनुसार तिथि-अंकन पद्य और गद्य दोनों में हुआ है।

[ख] संवत्सर प्रायः शब्द और अंक दोनों में लिखे गये और कभी-कभी केवल अंकों में।

[ग] विस्तृत तिथि-अंकन में संवत्सर, मास, पक्ष, तिथि, दिन, नक्षत्र, योग इत्यादि दिये गये हैं, कुछ अभिलेखों में पर्व भी दिये गये हैं।

[घ] साधारण तिथ्यङ्कन में केवल संवत्सर दिये गये हैं।

[ङ] अनेक उदाहरणों में तिथि अंकों को शब्दों में नहीं, अपितु विशिष्ट प्रतीकात्मक शब्दों द्वारा व्यक्त किया गया है। भारतीय ज्योतिर्विदों की यह एक विलक्षण पद्धति थी।

———

सहायक ग्रन्थ सूची

मौलिक आधार

(अ) ब्राह्मण साहित्य

१. संहिताएँ

(१) ऋग्वेद, सं० मैक्समूलर (सायण भाष्य सहित)।

(२) सामवेद सानुवाद, सं० बेनफे, लाइप्जिग १८४८।

(३) यजुर्वेद, तैत्तिरीय संहिता भट्टभास्कर मिश्र की व्याखया सहित, वाजसनेयी संहिता।

(४) अथर्ववेद सायण भाष्य सहित, सं० एस० पी० पण्डित, बम्बई, १८९५-९८।

२. ब्राह्मण ग्रंथ

(१) ऐतरेय ब्राह्मण, आनन्दाश्रम संस्करण, पूना।

(२) पञ्चविंश ब्राह्मण, सं० ए० वेदान्तवागीश, कलकत्ता १८६९-७४।

(३) शतपथ ब्राह्मण, सं० वेबर, लन्दन, १८८५।

(४) तैत्तिरीय ब्राह्मण, सं० आर० एल० मित्र, कलकत्ता, १८५५-७०।

(५) गोपथ ब्राह्मण, सं० आर० एल० मित्र तथा एच० विद्याभूषण, कलकत्ता, १८७२।

(६) कौशीतकी ब्राह्मण, सं० ई० बी० कावेल, कलकत्ता, १८६१।

३. आरण्यक

(१) ऐतरेय आरण्यक सानुवाद, सं० ए० बी० कीथ, आक्सफोर्ड, १९०९।

(२) शांखायन आरण्यक, सं० ए० बी० कीथ, आक्सफोर्ड, १९०९।

४. उपनिषद्

(१) छान्दोग्य उपनिषद्।

(२) तैत्तिरीय उपनिषद्।

५. सूत्र ग्रंथ

(१) आपस्तम्ब श्रौतसूत्र ।
(२) आश्वलायन श्रौतसूत्र ।
(३) आपस्तम्ब गृह्यसूत्र ।
(४) बौधायन गृह्यसूत्र ।
(५) पाराशर गृह्यसूत्र ।
(६) आपस्तम्भ धर्मसूत्र ।
(७) गौतम धर्मसूत्र ।
(८) वसिष्ठ धर्मसूत्र ।

६. आर्ष महाकाव्य

(१) रामायण, व्याख्या सहित, सं० काशीनाथ पाण्डुरङ्ग परब, बम्बई, १८८८ ।
(२) महाभारत, सं० टी० आर० व्यासाचार्य, कुम्भकोनम, १९०८ ।

७. स्मृति और प्रबन्ध

(१) मनुस्मृति, कुल्लूक को व्याख्या सहित सम्पादित, बम्बई, १९२९ ।
(२) याज्ञवल्क्य-स्मृति, मिताक्षरा टीका सहित, बम्बई, १९०९ ।
(३) नारद स्मृति, सं० जॉली, कलकत्ता, १८८५ ।
(४) बृहस्पति-स्मृति, सेक्रेड बुक्स ऑफ दि ईस्ट, खण्ड ३३, आक्सफोर्ड, १८८९ ।
(५) विष्णु-स्मृति, सं० एम० एन० दत्त, कलकत्ता, १९०९ ।
(६) कात्यायन-स्मृति, सं० पी० वी० काणे, बम्बई, १९३३ ।
(७) व्यास-स्मृति, जीवानन्द संग्रह भाग २, पृ० ३२१–४२, आनन्दाश्रम संग्रह, पूना ।
(८) स्मृति-चन्द्रिका, लेखक अन्नमभट्ट, मैसूर संस्करण, १९१४–२०
(९) व्यवहार-मयूख, लेखक नीलकण्ठ, गुजराती प्रेस संस्करण, बम्बई, १९२३ ।

८. अर्थशास्त्र और कामशास्त्र

(१) कौटिलीय अर्थशास्त्र, सं० आर० शाम शास्त्री, मैसूर, १९१९, श्रीमूल टीका सहित टी० गणपति शास्त्री द्वारा सम्पादित, त्रिवेन्द्रम, १९२४–२५ ।

(२) शुक्रनीतिसार, सं० जीवानन्द, कलकत्ता, १८९० ।

(३) वात्स्यायन कामसूत्र, काशी संस्कृत सीरीज, वाराणसी, १९२९ ।

९. पुराण

(१) अग्नि पुराण, सं० आर० एल० मित्र, कलकत्ता, १८७३–७९ ।

(२) भागवत पुराण, सं० वी० एल० पन्सीकर, बम्बई, १९२० ।

(३) भविष्य पुराण, वेंकटेश्वर प्रेस संस्करण, बम्बई, १९१० ।

(४) मार्कण्डेय पुराण, सं० एफ० ई० पार्जिटर, कलकत्ता, १९०४ ।

१०. व्याकरण ग्रन्थ

(१) यास्क का निरुक्त ।

(२) पाणिनीय अष्टाध्यायी ।

(३) पातञ्जल महाभाष्य ।

११. कोष

(१) अमरकोष, भानुजि दीक्षित की रामाश्रमी या व्याख्यासुधा टीका सहित, सं० पं० शिवदत्त, निर्णयसागर प्रेस, बम्बई, १९१५ ।

(२) अभिधान-राजेन्द्र, रतलाम संस्करण, १९१९ ।

१२. महाकाव्य

(१) रघुवंश—कालिदास का ।

(२) कुमारसम्भव—कालिदास का ।

(३) बुद्ध-चरित—अश्वघोष का ।

१३. नाटक

(१) भास नाटक चक्रम ।

(२) कालिदास का मालविकाग्निमित्र ।

(३) कालिदास का अभिज्ञान शाकुन्तल ।

(४) भवभूति का मालती-माधव ।

१४. चरित और कथा

(१) बाण का हर्षचरित ।

(२) सुबन्धु का वासवदत्ता ।

(३) बाण की कादम्बरी।
(४) सोमदेव का कथासरित्सागर

१५. **इतिहास ग्रन्थ**

(१) कल्हण की राजतरंगिणी, सानुवाद, सं० एम० ए० स्टीन, वेस्टमिनस्टर, १६००, सानुवाद सं० आर० एस० पण्डित, प्रयाग १६३५।

(आ) बौद्ध साहित्य

१. अंगुत्तर निकाय, सं० आर० मोरिस तथा ई० हार्डी, पी० टी० एस०, लन्दन।

२. चरियापिटक, सं० आर० मोरिस, पी० टी० एस०, लन्दन, १८८२।

३. धातुकथा, सं० ई० आर० गुनरत्ने, पी० टी० एस०, लन्दन, १८६२।

४. दीघ निकाय, सं० टी० डब्ल्यू० राइज डेविड्स तथा जे० ई० कारपेण्टर, पी० टी० एस०, लन्दन १८६०–१६११।

५. जातक, सं० वी० फौस्बाल, लन्दन, १८७७–६७।

६. मज्झिम निकाय, सं० टी० ट्रेंक्नेर तथा आर० चालमर्स, पी० टी० एस०, लन्दन, १८८८–१६०२।

७. संयुत्त निकाय, सं० लियोन फीयर, पी० टी० एस०, लन्दन, १८८४–१८६८।

८. सुत्त निपात, सानुवाद सं० आर० चालमर्स, एच० ओ० एस०, १६३२।

९. विनयपिटक, सं० एच० ओल्डेनबर्ग, पी० टी० एस०, लन्दन, १८७६।

१०. दिव्यावदान, सं० ई० बी० कावेल तथा आर० ए० नाइल, कैंब्रिज, १८८६।

११. ललितविस्तर, सं० आर० एल० मित्र, कलकत्ता, १८७७।

१२. दीपवंश, सानुवाद, सं० एच० ओल्डेनबर्ग, लन्दन, १८७६।

१३. महावंश, सं० डबल्यू० गाइगर. पी० टी० एस०, लन्दन, १६०८।

१४. मिलिन्द पञ्हो, सं० वी० ट्रेंक्नेर, लन्दन, १८८०।

१५. बुद्धचरित अश्वघोष का।

१६. सूत्रालंकार अश्वघोष का।

१७. सौन्दरानन्द अश्वघोष का।

१८. जातकमाला आर्यसूर की, सं० एच० कर्न, बोस्टन, १८९१ ।

(इ) जैन साहित्य

१. आचारङ्ग, सं० एच० जैकोबी, पी० टी० एस०, लन्दन, १८८२, एच० जैकोबी का अंग्रेजी अनुवाद, सेक्रेड बुक्स ऑफ दि ईस्ट, आक्सफोर्ड, १८९२ ।

२. कल्पसूत्र, सानुवाद, सं० डब्ल्यू० एस० शुब्रिंग, लाइप्जिग, १९०५ ।

३. कथाकोष, अनुवाद, सी० एच० टॉनी, लन्दन, १८९५ ।

४. निसीथ, सं० डब्ल्यू० एस० शुब्रिंग, लाइप्जिग, १९१८ ।

५. स्थविरावलि चरित या परिशिष्टपर्वण, सं० एच० जैकोबी, बी० आई०, कलकत्ता, १८८३-९१, द्वितीय संस्करण १९३२ ।

६. पन्नवणा-सुत्त ।

७. समवायाङ्ग-सुत्त ।

८. भगवती-सुत्त ।

९. विचार-श्रेणी ।

१०. महावीर-चरियम् ।

११. त्रिलोक-विज्ञप्ति ।

१२. प्रभावक-चरित, सिंघी ग्रन्थमाला संस्करण, कलकत्ता ।

(ई) विदेशी विवरण

१. ग्रीक तथा लेटिन :

(१) एरियन (एनाबेसिस इण्डिया), सं० ए० जी० रॉस, लाइप्जिग, १९०७ ई० जे० चिन्नोक का अंग्रेजी अनुवाद, लन्दन, १८७३ ।

(२) क्विन्टस कर्टियस रफस (हिस्टोरियेल अलेक्जैण्ड्रि मैग्नि), सं० ई० हेडिक, लाइप्जिग, १९०८ ।

(३) जस्टिन (एपिटोम), अंग्रेजी अनुवाद, मैक्क्रेण्डल का इनवेजन ऑफ इण्डिया बाई अलेक्जैण्डर ।

(४) पेरिप्लस मेरिस इरिथ्राई (पेरिप्लस ऑफ दि इरिथ्रियन सी), डब्ल्यू० एच० शॉफ का अंग्रेजी अनुवाद, लन्दन, १९१२ ।

(५) प्लाईनी (नेचुरलिस हिस्टोरिया), सं० सी० मेहॉफ, लाइप्जिग, १८९२-१९०९ ।

(६) प्लूटार्क (लाइफ ऑफ अलैक्जेण्डर), सं० के सिन्तेनिस, लाइप्जिग, १८८१।

(७) मेगस्थेनीज (इण्डिका के अंश), सं० ई० ए० शॉनबेक, बोन, १८४६।

(८) स्ट्रैबो (ज्योग्रैफिका), एच० सी० हैमिल्टन तथा डब्ल्यू० फाल्कोनर का अंग्रेजी अनुवाद, लन्दन, १८५४-५७।

(९) हेरोडोरस, (हिस्टरी) सं० सी० ह्यड, द्वितीय संस्करण, आक्सफोर्ड, १९१३-४, जी० सी० मैकाले का अंग्रेजी अनुवाद, लन्दन, १९०४।

२. **चीनी :**

(१) फाहियान, जे० लीज का अंग्रेजी अनुवाद, आक्सफोर्ड, १८८६।

(२) ह्वेनत्सांग, एस० बील का अंग्रेजी अनुवाद, (बुधिस्ट रिकार्डस ऑफ दि वेस्टर्न वर्ल्ड), लन्दन, १८८४।

युवान च्वांग, टी० वैटर्स का अनुवाद, लन्दन, १९०४-५।

(३) इत्सिंग, जे० तकाकुसु का अनुवाद, आक्सफोर्ड, १८९६।

३. **अरबी :**

(१) अल्बेरूनीज इण्डिया, सं० ई० सी० सचाऊ, लन्दन, १९१०।

आधुनिक स्रोत

अ. पुरातत्त्व-सम्बन्धी :

१. आर्क्यालोजिकल सर्वे ऑफ इण्डिया एन्युअल रिपोर्ट, १९०२-३ के बाद।

२. आर्क्यालोजिकल सर्वे ऑफ वेस्टर्न इण्डिया।

३. आर्क्यालोजिकल सर्वे ऑफ सदर्न इण्डिया।

४. अमेरिकन जर्नल ऑफ आर्क्यालोजी।

५. आमेलज हर्ट्ज, दि ओरिजिन ऑफ दि प्रोटो-इण्डियन एण्ड दि ब्राह्मी स्क्रिप्ट, इं० हि० क्वा०, १३, पृ० ३८९-९९।

६. अलेक्जैण्डर कनिंघम, आर्क्यालोजिकल सर्वे रिपोर्ट (ओल्ड सीरीज), बुक ऑफ दि इण्डियन एराज; क्वाएन्स ऑफ एन्सियण्ट इण्डिया; क्वाएन्स ऑफ मेडीवल इण्डिया।

७. इम्पार्टेण्ट इन्स्क्रिप्शन्स फ्राम दि बड़ौदा स्टेट, खण्ड १, बड़ौदा, १६४३।

८. इण्डियन हिस्टारिकल रिकार्ड्स कमीशन, प्रोसीडिंग्स ऑफ मीटिंगस्।

९. इण्डियन कल्चर, कलकत्ता।

१०. इण्डियन आर्ट एण्ड लेटर्स, दि इण्डियन सोसाइटी, लन्दन।

११. ई० क्लॉड, दि स्टोरी ऑफ दि एल्फाबेट, लन्दन, १६००, न्यूयार्क, १६३८।

१२. ई० जे० एच० मैके, फर्दर एक्सकवेशन्स ऐट मोहनजोदड़ो, दिल्ली, १६३७-३८, इण्डस वैली सिविलिजेशन।

१३. ई० एफ० स्ट्रैञ्ज, एलफाबेट्स, लन्दन, १६०७।

१४. ई० जे० रैप्सन, कैटालाग्स ऑफ दि क्वाएन्स ऑफ आन्ध्र डाइनेस्टी इत्यादि, ओरिजन ऑफ दि इण्डस वैली स्क्रिप्ट, इं० हि० क्वा०, ६, पृ० ५८२।

१५. इपिग्रेफिया इण्डिका, कलकत्ता, १८६२ के बाद से।

१६. एशियाटिक रिसर्चेज।

१७. एक्टा ओरियण्टेलिया।

१८. एन्सियण्ट इण्डिया, दिल्ली, १६६४ के बाद से।

१९. ए० के० कुमारस्वामी, हिस्ट्री ऑफ इण्डियन एण्ड इण्डोनेशियन आर्ट, लन्दन, १६२७।

२०. ए० एस० सी० रॉस, दि न्यूमरिकल साइन्स ऑफ मोहनजोदरो स्क्रिप्ट, दिल्ली, १६३८।

२१. ए० आर० हर्नेल, दि वेबर मैन्युस्क्रिप्ट्स : ऐनअदर कलेक्शन ऑफ एन्सियण्ट मैन्युस्क्रिप्ट्स फ्राम सेण्ट्रल एशिया, जर्नल ऑफ दि रॉयल एशियाटिक सोसाइटी, बंगाल ब्रांच, १८६३।

२२. ए० सी० बर्नेल, एलीमेण्ट ऑफ साउथ इण्डियन पेलियोग्रैफी, मैंगलोर, १८७८; ऑन सम पह्लवी इन्स्क्रिप्शन्स ऑफ साउथ इण्डिया, मैंगलोर, १८४६।

२३. ए० सी० मूरहाउस, राइटिंग एण्ड दि अल्फाबेट, लन्दन, १८४६।

२४. ए० वॉन ले काक, बरीड ट्रेजर्स ऑफ चाइनीज तुर्किस्तान, लन्दन, १६२८।

२५. ऐन्युअल रिपोर्ट ऑफ दि आर्क्यालोजिकल डिपार्टमेण्ट ऑफ हिज इक्जाल्टेड हाइनेस दि निजाम्स डोमिनियन्स।

२६. ऐन्युअल रिपोर्ट ऑफ दि मैसूर आर्क्यालोजिकल डिपार्टमेण्ट, बैंगलोर।

२७. ऐन्युअल रिपोर्ट ऑफ साउथ इण्डियन इपिग्रैफी।

२८. ऐन्युअल रिपोर्ट ऑफ वारेन्द्र रिसर्च सोसाइटी, राजशाही।

२९. ऐन्युअल रिपोर्ट ऑफ दि वाट्सन म्यूजियम ऑफ एण्टिक्विटीज, राजकोट।

३०. एन्युअल रिपोर्ट आफ दि वर्किंग आफ दि यूनाइटेड प्राविन्सेज, प्राविन्सियल म्यूजियम, लखनऊ, इलाहाबाद।

३१. एन्युअल रिपोर्ट ऑफ सेण्ट्रल म्यूजियम, लाहौर।

३२. एन्युअल बिब्लियोग्रैफी ऑफ इण्डियन आर्क्यालोजी, लीडेन, १९२६ और इसके बाद।

३३. कार्पस इन्स्क्रिप्शनम् इण्डिकेरम्, खण्ड १, २ तथा ३।

३४. केरल-सोसाइटी-पेपर्स, त्रिवेन्द्रम।

३५. कोलब्रूक, मिसलेनियस एसेज।

३६. क्वार्टर्ली जर्नल ऑफ दि मिथिक सोसाइटी, बैंगलोर।

३७. गौरीशंकर हीराचन्द ओझा, भारतीय प्राचीन लिपिमाला, अजमेर, १९१८।

३८. जर्नल एण्टिक।

३९. जर्नल ऑफ दि एशियाटिक सोसाइटी ऑफ बंगाल।

४०. जर्नल ऑफ दि बाम्बे ब्रांच ऑफ दि एशियाटिक सोसाइटी।

४१. जर्नल ऑफ दि रॉयल एशियाटिक सोसाइटी ऑफ ग्रेट ब्रिटेन एण्ड आयरलैण्ड।

४२. जर्नल ऑफ दि आन्ध्र हिस्टारिकल सोसाइटी, राजमहेन्द्री।

४३. जर्नल ऑफ दि बिहार एण्ड ओरिसा रिसर्च सोसाइटी, पटना।

४४. जर्नल ऑफ दि बॉम्बे हिस्टोरिकल सोसाइटी, बम्बई।

४५. जर्नल ऑफ इण्डियन हिस्ट्री, मद्रास।

४६. जर्नल ऑफ ओरियण्टल रिसर्च, मद्रास।

४७. जर्नल ऑफ दि पंजाब यूनिवर्सिटी हिस्टारिकल सोसाइटी, लाहौर।

४८. जर्नल आफ दि बनारस हिन्दू यूनिवर्सिटी।

४९. जर्नल आफ दि यूनाइटेड प्राविन्सेज हिस्टारिकल सोसाइटी, लखनऊ।

५०. जर्नल आफ दि न्यूमिस्मेटिक सोसाइटी आफ इण्डिया, बम्बई।

५१. जी० आर० हण्टर : दि स्क्रिप्ट आफ हरप्पा एण्ड मोहनजोदरो, लन्दन, १९३४, अन्नोन पिक्टोग्रैफिक स्क्रिप्ट नियर रामटेक, सी० पी०, जे० बी० ओ० आर० एस०, २० भाग १, सील्स, एन्युयल आफ दि अमेरिकन स्कूल आफ ओरियण्टल रिसर्च, खण्ड १०, १९२८-२९।

५२. जी० ए० सार्टन : ए कम्पैरेटिव लिस्ट ग्राफ दि साइन्स इन दि सो-काल्ड इण्डो-सुमेरियन ।

५३. जी० बी० बोब्रिन्स क्वाय : ए लाइन ग्राफ ब्राह्मी स्क्रिप्ट इन ए बेबीलोनियन काण्ट्रैक्ट टेब्लेट, जे० ए० ग्रो० एस०, खंड ५६, सं० १, पृ० ६८–८८ ।

५४. जी० ब्वीलर, इण्डियन पेलियोग्रैफी, इण्डियन एण्टिक्वेरी, १६०४, ग्रपेण्डिक्स, इण्डियन स्टडीज; डिटेल्ड रिपोर्ट ग्रान ए टूर इन सर्च ग्राफ संस्कृत मैन्युस्क्रिप्ट्स मेड इन काश्मीर, राजपूताना एण्ड सेन्ट्रल इण्डिया, बम्बई, १८७७; न्यू जैन इन्स्क्रिप्शन्स फ्राम मथुरा, एपि० इण्डि० खण्ड १; एपिग्रैफिक डिसकवरीज एट मथुरा, जे० ग्रार० ए० एस०, १८६६, पृ० ५७८-८१ ।

५५. जी० जोवो-दुब्रायल : पल्लव एण्टिक्विटीज ।

५६. जे० पी० एच० वोगेल : कैटेलाग ग्राफ दि ग्रार्क्यालोजिकल म्यूजियम एट मथुरा, इलाहाबाद, १६१० ।

५७. जे० बर्गेस : ग्रार्क० स० ग्राफ वे० इण्डिया, खंड ४, लन्दन, १८८३; रिपोर्ट ग्रान दि बुधिस्ट केव टेम्पुलस एण्ड देयर इन्स्क्रिप्शन्स, तामिल एण्ड संस्कृत इन्स्क्रिप्शन्स, मद्रास, १८८६ ।

५८. जे० ई० फ्लीट : कार्पस इन्स्क्रिप्शन्स इण्डिकेरम, खंड ३; पाली, संस्कृत एण्ड ग्रोल्ड केनारीज इन्स्क्रिप्शन्स ।

५९. जिन विजय : प्राचीन जैन लेख-संग्रह, भावनगर, जैन ग्रात्मानन्द सभा, १६२१ ।

६०. जे० फर्गुसन तथा जे० बर्गेस : दि केव टेम्पुल्स ग्राफ इण्डिया, लन्दन, १८८० ।

६१. जे० डाउसन : नोट्स ग्रान ए बैक्ट्रियन पाली इन्स्क्रिप्शन एण्ड दि सम्वत् एरा, जे० ग्रार० ए० एस० न्यू सीरीज, खंड ७, १८७५, पृ० ३७६-३८३ ।

६२. जीन पर्जिलस्की : दि नेम ग्राफ खरोष्ठी स्क्रिप्ट, इं० ए०, खंड ६०, पृ० १५० इत्यादि ।

६३ जे० एलन : कैटालाग ग्राफ दि क्वाएन्स ग्राफ एन्सियन्ट इण्डिया, ब्रिटिश म्यूजियम, लन्दन, १९३६; कैटालाग ग्राफ दि गुप्त क्वाएन्स।

६४. जे० एच० मार्शल, मोहनजोदरो एण्ड इण्डस सिविलिजेशन, खंड १, २ तथा २, १ दि डेट ग्राफ कनिष्क, जे० ग्रार० ए० एस०, १९१४, पृ० ९३७–८६, १९१५, १९१–९६।

६५. ट्रावनकोर ग्रार्क्यालोजिकल सीरीज।

६६. टी० थाम्प्सन : दि ए बी सी ग्राफ ग्रवर ग्रल्फाबेट, लन्दन, १९४२, न्यूयार्क १९४५।

६७. डी० एच० संकालिया : दि ग्रार्क्यालोजी ग्राफ गुजराज, बम्बई १९४१।

६८. डी० ग्रार० सहानी : कैटालाग ग्राफ दि म्यूजियम ग्राफ ग्रार्क्यालोजी एट सारनाथ, कलकत्ता, १९१४; श्री मथुरा इन्स्क्रिप्शन्स एण्ड देयर बियरिंग ग्रान दि कुशान डाइनेस्टी, जे० ग्रार० ए० एस०, १९२४, पृ० ३९९–४०६।

६९. डी० ग्रार० भंडारकर : ए लिस्ट ग्राफ दि इन्स्क्रिप्शन्स ग्राफ नार्दर्न इंडिया इन ब्राह्मी एण्ड इट्स डेरिवेटिव स्क्रिप्ट फ्राम स० १०० ए० डी०, ग्रपेण्डिक्स, एपि० इण्डि०, खंड १९ तथा २०।

७०. डी० सी० सरकार : सेलेक्ट इन्क्रिप्शन्स, भाग १, कलकत्ता।

७१. डेविड डिरिंजर : दि एल्फाबेट, द्वितीय संस्करण, लन्दन, १९४९।

७२. दि इण्डियन हिस्टारिकल क्वार्टर्ली, कलकत्ता।

७३. दि इण्डियन एण्टिक्वेरी, बम्बई, १८७२ के बाद से।

७४. दि माडर्न रिव्यू, कलकत्ता।

७५. नागरीप्रचारिणी पत्रिका, वाराणसी।

७६. न्यूमिस्मेटिक जर्नल।

७७. पर्सी गार्डनर : दि क्वाएन्स ग्राफ ग्रीक एण्ड इण्डो-सीथियन किंग्स ग्राफ बैक्ट्रिया एण्ड इण्डिया।

७८. प्राणनाथ : दि स्क्रिप्ट ग्रान दि इण्डस वैली सील्स, इं० हि० क्वा० १९३१; सुमेरो-इजिप्शियन ग्रोरिजिन ग्राफ दि ग्रार्यन्स एण्ड दि ऋग्वेद, जर्नल ग्राफ दि बनारस हिन्दू यूनिवर्सिटी, खंड १, सं० २, १९३७।

७९. पी०मेरिग्गी : उर्वेर वाइटेरे इण्डुसीगेल ग्राउस फोर्डराजियन, ग्रोरियंटलिस लिटराटूरे लाइटुंग, १९३७।

८०. पी० एच० हेरास : मोहनजोदरो, दि पीपुल एण्ड दि लैण्ड, इं० क०, खंड ३, कलकत्ता, १९३७; ल एस्क्रितुरा प्रोटो-इण्डिका यि सु द स्क्रिफ्रेमेन्तो, अम्पुरियास बार्सिलोना, १९४० ।

८१. पी० पोचा : तोचरिका आर्किव ओरियण्टेलनी, प्राग, १९३० ।

८२. प्रिन्सेप : इण्डियन एण्टिक्विटीज, सं० थामस ।

८३. प्रोग्रेस रिपोर्ट आफ दि आर्क्यालोजिकल सर्वे आफ वेस्टर्न इण्डिया ।

८४. प्रोग्रेस आफ इण्डियन स्टडीज (१९१४-१९४२), पूना, १९४२ ।

८५. प्रोसीडिंग्स आफ दि एन्युअल मीटिंग्स आफ दि न्यूमिस्मेटिक सोसाइटी आफ इण्डिया ।

८६. फा-वान-सु-लिन ।

८७. फासेल एण्टिक्विटीज आफ दि चम्बा स्टेट ।

८८. एफ० कीलहार्न : इक्जामिनेशन आफ क्वेश्चन्स कनेक्टेड विद दि विक्रम एरा, इण्डि० एण्टि०, खंड २०, १८९१, पृ० १२४-४२; आन दि डेट्स आफ दि शक एरा इन इन्स्क्रिप्शन्स, इण्डि० एण्टि०, खंड २६, १८९६, पृ० १४६-१५३; लिस्ट आफ दि इन्स्क्रिप्शन्स आफ साउथ इण्डिया, एपि० इण्डि०, खंड ७, १९०२-३, अपेण्डिक्स; लिस्ट आफ दि इन्स्क्रिप्शन्स आफ नार्दर्न इण्डिया ।

८९. बकोफर : आन ग्रीक्स एण्ड शकाज इन इण्डिया, जे० आर० एस०, खंड ६१, १९४१, पृ० २२३-५० ।

९०. बंगाल पास्ट एण्ड प्रेजेन्ट, जर्नल आफ कलकत्ता हिस्ट्री सोसाइटी ।

९१. बाम्बे गजेटीयर ।

९२. बी० एल० उलमान : दि ओरिजिन एंड डेवलपमेण्ट आफ एलफाबेट, अमे० ज० आर्क, १९२७, पृ० ३११-२८ ।

९३. बी० लाफर : ओरिजिन आफ टिबेटन राइटिंग, जर्नल आफ दि अमेरिकन ओरियण्टल सोसाइटी, १९१८ ।

९४. बी० ह्रोज्नी : इन्स्क्रिफ्तेन अण्ड कुल्तुर देर प्रोतो-इन्देर बाव मोहनजोदरो अण्ड हरप्पा, आर्कि० ओरियन्तल्नी, १९४१-४२ ।

९५. बुलेटिन आफ दि डकन कालेज रिसर्च इन्स्टीट्यूट, पूना ।

९६. बुलेटिन आफ दि डिपार्टमेण्ट आफ हिस्टारिकल एण्ड एण्टिक्वेरियन स्टडीज, गवर्नमेण्ट आफ आसाम ।

९७. बुलेटिन आफ दि स्कूल आफ ओरियण्टल स्टडीज, लन्दन ।

९८. बेनी माधव बरुआ : ओल्ड ब्राह्मी इन्स्क्रिप्शन्स ।

९९. बेबीलोनियन एण्ड ओरियण्टल रिकार्ड्स ।

१००. बोथलिङ्क : संस्कृत वार्तेर्बुख इन कुर्जरेर फासुंग ।

१०१. भंडारकर कमेमोरेशन वाल्यूम, पूना ।

१०२. भावनगर इन्स्क्रिप्शन्स ।

१०३. महाकोसल हिस्टारिकल सोसाइटी, बाल्पू, बिलासपुर ।

१०४. माधव स्वरूप वत्स : एक्सकवेशन्स ऐट हरप्पा, खंड १ तथा २, कलकत्ता, १९४० ।

१०५. एम० बरोज : वट मीन दीज स्टोन्स ?, न्यूहेवेन, १९४१ ।

१०६. मेम्वायर्स आफ आर्क्यालोजिकल सर्वे आफ इंडिया ।

१०७. मैन, जर्नल आफ रायल एन्थ्रोपलोजिकल इंस्टिट्यूट, लन्दन ।

१०८. राइस : एपिग्रैफिया कर्नाटिका ।

१०९. रमेशचन्द्र मजुमदार : ल पेलियोग्रैफिक दे इन्स्क्रिप्शन्से दु चम्पा, बी० ई० एफ० ई० ओ०, ३२, पृ० १२७-३९, १ फलक ।

११०. राजेन्द्रलाल मित्र : गाउस पेपर्स ।

१११. आर० बी० ह्वाइटहेड : कैटालाग आफ दि क्वाएन्स इन दि पंजाब म्यूजियम लाहौर, खंड १, इण्डो-ग्रीक क्वाएन्स, आक्सफोर्ड, १९१४ ।

११२. आर० सेवेल : दि हिस्टारिकल इन्स्टिट्यूशन्स आफ सदर्न इण्डिया, मद्रास, १९३२ ।

११३. आर० डी० बनर्जी : दि सिथियन पीरियड आफ इण्डियन हिस्ट्री, इं० ए०, खंड ३७, १९०८, पृ० २५-७५, मथुरा इन्स्क्रिप्शन इन दि इण्डियन म्यूजियम, जे० ए० एस० बी० न्यू सीरीज, खंड ५, १९०९, पृ० २३७-२४४; न्यू ब्राह्मी इन्स्क्रिप्शन आफ दि सिथियन पीरियड, ए० इं०, खंड १०, १९०९-१०, पृ० १०६-१२१; नहपान एण्ड दि शक एरा, जे० आर० ए० एस०, १९१७, पृ० २७३-२८९; पेलियोग्रैफी आफ दि हाथी गुम्फा एण्ड नानाघाट इन्स्क्रिप्शन्स, मेम्वा० आर्क० ए० एस० बी०, ११, सं० ३, पृ० १३१-१४६ ।

११४. एल० ए० वैडोल, दि इण्डो-सुमेरियन सील्स डिसाइफर्ड; दि आर्यन ओरिजिन आफ दि अल्फाबेट, लन्दन लुजाक एण्ड कम्पनी, १९२७ ।

११५. एल० डी० बर्नेल एण्टिक्विटीज आफ इण्डिया, लन्दन, १९१३, दि डेट आफ कनिष्क, जे० आर० ए० एस०, १९१३, पृ० ९४३-४५।

११६. लैसेन : इण्डिश् आल्तर्तुनिस्कुण्डे, द्वितीय संस्करण।

११७. वाल्वाल्कर : प्रि-मौर्यन इन्स्क्रिप्शन, पूणे, १९५१।

११८. वी० ए० स्मिथ : कैटालाग आफ दि क्वाएन्स, इन दि इण्डियन म्यूजियम, कलकत्ता।

११९. वेबर : इण्डिश स्टुडीन।

१२०. डब्ल्यू० ए० मैसन : ए हिस्ट्री आफ आर्ट आफ राइटिंग, न्यूयार्क १९२०।

१२१. डब्ल्यू० ई० क्लार्क : हिन्दू अरेबिक न्यूमरल्स।

१२२. एस० लेवी : येटूद दे डाकूमेण्ट्स तोखरीन्स......., जर्नल एशियाटिक, १९११।

१२३. एस० श्रीकण्ठ शास्त्री : स्टडीज इन दि इंण्डस स्क्रिप्ट्स, क्वा० ज० मि० सो०, खंड २४, पृ० २२४–३०।

१२४. सी० एल० फैब्री : लेटेस्ट अटेम्प्ट्स टु रीड दि इण्डस स्क्रिप्ट, इण्डियन कल्चर, खंड १, कलकत्ता, १९३४; ए सुमेरियन बेबीलोनियन इन्स्क्रिप्शन डिसकवर्ड ऐट मोहनजोदरो, इण्डियन कल्चर, खंड ३ पृ० ६६३–७३।

१२५. सी० सी० दास गुप्ता : पेलियोग्रैफिकल नोट्स आन दि मौर्यन ब्राह्मी इन्स्क्रिप्शन्स आफ महास्थान, इण्डियन कल्चर, खंड ३, पृ० २०६–२०८।

१२६. सुकुमार रंजन दास : दि ओरिजिन एण्ड डेवलपमेण्ट आफ न्यूमरल्स, इ० हि० क्वा० ३, पृ० ९७–१२०।

१२७. सुशील कुमार बोस : स्टडीज इन गुप्त पेलियोग्रैफी, इण्डियन कल्चर, ४, पृ० १८१–१८८।

१२८. सेनार्ट : इन्स्क्रिप्शन्स आफ प्रियदर्शी।

१२९. स्तेन कोनो : कार्पस इन्स्क्रिप्शनम इण्डिकेरम, खंड २, कलकत्ता, १९२९; नोट आन ए खरोष्ठी अक्षर, बी० एस० ओ० एल० एस०, खंड ६, भाग २, पृ० ४०५–४०९।

१३०. हरप्रसाद शास्त्री : कैटालाग आफ दि पाम लीफ एण्ड सेलेक्ट पेपर मैन्युस्क्रिप्ट्स बिलांगिग टू दि दरबार लाइब्रेरी, नेपाल।

१३१. एच० हरग्रीव्स : एक्सप्लोरेशन्स, फ्रन्टियार सर्किल, ए० एस० आई० ए० आर०, १९२१–२२, पृ० ५७-५८।

१३२. एच० ल्वीडर्स : ए लिस्ट आफ ब्राह्मी इन्स्क्रिप्शन्स, मद्रास, १९१७।

१३३. एच० एच० विल्सन : एरियाना एण्टिकुवा ।
१३४. एच० जी० बीलसे : दि स्क्रिप्ट्स आफ मोहनजोदरो, हरप्पा एण्ड ईस्टर्न आईलैण्ड्स्, मैन ३६, सं० १९९ ।
१३५. एच० जे० मार्टिन : दि ओरिजिन आफ दि राइटिंग, जरुशलम, १९४३ ।
१३६. एच० कृष्ण शास्त्री : साउथ इण्डियन इन्स्क्रिप्शन्स, मद्रास, १९१७ ।
१३७. हुल्श : कार्पस इंस्क्रिप्टचोनम इण्डिकेरम, भाग १, साउथ इण्डियन इंस्क्रिप्शन्स ।

आ. साधारण

१. अनन्त सदाशिव अल्तेकर : एजुकेशन इन एन्सियण्ट इण्डिया, वाराणसी; पोजीशन आफ वीमन इन हिन्दू सिविलिजेशन ।
२. ई० बी० टेलर : प्रिमिटिव कल्चर, खंड १, २ ।
३. ई० सी० सखाउ, अल्बेरूनीज इण्डिया ।
४. ई० जे० रैप्सन : दि कैम्ब्रिज हिस्ट्री आफ इण्डिया, खंड १, कैम्ब्रिज ।
५. एन्साइक्लोपीडिया ब्रिटानिका ।
६. ए० ए० मैकडोनेल : इण्डियाज पास्ट, आक्सफोर्ड, १९२७ ।
७. ए० एच० सेस : इण्ट्रोडक्शन टु दि सायन्स आफ लैंग्वेजेज, खंड १ तथा २, लन्दन, १८८० ।
८. ए० सी० हैडन : एवोल्यूशन इन आर्ट ।
९. ए० मैसो : दि डान आफ दि मेडिटेरिनियन सिविलिजेशन, लन्दन, १९१० ।
१०. ए० मैर : मैटीरियल्स यूज्ड टु राइट बिफोर दि इनवेन्शन आफ प्रिन्टिग, वाशिंगटन, १९०४ ।
११. के० एन० दीक्षित : प्रिहिस्टारिकल सिविलिजेशन आफ दि इण्डस वैली, मद्रास, १९२९ ।
१२. काशी प्रसाद जायसवाल : हिस्ट्री आफ इण्डिया, लाहौर, १९३३; प्राबलम्स आफ शक सातवाहन हिस्ट्री, जे० बी० ओ० आर० एस०, खंड १६, १९३०, शक सातवाहन प्राबलम्स, वही, खंड १८, १९३२ ।
१३. जे० जॉली : रेश्तुन्द सित, गुन्दसिस, हिन्दू लॉ एण्ड कस्टम्स, अंग्रेजी अनुवाद, ए० बी० घोष, कलकत्ता, १९२८ ।
१४. जे० ई० वान लोहिजाँ द लोयों : दि सिथियन पीरियड, लीडन, १९३९ ।

१५. डॉ० आर० भंडारकर : अशोक, कलकत्ता विश्वविद्यालय।
१६. पी० वी० काणे : हिस्ट्री आफ धर्मशास्त्र लिटरेचर, खंड १-४, पूणे।
१७. फा-ना-सु-लिन
१८ एफ० एन० स्किनर, स्टोरी आफ लेटर्स एण्ड फिगर्स, शिकागो, १९०५।
१९. एफ० ई० पार्जिटर : एन्सियन्ट इण्डियन हिस्टारिकल ट्रैडिशन्स।
२०. एम० विण्टरनित्स : हिस्ट्री आफ इण्डियन लिटरेचर, खण्ड १ तथा २, कलकत्ता।
२१. एम० पंचानन : प्रि-हिस्टारिकल इण्डिया, कलकत्ता, १९२७।
२२. मिस डफ : क्रोनोलाजी आफ इण्डिया।
२३. मैस्पर : दि डान आफ सिविलिजेशन, इजिप्ट एण्ड चैल्डिया, पासिंग आफ दि इम्पायर।
२४. मैक्समूलर : हिस्ट्री आफ एन्सियण्ट संस्कृत लिटरेचर।
२५. रमेशचन्द्र मजूमदार : अखेमीनियन रूल इन इण्डिया, इं० हि० क्वा०, २५, सित० १९४९; कार्पोरेट लाइफ इन एन्सियण्ट इण्डिया, कलकत्ता।
२६. राइज डेविड्स : बुधिस्ट इण्डिया।
२७. राजबली पाण्डेय : विक्रमादित्य आफ उज्जयिनी, वाराणसी, १९५१, हिन्दू संस्कार्स, ए सोसियो-रेलिजस स्टडी आफ हिन्दू सैक्रामेण्ट्स, वाराणसी, १९५०।
२८. आर० के० मुकर्जी : एजुकेशन इन एन्सियण्ट इण्डिया; हिन्दू सिविलिजेशन।
२९. आर० एस० त्रिपाठी : एन्सियण्ट हिस्ट्री आफ इण्डिया, वाराणसी।
३०. डब्ल्यू० डब्ल्यू० टार्न : दि ग्रीक्स इन बैक्ट्रिया एण्ड इण्डिया, कैम्ब्रिज, १९३८।
३१. एस० एन० दास गुप्त तथा एस० के० डे : हिस्ट्री आफ संस्कृत लिटरेचर।
३२. सुधाकर द्विवेदी : गणक तरंगिणी, वाराणसी।
३३. एच० एम० इलियट : दि हिस्ट्री आफ इण्डिया एज टोल्ड बाई इट्स ओन हिस्टोरियन्स, लन्दन, १८६७-७७।
३४. एच० जी० रालिन्सन : इण्डिया, ए शार्ट कल्चरल हिस्ट्री, १९३७।

भारतीय पुरालिपि

सारणी संख्या १—सिन्धु घाटी लिपि

१ २ ३ ४ ५ ६ ७ ८ ९ १० ११ १२ १३

सारणी संख्या २—प्रारंभिक ब्राह्मी लिपि

	नागरी	रोमन	ब्राह्मी	नागरी	रोमन	ब्राह्मी
1	अ	a		ट	ṭa	
2	आ	ā		ठ	ṭha	
3	इ	i		ड	ḍa	
4	ई	ī		ढ	ḍha	
5	ऋ	ṛ		ण	ṇa	
6	ॠ	ṝ		त	ta	
7	ऌ	ḷ		थ	tha	
8	ॡ	ḹ		द	da	
9	उ	u		ध	dha	
10	ऊ	ū		न	na	
11	ए	e		प	pa	
12	ऐ	ai		फ	pha	
13	ओ	o		ब	ba	
14	औ	au		भ	bha	
15	अं	aṁ		म	ma	
16	अः	aḥ		य	ya	
17	क	ka		र	ra	
18	ख	kha		ल	la	
19	ग	ga		व	va	
20	घ	gha		श	śa	
21	ङ	ṅa		ष	ṣa	
22	च	ca		स	sa	
23	छ	cha		ह	ha	
24	ज	ja		क्ष	kṣa	
25	झ	jha		त्र	tra	
26	ञ	ña		ज्ञ	jña	

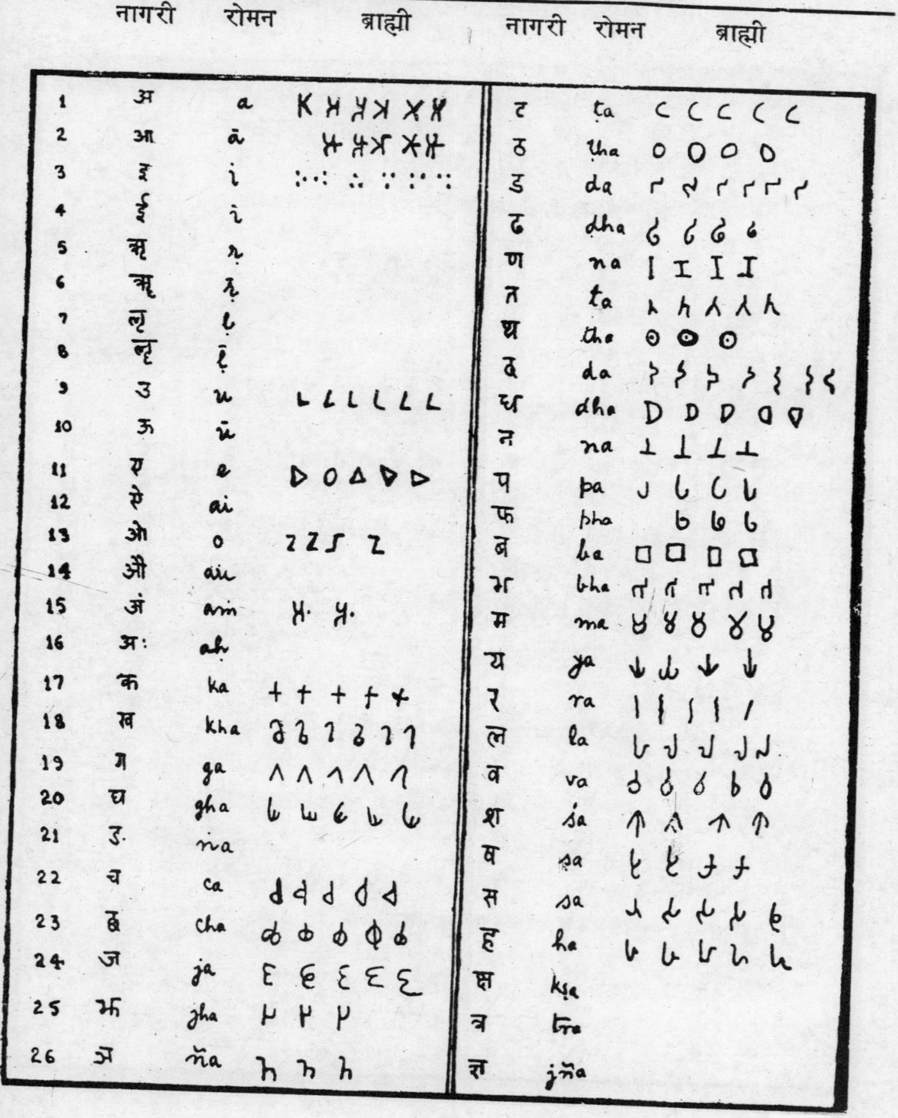

सारणी संख्या ३—अरेमिक और ब्राह्मी लिपियों की तुलना

क्र.सं.	नाम और ध्वन्यात्मक मूल्य	अरेमिक वर्ग	ब्राह्मी वर्ग
1	अलेफ् (अ)		
2	बेथ (ब)		
3	गिमेल (ग)		
4	दालेथ (द)		
5	हे (ह)		
6	वाव् (व)		
7	जाइन (ज़)		
8	हेथ (ह)		
9	तेथ (त)²		
10	योध (य)		
11	काफ् (क)		
12	लामेध (ल)		
13	मेम (म)		
14	नून (न)		
15	सामेख (स)		
16	आइन् (ए)		
17	पे (प)		
18	त्सादे (स)		
19	क़ॉफ् (क़)		
20	रेश (र)		
21	शिन् (श)		
22	ताव् (त)		

सारणी संख्या ४—ब्राह्मी का बलकृत विकास

क्र.सं.	रोमन	ध्वन्यात्मक मूल्य	ब्राह्मी	ध्वन्यात्मक मूल्य
1	A	a	Λ	ga
2	D	ḍa	D	dha
3	E	i, e	E	ja
4	I	i	!	ra
5	J	ǰa	J	la
6	L	la	L	u
7	O	o	O	ṭha
8	U	u	U	pa
9	X	ksa	+	ka
10	Z	ja	2	o
Arabic				
1		a		ra
2		a		ja
3		ta		va

सारणी संख्या ५—सिन्धु घाटी लिपि से ब्राह्मी का विकास

सारणी संख्या ६—खरोष्ठी लिपि

क्र.सं.	ध्वन्यात्मक मूल्य	सिन्धु घाटी	ब्राह्मी लिपि	नागरी	रोमन	खरोष्ठी	नागरी	रोमन	खरोष्ठी
1	a			अ	a		ट	ṭa	
2	i			आ	ā		ठ	ṭha	
3	ī			इ	i		ड	ḍa	
4	o			ई	ī		ढ	ḍha	
5	ka			ऋ	ṛ		ण	ṇa	
6	ga			ॠ	ṝ		त	ta	
7	gha			ऌ	ḷ		थ	tha	
8	cha			ॡ	ḹ		द	da	
9	ja			उ	u		ध	dha	
10	ṭa			ऊ	ū		न	na	
11	ta			ए	e		प	pa	
12	tha			ऐ	ai		फ	pha	
13	pa			ओ	o		ब	ba	
14	ba			औ	au		भ	bha	
15	ma			अं	aṁ		म	ma	
16	ya			अः	aḥ		य	ya	
17	ra			क	ka		र	ra	
18	la			ख	kha		ल	la	
19	va			ग	ga		व	va	
20	va			घ	gha		श	śa	
21	e			ङ	ṅa		ष	ṣa	
22	dha			च	ca		स	sa	
23	na			छ	cha		ह	ha	
24				ज	ja		क्ष	kṣa	
25				झ	jha		त्र	tra	
26				ञ	ña		ज्ञ	jña